Alianzas

español intermedio

Sheri Spaine Long
University of Alabama at Birmingham

María Carreira
California State University at Long Beach

Sylvia Madrigal Velasco

Kristin Swanson

HEINLE
CENGAGE Learning™

AUSTRALIA · BRAZIL · CANADA · MEXICO · SINGAPORE · SPAIN · UNITED KINGDOM · UNITED STATES

HEINLE
CENGAGE Learning™

Alianzas: español intermedio
Spaine Long, Carreira, Madrigal Velasco, Swanson

Editor-in-Chief: PJ Boardman

Publisher: Beth Kramer

Executive Editor: Lara Semones

Managing Development Editor: Harold Swearingen

Development Editor: Kim Beuttler

Assistant Editor: Marissa Vargas-Tokuda

Editorial Assistant: Laura Kramer

Senior Media Editor: Morgen Murphy

Senior Marketing Manager: Ben Rivera

Marketing Coordinator: Janine Enos

Marketing Communications Manager: Glenn McGibbon

Senior Content Project Manager: Aileen Mason

Production Manager: Lauren MacLachlan

Senior Art Director: Linda Jurras

Senior Print Buyer: Betsy Donaghey

Rights Acquisitions Specialist, Text and Images: Jennifer Meyer Dare

Production Service: Nesbitt Graphics/Matrix Productions

Text Designer: Susan Gilday

Cover Designer: Harold Burch

Cover Images: Top: ©Geri Lavrov/Getty Images; Left: © istockphoto.com/Sam Burt; Middle: ©Kathy deWitt/Alamy; Bottom: ©Fuse/Jupiter Images; Right: ©imagesource/Corbis

Compositor: Nesbitt Graphics, Inc.

For product information and technology assistance, contact us at **Cengage Learning Customer & Sales Support, 1-800-354-9706**

For permission to use material from this text or product, submit all requests online at **cengage.com/permissions**. Further permissions questions can be emailed to **permissionrequest@cengage.com**

Library of Congress Control Number: 2010938454

Student Edition:

ISBN-13: 978-0-495-91054-1

ISBN-10: 0-495-91054-6

Loose-Leaf Edition:

ISBN-13: 978-1-111-34940-0

ISBN-10: 1-111-34940-1

Heinle
20 Channel Center Street
Boston, MA 02210
USA

Cengage Learning is a leading provider of customized learning solutions with office locations around the globe, including Singapore, the United Kingdom, Australia, Mexico, Brazil, and Japan. Locate your local office at: **international.cengage.com/region**

Cengage Learning products are represented in Canada by Nelson Education, Ltd.

For your course and learning solutions, visit **academic.cengage.com**

Purchase any of our products at your local college store or at our preferred online store **www.cengagebrain.com**

Printed in Canada
1 2 3 4 5 6 7 14 13 12 11 10

¡Mil gracias a todos!

We thank the hardworking Intermediate Spanish Conversation and Composition students from Fall Semester 2009 at University of Alabama at Birmingham, whose helpful comments throughout the pilot of several chapters were indispensable to the development of this program. Special thanks to Catherine Case and Andrew Cook for their contributions to the blogs in the preliminary chapter.

We are indebted to all the dedicated and creative people at Cengage Learning who have helped make *Alianzas* a reality. PJ Boardman, Beth Kramer, and Heather Bradley have provided top-notch professional support and leadership from the start. We deeply appreciate your guidance and experience. Many thanks to Lara Semones for being an ongoing source of enthusiasm, market expertise, and editorial input. Your contributions have been invaluable. Kim Beuttler, our development editor *sin igual*, has kept us on track every step of the way with her commitment to quality, her creative solutions, and her unfailing sense of humor. ¡**No hay palabras**, Kim! We would also like to thank Aileen Mason, Senior Content Project Manager, for her unflappability, her flexibility, and her ability to keep the project moving at a brisk pace—an indispensable combination!

Our heartfelt gratitude goes to Senior Art Director Linda Jurras for her inspired vision for our program and extraordinary commitment to excellence. We also thank designer Susan Gilday for bringing our content to life through her skilled visual artistry. Thanks also to Senior Media Editor Morgen Murphy, Peter Schott, Carolyn Nichols, NKP Media, and MotionLife Media for outstanding work on the video program, and to Lindsey Richardson, Ben Rivera, and Janine Enos of the marketing team. We would also like to thank Alice Bowman at Matrix Productions; Harry Druding, Marilyn Dwyer, and Jerilyn Bockorick at Nesbitt Graphics; photo researcher Shirley Webster; copyeditor Lorena Di Bello; proofreader Grisel Lozano-Garcini; illustrators Kathy Mitchell, illustrationOnLine.com, and Joanna Sellers, Nesbitt Graphics, Inc.; indexer and glossary coordinator Francine Cronshaw, East Mountain Editing Services; all who worked to make *Alianzas* the best program it could possibly be.

I am particularly appreciative of my inspirational family and my incomparable **coautoras**.
—S.S.L.

A todos los que han dejado su huella de cariño, inspiración y apoyo en este libro. En particular, a mi marido, Bartlett, a mis hijos Gabriel, Francisco, Margot, Carmen, a mi papá, Domingo, a mis amigos, Tom Beeman, Lucy Papillon, Ana María y Omar Pascucci, Dan Purtell, Najib Redouane y Ana Roca, y a mis maravillosas coautoras.
—M.C.

To my feisty parents, my indefatigable co-authors, our compassionate editor, and the effervescent Internet.
—S.M.V.

Many thanks to my co-authors, my family and my husband for their wonderful contributions and support!
—K.S.

In Memoriam

Sandra Guadano

In her final days, Sandy spoke fondly and proudly of her accomplishments as a World Languages editor. As the lucky recipients of her astute green pen and her acute eagle eye, we, the authors of *Alianzas* and *Nexos*, would like to express our profound gratitude for an editor, and a human being, of unparalleled caliber. *Gracias, Sandy, con todo nuestro amor.*

Acknowledgements

We would like to acknowledge the helpful comments, suggestions, and ideas provided by our reviewers. Your contributions have enabled us to create a better program, and we are immensely grateful for your help.

Carmen Albaladejo, *Michigan State University*

Stephanie Álvarez, *University of Texas, Pan American*

Debra D. Andrist, *Sam Houston State University*

Jorge Arteta, *Brandeis University*

Bárbara Avila-Shah, *SUNY at Buffalo*

Kevin Beard, *Richland College*

Robert Borrero, *Fordham University*

Patrick Brady, *Tidewater Community College*

Isabel Bustamante-López, *California Polytechnic State University*

Eduardo Cabrera, *Millikin University*

Jonathan Carlyon, *Colorado State University*

Tulio Cedillo, *Lynchburg College*

Loren Chavarria, *Oregon State University*

Alicia Cipria, *University of Alabama, Tuscaloosa*

Sandra Contreras, *Kansas State University*

Maite Correa, *Colorado State University*

María Delgadillo, *University of North Carolina, Charlotte*

Carolyn Dunlap, *Gulf Coast Community College*

Herbert Espinoza, *College of Charleston, University of Charleston*

Ronna Feit, *Nassau Community College, SUNY*

Paula Gamertsfelder, *Terra State Community College*

Nicole Garcia, *Loyola College in Maryland*

Lourdes Gil, *Baruch College*

Rafael Gómez, *California State University, Monterey Bay*

Rubén L. Gómez, *St. John Fisher College*

Ana Gómez-Pérez, *Loyola College in Maryland*

Margaret Haas, *Kent State University*

Judy Haisten, *Central Florida Community College*

Elissa Heil, *University of the Ozarks*

Joshua Hoekstra, *Bluegrass Community and Technical College*

Alaina Houston Post, *Eastern Kentucky University*

Carmen Jiménez, *Southern Adventist University*

Barbara Loach, *Cedarville College*

José López-Marrón, *Bronx Community College*

Monica Malamud, *Cañada College*

José María Mantero, *Xavier University*

Tom Manzo, *San Antonio College*

Frances Matos-Schultz, *University of Minnesota*

Madeline Millan, *Fashion Institute of Technology, SUNY*

Theresa Minick, *Kent State University*

Debra Mistron, *Middle Tennessee State University*

Geoff Mitchell, *Maryville College*

Monica Montalvo, *University of Central Florida*

Iani Moreno, *Suffolk University*

Sylvia Morin, *University of Houston, Downtown*

María Z. Muniz, *University of North Texas*

Malinda Blair O'Leary, *University of Alabama, Birmingham*

Deborah Paprocki, *University of Wisconsin, Waukesha*

Carolina Parra, *University of Rhode Island*

Tammy Perez, *San Antonio College*

Derek Petrey, *Sinclair Community College*

Norma Rivera-Hernandez, *Millersville University*

Susana Rivera-Mills, *Oregon State University*

Regina Roebuck, *University of Louisville*

Esperanza Román-Mendoza, *George Mason University*

Stan Rose, *University of Montana*

Karen Jo Rubio, *University of Tulsa*

Fernando Rubio, *University of Utah*

Bethany Sanio, *University of Nebraska, Lincoln*

Stacy Southerland, *University of Central Oklahoma*

Edward Stering, *City College of San Francisco*

Andrés Villagrá, *Pace University*

Carla White, *Sandhills Community College*

Lee Wilberscheid, *Cleveland State University*

Elizabeth Willingham, *Calhoun Community College*

Silvia Zecca, *Northeast Lakeview College*

Linda Zee, *Utica College*

We are deeply grateful to the following colleagues and education professionals for their valuable contributions to the testing program, instructor resources, and other online materials that accompany *Alianzas*.

Meghan Allen, *Babson College*

Clara Burgo, *Indiana University*

Carolina Castillo-Trelles, *Cabrillo College*

Karin Fajardo

Malinda Blair O'Leary, *University of Alabama at Birmingham*

Anita Saalfeld, *University of Nebraska-Omaha*

Foreword to You

What speaks to you? Of the millions of bits and bytes that are hurled at you on a daily basis, what gets through and speaks to your heart?

At this stage in your life, you are growing, changing, adapting. You are probably focused on figuring out what you want to do, who you want to be, and what career best suits you in a world that is moving at an unprecedented pace. The responsibility of becoming a global citizen and a professional can weigh heavily.

Embracing Spanish will link you with the Spanish-speaking populations both here and abroad. Your opportunities for becoming more globally literate and marketable will expand. More doors in the job market will be open to you. In short, knowing Spanish will help you prosper in the professional landscape.

And the personal benefits? Knowing another language is the route to knowing another you. Struggling to find words in Spanish that express precisely what you feel will lead you to ideas you've never had before.

If you are enrolled in a Spanish class, you have already made the decision to explore unknown worlds. That, in itself, is an act of courage that could result in a journey of priceless experiences.

Find laughter. Find passion. Find personal meaning. Find *alianzas* to yourself, and you will instantly find them to others.

The Spanish-speaking world is texting. Will you hit reply?

—The authors

Scope and Sequence

Perspectivas internacionales 2: Ser estudiante internacional en tu campus 176

Learning outcome: You will be able to research and gain more familiarity with international students. You will also be able to discuss and analyze orally and in writing the challenges that these students face on their host campuses.

Perspectivas internacionales 3: **Estudiar en otro país** **266**

Learning outcome: You will be able to research and develop your own custom study abroad plan and discuss its pros and cons both orally and in writing.

Yo, bloguero(a)

Al final de este capítulo, podrás escribir un blog y sabrás más sobre:

COMUNICACIÓN

- las características físicas y las de la personalidad
- las nacionalidades de tus amigos y tu familia
- tus estudios y las profesiones que te interesan
- tus actividades diarias
- tu vida en la universidad o en el pueblo
- los deportes que te interesan
- tu estado emocional
- las noticias del día

GRAMÁTICA

- cómo se relacionan los tiempos del indicativo y del subjuntivo
- qué debes estudiar más para mejorar tu conocimiento de la gramática española

CULTURAS

- un blog de un estudiante peruano

RECURSOS

 audio   video   SAM   www.cengagebrain.com

 ilrn.heinle.com   iTunes playlist

El blog

El blog se ha convertido en una forma de expresión muy popular en Internet. Hay muchas maneras de escribir un blog, dependiendo de la personalidad del autor y su motivo por escribirlo. A veces, el bloguero usa el blog como un diario en el cual describe su vida diaria, sus actividades, sus interacciones con amigos y familia y las ideas que lo ocuparon ese día en particular. En otros casos, el bloguero quiere expresar una opinión fuerte sobre un tema que le interesa o le molesta; o quiere presentar un concepto a la blogósfera que le parece importante o útil. La blogósfera está repleta de blogs y precisamente por eso la personalidad del bloguero es lo que distingue al blog que recibe muchos 'hits' del que recibe pocos. La ley de la blogósfera es ésta: si el blog no logra entretener, no atraerá seguidores. ¿Puedes escribir un blog en español que atraería a muchos lectores por su originalidad y su punto de vista único?

Mi vida loca

Andrew Cook

Los exámenes

Los exámenes de medio semestre han llegado. He estado en la biblioteca desde la mañana hasta la noche estudiando y todavía tengo un montón de tarea. Estoy tomando mi tercer taza de café ahora. ¡Hombre, qué difícil ha sido esta semana!

¡Qué sé yo!

Catherine Case

El misterio de los calcetines

¿Hay alguien que sepa qué les pasa a los calcetines entre la lavadora y la secadora en la residencia? Si sabes, por favor, ¡comparte el secreto!

MI BLOG EN ESPAÑOL

¿Escribes un blog con regularidad? O si no, ¿te gustaría escribir uno en español? Antes de escribir tu primer blog en español, júntate con un(a) compañero(a) y hablen sobre lo que les gustaría poner en su blog. Hagan una gráfica como la de abajo y llénenla con todo el detalle que puedan. Denle un título que llame la atención. ¡Recuerden que deben lucir sus personalidades para atraer seguidores leales!

Perfil:

¿quién eres? _____

¿cómo eres? _____

¿de dónde eres? _____

¿qué estudias? _____

¿qué quieres ser? _____

¿pasatiempos preferidos? _____

Preferencias:

películas preferidas _____

actor/actriz preferido(a) _____

grupo musical preferido _____

canciones preferidas _____

libros preferidos _____

sitios web preferidos _____

Temas:

la economía _____

la tecnología _____

la comida y la cocina _____

los deportes _____

los estudios (internacionales) _____

la familia _____

la sociedad _____

Fotos:

foto de mis amigos _____

foto de mi mascota _____

foto de mi novio(a) _____

foto de mi dormitorio _____

foto de _____ _____

Videos:

videos de YouTube™ _____

Enlaces:

enlaces interesantes _____

enlaces entretenidos _____

enlaces informativos _____

¡Imagínate!

© Robert Fried/Alamy

>> Características físicas

alto(a) *tall*
bajo(a) *short*
delgado(a) *skinny*
feo(a) *ugly*
gordo(a) *fat*
grande *big*
guapo(a) *handsome/pretty*
joven *young*

lindo(a) *pretty*
pequeño(a) *small*
viejo(a) *old*

Es pelirrojo(a) / rubio(a).
Tiene el pelo negro / castaño / rubio.

>> Características de la personalidad

aburrido(a) *boring*
activo(a) *active*
antipático(a) *unfriendly/rude*
extrovertido(a) *extroverted*
generoso(a) *generous*
impaciente *impatient*
impulsivo(a) *impulsive*
inteligente *intelligent*
mentiroso(a) *liar*
responsable *responsible*
serio(a) *serious*
trabajador(a) *hardworker*

≠

divertido(a); interesante *fun*
perezoso(a)
simpático(a)
introvertido(a); tímido
egoísta
paciente
cuidadoso(a)
tonto(a)
sincero(a)
irresponsable
cómico(a)
perezoso(a)

ACTIVIDADES

1 **¿Cómo es?** Imagínate que estás en una fiesta y escuchas estas descripciones de varias personas. De las listas de características físicas y de la personalidad, escoge la palabra más lógica que complete cada descripción.

1. Dicen que es jockey. No es nada alto. Es _____.
2. Tiene cara de actor. Las muchachas lo adoran. Es muy _____.
3. No sé cuántos años tiene, pero no es vieja. Es _____.
4. Corre todas las mañanas y es esbelto. Él es muy _____.
5. No es pequeño. Es un hombre _____.
6. No es muy cuidadoso con su dinero. Cuando va de compras, es muy _____.
7. Le gusta bromear y contar chistes. Siempre nos hace reír. No es seria. Es _____.
8. Siempre nos sorprende. Te digo, no es nada aburrida. Es _____.
9. Le encantan los estudios. Siempre saca buenas notas y puede hablar de cualquier tema con autoridad. Es muy _____.
10. No hace sus quehaceres y nunca llega a tiempo. Si necesitas algo, no cuentes con él. Es un chico muy _____.

2 **¿Cómo soy?** Escribe tres características de la personalidad que te describen a ti. Luego, escribe un párrafo usando estas características para describirte en tu blog. Trata de dar razones o ejemplos de tu vida que explican cómo eres. Guarda tu párrafo para usar en tu blog al final del capítulo.

MODELOS *No soy muy serio. Me encantan las películas cómicas y siempre escojo libros que me hagan reír.*

Soy impulsiva. Me gusta ir de compras cuando tengo ganas de comprarme algo nuevo y si encuentro algo que me gusta, lo compro sin pensar en el costo.

Por lo general, soy impaciente especialmente cuando tengo que esperar mucho tiempo en el cajero automático o en el supermercado.

Be sure to hold onto the writing you do in **Activities 2, 4, 6, 8, 10, 13,** and **17** of the **¡Imagínate!** section. You will use these later in the chapter to write a blog in Spanish.

>> Las nacionalidades

África
ecuatoguineano(a)

Asia
chino(a)   indio(a)
coreano(a)   japonés, japonesa

Australia y Nueva Zelanda
australiano(a)   neozelandés, neozelandesa

Centroamérica y el Caribe
costarricense   guatemalteco(a)   panameño(a)
cubano(a)   hondureño(a)   puertorriqueño(a)
dominicano(a)   nicaragüense   salvadoreño(a)

Europa
alemán, alemana   francés, francesa   italiano(a)
español, española   inglés, inglesa   portugués, portuguesa

Norteamérica
canadiense   estadounidense   mexicano(a)

Sudamérica
argentino(a)   colombiano(a)   peruano(a)
boliviano(a)   ecuatoriano(a)   uruguayo(a)
chileno(a)   paraguayo(a)   venezolano(a)

>> La familia

La familia nuclear
la madre (mamá)   la hermana (mayor) la sobrina
el padre (papá)   el hermano (menor) el sobrino
la esposa   la tía   la abuela
el esposo   el tío   el abuelo
la hija   la prima   la nieta
el hijo   el primo   el nieto

La familia política
la suegra   la nuera   la cuñada
el suegro   el yerno   el cuñado

Otros parientes
la madrastra   la hermanastra   la media hermana
el padrastro   el hermanastro   el medio hermano

In some countries, the **-astro(a)** ending might be viewed as pejorative, so speakers might refer to **la esposa de mi padre** instead of **mi madrastra**. Be conscious of these nuances.

ACTIVIDADES

3 ▸ **¿De dónde son?** Escribe oraciones completas que describan de dónde son las personas mencionadas. Sigue el modelo.

MODELO los tíos de Marisa (Ecuador)
Los tíos de Marisa son ecuatorianos.

1. el abuelo de Chang-su (Corea)
2. la madrastra de Olivia (España)
3. los hermanastros de Marco (Colombia)
4. los cuñados de Akira (Japón)
5. la prima de Alberto (Nicaragua)
6. las medias hermanas de Salma (Guatemala)
7. los suegros de Martín (Guinea Ecuatorial)
8. la madre de John (Canadá)
9. _____ de mi amigo _____
10. _____ de mi amiga _____

4 ▸ **Mi familia** Describe a tu familia. ¿De qué país son? ¿Cuál es su nacionalidad? ¿Cómo llegaron al pueblo dónde viven? Da todo el detalle que puedas. Guarda tu descripción para usar en tu blog al final del capítulo.

MODELO *Mi abuela materna es mexicana. Mi abuelo materno es estadounidense. Se conocieron en Houston, Texas donde trabajaba mi abuelo. Mi mamá nació en Houston. Ella es méxicoamericana.*

> Use **materno** and **paterno** to say which side of the family a grandparent belongs to: **mi abuela materna, mi abuela paterna.**

© Blend Images/Alamy/RF

>> Vocabulario útil 2

>> **Campos de estudio**

Los cursos básicos

la arquitectura	la economía	la historia
las ciencias políticas	la educación	la ingeniería
	la geografía	la psicología

Las humanidades

la filosofía
las lenguas / los idiomas
la literatura

Las lenguas / los idiomas

el alemán	el francés
el árabe	el inglés
el chino	el japonés
el español	

Las matemáticas

el cálculo
la computación / la informática
la estadística

Las ciencias

la biología
la física
la medicina
la química
la salud

Los negocios

la administración de empresas
la contabilidad
el mercadeo

La comunicación pública

el periodismo
la publicidad

Las artes

el arte	la música
el baile	la pintura
el diseño gráfico	

5 **Consejero** Imagínate que eres consejero(a) para estudiantes que acaban de entrar a la universidad. Según sus intereses, diles qué curso deben tomar.

MODELO Quiero ser profesor.
Debes tomar un curso de educación.

1. Quiero escribir para un periódico en línea.
2. Quiero trabajar en un hospital.
3. Me gustan las cuestiones sobre la humanidad.
4. Quiero dedicarme a las finanzas del gobierno.
5. Me gusta leer ficción.
6. Quiero diseñar edificios y casas.
7. Me gusta leer sobre las guerras mundiales y las conquistas de los reyes antiguos.
8. Quiero ayudar a la gente con sus problemas para que tengan vidas mejores.
9. Quiero ser candidato presidencial.
10. Quiero ayudar a las corporaciones a vender sus productos al público.

6 **Mis estudios** Escribe un párrafo sobre tus estudios. Si quieres, contesta las preguntas a continuación. Explica por qué te gustan o no te gustan los cursos que estás tomando. Escribe con mucho detalle. Recuerda que necesitas guardar lo que escribes porque vas a usar estas ideas en tu blog al final del capítulo.

- ¿Qué cursos estás tomando este semestre?
- ¿Qué cursos quieres tomar este año?
- ¿Qué cursos necesitas para graduarte?
- ¿Cuáles son tus cursos más interesantes? ¿Y los más aburridos?
- ¿Qué idiomas hablas?
- De las ciencias, ¿cuál te gusta más? ¿menos?
- De las artes, ¿cuál te gusta más? ¿menos?

>> Las profesiones y carreras

el (la) abogado(a)
el (la) asistente
el actor / la actriz
el (la) arquitecto(a)
el (la) artista
el (la) bombero(a)
el (la) camarero(a)
el (la) carpintero(a)
el (la) cocinero(a)
el (la) contador(a)
el (la) dentista
el (la) dependiente
el (la) diseñador(a) gráfico(a)
el (la) dueño(a) de...
el (la) enfermero(a)
el (la) gerente de...

© Steve Coburn/Shutterstock

el hombre / la mujer
de negocios
el (la) ingeniero(a)
el (la) maestro(a)
el (la) mecánico(a)
el (la) médico(a)
el (la) peluquero(a)
el (la) periodista
el (la) plomero(a)
el (la) policía
el (la) programador(a)
el (la) secretario(a)
el (la) trabajador(a)
el (la) veterinario(a)

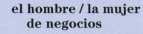

© Panorama Productions/Alamy/RF

7 **Asociación de palabras** Con un(a) compañero(a), jueguen a la asociación de palabras. Uno dice la palabra a continuación y el otro dice la profesión con que se asocia. Luego, la primera persona dice un adjetivo que se asocia con la profesión. Túrnense con las palabras.

Primera persona	Segunda persona	Primera persona
Modelo: películas	*actor o actriz*	*extrovertido*
1. incendios		
2. pinturas		
3. madera *(wood)*		
4. dientes		
5. autos		
6. animales		
7. leyes *(laws)*		
8. artículos investigativos		
9. medicina		
10. computadoras		
11. diseño para sitios web		
12. corte de pelo		

8 **Mi carrera** Di qué profesión piensas practicar y por qué tú eres el (la) candidato(a) perfecto(a) para esa profesión. Sé muy específico(a) en tus razones y tus cualidades. Guarda tu párrafo para usar en tu blog al final del capítulo.

MODELO *Yo voy a ser veterinaria. Desde muy pequeña, me han encantado los animales. En mi familia hemos tenido gatos, perros, pájaros y hasta ¡una iguana! Me llevo muy bien con los animales. Para ser veterinaria, hay que tomar muchos cursos y yo soy muy responsable y trabajadora.*

>> **Las actividades diarias**

alquilar videos	hablar por teléfono	tocar un instrumento
bailar	levantar pesas	musical
caminar	mirar televisión	(la guitarra, el piano,
cantar	navegar por Internet	la trompeta, el violín)
cocinar	patinar	tomar un refresco
escuchar música	pintar	tomar el sol
estudiar en la	practicar deportes	trabajar
biblioteca / en casa	sacar fotos	visitar a amigos

© Look/Alamy

>> **Los días de la semana**

lunes, martes, miércoles, jueves, viernes, sábado, domingo

>> **Mañana, tarde o noche**

de la mañana	por la mañana	a las tres de la mañana	tarde
de la tarde	por la tarde	a la una de la tarde	temprano
de la noche	por la noche	a las siete de la noche	

―|ACTIVIDADES|―

9 ▶ **¿A qué actividad se refieren?** Usa las expresiones del vocabulario para decir a qué actividad se refiere cada persona. Sigue el modelo.

MODELO Me encanta preparar la cena.
Va a cocinar.

1. Tengo mi MP3 a la mano *(within reach)*.
2. Estoy en el gimnasio.
3. Mi programa favorito es "Habla" de HBO Latino y empieza en dos minutos.
4. Mi teléfono celular tiene cámara digital.
5. Estoy en la playa.
6. Estoy entrando en un sitio web donde te explican cómo jugar al ajedrez.

10 ▶ **Un día ordinario** Describe un día ordinario en tu vida universitaria o en el pueblo. Ponle todo el detalle que puedas. Luego, describe un fin de semana típico. Guarda tu descripción para tu blog al final del capítulo.

MODELO *Los lunes a las seis de la mañana, voy al gimnasio. Levanto pesas y hago ejercicio por una hora y media. Luego voy al dormitorio a bañarme y vestirme. Tengo clase de computación a las diez de la mañana.*

>> Lugares en la universidad

el auditorio	el centro de computación	el estadio
la cafetería	el centro de comunicaciones	el gimnasio
la cancha / el campo	el centro estudiantil	la piscina
de fútbol	el dormitorio / la residencia	la pista de
la cancha de tenis	estudiantil	atletismo

>> En la ciudad o en el pueblo

el almacén	el cine	la plaza
el apartamento	el mercado	el restaurante
el banco	el museo	el supermercado
el barrio	la oficina	la tienda...
el cajero automático	la oficina de correos	... de música
la casa	la papelería	... de ropa
el centro comercial	la pizzería	... de videos

A C T I V I D A D E S

11 ▶ **Los lugares** Escoge el comentario que se refiere a cada lugar.

1. pizzería
2. cajero automático
3. el cine
4. el mercado
5. la tienda de ropa
6. el museo
7. la oficina
8. la oficina de correos

a. Voy a una fiesta y no tengo nada que ponerme.
b. Tengo muchas ganas de comerme una pizza.
c. Tengo que comprar estampillas.
d. Quiero ir a ver las pinturas de Goya.
e. Necesito sacar dinero para salir con mis amigos.
f. Quiero comprar unas frutas para el picnic.
g. Necesito unos papeles que dejé en mi escritorio.
h. Salió la nueva película de Harry Potter.

12 ▶ **¿A qué me refiero?** Hazle un comentario a tu compañero(a) y que él o ella confirme a qué lugar te refieres. Túrnense haciendo comentarios.

> **MODELO** **Tú:** *No tengo ganas de cocinar y tengo mucha hambre.*
> **Compañero(a):** *¿Quieres ir a un restaurante?*

13 ▶ **Dando la vuelta** ¿A qué lugares en la universidad y la comunidad vas con frecuencia? ¿Qué haces allí? ¿Por qué te gusta ir allí? ¿Vas solo(a) o con amigos? Escribe un párrafo informativo y divertido en el cual describes tus lugares favoritos y lo que haces allí. Guarda tu párrafo para usar en tu blog.

> **MODELO** *Soy fanática del centro comercial cerca de la U. ¿Por qué? Porque en un solo sitio puedo encontrar todo lo que quiero: ropa, música, zapatos, comida y a mis amigos también, ¡por supuesto! Cuando voy al centro comercial, hago unas compras y luego descanso en un restaurante. ...*

> **La U** is an abbreviation commonly used by students to refer to the university.

>> Vocabulario útil 4

>> Actividades deportivas

entrenarse
esquiar
jugar (al) tenis / (al) béisbol
levantar pesas
nadar
navegar en rápidos
patinar sobre hielo
practicar / hacer alpinismo
practicar / hacer surfing

Los deportes
el boxeo
el esquí acuático
el esquí alpino
el golf
el hockey sobre hielo
la natación

Otros deportes
el básquetbol
el béisbol
el ciclismo
el fútbol
el fútbol americano
el hockey sobre hierba
el tenis
el volibol

hacer ejercicio
montar a caballo
montar en bicicleta
patinar en línea
pescar
remar

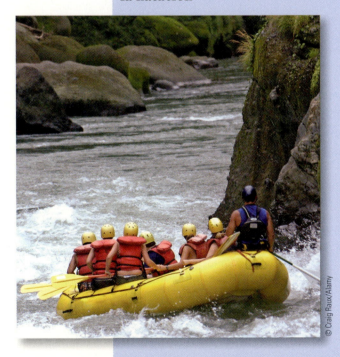

|ACTIVIDADES|

14 ▶ Deportista Mira los dibujos. Imagínate que un(a) amigo(a) tuyo(a) practica el deporte que representa cada dibujo. Haz unos comentarios sobre el (la) deportista y su deporte preferido.

MODELO *A mi amigo Sven le gusta esquiar. Aprendió a esquiar cuando era niño en Suecia. En el invierno es todo lo que quiere hacer. Una vez se rompió la pierna bajando una montaña muy peligrosa. Y no lo vas a creer, pero el día en que le quitaron el yeso, ¡quería salir a esquiar! Está loco por ese deporte.*

© Heinle/Cengage Learning

1.

2.

3.

4.

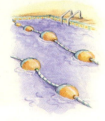

5.

6.

7.

8.

9.

ⅲ 15 **¿Son para ti los deportes?** Todos tenemos una relación con algún deporte, ya sea buena o mala. ¿Hay algún deporte en especial que te gusta o que odias? Ten una conversación con un(a) compañero(a) en la cual explicas cómo llegaste a tener esos sentimientos hacia un deporte.

MODELO **Tú:** *Odio el tenis. La primera vez que me llevó mi hermano a jugar, no pude pegarle* (hit) *a la pelota. La raqueta era muy pequeña y nunca hice contacto.*

COMPAÑERO(A): *¿Ah, sí? ¿Volviste a jugar?*

Tú: *Sí, jugué varias veces más, pero nunca aprendí a jugar. Al fin me aburrí y le dije a mi hermano que mejor jugáramos algo más fácil, como el volibol.*

>> **Las emociones y los estados físicos**

aburrido(a)	nervioso(a)
cansado(a)	ocupado(a)
contento(a)	preocupado(a)
enfermo(a)	seguro(a)
enojado(a)	triste
furioso(a)	

>> **Las noticias del día**

la campaña
el crimen
el desastre natural
la (des)igualdad
la discriminación
la economía
el huracán
el (la) líder
el terremoto
el terrorismo
la violencia

luchar contra
sobrevivir
sufrir (las consecuencias)

© Associated Press

16 **¿Cómo te hace sentir?** Da tu reacción emocional a cada una de las siguientes situaciones.

> **MODELO** Anuncian que la violencia contra las mujeres disminuye.
> *Estoy contenta.*

1. Un huracán grande se acerca.

2. La ciudad tiene una nueva líder muy dinámica.

3. Todavía existe la discriminación racial.

4. La economía no mejora, pero tampoco empeora.

5. La ciudad anuncia una nueva iniciativa contra la violencia.

6. La campaña presidencial empieza otra vez.

7. El terrorismo sigue en el Oriente Medio *(Middle East)*.

8. La persona que cometió un crimen grave no sufre las consecuencias.

17 **El mundo de hoy** Busca en el periódico de tu ciudad o en un periódico nacional en línea un artículo que trate de uno de los temas a continuación. Lee el artículo y escribe un párrafo que explique tu opinión sobre ese tema. Primero, analiza la situación de un punto de vista objetivo, explicando qué pasó, dónde, cuándo y quién participó o fue afectado. Luego, incluye las emociones que sientes cuando piensas sobre el tema que escogiste. Si no sabes alguna palabra o frase que quieras usar, búscala en un diccionario inglés-español en línea. Guarda tu párrafo para usar en tu blog al final del capítulo.

el crimen	la economía
el desastre natural	el terrorismo
la (des)igualdad	la violencia
la discriminación	

> **MODELO** *La economía está muy inestable en este momento. El artículo dice que la situación económica en este país se puede comparar a la Depresión de 1929. Estoy muy preocupado por mi futuro y mis oportunidades de empleo si la economía no se recupera este año.*

¡Prepárate!

Repaso: Understanding the relationship among tenses in the indicative and the subjunctive moods

Cómo usarlo

¡Tu blog **es** fenomenal! Lo **leí** anoche y **voy a leer** más después de clase.

¡Qué bien que te **haya gustado**! Estaba un poco cansado cuando lo **escribí**, y no **sabía** si me **salió** bien o no...

© Steve Hix/Somos Images/Corbis

1. During your introductory study of Spanish, you have learned the concept of *tense* (verb forms that indicate when an action took place, is taking place or will take place—past, present or future) and *mood* (verb forms that distinguish between events that are considered real and those that are considered outside the realm of reality).

2. Some moods, such as the indicative and the subjunctive, have tenses. Other moods, such as the imperative mood (command forms) and the conditional, do not have tenses because the ideas and concepts they express are not related to a time sequence.

3. The diagram on the right-hand page shows how the different Spanish tenses and moods you have learned so far relate to each other in terms of time. Keep the following ideas in mind as you study the diagram.

   - The top half shows different tenses in the *indicative* mood. The indicative mood is the mood that is traditionally used to *report* on reality and to make factual statements.

   - The bottom half of the diagram shows the different tenses you have learned in the *subjunctive* mood. The subjunctive mood is typically used to *comment* on reality, such as expressing emotions, feelings, desires, opinions and so on about real-life events, people, things, and situations.

   - The diagram shows more tenses for the indicative than for the subjunctive. This is because the future tenses do not really translate into the subjunctive mood. (The idea of future action is actually contained within the present subjunctive, as it applies to indefinite or unresolved events that might still occur.) There is a future subjunctive, but it is archaic and today is mostly found in legal documents, not in everyday communication.

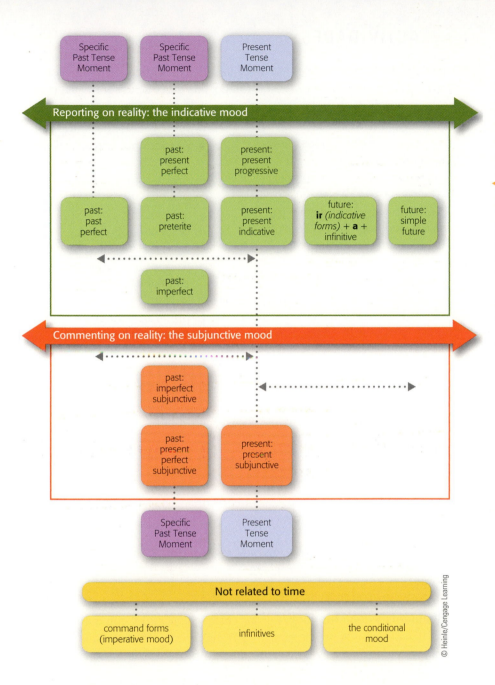

In most Spanish-speaking regions, **ir** + **a** + infinitive describes a future event that is closer in time to the present than an event that is described using the future tense. A similar situation occurs with the present perfect and the preterite. While in some regions the present perfect is used more frequently than the preterite, in most others the present perfect conveys a more recent past-tense event than the preterite does.

© Heinle/Cengage Learning

ACTIVIDADES

1 **Los verbos** Lee las oraciones a la izquierda e identifica los tiempos y modos de los verbos subrayados. Luego, haz una correspondencia con la información a la derecha.

1. A mí <u>me gustan</u> mucho los blogs. <u>Leo</u> por lo menos uno todos los días.

2. Liliana <u>escribió</u> su blog para que sus amigos y parientes <u>pudieran</u> mantenerse en contacto con ella.

3. Mi amiga me <u>recomienda</u> que <u>lea</u> "Las aventuras de Rodolfo", el blog que ella <u>escribe</u> sobre su perro.

4. Mi profesora de informática nos <u>dijo</u> que <u>aprenderíamos</u> mucho de los blogs técnicos en línea.

5. Mi tío no <u>tenía</u> nada que hacer, así que <u>empezó</u> a escribir un blog.

6. En este momento, no <u>tengo</u> tiempo para escribir un blog, pero algún día, <u>tendré</u> más tiempo y lo haré.

7. Ojalá que <u>puedas</u> hablar con ella, porque me <u>dijo</u> que le <u>gustaría</u> conocerte en persona.

8. <u>He leído</u> muchísimos blogs, pero éste <u>es</u> el más divertido. <u>Voy a mandar</u> el enlace a todos mis amigos.

9. <u>Estoy leyendo</u> un blog muy interesante. Ojalá que la autora <u>haya escrito</u> otros que <u>pueda</u> leer.

10. Mis padres nunca <u>habían leído</u> un blog hasta que les <u>mostré</u> éste. ¡Les <u>gustó</u> mucho!

a. preterite, conditional

b. present indicative, present indicative

c. present progressive, present perfect subjunctive, present subjunctive

d. present subjunctive, preterite, conditional

e. present indicative, present subjunctive, present indicative

f. preterite, imperfect subjunctive

g. past perfect indicative, preterite, preterite

h. present perfect indicative, present indicative, **ir** + **a** + infinitive

i. imperfect, preterite

j. present indicative, future

 2 **Blogueros y comentaristas** Lee las entradas *(posts)* y comentarios de los dos blogs en la próxima página. Trabaja con un(a) compañero(a) para identificar el tiempo y el modo de cada verbo subrayado. Pueden escoger de la siguiente lista.

Indicative: present, present progressive, future with **ir** + **a** + infinitive, future, present perfect, preterite, imperfect, past perfect

Subjunctive: present, present perfect, imperfect

Other moods: conditional, commands

3 Las secuencias

Ahora, vuelvan a los dos blogs y pongan los siguientes eventos en orden cronológico. Usa 1 para indicar una actividad futura o más reciente y 4 para la menos reciente.

Gosu

___ convertirse en un robot

___ jugar videojuegos

___ dedicarse a los estudios

___ prometerse dejar tiempo libre para divertirse

Gosu

 Suscribirse a este blog

Volver a la portada de Gosu

Un consejo para no volverse loco
lunes 10 de octubre 2011

© Kristy Pargeter/Shutterstock

Bueno, ya que <u>empezaron</u> las clases creo que es súper importante que todos los estudiantes <u>pongamos</u> las cosas en perspectiva. Sí, es importante estudiar, pero también creo que es muuuuuy importante JUGAR VIDEOJUEGOS. Te lo repito: si <u>quieres</u> evitar la locura, <u>vete</u> a la computadora y <u>empieza</u> a jugar. El año pasado <u>me dediqué</u> por completo a los estudios, <u>pasaba</u> todos los días y noches en la biblioteca... <u>saqué</u> buenas notas pero por poco perdí mi identidad. <u>Iba</u> a las fiestas y no tenía nada que decir—<u>me había convertido</u> en un robot, pero no en un robot genial y futurístico, sino en un robot demasiado serio y un poco deprimido. Este año claro que <u>voy a estudiar</u> mucho y creo que todavía <u>sacaré</u> buenas notas, pero <u>me he prometido</u> que también voy a dejar tiempo libre para divertirme... y para mí, ¡los videojuegos son lo máximo! <u>Estoy jugando</u> mientras que escribo. ¡Pura alegría! No <u>olvides</u> de relajarte de vez en cuando...

3 COMENTARIOS:

Oski: ¡Un saludo, Guille! ¡Jajajajaja! ¡Buena excusa para jugar! ¡La <u>recordaré</u>!

NyN: No sé... para mí la mejor diversión <u>sería</u> ver todos los episodios de todas las teleseries nuevas. ¡Qué bueno!

Patricia824: Oye, Guille, ¡a trabajar! ¡No <u>inventes</u> excusas! ¡Eres   :D videoadicto!

Planeta Olivia

Suscribirse a este blog

Volver a la portada de Planeta Olivia

Viernes... por fin
viernes 21 de octubre 2011

<u>¡Ha sido</u> una semana fatal! ¿Soy yo la única que piensa que la gente <u>se está poniendo</u> más y más difícil de entender? ¡Paso días enteros dudando que <u>exista</u> una sola persona normal! No sé qué <u>pasaría</u> si yo no <u>fuera</u> una persona muy simpática (¡ejem!)... no sé, tal vez <u>me enojaría</u> mucho con los demás. Un solo ejemplo. Le <u>he dicho</u> a mi hermano MUCHÍÍÍÍÍSIMAS veces que no <u>use</u> mi celular cuando <u>está cargando</u> el suyo. Lo que pasa es que mis amigos me <u>llaman</u>, él contesta y después no tengo la menor idea de lo que él les <u>ha dicho</u>. Oye, Raúl, si <u>estás leyendo</u> esto, ya sabes que NO <u>ME GUSTA</u>. En serio. Y mis padres... ¡ni de hablar! Siempre me dicen que <u>deje</u> de trabajar en la computadora y <u>salga</u> para hacer ejercicio... o respirar aire puro... o no <u>sé</u> qué. Les digo que cuando escribo el blog, <u>estoy trabajando</u> y hay que dejarme en paz. ¡¡¡¿Es que no hay nadie que me <u>entienda</u>?!!!

4 COMENTARIOS:

Nic-SeLe: ¡Uuuy, Oli! ¿Quién escribió esto? ¿¿¿Una loca muy parecida a ti??? Je je je. ¡Tranquila, chica! ¡Te <u>llamaré</u>! ¡Saludos!

ZBox: ¡Ay qué estrés! Es que <u>has pasado</u> una semana malísima, ¿verdad? Llámame!

Tico: ¿"Normal"? ¡No existe! Y si <u>existiera</u>, oye, ¡qué aburrido hombre!

Raul007: Oliiiiii, ¡tengo tu teléfono! A ver... ¿a quién <u>debería</u> llamar primero?

Planeta Olivia

___ llamarlo Nic-SeLe

___ decirle a su hermano que no use su celular

___ quejarse de que no hay gente normal en el mundo

___ ser una semana fatal

Autoevaluación

Now that you have completed your introductory study of Spanish, how well do you think you have learned to use some of the basic grammatical concepts? Take these ten mini-quizzes to evaluate the progress you have made so far and to identify what areas may need more work. Use your scores to guide you in your future study of Spanish.

Check your answers in **Appendix A.**

Miniprueba 1   **Adjective/noun agreement**   _____ Respuestas correctas

Cambia cada adjetivo para hacer concordancia con el sustantivo correspondiente. Las respuestas están al lado (¡al revés!)

Mi blog es muy 1. **(divertido)**. También es muy 2. **(popular)**—¡tengo comentarios de lectores 3. **(puertorriqueño)**, 4. **(alemán)**, 5. **(chino)** y muchos más! Me gusta la idea de que tanta gente 6. **(diferente)** lea mis comentarios 7. **(virtual)**. Es fascinante pensar que personas de todo el mundo sigan mis actividades 8.**(diario)**. En el futuro quiero ser periodista, así que es importante que mis comentarios e ideas sean 9. **(interesante)** y 10. **(divertido)**.

Miniprueba 2   *Ser* vs. *estar*   _____ Respuestas correctas   _____ Respuestas bonus

Escoge la forma correcta de **ser** o **estar** para completar cada oración. **¡BONUS!** En la siguiente tabla, indica en la primera columna si la razón indicada se aplica a **ser** o **estar**. Después, en la segunda columna, escribe los números de la prueba para indicar la razón por la que se usó **ser** o **estar** en cada caso. La primera respuesta ya está en la tabla como ejemplo.

1. ¡**(Estoy/Soy)** furioso! Tengo planes para ir a la playa con mis amigos, pero no tenemos auto. El auto que pensábamos usar 2. **(está/es)** el de mis papás, pero hoy no 3. **(estaba/fue)** en el garaje. Les llamé a mis padres para saber qué pasó y me dijeron que tuvieron que ir a la casa de mi hermano. Él y su familia entera 4. **(están/son)** enfermos y necesitan ayuda. Después llamé a una agencia de alquiler de autos. Tienen un solo auto disponible— 5. **(es/está)** japonés y 6. **(es/está)** muy económico, pero cuesta $100 al día. Les pedí un descuento, diciéndoles que 7. **(soy/estoy)** estudiante y no tengo dinero. Me dijeron que $100 al día 8. **(es/está)** el precio más bajo que ofrecen. Al final, como 9. **(era/estaba)** cansado de discutir, corté la conexión y llamé a la estación de autobuses. Mi tío 10. **(es/está)** conductor de autobús y me dijo que puede conseguir un buen precio para los boletos de ida y vuelta. ¡Qué alivio!

Ser or *estar*?	Item number from quiz	*Ser* or *estar*?	Item number from quiz
identity / essential quality: **ser**	8	physical condition:	_____
profession:	_____	emotional condition:	_____
location:	_____	personality and physical traits:	_____
possession with **de**:	_____	nationality and origin:	_____

Miniprueba 3 *Por* vs. *para*

_____ Respuestas correctas _____ Respuestas bonus

Escoge entre **por** o **para** para completar cara oración. **¡BONUS!** En la siguiente tabla, indica en la primera columna si la razón indicada se aplica a **por** o **para.** Después, en la segunda columna, escribe los números de la prueba para indicar la razón por la que se usó **por** o **para** en cada caso. La primera respuesta ya está en la tabla como ejemplo.

1. (**Por/Para**) las noches, descanso leyendo mis blogs favoritos.
2. Tengo que terminar esta tarea (**por/para**) mañana.
3. Tenemos que ir a la tienda de computadoras (**por/para**) comprar unos cables.
4. Mi amiga Tina trabaja (**por/para**) la universidad en la cafetería.
5. Me gusta comunicar mis ideas (**por/para**) escrito.

6. (**Por/Para**) mi familia, esta computadora es la mejor de todas.
7. Mi hermano está muy preocupado (**por/para**) la situación económica.
8. Mis tíos pagaron $300 (**por/para**) su televisor nuevo.
9. Este libro es (**por/para**) ti.
10. Me gusta andar (**por/para**) las librerías y ver qué hay de nuevo.

Por or *para*?	Item number from quiz	*Por* or *para*?	Item number from quiz
method for carrying out an action: **por**	5	deadline:	_____
cause or reason:	_____	motion through or around:	_____
time of day:	_____	exchange:	_____
intent or purpose:	_____	employer:	_____
recipient of object or action:	_____	comparison:	_____

Miniprueba 4 Indicative vs. subjunctive

_____ Respuestas correctas _____ Respuestas bonus

Escoge un verbo en el indicativo o el subjuntivo para completar cada oración. **¡BONUS!** En la siguiente tabla, indica en la primera columna si la razón indicada se aplica al indicativo o al subjuntivo. Después, en la segunda columna, escribe los números de la prueba para indicar la razón por la que se usó el indicativo o el subjuntivo en cada caso. La primera respuesta ya está en la tabla como ejemplo.

1. Es bueno que (**lees/leas**) los blogs de tus amigos.
2. Mi madre siempre quería que yo (**estudiaba/estudiara**) arquitectura.
3. Estoy segura que mis amigos (**usan/usen**) la computadora todos los días.
4. No sé donde está el profesor, pero aunque no (**está/esté**) en su oficina, voy a buscarlo allí primero.
5. ¡Son las once! Aunque ya (**es/sea**) tarde, voy a terminar este trabajo.

6. ¡Mis amigos dudaron que yo (**podía/pudiera**) comer una pizza entera!
7. Necesito un tutor privado que (**sabe/sepa**) bien el cálculo.
8. Mis padres conocieron a una estudiante que (**sabía/supiera**) diez idiomas.
9. Mi compañera salió de la residencia antes de que yo (**llegué/llegara**).
10. Debes estudiar más antes de que (**tomas/tomes**) el examen.

Indicative or subjunctive?	Item number from quiz	Indicative or subjunctive?	Item number from quiz
after expressions of certainty: *indicative*	3	after **ojalá** and verbs expressing wishes, desires, influence:	_____
in a **que** clause with a known situation:	_____	in a **que** clause that refers to a nonexistent or unknown situation or person:	_____
after an expression of emotion, doubt or uncertainty:	_____		
after **aunque** when the situation is a reality:	_____	after **aunque** to express situations that may or not be true or certain:	_____
after certain conjunctions to express past actions:	_____	after certain conjunctions to refer to events that have not or may not take place:	_____
after impersonal expressions:	_____		

Miniprueba 5   Preterite vs. imperfect

_____ Respuestas correctas   _____ Respuestas bonus

Escoge entre la forma correcta del pretérito y el imperfecto para completar cada oración. ¡BONUS! En la siguiente tabla, indica en la primera columna si la razón indicada se aplica al pretérito o al imperfecto. Después, en la segunda columna, escribe los números de la prueba para indicar la razón por la que se usó el pretérito o el imperfecto en cada caso.

Cuando yo 1. **(tuve/tenía)** trece años, 2. siempre **(pensé/pensaba)** mucho en el futuro. Recuerdo que un día mi madre me 3. **(dijo/decía)**, "¡El futuro no existe! El momento presente es todo lo que hay." 4. **(Analicé/Analizaba)** su punto de vista cuando 5. **(tuve/tenía)** una idea brillante. En un solo instante, 6. **(empecé/empezaba)** a ver las ventajas de un futuro inexistente. Por un rato breve 7. **(estuve/estaba)** muy ilusionado. Unas horas después, cuando mi madre me 8. **(preguntó/preguntaba)** sobre la tarea, le 9. **(dije/decía)** con mucha satisfacción, "¡El futuro no existe! El momento presente es todo lo que hay." Desgraciadamente, para ella, no 10. **(fue/era)** un argumento convincente...

Preterite vs. imperfect	Item number from quiz	Preterite vs. imperfect	Item number from quiz
habitual or routine past action: _imperfect_	2	ongoing background events:	_____
completed past action:	_____	completed past condition:	_____
ongoing past condition:	_____	interrupting action:	_____
focus on beginning, duration, or end of an event:	_____		

Miniprueba 6   Present vs. past perfect

_____ Respuestas correctas

Escoge la forma correcta de **haber** para completar cada oración con el presente perfecto o el pasado perfecto, según el caso.

1. Ya **(he/había)** escrito el blog cuando tuve otra idea que quería incluir.

2. ¿**(Has/Habías)** leído este libro? ¡Es fenomenal!

3. Mi hermano nunca **(ha/había)** viajado fuera del país, pero tiene muchas ganas de hacerlo.

4. Tú y yo **(hemos/habíamos)** terminado la tarea pero todavía teníamos que hacer los quehaceres domésticos.

5. Cuando mi padre tenía treinta años, ya **(ha/había)** practicado tres profesiones diferentes.

6. **(He/Había)** pasado el día entero navegando por Internet. ¡Tengo que trabajar!

7. Como mis amigos **(han/habían)** ido a la playa, estaba solo en la residencia.

8. Uds. **(han/habían)** trabajado mucho este semestre y por eso, tienen buenas notas.

9. ¿**(Has/Habías)** visto mi teléfono celular? No sé dónde está.

10. Aunque **(han/habían)** estudiado mucho, no pasaron el examen.

Miniprueba 7   Commands

_____ Respuestas correctas

A todos los estudiantes: Por favor, (apagan / apaguen) las computadoras después de usarlas. No (comen / coman) dentro del centro de computación. Si reciben una llamada en su celular, por favor (hablan / hablen) en voz baja y no (molestan / molesten) a los otros con una conversación larga. (Se comporten / Compórtense) con cortesía y con respeto.

Si quieres estudiar aquí, (consulta / consulte) con el director. (Pon / Ponga) tus posesiones en el locker. Si necesitas una revista o periódico, (ve / vaya) a la sala de referencia para buscarlo. No (escuchas / escuches) MP3s en ningún sitio y no (juegas / juegues) los videojuegos fuera de las áreas designadas.

Miniprueba 8   Conditional and future

Escoge una forma del condicional o del futuro para completar cada oración.

1. Algún día **(iría/iré)** al extranjero.

2. Me **(gustaría/gustaré)** leer este libro.

3. ¿**(Podría/Podrá)** decirme dónde está la biblioteca?

4. Lo estoy esperando. ¿**(Llegaría/Llegará)** a tiempo?

5. No sé por qué no vinieron. ¿**(Habría/Habré)** mucho tráfico?

6. ¿Qué **(estudarías/estudiarás)** el próximo semestre?

7. ¿**(Querría/Querrá)** otra taza de café?

8. ¿Dónde **(estaría/estará)** Lorena? Ya es tarde.

9. **(Hablaríamos/Hablaremos)** con la profesora cuando llegue.

10. **(Habría/Habrá)** una reunión mañana en la sala 12.

Miniprueba 9   *Si* clauses

Escoge el verbo correcto para completar cada cláusula con **si.**

1. Si ellos **(tienen/tuvieran)** más dinero, comprarían un auto híbrido.

2. Si tú **(hablas/hablaras)** portugués, podrías comunicarte fácilmente con los brasileños.

3. Si yo lo **(veo/viera)**, le daré tus saludos.

4. Si **(estamos/estuviéramos)** en Argentina, iremos a Buenos Aires.

5. Si Uds. **(pueden/pudieran)** venir, lo pasaríamos bien.

Ahora escoge el verbo correcto para completar cada cláusula independiente.

6. Si yo estudiara más, **(tendría/tendré)** buenas notas.

7. Si tú tienes una bicicleta, **(haríamos/haremos)** una excursión al campo.

8. Si nosotros pudiéramos viajar a cualquier lugar, **(iríamos/iremos)** a Chile.

9. Si ellos van al restaurante, **(traerían/traerán)** la comida para la fiesta.

10. Si Ud. viviera en México, **(hablaría/hablará)** el español perfectamente.

Miniprueba 10   Summary of tenses and moods

Escoge el verbo correcto para completar cada oración.

Algún día me 1. **(gusta/gustaría)** ser un cocinero famoso. En el futuro me 2. **(encanta/encantaría)** cocinar y escribir libros de cocina. Creo que 3. **(preparé/preparaba)** mi primer plato a la edad de cuatro años. 4. **(Fue/Era)** un plato de espaguetis con queso rallado y no salió bien. Todavía recuerdo que mi padre me dijo muy cariñosamente, "Hijo, recomiendo que 5. **(practiques/practicaras)** un poquito más." Quería saber cómo preparar algo que le 6. **(gustaba/gustara)** y así practicaba mucho. Ahora le 7. **(apetece/apetezca)** todo lo que preparo. Hoy me pidió que les 8. **(haga/hiciera)** el almuerzo para él y sus colegas del trabajo. Intentaré que todo 9. **(salga/saliera)** bien. 10. i**(Sea/Será)** una ocasión muy importante!

¡A leer!

ESTRATEGIA

You've already learned the reading strategy of analyzing and understanding a writer's point of view. When you read a blog, the point of view is usually quite clear—it is a first-person narration that shares the author's information, ideas, and/or feelings about a certain topic. But sometimes it helps to know more about this point of view. That's where the tone of the author's language can give you some clues. Is it sincere? Humorous? Ironic? Persuasive? Angry? When you read a blog, try to decide what the writer's goal is in sharing this information and then check to see how the point of view helps support that goal.

1 Trabaja con un(a) compañero(a) para contestar las siguientes preguntas.

1. Piensen en las actividades que completaron en la primera parte de este capítulo. Basándose en su contenido, ¿qué clase de información se encuentra normalmente en un blog?

2. El nombre del blog que van a leer es "Tengo 18". Miren el nombre de la entrada en la próxima página. ¿De qué creen que se va a tratar?

3. Lean la siguiente información biográfica del autor. En base a esta información, ¿cómo deben ser el punto de vista y el tono de su blog? ¿serio? ¿cómico? ¿emocional? ¿enojado? ¿Por qué?

Nombre: Miguel Aspauza

Nacionalidad: Peruano

Bio: Tengo 18 años y estudio Derecho en la Universidad Nacional Mayor de San Marcos. Siempre me sentí atraído por toda forma de expresión personal, es así que a lo largo de mis cortos años me fui interesando por el teatro, la música y la literatura. Tímido, dudoso e inseguro al principio, trato de adaptarme al nuevo mundo que me da la bienvenida, esperando no tropezarme muy seguido[1] en este largo camino.

---

[1] *not to trip very often*

2 Para prepararte a leer el blog, haz una correspondencia entre las frases a la izquierda y sus equivalentes en inglés a la derecha.

1. me han restringido	**a.** *have wasted, missed out on*
2. me hace falta	**b.** *at least as far as I can tell*
3. sin que nadie me fiscalice	**c.** *throw it back in their faces*
4. en lo que a mí me plazca	**d.** *they have restricted me*
5. echarles en la cara	**e.** *to wait in line*
6. hasta donde me doy cuenta	**f.** *on whatever pleases me*
7. han quemado	**g.** *without anyone supervising me*
8. hacer cola	**h.** *I need*

3 Ahora lee la primera entrada del blog "Tengo 18", en la que el autor describe sus sentimientos al cumplir 18 años.

>> Lectura

"Tengo 18", Miguel Aspauza

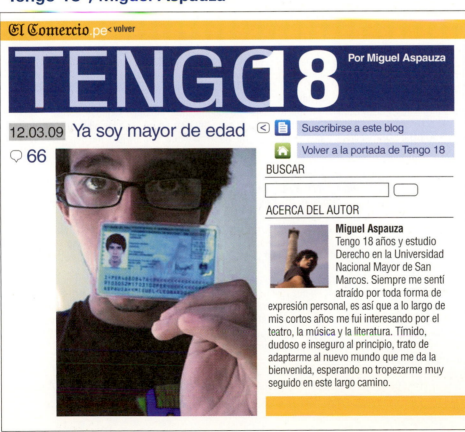

El Comercio pe < volver

TENGO 18
Por Miguel Aspauza

12.03.09 **Ya soy mayor de edad**

💬 66

Suscribirse a este blog

Volver a la portada de Tengo 18

BUSCAR

ACERCA DEL AUTOR

Miguel Aspauza
Tengo 18 años y estudio Derecho en la Universidad Nacional Mayor de San Marcos. Siempre me sentí atraído por toda forma de expresión personal, es así que a lo largo de mis cortos años me fui interesando por el teatro, la música y la literatura. Tímido, dudoso e inseguro al principio, trato de adaptarme al nuevo mundo que me da la bienvenida, esperando no tropezarme muy seguido en este largo camino.

TENGO 18

Por Miguel Aspauza

Un año más que pasa en mi corta vida y esta vez el cambio es desconcertante... acabo de cumplir 18 años, he llegado a la mayoría de edad y he dejado de ser niño para convertirme en adulto, con las responsabilidades y las libertades que ello implica. Una infinidad de posibilidades se abren ante mi pequeño mundo y, la verdad, me da miedo.

Viéndole el lado amable a este cambio, ahora podré ir a cualquier discoteca, pub, bar, karaoke o lugar de entretenimiento alcohólico sin que me miren mal o me pidan DNI[1]. ¡Ya no más!... ahora también podré gozar de las libertades que los adultos me han restringido desde que tenía razón suficiente para envidiarlos. Nunca más seré discriminado por ser un chibolo[2] que "se cree mayor". Ya no. Con mi plastificado documento color celeste, y como He-Man, ya tengo el poder[3]. Y de paso con esta posibilidad de poder entrar a cualquier lugar también se abre la puerta de los permisos hasta más tarde.

Ahora podré llenar todos los formularios para buscar trabajo en Starbucks, KFC, Burger King, McDonalds, Bembos, o cualquier lugar; tendré con qué llenar ese espacio obligatorio en el que te piden el documento de identidad; y podré contar con ese dinero que tanto me hace falta. Ya no habrá necesidad de portarme bien y poner cara de perrito arrepentido para decir "mamá, es cumple de mi amiga...", ya se acabó esa ridícula escena, ahora tendré dinero fruto de mi sudor[4] y lo podré gastar sin que nadie me fiscalice. Cuando trabaje —cosa no tan lejana— podré utilizar el dinero ganado en lo que a mí me plazca y nadie me podrá reclamar nada.

También podré elegir a mis gobernantes y arrepentirme después, sabiendo que ahora tendré parte de la culpa[5] de que gobiernen mal mi país, o por el contrario, podré lavarme las manos diciendo "yo no voté por él". Sí, ahora tendré voz y voto, y tendré que hacer colas interminables para marcar algún símbolo y un par de números para ver qué pasa.

Como ya soy mayor de edad, también podré ser incluido sin ninguna censura en las charlas de gente mayor, charlas con contenido sexual y con secretos familiares y de amigos con respecto a hijos no reconocidos, amantes, delitos[6], entre otros, total, en teoría ya tengo edad suficiente como para oír y entender esas cosas. Incluso podré ver a los chibolos con sarcasmo y echarles en cara que no tienen DNI y demás tonterías que a mí me hicieron y que, por lo visto, me dejaron cierta huella[7].

Por lo menos hasta donde me doy cuenta, yo no la sufro tanto. He visto alrededor de mí a muchas personas que ya tienen responsabilidades grandísimas, como ser padres o madres de familia. Personalmente opino que han quemado etapas de su vida y eso en cierto modo me apena; por otro lado, sé que cada persona es libre de decidir el curso de sus acciones, exceptuando obviamente a las personas que por diferentes circunstancias se han visto en la necesidad de mantener a sus padres, hermanitos, o qué sé yo. Estas personas tienen mi admiración. En parte estas cuestiones son las que me dan un poco de miedo, ver que hay personas de mi edad con responsabilidades que para mí son lejanísimas, eso me hace sentir que de cierto modo no estoy tan preparado para afrontar las responsabilidades de ser un mayor de edad.

Me doy cuenta de que muchas cosas van a cambiar ahora que tengo 18 años y pese a[8] lo emocionante que esto puede ser, tengo miedo, pues no puedo evitar el hecho de pensar en qué rayos[9] será de mi vida de aquí a un tiempo. ¿Qué significa ser mayor? Quizá signifique independizarme finalmente de la tiranía parental, comenzar a pensar maduramente y buscarle un destino firme a mi camino. Yo no pedí nada de eso, y sin embargo, ahora tengo que enfrentarlo. Ya lo pensé bien, no importa si no estoy preparado, total, esto tenía que pasar, así que como diría una amiga, "adelante troyanos"[10]. Empezaré a vivir sin torturarme por lo que venga y espero que pueda aprender algunas cosas en el camino y narrarlas aquí. Dieciocho años, ¡bienvenidos!

[1]Documento Nacional de Identidad (en Perú se lo recibe al cumplir 18 años) [2]muchacho [3]power [4]sweat [5]fault, blame [6]crímenes [7]mark [8]in spite of [9]what the heck [10]"Onward, Trojans!"

>> **Después de leer**

4 Con un(a) compañero(a), contesten las siguientes preguntas sobre la lectura.

1. ¿Cuáles son tres cosas que Miguel puede hacer ya que es adulto?
2. ¿Cómo se llama el documento que indica que Miguel es mayor de edad?
3. ¿Cómo afecta a su situación financiera el acto de cumplir 18 años?
4. ¿Qué significa su nuevo status con relación a la política?
5. ¿Cuál es el tono o punto de vista predominante del blog? ¿cómico? ¿serio? ¿seguro? ¿nervioso? ¿entusiasmado? ¿deprimido?
6. ¿Cómo contesta Miguel la pregunta: '¿Qué significa ser mayor?'?
7. ¿Cuál es la meta *(goal)* que él expresa al final?

5 Trabaja con un(a) compañero(a) para hablar de las reacciones que tiene Miguel al cumplir 18 años. Después comenten sus reacciones. Si Uds. ya son mayores de edad, ¿cómo reaccionaron al cumplir 21 años? Si todavía son menores de edad, ¿cómo creen que van a reaccionar? ¿Por qué?

6 Con un(a) compañero(a), vuelvan a la lectura y busquen por lo menos un ejemplo de cada uno de los siguientes tiempos y modos. Si necesitan más información, repasen la información en las páginas 24–27.

1. present indicative
2. present subjunctive
3. preterite
4. imperfect
5. present perfect
6. future
7. conditional

7 Escribe un comentario sobre el blog de Miguel. Da tu reacción personal y comenta sobre los sentimientos y emociones que él expresa. ¿Qué consejos puedes ofrecerle? ¿Tienes experiencias personales que puedas compartir con él?

Yo, bloguero(a)

>> ## Antes de escribir

En la primera parte de este capítulo, completaste varias actividades (2, 4, 6, 8, 10, 13, 17) en la sección **¡Imagínate!** para prepararte para escribir un blog en español. Ahora vas a usar lo que escribiste y revisarlo para crear tu blog.

ESTRATEGIAS

You've likely already learned a variety of writing strategies in your introductory study of Spanish. As you write, always focus on a mix of strategies to help you approach a specific task. Given the nature of this task, here are two that will help you rework your material.

- **Identifying a target audience:** Decide who you want your readers to be.
  1. Are you writing to people your own age? People older than you? Friends and family members? Teachers and other professional people?
  2. What is the best tone and point of view in order to reach your target audience?

- **Creating an outline:** You have a lot of material to work with in order to create your final blog. Giving it some kind of logical organization will help your focus your blog.
  3. What is the main focus of your blog?
  4. What are 2–4 subpoints that you can use to organize the content?
  5. What details and other information can you put under each subpoint?

1 Mira lo que escribiste para las actividades previas. Piensa en una idea central que puede servir para organizar tu información y tus ideas. Decide qué vas a usar en tu blog y qué vas a cortar. Una vez que tengas la idea central, puedes crear un bosquejo *(outline)* para tu blog. Si quieres, puedes usar el siguiente diagrama.

Idea central: _____

Primer sub-tópico: _____

   Detalles/opiniones/ideas: _____

   _____

Segundo sub-tópico: _____

   Detalles/opiniones/ideas: _____

   _____

Tercer sub-tópico: _____

   Detalles/opiniones/ideas: _____

   _____

>> Composición

2 Usa tus notas y el bosquejo para crear un primer borrador para tu blog. Asegúrate que se lo pueda leer como una entrada completa, añadiendo transiciones, amplificando detalles y haciendo todo lo necesario para transformar tus escrituras en un blog súper divertido, informativo e interesante. Recuerda quiénes van a ser tus lectores y adapta tu tono y punto de vista para dirigirte a ellos de la manera más eficaz y apropiada. No olvides de darle un título creativo a tu blog. Si quieres, incluye una foto o un dibujo para personalizarlo aun más.

>> Después de escribir

3 Intercambia el borrador de tu blog con otro(a) compañero(a). Usa la siguiente lista como guía para revisar el borrador de tu compañero(a).

- ☐ ¿Tiene el blog un título interesante y un tono y punto de vista claros?
- ☐ ¿Tiene una idea central bien definida?
- ☐ ¿Hay detalles, ideas, emociones u observaciones personales que reflejan la personalidad del (de la) bloguero(a)?
- ☐ ¿Hay oraciones que son difíciles de entender? Indícalas.
- ☐ ¿Hay errores de ortografía?
- ☐ ¿Están todos los verbos en la forma correcta?
- ☐ ¿Hay concordancia *(agreement)* entre los artículos, los sustantivos y los adjetivos?
- ☐ ¿Qué sugerencias tienes para mejorar el blog?

4 Usa los comentarios de tu compañero(a) para crear una versión final de tu blog. Después, publícalo en la red. ¡Felicidades! ¡Ya te hiciste bloguero(a)!

5 Busca los blogs de algunos de tus compañeros en Internet o de blogueros que te gusta leer y haz un comentario sobre cada uno.

🔊 Vocabulario

Características físicas *Physical traits*

alto(a) *tall*
bajo(a) *short*
delgado(a) *thin*
feo(a) *ugly*
gordo(a) *fat*
grande *big, great*

guapo(a) *handsome, attractive*
joven *young*
lindo(a) *pretty*
pequeño(a) *small*
viejo(a) *old*

Es pelirrojo(a) / rubio(a).
He / She is redheaded / blond.
Tiene el pelo negro / castaño / rubio. *He / She has black / brown / blond hair.*

Características de la personalidad *Personality traits*

aburrido(a) *boring*
activo(a) *active*
antipático(a) *unpleasant*
bueno(a) *good*
cómico(a) *funny*
cuidadoso(a) *cautious*
divertido(a) *fun, entertaining*
egoísta *selfish, egotistic*
extrovertido(a) *extroverted*

generoso(a) *generous*
impaciente *impatient*
impulsivo(a) *impulsive*
inteligente *intelligent*
interesante *interesting*
introvertido(a) *introverted*
irresponsable *irresponsible*
malo(a) *bad*
mentiroso(a) *dishonest, liar*

paciente *patient*
perezoso(a) *lazy*
responsable *responsible*
serio(a) *serious*
simpático(a) *nice*
sincero(a) *sincere*
tímido *shy*
tonto(a) *silly, stupid*
trabajador(a) *hard-working*

Las nacionalidades *Nationalities*

alemán / alemana *German*
argentino(a) *Argentinian*
australiano(a) *Australian*
boliviano(a) *Bolivian*
canadiense *Canadian*
chileno(a) *Chilean*
chino(a) *Chinese*
colombiano(a) *Colombian*
coreano(a) *Korean*
costarricense *Costa Rican*
cubano(a) *Cuban*
dominicano(a) *Dominican*
ecuatoguineano(a) *Equatorial Guinean*
ecuatoriano(a) *Ecuadoran*
español / española *Spanish*
estadounidense *U.S. citizen*
francés / francesa *French*

guatemalteco(a) *Guatemalan*
hondureño(a) *Honduran*
indio(a) *Indian*
inglés / inglesa *English*
italiano(a) *Italian*
japonés / japonesa *Japanese*
mexicano(a) *Mexican*
neozelandés / neozelandesa *New Zealander*
nicaragüense *Nicaraguan*
panameño(a) *Panamanian*
paraguayo(a) *Paraguayan*
peruano(a) *Peruvian*
portugués / portuguesa *Portuguese*
puertorriqueño(a) *Puerto Rican*
salvadoreño(a) *Salvadoran*
uruguayo(a) *Uruguayan*
venezolano(a) *Venezuelan*

La familia

La familia nuclear *The nuclear family*

la madre (mamá) *mother*
el padre (papá) *father*
la esposa *wife*
el esposo *husband*
la hija *daughter*
el hijo *son*

la hermana (mayor)
    (older) sister
el hermano (menor)
    (younger) brother
la tía *aunt*
el tío *uncle*
la prima *female cousin*
el primo *male cousin*

la sobrina *niece*
el sobrino *nephew*
la abuela *grandmother*
el abuelo *grandfather*
la nieta *granddaughter*
el nieto *grandson*

La familia política *In-laws*

la suegra *mother-in-law*
el suegro *father-in-law*
la nuera *daughter-in-law*

el yerno *son-in-law*
la cuñada *sister-in-law*
el cuñado *brother-in-law*

Otros parientes *Other relatives*

la madrastra *stepmother*
el padrastro *stepfather*

la hermanastra *stepsister*
el hermanastro *stepbrother*

la media hermana *half-sister*
el medio hermano *half-brother*

Campos de estudio *Fields of study*

Los cursos básicos *Basic courses*

la arquitectura *architecture*
las ciencias políticas *political science*

la economía *economics*
la educación *education*
la geografía *geography*

la historia *history*
la ingeniería *engineering*
la psicología *psychology*

Las humanidades *Humanities*

la filosofía *philosophy*
las lenguas / los idiomas *languages*

la literatura *literature*

Las lenguas / los idiomas *Languages*

el alemán *German*
el árabe *Arabic*
el chino *Chinese*

el español *Spanish*
el francés *French*
el inglés *English*

el japonés *Japanese*

Las matemáticas *Mathematics*

el cálculo *calculus*
la computación *computer science*

la estadística *statistics*
la informática *computer science*

Las ciencias *Sciences*

la biología *biology*
la física *physics*

la medicina *medicine*
la química *chemistry*

la salud *health*

Los negocios *Business*

la administración de empresas *business administration*

la contabilidad *accounting*
el mercadeo *marketing*

La comunicación pública *Public communications*

el periodismo *journalism*

la publicidad *public relations*

Las artes *Arts*

el arte *art*
el baile *dance*

el diseño gráfico *graphic design*
la música *music*

la pintura *painting*

Las profesiones y carreras   *Professions and careers*

el (la) abogado(a) *lawyer*
el (la) asistente *assistant*
el actor / la actriz *actor / actress*
el (la) arquitecto(a) *architect*
el (la) artista *artist*
el (la) bombero(a) *firefighter*
el (la) camarero(a) *waiter; waitress*
el (la) carpintero(a) *carpenter*
el (la) cocinero(a) *cook, chef*
el (la) contador(a) *accountant*
el (la) dentista *dentist*
el (la) dependiente *salesclerk*
el (la) diseñador(a) gráfico(a) *graphic designer*
el (la) dueño(a) de... *owner of . . .*
el (la) enfermero(a) *nurse*

el (la) gerente de... *manager of . . .*
el hombre / la mujer de negocios *businessman / businesswoman*
el (la) ingeniero(a) *engineer*
el (la) maestro(a) *teacher*
el (la) mecánico(a) *mechanic*
el (la) médico(a) *doctor*
el (la) peluquero(a) *barber / hairdresser*
el (la) periodista *journalist*
el (la) plomero(a) *plumber*
el (la) policía *policeman / policewoman*
el (la) programador(a) *programmer*
el (la) secretario(a) *secretary*
el (la) trabajador(a) *worker*
el (la) veterinario(a) *veterinarian*

Las actividades diarias   *Daily activities*

alquilar videos *to rent videos*
bailar *to dance*
caminar *to walk*
cantar *to sing*
cocinar *to cook*
escuchar música *to listen to music*
estudiar en la biblioteca / en casa *to study at the library / at home*
hablar por teléfono *to talk on the phone*
levantar pesas *to lift weights*
mirar televisión *to watch television*
navegar por Internet *to surf the Internet*
patinar *to skate*

pintar *to paint*
practicar deportes *to play sports*
sacar fotos *to take photos*
tocar un intrumento musical *to play a musical instrument*
   la guitarra *guitar*
   el piano *piano*
   la trompeta *trumpet*
   el violín *violin*
tomar un refresco *to have a soft drink*
tomar el sol *to sunbathe*
trabajar *to work*
visitar a amigos *to visit friends*

Los días de la semana   *Days of the week*

lunes *Monday*
martes *Tuesday*
miércoles *Wednesday*
jueves *Thursday*

viernes *Friday*
sábado *Saturday*
domingo *Sunday*

Mañana, tarde o noche   *Morning, afternoon, or night*

de la mañana *in the morning (with precise time)*
de la tarde *in the afternoon (with precise time)*
de la noche *in the evening (with precise time)*
por la mañana *during the morning*
por la tarde *during the afternoon*
por la noche *during the evening*

a las tres de la mañana *at three in the morning*
a la una de la tarde *at one in the afternoon*
a las siete de la noche *at seven at night*

tarde *late*
temprano *early*

Lugares en la universidad *Places in the university*

el **auditorio** *auditorium*
la **cafetería** *cafeteria*
la **cancha / el campo de fútbol** *soccer field*
la **cancha de tenis** *tennis court*
el **centro de computación** *computer center*
el **centro de comunicaciones** *media center*
el **centro estudiantil** *student center*

el **dormitorio** *dormitory*
el **estadio** *stadium*
el **gimnasio** *gymnasium*
la **piscina** *swimming pool*
la **pista de atletismo** *athletics track*
la **residencia estudiantil** *dormitory*

En la ciudad o en el pueblo *In the city or in the town*

el **almacén** *store*
el **apartamento** *apartment*
el **banco** *bank*
el **barrio** *neighborhood*
el **cajero automático** *automatic teller machine (ATM)*
la **casa** *house*
el **centro comercial** *mall*

el **cine** *cinema*
el **mercado** *market*
el **museo** *museum*
la **oficina** *office*
la **oficina de correos** *post office*
la **papelería** *stationery store*
la **pizzería** *pizzeria*
la **plaza** *plaza*

el **restaurante** *restaurant*
el **supermercado** *supermarket*
la **tienda...** *store*
  ... de música *music store*
  ... de ropa *clothes store*
  ... de videos *video store*

Actividades deportivas *Sport activities*

entrenarse *to train*
esquiar *to ski*
hacer (irreg.) ejercicio *to exercise*
jugar (ue) (al) tenis / (al) béisbol *to play tennis / baseball*
levantar pesas *to lift weights*

montar a caballo *to ride horseback*
montar en bicicleta *to ride a bike*
nadar *to swim*
navegar en rápidos *to go whitewater rafting*
patinar en línea *to inline skate (rollerblade)*

patinar sobre hielo *to ice skate*
pescar *to fish*
practicar / hacer alpinismo *to (mountain) climb, hike*
practicar / hacer surfing *to surf*
remar *to row*

Los deportes *Sports*

el **básquetbol** *basketball*
el **béisbol** *baseball*
el **boxeo** *boxing*
el **ciclismo** *cycling*
el **esquí acuático** *water skiing*

el **esquí alpino** *downhill skiing*
el **fútbol** *soccer*
el **fútbol americano** *football*
el **golf** *golf*
el **hockey sobre hielo** *ice hockey*

el **hockey sobre hierba** *field hockey*
la **natación** *swimming*
el **tenis** *tennis*
el **volibol** *volleyball*

Las emociones y los estados físicos *Emotions and physical states*

aburrido(a) *bored*
cansado(a) *tired*
contento(a) *happy*
enfermo(a) *sick*

enojado(a) *angry*
furioso(a) *furious*
nervioso(a) *nervous*
ocupado(a) *busy*

preocupado(a) *worried*
seguro(a) *sure, certain*
triste *sad*

Las noticias del día *Current events*

la **campaña** *campaign*
el **crimen** *crime*
el **desastre natural** *natural disaster*
la **(des)igualdad** *(in)equality*
la **discriminación** *discrimination*

la **economía** *economy*
el **huracán** *hurricane*
el **(la) líder** *leader*
el **terremoto** *earthquake*
el **terrorismo** *terrorism*
la **violencia** *violence*

luchar contra *to fight against*
sobrevivir *to survive, overcome*
sufrir (las consecuencias) *to suffer (the consequences)*

>> Vocabulario: Para hablar de la tecnología

Here are some words and expressions you have already learned to talk about technology.

Acciones

abrir	guardar
chatear	hacer clic / doble clic
conectar	imprimir
desconectar	instalar
enviar	navegar en / por Internet
grabar	

En línea

el archivo	la página web
el buscador	la red mundial
la contraseña	el sitio web
el correo electrónico / e-mail	el usuario
el enlace	la ventana
el foro	el wifi
el mensaje instantáneo / de texto	

La computadora y los aparatos electrónicos

la cámara digital / web	el reproductor / grabador de CD / DVD
la computadora (portátil)	el teléfono celular
el MP3 portátil	

1 Para cada definición a la izquierda, escoge la palabra a la derecha que corresponde.

You will find answers to the activities in this section in **Appendix A.**

1. una persona que entra en un sitio web	**a.** chatear
2. se usa para encontrar información en Internet	**b.** usuario
3. un sitio web donde puedes compartir tus opiniones	**c.** wifi
4. hablar con otras personas en Internet	**d.** foro
5. hacer un CD o DVD	**e.** buscador
6. se usa para navegar en Internet desde cualquier sitio	**f.** grabar

>> Gramática 1: Regular and irregular-*yo* verbs in the present tense

1. Here's a review of the present tense forms of regular **-ar, -er,** and **-ir** verbs.

	-ar verb: **conectar**	**-er** verb: **aprender**	**-ir** verb: **abrir**
yo	conect**o**	aprend**o**	abr**o**
tú	conect**as**	aprend**es**	abr**es**
Ud. / él / ella	conect**a**	aprend**e**	abr**e**
nosotros(as)	conect**amos**	aprend**emos**	abr**imos**
vosotros(as)	conect**áis**	aprend**éis**	abr**ís**
Uds. / ellos / ellas	conect**an**	aprend**en**	abr**en**

2. Some present-tense verbs have a spelling change in the **yo** form only, or are irregular only in the **yo** form. Here are some you have already learned.

- **c** to **zc** spelling change in the **yo** form: **condu<u>zc</u>o** (conducir), **cono<u>zc</u>o** (conocer), **tradu<u>zc</u>o** (traducir)
- Irregular **yo** forms:
  - "**go** verbs": **hago** (hacer), **pongo** (poner), **salgo** (salir), **sé** (saber), **traigo*** (traer)
  - other irregulars: **doy** (dar), **veo** (ver)

 2 ▶ Haz oraciones completas con las palabras indicadas y formas del presente de indicativo.

1. Tú / imprimir la tarea para la profesora

2. Ellos / aprender los nuevos programas muy rápidamente

3. Nosotras / siempre desconectar la computadora después de usarla

4. Yo / traer la computadora portátil a todas mis clases

5. Mi amigo / navegar mucho en Internet

6. Yo / conocer a un diseñador de sitios web

---

*Note that **traigo** also changes the **e** of the stem to an **i** in the **yo** form.

Gramática 2: Irregular and stem-changing verbs in the present tense

1. Here are four high-frequency verbs that are irregular in all or most of their present-tense forms.

	estar	ir	oír	ser
yo	estoy	voy	oigo	soy
tú	estás	vas	oyes	eres
Ud. / él / ella	está	va	oye	es
nosotros(as)	estamos	vamos	oímos	somos
vosotros(as)	estáis	vais	oís	sois
Uds. / ellos / ellas	están	van	oyen	son

2. Some **-ar, -er,** and **-ir** verbs have regular present-tense endings, but change their stems in all forms except **nosotros/nosotras** and **vosotros/vosotras**. There are three kinds of stem-changing verbs. (Note that only **-ir** verbs have an **e → i** stem change.)

	o → ue example: **contar**	e → ie example: **entender**	e → i example: **servir**
yo	c**ue**nto	ent**ie**ndo	s**i**rvo
tú	c**ue**ntas	ent**ie**ndes	s**i**rves
Ud. / él / ella	c**ue**nta	ent**ie**nde	s**i**rve
nosotros(as)	contamos	entendemos	servimos
vosotros(as)	contáis	entendéis	servís
Uds. / ellos / ellas	c**ue**ntan	ent**ie**nden	s**i**rven

You already know a number of verbs in these categories:

- **o → ue:** dormir, encontrar, jugar*, poder, sonar, soñar con, volver
- **e → ie:** comenzar (a), empezar (a), pensar (en / de), perder, preferir, querer, sentir
- **e → i:** despedir, pedir, repetir, seguir

3. Some verbs have both a stem change and an irregular **yo** form. Here are three more "**go** verbs" that also have a stem change.

- decir: di**g**o, d**i**ces, d**i**ce...
- tener: ten**g**o, t**ie**nes, t**ie**ne...
- venir: ven**g**o, v**ie**nes, v**ie**ne...

---

*__Jugar__ is the only **u → ue** stem-changing verb in Spanish. Its change is most similar to the **o →** **ue** verbs, so it is listed there. Note, however, that the verb **conjugar** (*to conjugate a verb*) does not show this stem change: **conjugo, conjugas,** etc.

3 El abuelo no sabe mucho de las computadoras. Él describe lo que hace cuando quiere instalar un programa nuevo en la computadora. Completa su descripción con las formas correctas del presente de indicativo de los verbos indicados.

Primero, yo **1.** _____ (ir) a un sitio tranquilo y les **2.** _____ (decir) a la familia que yo no **3.** _____ (querer) interrupciones. Después, cuando **4.** _____ (encontrar) mis gafas y el manual para usuarios, **5.** _____ (estar) listo para empezar. Yo siempre **6.** _____ (seguir) las instrucciones del manual, porque creo que **7.** _____ (tener) mucha información útil. Si **8.** _____ (poder), yo **9.** _____ (repetir) los diferentes pasos de las instrucciones exactamente como se describen en el manual. Al final, **10.** _____ (hacer) doble clic en el ícono y si todo **11.** _____ (ir) bien, el programa **12.** _____ (comenzar) a funcionar. ¡Siempre **13.** _____ (sentir) mucho alivio cuando el programa funciona, porque yo no **14.** _____ (saber) mucho de las computadoras!

>> Gramática 3: Present tense of reflexive verbs and other verbs used with reflexive pronouns

Reflexive verbs have the same present-tense endings as regular **-ar, -er,** and **-ir** verbs, but they also have a reflexive pronoun that comes before the conjugated verb: **Me acuesto**. In the infinitive form, the pronoun can attach to the infinitive or come before the conjugated verb that accompanies the infinitive: **Voy a acostarme** or **Me voy a acostar**.

yo **me** acuesto	nosotros(as) **nos** acostamos
tú **te** acuestas	vosotros(as) **os** acostáis
Ud. / él / ella **se** acuesta	Uds. / ellos / ellas **se** acuestan

Here are a few of the reflexive verbs you already know: **levantarse, despertarse (ie), prepararse**. Some other verbs are also conjugated with reflexive pronouns to show a change in state: **divertirse (ie), dormirse (ue), preocuparse, reírse (i)**, and many more. Remember that some of these verbs can also be used without the reflexive pronouns: **Preparo la comida. Duermes mucho. Levantamos a los niños.**

4 Usa las palabras indicadas para escribir oraciones completas usando el presente de indicativo.

1. tú: divertirse con el videojuego
2. ellos: prepararse para el día
3. yo: reírse cuando leo el mensaje de texto
4. nosotras: acostarse muy tarde
5. usted: preocuparse por los virus
6. David: dormirse en la clase

capítulo 1 Mi "yo" digital

© istockphoto

Al final de este capítulo, sabrás
más sobre:

COMUNICACIÓN

- el e-mail y las acciones en línea
- los aparatos electrónicos
- el intercambio de información personal en Internet
- los sitios de red sociales
- el texteo y el tuiteo
- las compras y la banca en línea

GRAMÁTICA

- los usos de **ser** y **estar**
- los usos de **por** y **para**
- los usos de verbos como **gustar** y otras estructuras relacionadas

CULTURAS

- España: arte digital del Prado
- Costa Rica: los mensajes de texto y el español
- Amazonia: la telemedicina
- México: Internet gratis en el Zócalo
- Perú: un juego popular en Facebook
- Estados Unidos: los latinos conectados a la red

RECURSOS

audio   video   SAM   www.cengagebrain.com

ilrn.heinle.com   iTunes playlist

© istockphoto/webphotographer

Estamos viviendo la revolución digital.

Cada día se introduce a la vida diaria un aparato electrónico o un sitio web o una idea electrónica que cambia cómo vivimos. La revolución digital ha llegado a todos los rincones del mundo, desde las grandes capitales como Nueva York y Madrid hasta lugares más remotos, como las selvas de la Amazonia y los pueblitos de Yucatán. El mundo hispanohablante ha abrazado los cambios digitales con tanto entusiasmo como el resto del mundo. ¿Cómo ha cambiado tu vida desde la introducción del teléfono inteligente y los sitios de redes sociales? ¿Crees que seguirá cambiando tu vida a causa de la tecnología? ¿que algún día vas a practicar una profesión que no existe en este momento? ¿que el mundo real y el mundo digital se unen cada vez más?

MI VIDA DIGITAL

¿Es tu uso de los aparatos electrónicos tan integral a tu vida que ni te das cuenta cuánto tiempo estás conectado de una manera u otra? Completa el siguiente cuestionario sinceramente para analizar tu vida digital.

¿Cuántas horas por día pasas…

… enviando mensajes de texto? _____

… hablando por teléfono celular? _____

… escuchando música en tu MP3? _____

… viendo televisión? _____

… jugando juegos multijugador? _____

… navegando en Internet solamente para entretenerte? _____

… navegando en Internet para tareas relacionadas al trabajo o al estudio? _____

… escribiendo un blog? _____

The Spanish pronunciation of **wifi** is very similar to the English word from which it is borrowed. **MP3** is also an English borrowing, but is pronounced **eme-pe-tres** in Spanish.

… haciendo comentarios en los blogs o sitios web de otros? _____

… usando cualquier otro aparato electrónico no mencionado? _____

… usando un aparato electrónico? **SUMA TOTAL:** _____

… sin usar un aparato electrónico? **24 horas – SUMA TOTAL** = _____

¿Cuántas cuentas de redes sociales tienes en Internet? _____

¿Cuántas cuentas de banca tienes en Internet? _____

¿Cuántas cuentas de compras tienes en Internet? _____

¿Cuántos sitios web visitas por día? _____

Si tuvieras que vivir un mes sin uno de tus aparatos electrónicos, ¿cuál sería? Pon una X al lado de ese aparato.

_____ el teléfono celular

_____ la computadora

_____ la televisión

_____ el MP3 portátil

_____ la cámara digital

_____ la videocámara digital

Ahora numera los aparatos de 1 a 6, 1 siendo el que bajo ninguna circunstancia sacrificarías y 6 el que se te haría más fácil sacrificar.

_____ el teléfono celular (sólo para uso telefónico)

_____ la computadora

_____ la televisión

_____ el MP3 portátil (puede ser aparato distinto o parte del celular)

_____ la cámara digital (puede ser aparato distinto o parte del celular)

_____ la videocámara digital (puede ser aparato distinto o parte del celular)

 Compara los resultados de tu cuestionario con un(a) compañero(a) y decidan quién de los dos vive una vida digital más completa.

Are you a digital native? To see your results, go to www.cengagebrain.com.

¡Imagínate!

ADELA: Puedo escribir un e-mail y **adjuntar** fotos y con un solo clic, enviárselos a todos mis **contactos personales** ¡en un instante!

En los **sitios de redes sociales**, como Facebook, puedo **subir** y **bajar** fotos, audio y video. Puedo **etiquetar** las fotos para identificar a todos quienes estén en la foto.

>> **El escritorio, La pantalla** *Desktop (of a computer)*

la barra de herramientas *toolbar*	**la página de inicio** *startup page*
el documento *document*	**la página principal** *home page*
el favorito *bookmark*	
el inicio *startup, beginning*	**Adelante** *Forward button*
el menú desplegable *drop-down menu*	**Anterior** *Previous*
	Atrás, Regresar *Back button*
	Siguiente *Next*

El correo electrónico *E-mail*

Responder   **Responder a todos**   **el (la) remitente**   **Adjuntar (un archivo)**

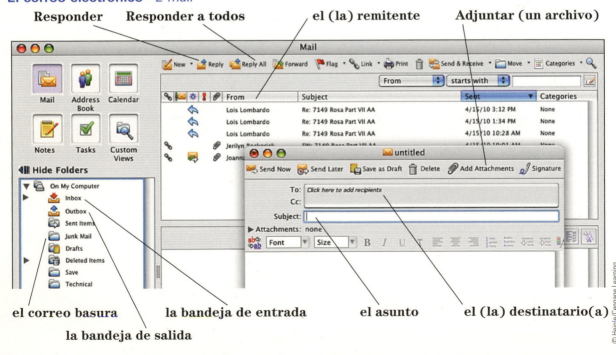

el correo basura   **la bandeja de entrada**   **el asunto**   **el (la) destinatario(a)**

la bandeja de salida

>> Acciones en línea *Online actions*

agregar *to add*
almacenar *to store, archive*
arrastrar *to drag*
borrar *to delete, erase*
cancelar *to cancel*
comentar *to comment*
cortar y pegar *to cut and paste*
duplicar archivos *to back up or duplicate a file*
elegir (i) una opción *to choose an option*

etiquetar fotos *to label photos*
iniciar / cerrar (la) sesión *to log in; to initiate session / to log out; to close session*
guardar cambios *to save changes*
saltar *to skip*
subir / bajar *to upload / to download*
... fotos *. . . photos*
... audio y video *. . . audio and video*

Other terms used for *to upload / to download* are **cargar / descargar** and **hacer un upload / download;** for *to download,* you might also see **capturar** or **copiar.**

ACTIVIDADES

1 **En la compu** Escoge de la segunda columna la opción que mejor corresponda con la descripción en la primera.

1. Ésta es la persona a quien le escribes un e-mail.
2. Éste es un sitio que visitas con frecuencia.
3. Aquí están todos los e-mails que has recibido.
4. Aquí haces clic cuando quieres que todos los destinatarios reciban tu respuesta.
5. De aquí puedes elegir varias opciones.
6. Éstos son los e-mails que no quieres recibir.

   a. responder a todos
   b. el correo basura
   c. el menú desplegable
   d. el (la) destinatario(a)
   e. el favorito
   f. la bandeja de entrada

2 **Acciones en línea** Escribe las acciones que tomarías en cada caso.

1. Quieres mover un párrafo de un documento a otro.
2. Acabas de sacar muchas fotos y quieres compartirlas con tu familia.
3. Le pediste una acción a tu computadora pero ahora no quieres completarla.
4. Quieres entrar a tu red social.
5. Quieres identificar a todas las personas en la foto antes de enviarla.
6. La página principal empieza con un anuncio que no quieres ver.

3 **¡Hazlo!** Ten las siguientes mini-conversaciones con un(a) compañero(a). Tú le dices qué quieres hacer y él o ella te da un mandato. Sigue el modelo.

   MODELO   **Tú:** Quiero que todos sepan quiénes están en la foto.
   Compañero(a): *Etiqueta la foto.*

1. **Tú:** Tengo una opinión sobre el video que acabo de ver en YouTube.
2. **Tú:** No necesito ver esa página.
3. **Tú:** Necesito las instrucciones para instalar el programa.
4. **Tú:** Quiero compartir el video que acabo de sacar con todos en mi red social.
5. **Tú:** Quiero agregar esa canción a mi MP3.

el archivo de contactos *address book*

la búsqueda de contactos *search for contacts*

los contactos personales *personal contacts*

la charla *chat*

la charla en tiempo real *real-time chat, live chat*

la sala privada *private chat room*

el (la) conocido(a) *someone you know*

el (la) desconocido(a) *someone you don't know*

el nombre de usuario *user name*

la madrugada *wee hours of the morning*

la mensajería instantánea *instant messaging*

el perfil *profile*

la red social *social network*

los sitios de redes sociales (SRS) *social networking sites*

┤ACTIVIDADES├

4 **Descripciones** Escoge de la lista la frase que corresponda con cada descripción.

la red social	**el archivo de contactos**
la sala privada	**la mensajería instantánea**
el perfil	**la búsqueda de contactos**

1. Aquí puedes anotar las direcciones, los números de teléfono y los cumpleaños de tus contactos.
2. Éstos incluyen tus amigos, parientes y colegas.
3. Aquí puedes chatear con alguien a solas.
4. Aquí pones tu nombre, edad, fecha de nacimiento, dirección electrónica, partido político, profesión, religión, una foto y otros datos personales.
5. Aquí puedes compartir fotos, videos, pensamientos, comentarios, enlaces favoritos y muchas otras cosas.
6. Utilizas esto si quieres hablar en línea instantáneamente con algún amigo que esté en línea en ese mismo momento.
7. En la red social, para agregar amigos, puedes usar esto para buscar a todos tus conocidos.

© Stephen Coburn/Shutterstock

5 ▶ **El inexperto** Completa el e-mail de Pepe, quien se encuentra un poco inexperto en los modos de la computadora. Escoge las palabras del **Vocabulario útil 1** que tengan el mejor sentido.

⊗ ⊖ ⊕   ✉ ¡Desastre!

📤 Envíe ahora   📩 Envíe luego   💾 Guarde   🗑 Borre   📎 Adjuntar (un archivo)   ✒ Firma

Para: | Eduardo Bocanegra
De: | Pepe Sincompu
Fecha: | 21/09/2013
Asunto: | ¡Desastre!

Fue mi primer día en el trabajo nuevo y la compu ya se me hizo enemiga. Envié un e-mail a todo el departamento y adjunté un (1) _____ equivocado. Recibí un e-mail y respondí a todos, en vez de responder sólo al (2) _____ deseado. Tuve que escribir un informe y cuando acabé, se me olvidó (3) _____. Lo acabé de nuevo. Almacené el (4) _____, pero después no pude abrirlo. Luego se me olvidó mi (5) _____ y tuve que pedir ayuda. A la hora del almuerzo, charlé con alguien que creía que era un amigo, pero en realidad era un (6) _____. Estaba a punto de (7) _____ cuando llegó a mi escritorio mi jefe y, ¿qué crees que me dijo? "¡Hombre! ¡La oficina no es tu (8) _____! ¡Lárgate de aquí!" Oye, E, ¿no sabes dónde pueda inscribirme a una clase de computadoras? Pepe :-(

© Heinle/Cengage Learning

---

6 ▶ **Un e-mail** Escribe un e-mail cómico a un(a) amigo(a) sobre algo que te pasó con la computadora o en Internet. Usa uno de los asuntos a continuación o inventa uno. Trata de usar el vocabulario que acabas de aprender.

Asunto: ¡Tarea perdida!   **Asunto:** Etiqueta equivocada
Asunto: Perfil falso   **Asunto:** ¡No puedo abrir tu documento!
Asunto: Foto horrible   **Asunto:** Correo basura

7 ▶ **¿Experto o inexperto?** Con un(a) compañero(a), hablen sobre los problemas que alguna vez hayan tenido en línea o con la computadora. Y si son expertos, y nunca han tenido problemas, entonces hablen de las cosas que les guste hacer en la computadora, en línea o en Internet.

Opciones para empezar la conversación

¿Cuál es tu sitio favorito? ¿Por qué?

¿Participas en una red social? ¿Cuál? ¿Te gusta?

¿Cuántas horas al día pasas en las redes sociales?

¿Pones todos tus datos en tu perfil?

¿Te gusta charlar con desconocidos en línea?

¿Compartes fotos y videos en tu red social?

Vocabulario útil 2

ADELA: Mis papás usan la tecnología en el trabajo, pero cuando llegan a casa, no quieren saber nada de los **aparatos electrónicos**. Creen que todos estos aparatitos son un **robatiempo** y nada más. Para mí, al contrario, no sería la misma sin mis aparatos electrónicos.

© Heinle/Cengage Learning

Los aparatos electrónicos   *Electronic devices*

el juego multijugador

el lector digital (de periódicos)

el libro electrónico, el libro-e

el sistema GPS

el teléfono inteligente, el "smartphone"

el televisor de alta definición

© Heinle/Cengage Learning

>> **El uso del teléfono inteligente**   *Using a smart phone*

El microblog is a personalized social networking site where you can send short messages, like Twitter.

la biblioteca musical *music library (on an MP3)*
el e-mail en cadena *chain e-mail*
la interacción *interaction*
la pantalla táctil *touch screen*
el robatiempo *a waste of time*
el salvavidas *a lifesaver*

el texteo *texting*
el tuiteo *a tweet*
enviar / mandar mensajes de texto cortos *to send brief text messages*
textear *to text*
tuitear *to tweet*

Verbos y frases útiles   *Useful verbs and phrases*

acostumbrar(se) *to be in the habit of; to get accustomed to*

cambiar de tema *to change the subject*

dar(se) cuenta *to report; to realize, become aware of*

disfrutar *to enjoy, enjoy doing*

engañar *to deceive, mislead*

entretener(se) (*like* **tener**) *to be entertaining; to entertain or amuse oneself*

fastidiar(se) *to bother, annoy; to get upset*

gozar *to enjoy*

halagar *to flatter*

insultar *to insult*

relajar(se) *to relax*

revisar *to read, examine; to review*

tener suerte *to be lucky*

valer la pena *to be worthwhile*

> **Acostumbrar** means *to be in the habit of.* **Acostumbrarse** means *to get accustomed to, get in the (new) habit of.* **Fastidiar** means *to bother (someone),* whereas **fastidiarse** means *to get upset.* **Dar cuenta** *(to report)* and **darse cuenta** *(to realize)* also have different meanings. You will learn more about these verbs and others like them on page 67, **Gramática útil 3.**

ACTIVIDADES

8 ▸ Regalos ¿Qué regalos electrónicos recomendarías para los siguientes parientes? Escoge de la lista.

un teléfono inteligente   **un juego multijugador**   **un sistema GPS**
un lector digital   **un televisor de alta definición**

1. El tío Fernando siempre se pierde cuando conduce a sitios desconocidos.
2. Al primo Riqui le encanta la competencia *(competition)* de cualquier forma.
3. Tus padres pueden pasar horas viendo deportes en la tele o programas sobre la naturaleza.
4. A tu hermana le encanta leer hasta la madrugada en su cama.
5. Tu prima Gloria viaja mucho y como es abogada tiene que tener acceso a Internet en cualquier momento.

9 ▸ ¿Lo halagó o lo insultó? Jaime recibió los siguientes mensajes de texto. Di si la persona lo halagó o lo insultó.

1. ¡No fastidies! ¡No me envíes mensajes de texto en la madrugada!
2. Gracias por tu mensaje. Me hiciste sentir mucho mejor.
3. ¡Tus mensajes de texto son casi poéticos! ¿Dónde aprendiste a escribir?
4. ¡Por favor, Jaime! Los enlaces que me envías son nada más que un robatiempo.
5. Gracias por el video. ¡No me he reído tanto en años!
6. ¡Deja de enviar tuiteos y ponte a estudiar! Se nota que te hace falta repasar las reglas de ortografía *(spelling)*.

10 **Miniconversaciones** Completa las siguientes miniconversaciones con un verbo o una frase de la lista a continuación. Dentro de cada miniconversación, la forma correcta del verbo varía. Sigue el modelo.

cambiar de tema   disfrutar / gozar
relajarse   revisar
fastidiarse   entretenerse
valer la pena   darse cuenta

> **MODELO** —Daniel _acostumbra_ estar en línea por lo menos tres horas al día.
> —¿Y tú? ¿Cuánto tiempo _acostumbras_ estar en línea?

1. —¿Cómo _____ tantas horas en la computadora?

   —Yo _____ leyendo los blogs de los periodistas.

2. —Para _____, Susana apaga la computadora, descuelga el teléfono y pone el televisor.

   —Yo, en cambio, _____ navegando por Internet.

3. —Raquel _____ que no le gustan las redes sociales porque son un robatiempo.

   —Yo _____ que los sitios de redes sociales son buenos para mantenerme en contacto con mucha gente, incluso gente de mi pasado.

4. _____ hacer las compras en línea porque hay más variedad que en las tiendas.

   —También _____ usar los servicios bancarios en línea.

5. —¿No _____ recibir correo basura?

   —Sí, pero más _____ recibir e-mails en cadena que prometen fortuna o desastre si rompo la cadena.

6. —¿_____ de las charlas en las salas privadas?

   —No, pero sí _____ de los sitios de redes sociales.

7. —¿Por qué _____? ¿No quieres decirme tu edad?

   —_____ porque mi edad ¡no es asunto tuyo!

8. —Necesito _____ el documento para asegurarme de que no tenga errores gramaticales.

   —Yo _____ todos mis informes más de una vez.

11 **Mensajes de texto de personajes históricos, ficticios o contemporáneos** Imagínate que el texteo existía en otros tiempos. ¿Qué dirían varios personajes históricos y ficticios? Mira los ejemplos y trata de escribir cuatro mensajes de texto desde el punto de vista de un personaje que te interese, ya sea histórico, ficticio o contemporáneo.

MODELOS   CRISTÓBAL COLÓN: *Me dan muchas ganas de viajar pero no tengo dinero. Sería bueno encontrar un monarca rico que me comprara unos barcos.*

PABLO PICASSO: *¡Tengo cinco galones de pintura azul! A ver qué puedo pintar.*

MALINCHE: *¿Sabes lo que me hace falta? Un buen diccionario náhuatl-español.*

© Heinle/Cengage Learning

Las compras y la banca en línea   *Online shopping and banking*

el aviso *notice, alert*	**las preferencias** *preferences*
el carro de la compra *shopping cart*	**la privacidad** *privacy*
las condiciones de uso *terms of agreement*	**el servidor seguro** *secure server*
el mapa del sitio *site map*	**el sitio web seguro** *secure web site*
	la transacción *transaction*

ACTIVIDADES

12 **¿Qué hago?** De las tres opciones, elige la que tenga más sentido según la situación.

1. Estás en línea y has encontrado un sistema GPS que quieres comprar. Lo pones en: **a.** la bandeja de salida. **b.** el carro de la compra. **c.** el archivo de contactos.
2. Estás en la página principal de tu banco y quieres saber más sobre todos los servicios bancarios que te ofrecen. Escoges: **a.** las condiciones de uso. **b.** las preferencias. **c.** el mapa del sitio.
3. En tu red social, quieres asegurarte que sólo tus conocidos tengan acceso a tu página. Eliges: **a.** el servidor seguro. **b.** la privacidad. **c.** las condiciones de uso.
4. No quieres hacer una transacción con tu tarjeta de crédito a menos que el sitio tenga: **a.** un servidor seguro. **b.** una sala privada. **c.** un menú desplegable.
5. Para configurar la cuenta a base de tus gustos, visitas: **a.** el mapa del sitio. **b.** las condiciones de uso. **c.** las preferencias.

13 **¿Transacción?** Lee los servicios que ofrece un banco en línea y di si la descripción es una transacción o no.

1. Verifica los saldos de tus cuentas.
2. Consulta la actividad de las transacciones de las cuentas de cheques, de ahorros y de tarjeta de crédito personales.
3. Descarga las transacciones de tu cuenta a tu programa financiero.
4. Recibe y paga tus cuentas en línea.
5. Transfiere fondos entre cuentas.
6. Revisa los resúmenes de cuenta de tu línea de crédito.

14 **Acostumbro…** Conversa con un(a) compañero(a) sobre sus hábitos de compra y de banca en línea. Primero, escriban seis preguntas para hacerse el uno al otro. Luego, háganse las preguntas y contéstenlas con todo el detalle posible. Usen todo el vocabulario que puedan del **Vocabulario útil 1 y 2.**

Opciones para empezar la conversación

¿Prefieres hacer las compras en línea o en las tiendas? ¿Por qué?

¿Tienes confianza en la banca en línea o no? ¿Por qué sí o no?

¿Qué clase de cosas acostumbras comprar en línea?

¿Crees que los precios y los servicios son mejores en línea o en el centro comercial?

Frases de todos los días

Todo idioma posee un sinfín de frases diarias: esas frases que todos usamos en las conversaciones informales, ya sea para reaccionar, para hacer transiciones entre pensamientos, para cambiar de tema o simplemente para ganar tiempo. En inglés, por ejemplo, se suelen usar frases como *"You're kidding me!" o "No way!"*

Aprende a incorporar frases de todos los días en tus conversaciones y, tarde o temprano, hablarás con la fluidez de un hispanohablante. ¡De veras!

A ver si entiendes. Haz correspondencia entre las palabras y frases a la izquierda y sus equivalentes en inglés a la derecha.

1. **¡De veras!**
2. **Estoy harto(a).**
3. **Eso es el colmo.**
4. **¡Es lo máximo!**
5. **mejor dicho**
6. **¡Qué lata!**
7. **tarde o temprano**
8. **sin falta**
9. **un sinfín**
10. **antes que nada**

a. *That's the best! That's cool!*
b. *without fail*
c. *Really!*
d. *first of all*
e. *What a pain!*
f. *I'm fed up.*
g. *That's the last straw.*
h. *Let me rephrase.*
i. *sooner or later*
j. *an innumerable amount*

Práctica Escoge una de las frases de la lista y búscala en Internet. Apunta el tipo de información que encuentras en línea. Por ejemplo, si se trata de una canción, escribe su título, cantante o autor y el sitio donde encontraste la información. Si tienes acceso a la letra *(lyrics)* de la canción, imprímela para mostrar en clase. De la misma manera, si encuentras la frase en algo escrito, imprime la página y anota la dirección del sitio donde lo encontraste. Comparte tus resultados con la clase.

>> Manuel Blum y Luis Von Ahn:
Ingenieros ingeniosos de la era digital

Manuel Blum

Luis Von Ahn

Los "CAPTCHAS", esas letras distorsionadas que sirven para evitar *(to avoid)* que se registren usuarios no humanos, son la invención de dos brillantes profesores de la Universidad Carnegie Mellon, Manuel Blum y su ex-alumno Luis Von Ahn. Venezolano por nacimiento, Blum es el único sudamericano que ha recibido el prestigioso Premio Turing por sus contribuciones a la teoría de complejidad computacional y la criptografía.

Nacido en Guatemala en 1979, Von Ahn es ganador del Premio MacArthur y ha sido reconocido como una de las mejores mentes científicas del mundo por *Discover Magazine*, *Popular Science Magazine* y *Technology News*. Recientemente, Von Ahn inventó los re-CAPTCHAS, una nueva versión de los CAPTCHAS que está ayudando a digitalizar libros antiguos. Esta versión usa imágenes de los libros antiguos que no son identificables por los programas de reconocimiento óptico de caracteres. Cada vez que un usuario reconoce correctamente una serie de caracteres, no sólo gana acceso a una página web, sino que contribuye al esfuerzo por digitalizar los libros antiguos.

Comprensión

1. ¿Qué tienen en común Blum y Von Ahn? Marca todas las opciones correctas.
   a. Nacieron en América Latina.
   b. Tienen la misma edad.
   c. Enseñan en la misma universidad.
   d. Son muy exitosos.
   e. Están ayudando a digitalizar libros antiguos.

2. En la columna derecha, anota dos palabras de la lectura que se forman con el verbo a la izquierda. Sigue el modelo.

inventar	*inventó, invención*
ganar	
contribuir	
usar	
nacer	
reconocer	

© Heinle/Cengage Learning

>> Entrevista con **Flor Olivo**, fundadora del programa "Ilumina tu gente"

Flor Olivo es una estudiante de West Jordan, Utah, que quería hacer algo para ayudar a los latinos en su comunidad. La organización "Ilumina tu gente" es el resultado de sus esfuerzos.

Comprensión

Di si las siguientes oraciones son ciertas (C) o falsas (F). Corrige las oraciones falsas.

1. Flor es estudiante de comunicación y criminología en la Universidad de Utah.
2. "Ilumina tu gente" usa la tecnología para mejorar las vidas de los latinos.
3. Flor creó el programa porque se dio cuenta de que no hay recursos para latinos.
4. El programa se dirige principalmente a los niños latinos.
5. A Flor le gusta la idea de tener un trabajo donde ayuda a las víctimas del abuso.

>> El aprendizaje-servicio

El aprendizaje-servicio conecta el aprendizaje de materia académica con el servicio a los demás. El aprendizaje procede en cuatro etapas.

1. Preparación: Los estudiantes adquieren información sobre un problema.
2. Acción: Los estudiantes ponen en práctica un plan de acción para contribuir a una solución.
3. Reflexión: Los estudiantes reflexionan sobre el impacto de su trabajo y consideran cómo mejorar el plan.
4. Demostración: Los estudiantes informan a los demás sobre lo que han aprendido y cómo han contribuido.

Práctica

Hay muchas oportunidades de aprendizaje-servicio enfocadas a la comunidad latina. Busca en Internet un ejemplo de este tipo de programa y prepara una breve presentación o fichero que incluya la siguiente información.

1. Ubicación del programa
2. ¿En qué problema se enfoca el programa?
3. ¿En qué consiste el plan de acción? ¿Cómo contribuye a una solución?
4. Da tu opinión sobre el programa: ¿te parece bueno o no? ¿Por qué?
5. ¿Crees que el programa ayude a la comunidad?

¡Prepárate!

Repaso y ampliación: *Ser* and *estar*

Cómo usarlo

© Heinle/Cengage Learning

1. As you know, **ser** and **estar** both mean *to be* in English. However, they are used in different ways.

Use **ser** . . .	Use **estar** . . .
to identify yourself and others: **Soy** la compañera de Sarita. Marcos **es** mi hermano.	to express location of people, places, and things: Los teléfonos inteligentes **están** aquí.
to describe traits and physical features: La profesora de computación **es** muy alta. También **es** muy inteligente.	to talk about emotional conditions: **Estoy** furioso porque el sistema GPS en mi coche nuevo no funciona.
to indicate professions: Ernesto y Beatriz **son** diseñadores de sitios web.	to talk about a physical condition: Ellos **están** cansados después de navegar en Internet toda la noche.
to indicate that someone is single: Miguel **es** soltero.	to say whether a person is married or divorced: Mi tío **está** casado pero su hermana **está** divorciada.
to indicate nationality and origin: El televisor de alta definición **es** japonés.	to describe actions in progress (as part of the present progressive tense): **Estás** leyendo un libro electrónico.
to express possession with **de**: El lector digital **es** de Mariana.	in a number of phrases and idiomatic expressions: **estar a favor de** *to be in favor of* **estar al día** *to be current, aware of current events* **estar al tanto** *to be up to date* **estar de acuerdo** (**con**) *to agree* **estar de moda** *to be in style* **estar harto(a)** *to be sick of, fed up with* **estar por las nubes** *to be very happy*
to give the location of an event: La reunión va a **ser** en la librería.	
to give time and date: Hoy **es** martes el dieciocho de abril. **Son** las cuatro y media de la tarde.	
with impersonal expressions: **Es** necesario, importante, bueno, malo, etc.	
to say what something is made of: La computadora **es** de metal y plástico.	

"" Me encantan las redes sociales porque puedo seguir las vidas de todos mis amigos y **es** bien fácil comentar sobre sus actividades... Así siempre **estoy** al tanto de las vidas de mis amigos. ""

You will learn more about the progressive tenses in **Chapter 2.**

2. Some adjectives can be used with both **ser** and **estar**, but they have different meanings when used with each verb.

	with ser	with estar
aburrido	*boring* Este videojuego **es aburrido**. *This videogame **is boring**.*	*bored* **Estoy aburrida** con la charla. ***I'm bored** with the chat.*
bueno	*good* Este programa **es bueno**. *This program **is good**.*	*tasty (food)* (See also **rico** below.) Esta ensalada **está buena**. *This salad **is tasty**.*
interesado	*selfish, greedy (for money)* Laura **es** una persona muy **interesada**. *Laura **is** a very **selfish** person.*	*interested* No **estoy interesada** en las redes sociales. *I **am** not **interested** in social networks.*
listo	*smart, clever* Tú **eres listo**. Sabes mucho sobre los aparatos electrónicos. *You**'re smart.** You know a lot about electronic devices.*	*ready* Si quieres instalar el programa, la computadora **está lista**. *If you want to install the program, the computer **is ready**.*
malo	*bad* **Es malo** tuitear durante la clase. ***It's bad** to tweet during class.*	*ill, in bad shape* Carmen está en el hospital. Dicen que **está** muy **mala**. *Carmen is in the hospital. They say **she's in** very **bad shape**.*
rico	*rich* El inventor de ese programa **es rico**. *The inventor of that program **is rich**.*	*tasty* ¡Esta pizza **está rica**! *This pizza **is tasty**!*
seguro	*safe* No **es seguro** compartir tu contraseña. ***It's** not **safe** to share your password.*	*sure* ¿**Estás seguro** que sabes la contraseña? ***Are you sure** you know the password?*
verde	*green* Mi teléfono celular **es verde**. *My cellphone **is green**.*	*green, unripe* Estos plátanos **están verdes**. *These bananas **are unripe**.*
vivo	*lively, vivacious* Marta **es** una persona muy **viva**. *Marta **is** a very **lively** person.*	*alive* Mis bisabuelos todavía **están vivos**. *My great grandparents **are** still **alive**.*

Pista *(Track)* 2

1 **¿Por qué?** Escucha las oraciones y determina por qué se usa **ser** o **estar** en cada caso. Escoge entre las siguientes razones.

Razones

- **ser:** características y rasgos físicos, expresiones impersonales, hora y fecha, identidad, material, nacionalidad/origen, posesión con **de**, profesión, ubicación de un evento
- **estar:** estados emocionales, estados físicos, expresiones con **estar**, presente progresivo, ubicación *(location)* de personas, lugares y cosas

2 **Los adjetivos** Mira el adjetivo que se usa en cada oración. Luego, escoge entre **ser** o **estar** para expresar el sentido *(meaning)* del adjetivo que se indica entre paréntesis.

1. Soy / Estoy muy aburrido *(bored)* hoy.

2. Este sitio web es / está muy seguro *(safe)*. No hay que preocuparse por la privacidad.

3. Ricardo es / está muy listo *(smart)*. Sabe mucho sobre las computadoras.

4. Mi abuelo todavía es / está vivo. Tiene 80 años.

5. ¡Esta sopa es / está buenísima *(tasty)*!

6. Mi teléfono celular es / está verde *(green)*.

7. El inventor de esa red social es / está rico *(rich)*.

8. Esa programadora no es / está interesada *(interested)* en los videojuegos.

3 **¿*Ser* o *estar*?** Haz oraciones completas usando las palabras indicadas con **ser** o **estar**.

1. la reunión / el miércoles a las tres de la tarde

2. mis padres / divorciados

3. después de comer en ese restaurante nosotros / enfermos

4. el profesor de diseño gráfico / peruano

5. la pantalla / de metal y plástico

6. la biblioteca musical / muy completa

7. yo / segura de que mis amigos leen mis tuiteos

8. el teléfono inteligente / en la mesa

9. mi padre / programador

4 **¿Qué pasa?** Lee las siguientes oraciones y luego haz una oración para describir qué pasa. Usa un adjetivo de la lista con **ser** o **estar.** (No olvides hacer la concordancia de género y número y no uses el mismo adjetivo más de una vez.)

Adjetivos: aburrido, atlético, contento, furioso, harto, listo, rico, seguro, serio

> **MODELO** Mi tío se enoja porque no puede encontrar el documento. (él)
> *(Él) Está furioso.*

1. Martina juega básquetbol y volibol. (ella)
2. Ellos tienen mucha confianza en el sistema. Creen que va a funcionar bien. (ellos)
3. No puedo más. ¡Él es tan interesado! No quiero hablar más con él. (yo)
4. Mi sobrina aprendió a leer a los tres años de edad. (ella)
5. A Marcos sólo le gusta estudiar y hacer investigaciones en Internet. No sale para divertirse. (él)
6. Tienes muchos amigos virtuales y te encanta chatear con ellos. (tú)
7. Ay, este videojuego no es muy divertido. No me interesa. (yo)
8. ¡Una compañía multinacional compró nuestro programa nuevo por un millón de dólares! (nosotros)

 5 ▶ **Situaciones** Trabaja con un(a) compañero(a) de clase. Cierra los ojos e imagina que te encuentras en las siguientes situaciones. ¿Qué dices? Reacciona con oraciones que incluyan **ser** o **estar**.

1. Vas a una fiesta y tienes que describirte a un(a) desconocido(a) que va a reunirse contigo allí. ¿Cómo eres y cómo te sientes en este momento?
2. Estás en un lugar fabuloso que te gusta mucho. ¿Dónde estás? ¿Cómo es? ¿Cómo te sientes en este momento? ¿Estás solo(a) o acompañado(a)?
3. Estás haciendo algo que te interesa mucho. ¿Dónde estás? ¿Cómo es? ¿Qué estás haciendo?
4. Piensa en una experiencia de tu niñez. ¿Cómo eres? ¿Cómo es tu familia? ¿Cómo te sientes? ¿Qué estás haciendo?

 6 ▶ **Autodescripción** Trabaja con un(a) compañero(a) de clase. Usen las siguientes expresiones para describirse e indicar si se aplican a Uds. o no. Luego, compartan sus oraciones con la clase entera. ¿Cuáles son las respuestas y reacciones más comunes?

Expresiones: estar a favor de, estar al día, estar de acuerdo (con), estar de moda, estar harto(a), estar por las nubes

> **MODELO** **Tú:** *Estoy por las nubes cuando no tengo tarea.*
> **Compañero(a):** *¡Yo estoy por las nubes todos los viernes!*

 7 ▶ **Adivina** En grupos, túrnense para describir una cosa, una persona, un lugar o una actividad de la lista de vocabulario, usando oraciones con **ser** o **estar**. Mientras una persona describe, las otras tratan de adivinar qué es.

> **MODELO** **Tú:** *Es un mensaje muy corto que está muy de moda por el momento.*
> **Compañero(a):** *¡Es un tuiteo!*

Gramática útil 2

Repaso y ampliación: *Por* and *para*

Cómo usarlo

1. **Por** and **para** have very distinct meanings in Spanish. Their use can also vary from region to region, but in general, here are some guidelines to using them correctly.

© Heinle/Cengage Learning

❝ ¡No me explico cómo la gente vivía sin Internet! Como mis papás, **por** ejemplo. **Para** comunicarse con amigos y familia a larga distancia, tenían que escribir una carta, o llamar **por** teléfono. ¡Qué lata! ❞

Por is frequently translated the following ways: *(in exchange) for, during, in, along, through, on behalf of, for (duration of an event), by (transportation).*

Native speakers may use **por Internet** or **en Internet,** depending on local usage. You will hear both regional variations throughtout the Spanish-speaking world.

Use **por** . . .	
to express *means or method* (**medio, método**)	Hago las investigaciones **por** Internet. Hablamos **por** teléfono todos los días. Es la primera vez que viajamos **por** avión.
to give a *cause or reason* (**causa, motivo**)	Estamos preocupados **por** el examen. Ella está muy cansada **por** estudiar tanto. Recibí un teléfono inteligente **por** mi cumpleaños.
to express *time* in general (**tiempo**)	Estudio **por** el día y chateo **por** la noche. Voy a estudiar en Chile **por** un año entero.
to describe *motion through or around* something (**movimiento o acción en un espacio determinado**)	Primero tienes que pasar **por** el centro. Vamos a viajar **por** toda Latinoamérica.
to describe an *exchange* (**intercambio**)	Pagamos cien dólares **por** el teléfono. ¡Gracias **por** ayudarnos con el wifi!
to express that something was done *on behalf of someone else* (**a beneficio de**)	Trabajé **por** Elena cuando fue de vacaciones. Mi hermana habló **por** mí en la reunión.
to describe *quantity* (**cantidad, medidas**)	El queso cuesta veinte dólares **por** kilo. Un **por** ciento grande de la población usa Internet.
to express *location* (**ubicación—cerca de, alrededor de**)	Vamos **por** allí. No hay buena recepción **por** esta zona.
to describe *inclination or election* (**elección**)	Siempre voto **por** el candidato local. Él se interesa mucho **por** los aparatos electrónicos.

Use **para** . . .	
to indicate *destination or direction* (**destino**)	Salimos **para** la tienda de videojuegos. Hay que mover el cursor **para** arriba.
to say who is the *recipient of an object or action* (**el destinatario de un objeto o acción**)	Este sitio web es **para** estudiantes. Instalamos el programa **para** ustedes.
to indicate a *deadline or specific time in the future* (**fecha límite, tiempo específico**)	Tengo que bajar el archivo **para** mañana. Organizamos un viaje **para** el fin del año.
to express *intent or purpose* (**intención o propósito**)	Este programa es bueno **para** etiquetar fotos. Nos reunimos **para** compartir videos.
to indicate an *employer* (**empleador**)	Ellos trabajan **para** un médico.
to make a *comparison* (**comparación**)	**Para** ser programador, no sabe mucho de las computadoras. Habla muy bien **para** ser estudiante.
in *certain time expressions* (**para indicar la hora**)	Son las cinco **para** las once. Faltan las veinte **para** las ocho.
to express *someone's opinion* (**opinión**)	**Para** mí, el correo basura es una lata. La privacidad en línea no es importante **para** Luis.

Para is frequently translated the following ways: *for (deadline), toward, in the direction of, for (recipient or purpose), in order to + verb, for . . . (in comparison with others or employer).*

2. **Por** and **para** are used in some fixed and idiomatic expressions. **Por** is used this way much more frequently than **para**.

por	
por ejemplo	*for example*
por eso	*so, that's why*
por favor	*please*
por fin	*finally*
por lo general	*generally*
por lo menos	*at least*
por qué	*why*
el porqué	*the reason why*
porque	*because*
por si	*in case*
por supuesto	*of course*

para	
(no) dar para	*to (not) be enough*
para nada	*not at all*
para siempre	*always*
ser tal para cual	*to be two of a kind*

Pista 3

8 **Razones** Escucha las oraciones y determina por qué se usa **por** o **para** en cada caso. Escoge entre las siguientes razones.

Razones

- **por:** a beneficio de, cantidad/medidas, causa/motivo, elección, expresión con **por**, intercambio, medio/método, movimiento o acción en un espacio determinado, tiempo
- **para:** comparación, destinatario de un objeto o acción, destino, empleador, fecha límite/tiempo específico, expresión con **para**, intención/propósito, opinión, para indicar la hora

9 **¿Por o para?** Completa las siguientes oraciones con **por** o **para**.

1. _____ favor, ¿me puedes explicar cómo importar este archivo?

2. Esta noche voy a estar en el centro de computación _____ unas tres horas.

3. Los administradores de sistemas viajan a la reunión nacional _____ avión.

4. Este videojuego es _____ Susana. ¡No lo toques!

5. Ellos son tal _____ cual. Tienen los mismos intereses.

6. Mi sobrino es muy listo. Tiene una afinidad _____ los idiomas.

7. _____ mí, los juegos multijugadores son muy divertidos.

8. _____ ser estudiante, Mateo gasta mucho dinero en los videojuegos.

9. No me gusta el correo basura _____ nada.

10. Voy a enviar los mensajes _____ Lidia porque su teléfono celular no funciona.

10 **Consejos para navegar** Con un(a) compañero(a) de clase, lee los siguientes consejos para navegar en Internet con seguridad. Luego, contesten las preguntas a continuación.

Cómo mantener la privacidad y seguridad en línea

- No envíes fotografías por Internet a personas desconocidas.
- Ten cuidado con las redes sociales para asegurarte que conoces personalmente a todos tus "amigos".
- No aceptes invitaciones para reunirte con las personas que conoces en las salas de charla.
- No utilices la misma contraseña en todas tus cuentas. Es mejor tener una contraseña nueva para cada una.
- Si una persona anónima te pide datos personales, no respondas. No importa la razón por qué te los pide. ¡No lo hagas!
- No descargues programas desconocidos porque pueden trasmitir un virus. Debes preocuparte por la seguridad de tu sistema.

1. ¿Por qué no deben enviar fotos por Internet si no conocen a los recipientes? ¿Hay mejores maneras para compartir las fotos?

2. Si un desconocido les envía una invitación para ser su "amigo" en una red social, ¿la aceptan? ¿Por qué sí o por qué no?

3. ¿Cambian su contraseña con frecuencia? ¿Por qué es necesario tener contraseñas diferentes? ¿Qué deben o no deben hacer para crear una contraseña segura?

4. ¿Por qué no es buena idea compartir sus datos personales en línea? ¿Cuáles son otras cosas que deben hacer para mantener su privacidad en Internet?

5. ¿Se preocupan mucho por los virus? ¿Qué pueden hacer para evitar los problemas con los virus?

11 **Preguntas personales** Túrnense para hacer y contestar las siguientes preguntas.

1. ¿Te gusta hacer compras por Internet? ¿Por qué sí o no?

2. ¿Cuáles son unos sitios web que no te interesan para nada?

3. Para ti, ¿cuál es el mejor sitio web? ¿Por qué?

4. ¿Para qué usas más Internet? (para divertirte, para hacer compras, para hacer investigaciones, para conocer música nueva, para chatear, ¿...?)

5. ¿Por cuánto tiempo navegas en Internet todos los días?

6. Cuando vas a un sitio web nuevo, ¿pasas por muchas de las páginas o vas directamente a la que más te interesa?

12 **Mis favoritos** Trabajen en grupos de cuatro. Cada persona tiene que escribir una descripción de su sitio web favorito. La descripción debe tener por lo menos cuatro oraciones que usen **por** o **para**. Después, cada persona lee su descripción mientras que los otros tratan de adivinar qué sitio web se describe.

MODELO **Tú:** *Este sitio web es una red social para estudiantes. Una vez que pasas por la página de inicio, puedes ir a otras páginas donde hay...*

Repaso y ampliación: Verbs like *gustar* and similar constructions

Cómo usarlo

LO BÁSICO

An indirect object noun or pronoun indicates whom was affected by the action of the verb. Identify them by asking *To or for whom?*: *I bought the smart phone for **Sandra*** (indirect object noun). *I also bought this e-reader for **her*** (indirect object pronoun). The indirect object pronouns in Spanish are: **me, te, le, nos, os,** and **les**.

© Heinle/Cengage Learning

66 ¡**Me fastidia** que no entiendan! 99

You will review the use of indirect object pronouns again in **Chapters 3** and **4**.

Except for regional variations, **gustar** is normally used in the third person singular and plural forms only.

Gustar

1. Some verbs are used primarily in the third person with indirect object pronouns to express how an action affects the person indicated by the pronoun. A commonly used verb of this kind is **gustar: Me gusta navegar en Internet. También me gusta el texteo. Y me gustan los videojuegos.** The literal translation of **gustar** is *please(s)*.
2. Use **gusta** with singular nouns and infinitives and **gustan** with plural nouns. The indirect object pronoun changes to indicate who likes the thing mentioned.
3. For clarification, you may also add **a** + prepositional pronoun.

No **me** gusta <u>el</u> <u>correo basura</u> (a **mí**).

(A **ti**) **Te** gusta <u>navegar</u> en Internet.

Le gustan <u>los</u> <u>videojuegos</u> (a **Ud**. / **él** / **ella**).

(A **nosotros** / **nosotras**) **Nos** gusta <u>chatear</u>.

Os gusta <u>la</u> <u>charla</u> (a **vosotros** / **vosotras**).

No **les** gustan <u>los</u> <u>virus</u> (a **Uds**. / **ellos** / **ellas**).

Verbs used like *gustar*

There are other verbs that are often used like **gustar**.

bastar *to be enough*	Me **bastan** los <u>videojuegos</u> que tengo.
caer[1] **bien / mal** *to like, dislike*	Ese <u>estudiante</u> me **cae** bien.
doler (ue) *to hurt*	¿No te **duelen** los <u>dedos</u> por tanto texteo?
encantar *to like a lot, love*	A Lorena le **encanta** <u>tuitear</u>.
faltar *to miss, be lacking*	Nos **faltan** tus <u>fotos</u>.
fascinar *to fascinate*	¡Nos **fascina** este <u>teléfono</u> <u>inteligente</u>!
importar *to matter, be important to*	Mientras están en línea, no les **importa** <u>comer</u> ni <u>dormir</u>.

[1]**Caer** is conjugated like **traer** in the present tense: **caigo, caes, cae, caemos, caéis, caen.**

Verbs used with reflexive pronouns to express conditions and states

1. There is another category of verbs that may be used like **gustar**. These verbs are often used in the third person with indirect object pronouns, just like **gustar**. But they can also be used with reflexive pronouns to express a change in state or condition. In this usage, the conjugated verb and the reflexive pronoun refer to the same person.

   • The verb **aburrir(se)** *(to bore, to be bored)* is one of these verbs. When it is used with reflexive pronouns, the verb form matches the reflexive pronoun (<u>me</u> aburro, <u>te</u> aburres, etc.). When it is used like **gustar**, the verb is used in the third-person singular or plural, while the indirect object pronouns may vary (**me abur<u>ren</u> <u>los</u> <u>videojuegos</u>, te aburre <u>chatear</u>**).

You reviewed two of these verbs in the **Repaso y preparación** section of the **Capítulo preliminar** (**divertirse, preocuparse**) and you learned two others in the **Vocabulario útil** section of this chapter (**entretenerse, relajarse**).

A Teo le **aburren** <u>las</u> <u>salas</u> <u>de</u> <u>charla</u>. *Chat rooms bore Teo.*	Something specific bores Teo: chat rooms.
Teo <u>se</u> **aburre**. *Teo is (getting) bored.*	Teo is just bored (not by anything specific).

Remember, the reflexive pronouns are the same as the indirect object pronoun except for the third person, where **se** is used instead of both **le** and **les**.

   • Other verbs of this kind include the following.

fastidiar *to bother, irritate* Les **fastidian** las computadoras lentas.	**fastidiarse** *to get upset* Ellos <u>se</u> **fastid<u>ian</u>** cuando la computadora no funciona bien.
interesar *to interest* Me **interesan** <u>los</u> <u>juegos</u> <u>multijugadores</u>.	**interesarse por / en** *to take an interest in* <u>Me</u> **interes<u>o</u> por** tu futuro. Me **interes<u>o</u> en** tu sitio web.
molestar *to bother* Le **molesta** <u>bajar</u> los archivos grandes porque requieren mucha memoria.	**molestarse** *to be offended, to trouble oneself or be bothered* La abuela <u>se</u> **molesta** porque su nieto tuitea todo el día.
quedar *to be left* Solamente nos **queda** <u>una</u> <u>computadora</u>.	**quedarse** *to stay* Siempre <u>nos</u> **qued<u>amos</u>** en ese hotel.
relajar *to relax, to be relaxing* Te **relajan** los <u>libros</u> <u>electrónicos</u>.	**relajarse** *to relax* Todas las noches <u>te</u> **relajas** con un libro electrónico.

Interesarse por and **interesarse en** are used more or less interchangeably throughout the Spanish-speaking world.

When **molestarse** is used to mean *to trouble* or *be bothered*, it is usually as an expression of courtesy in response to an offer of food, drink, or assistance: **Por favor, no te molestes**. *(Please, don't trouble yourself!)*

2. Finally, some verbs that use reflexive pronouns to express a change of state are usually not used like **gustar**. Most of these verbs have a different meaning when they are used with or without the reflexive pronoun. Here are some you already know: **acostumbrar(se)**, **casar(se)** *(to marry; to get married)*, **dar(se) cuenta**, **divorciarse** *(to divorce; to get divorced)*, **dormirse**, **enamorar(se)** *(to cause someone to fall in love; to fall in love with someone)*, **pelearse** *(to fight; to fight with someone)*, **quejarse**, **reírse**, **reunir(se)** *(to gather; to meet or gather)*, and **separarse** *(to separate; to split or break up)*.

Quejarse *(to complain)* and **reírse** *(to laugh)* are almost always used with the reflexive pronoun.

13 **Las preferencias** Escoge la opción que mejor complete cada oración.

1. A nosotras (nos encanta / nos encantan) subir fotos a nuestra página en Facebook.
2. ¿Y a ti? ¿(Te gusta / Te gustan) los sitios de redes sociales?
3. Mi compañera es muy tímida y a ella no (le cae / le caen) bien los desconocidos.
4. Mi biblioteca musical contiene más de 100 gigabytes de música. ¡(Me basta / me bastan) las canciones que tengo!
5. ¿(Les importa / Les importan) tener el sistema GPS en el auto?
6. ¡Uy! Tenemos las fotos para el sitio web, pero todavía (nos falta / nos faltan) los archivos de audio.
7. A mi sobrino (le fascina / le fascinan) mirar videos en línea.
8. Estos audífonos no funcionan bien. Ahora (me duele / me duelen) los oídos.

14 **¿Qué pasa?** Lee cada oración. Luego, completa la segunda oración según el modelo.

> **MODELO** Susana se molesta por la conexión mala.
> *La conexión mala __le molesta__.*

1. Me aburro al leer estos textos. Estos textos _____.
2. Te interesas por la programación. Estos programas _____.
3. Ellos se relajan con los libros-e. Leer los libros-e _____.
4. Tú y yo nos entretenemos con los videojuegos. Los juegos multijugadores _____.
5. Ustedes se preocupan por el correo basura. El correo basura _____.
6. Usted se divierte con el tuiteo. Tuitear _____.

15 **Conclusiones** Lee cada descripción y completa la oración final con la forma correcta del verbo indicado.

1. La jefa tiene un nuevo teléfono inteligente. Al principio, no pudo usarlo bien, pero ya comprende todas sus funciones. Ella _____ (acostumbrar / acostumbrarse) al teléfono.
2. A esos niños no les gusta compartir la computadora. Se pelean mucho. Al final, casi siempre les tenemos que _____ (separar / separarse).
3. Los novios se conocieron por Internet y se enamoraron. Mi amiga dice que ellos _____ (casar / casarse) mañana.
4. Quiero añadir más contactos a mi archivo de contactos. Pero primero tengo que _____ (reunir / reunirse) todos los nombres y datos.
5. Al hablar con la programadora, nosotros _____ (dar cuenta / darse cuenta) que nos queda mucho por aprender.

16 ▶ **¿Y tú?** Trabaja con un(a) compañero(a) de clase y túrnense para hacer y contestar las siguientes preguntas.

1. ¿Quiénes son algunas personas que te caen bien?
2. ¿Qué haces para relajarte?
3. ¿Cuáles son algunas cosas o problemas que te preocupan?
4. ¿A qué te acostumbras este semestre?
5. ¿Te falta algún aparato electrónico? En ese caso, ¿qué es?
6. ¿Cuáles son algunos sitios web y videojuegos que más te interesan?

17 ▶ **La tecnología y yo** Completa la siguiente tabla con tus opiniones sobre la tecnología. Luego, compara tus respuestas con las de un(a) compañero(a) de clase. ¿Tienen los mismos intereses y reacciones? ¿Cómo se diferencian?

Me aburre / aburren...	
Me interesa / interesan...	
Me fascina / fascinan...	
Me molesta / molestan...	
Me falta / faltan...	
Me importa / importan...	

18 ▶ **Los avatares** Trabaja con un(a) compañero(a) de clase. Miren los siguientes avatares y para cada uno, imaginen cómo es la persona que usa ese avatar. ¿Qué le gusta/molesta/aburre/divierte/interesa/preocupa...? Escriban por lo menos dos oraciones para cada avatar, usando verbos de las páginas 66–67.

Doctor Loco

Mega Mantis

Fifinela

Te Veo

© Heinle/Cengage Learning

¡Explora y exprésate!

>> *Livin'* la vida digital

Dale una vuelta al mundo para ver cómo se está utilizando la tecnología y cómo está afectando la vida de la gente hispana.

ESPAÑA arte digital del Prado

Con el programa de Google Earth, puedes visitar el Museo del Prado en Madrid ¡sin comprar un boleto de avión! Puedes examinar, en tu propia pantalla en casa, catorce obras de arte maestras, inclusive pinturas de Francisco de Goya y El Greco. La ultra-alta resolución en que se fotografiaron las pinturas le ofrece al internauta (*web surfer*) detalles que no le son visibles al visitante del Prado. Y para el internauta, ¡la entrada al museo es gratis!

El tres de mayo de 1808 en Madrid, Francisco de Goya

COSTA RICA los mensajes de texto y el español

Alberto Gómez Font, el coordinador general de la Fundación del Español Urgente (Fundéu), un grupo que responde a consultas sobre el uso del idioma, contesta una pregunta en una mesa redonda en Costa Rica:

¿Perjudica (Does it damage) al uso correcto del idioma el lenguaje abreviado de los mensajes telefónicos?

"Yo soy de los que opinan que no es un peligro pues ese código (*code*) sólo tiene un uso restringido (*restricted*) a determinados medios de comunicación (teléfono y computadora), y además se circunscribe a un grupo de hablantes de determinada edad.

Si los profesores de lengua española hacen bien su trabajo en las escuelas, no hay nada que temer (*to fear*) pues los niños y las niñas aprenderán a escribir correctamente y después jugarán a saltarse las normas (*they'll play at breaking the rules*), pero conociéndolas de antemano. Eso es muy importante."

Alberto Gómez Font

AMAZONIA la telemedicina

Una consulta digital

En Tutupaly y otras comunidades de la Amazonia, la visita al médico se hace vía Internet. Un proyecto de telemedicina ha sido implementado por los médicos internistas de la Universidad Técnica de Loja (UTPL). Con una computadora, una webcam y una antena parabólica, los habitantes de estas comunidades pueden tener teleconsultas con los especialistas que necesiten. "Como son personas que no tienen más de $1 diario para subsistir, es muy difícil que tengan posibilidad de salir del sitio para hacerse atender (*to be seen*) por otro médico", comenta el coordinador del proyecto, el doctor Danny Torres. La fusión de la tecnología y la medicina ha tenido excelentes resultados, y con el apoyo del Ministerio de Salud, esperan expandir el proyecto a otras comunidades en la Amazonia ecuatoriana.

MÉXICO   Internet gratis en el Zócalo

En Puebla, México, se pone en marcha un programa llamado "Conexión a Tiempo". En el zócalo, los portales y el atrio de la Catedral se instalan redes de Internet inalámbricas

(wireless) para el uso simultáneo de 500 usuarios del municipio. La alcaldesa, Blanca Alcalá Ruiz explica: "La meta *(goal)* de este programa es terminar con el analfabetismo *(illiteracy)* tecnológico y por otra parte convertir a la ciudad de Puebla, en un lugar digitalizado." Los usuarios podrán registrarse simplemente con ingresar *(to enter)* su correo electrónico, y podrán navegar por tiempo ilimitado. ¡Que vivan los poblanos digitalizados!

PERÚ   un juego popular en Facebook

Crazy Combi es una versión del popular juego Crazy Taxi, hecha por la empresa peruana Inventarte. En el juego, el jugador es el conductor de una combi *(van used for public transportation)* y su meta es eludir a los otros vehículos en el camino. "Nos dimos cuenta de que generalmente a la hora del almuerzo mucha gente de la oficina dedicaba varios minutos a los distintos juegos

que circulan en Facebook. Son 'robatiempo' pero te quitan el estrés", explica Javier Albarracín, director de Inventarte. En junio de 2009, Crazy Combi fue subido a Facebook. Dentro de 5 días se alcanzaron *(reached)* a más de 120.000 usuarios. En julio de 2009, habían llegado a 1.000.000. Comenta un usuario: "Es muy adictivo y creo que es el primer juego que escucho con voces peruanas en Facebook".

ESTADOS UNIDOS   los latinos conectados a la red

La encuesta es una forma de medir el sentimiento popular. A continuación, lee los resultados de un estudio hecho por El Comité Hispano del Interactive Advertising Bureau. ¿Qué piensas de las siguientes cifras?

	Latinos en EEUU*	Población general de EEUU**
navega con alta velocidad	52%	50%
usa Internet para información sobre la salud	61%	55%
usa Internet para sus necesidades financieras	54%	56%
escucha música en línea con regularidad	55%	41%
descarga archivos de música	37%	25%
usan Internet ___ horas a la semana	9.2	8.5

*16.000.000 están conectados a la red   **220.141.969 están conectados a la red

1 **¿Comprendiste?** Contesta las siguientes preguntas según la información que acabas de leer.

1. ¿Cuál es una ventaja *(advantage)* de hacer una visita virtual al Museo del Prado?

2. ¿Alberto Gómez Font se preocupa por el uso de lenguaje abreviado en Internet? ¿Por qué sí o por qué no?

3. ¿Qué aparatos electrónicos se necesitan para hacer una visita virtual al médico en Amazonia?

4. ¿Cuál es la meta *(goal)* del programa "Conexión a Tiempo"?

5. ¿Cuáles son algunas características de Crazy Combi?

6. ¿Cuáles son los tres usos de Internet más populares entre los latinos de EEUU?

Tú y la tecnología: ¡Exprésate!

2 **Adicción a Internet: ¿diversión o compulsión?** Según el Manual de Trastornos Mentales (DSM IV) de la Asociación Psiquiátrica Americana (APA), la adicción se define como "la pérdida de control sobre la propia conducta", en el uso de las computadoras, en este caso. Con un(a) compañero(a), contesten las siguientes preguntas y decidan si para ustedes, Internet es diversión o compulsión.

1. ¿Pasas horas enfrente de la computadora?

2. ¿Se te hace difícil despegarte de los sitios web, los mensajeros instantáneos o las salas de chat?

3. ¿Prefieres comer frente a la pantalla en vez de la mesa familiar?

4. ¿Te pones irritable cuando no puedes estar conectado?

5. ¿Se te hace difícil controlar el tiempo que pasas en línea?

¡Disfruta de Internet, pero mantente alerta! No dejes que el gusto de conectarte cruce la línea entre diversión y compulsión.

3 **Una buena idea digital = Billones de dólares** Todo el mundo ya conoce la historia de los estudiantes de Stanford que se hicieron billonarios con las ideas que se convirtieron en Google y Yahoo, y la historia de los estudiantes de Harvard que inventaron Facebook. ¿Tienes tú una idea digital que te convertirá en billonario? En grupos de tres o cuatro, traten de inventar una idea digital que pueda tener valor comercial. Una buena idea, un conocimiento de programación y un afán de trabajar: si ustedes poseen los tres, quizás serán unos de los grandes autores de la historia digital.

4 **TXT** En los mensajes de texto, es común usar abreviaciones para indicar frases aceptadas en el idioma. Trata de adivinar qué quieren decir las siguientes abreviaciones en español y luego, escribe su equivalente en inglés.

1. NTC   **a.** También
2. K/Q   **b.** No Te Creas
3. Pa   **c.** ¿Por qué?
4. PQ   **d.** Cambiando De Tema
5. TMB   **e.** ¡Qué risa!
6. RPTT   **f.** ¿Qué?
7. VDD   **g.** expresión de felicidad
8. Grax   **h.** Para
9. CDT   **i.** Repórtate
10. jajaja!   **j.** Gracias
11. Wiiiiiii   **k.** ¿Verdad?

5 **El microblog** *Twitter* utiliza el micro-blog de una forma novedosa. Sólo tiene dos requisitos: (1) tienes que contestar la pregunta: ¿qué estás haciendo en este momento? y (2) los tuiteos no pueden consistir de más de 140 caracteres. Gran parte del atractivo de *Twitter* es que fomenta (*encourages*) la creatividad. En su blog sobre los medios sociales, Rosaura Ochoa comparte algunas palabras nuevas del "twixicon". Primero, escoge la definición de la segunda columna que mejor le corresponda a la palabra en la primera columna.

1. twiccionario   **a.** dejar a un lado las tareas para estar en *Twitter*
2. illtwitterato   **b.** usuario que no puede dejar de estar en *Twitter*
3. twitcrastinar   **c.** diccionario de tuiterismos
4. narcissitwit   **d.** alguien que adora el sonido de sus propios tuiteos
5. twegotista   **e.** alguien que no sabe usar *Twitter*
6. twitahólico   **f.** alguien que le da mucha importancia a su participación en *Twitter*

Ahora, recordando los requisitos, escribe un tuiteo en español que muestre tu creatividad. Trata de usar algunas de las abreviaciones de la **Actividad 4**.

🌐 **¡Conéctate!**

¿Cuál de los usos de la tecnología te interesó más? Haz una investigación en Internet sobre usos extraordinarios de la tecnología que han cambiado y están cambiando la vida de la gente. Elige el que más te interesa y escribe un informe breve. Después, preséntaselo a la clase.

>> Antes de leer

ESTRATEGIA

As you read, focus on a mix of strategies to help you approach a text. Given the nature of this reading, here are two that will help you better comprehend its content.

- **Using format clues to aid comprehension:** Look at the way the reading is formatted. Without reading its content, just look at the title and the format.
  1. What kind of text is this?
  2. What can you predict about its content, based on its format?
- **Using visuals to aid comprehension:** Look at the art on page 75.
  3. What is its overall tone and feeling?
  4. Looking at the art, can you predict what the tone of the reading might be?

Para entender y hablar de la lectura

Here are some useful words for understanding and discussing the reading selection, which centers on a conversation in a private chat room.

asustar dar miedo

colgar *to hang up*

la gracia *the fun part, the point*

hacer memoria *to jog one's memory*

ingresar entrar

mentir no decir la verdad

la mentira información falsa

ponerse triste *to become sad*

la rabia furia, ira, enojo

vale OK, sí, está bien

 Mira las palabras de la lista y luego contesta las siguientes preguntas.

1. ¿Qué papel *(role)* crees que van a jugar las emociones en la lectura?
2. ¿Crees que cuando una persona chatea, siempre dice la verdad? En este caso, ¿cuál es la diferencia entre las exageraciones y las mentiras?
3. Cuando una persona chatea, ¿cómo modifica su ortografía *(spelling)* y otras formas escritas, como las letras mayúsculas *(capital letters)* y las abreviaturas? Busca ejemplos mientras lees la lectura.

¡Fíjate! El voseo

Esta lectura incluye unos ejemplos del voseo. El voseo se usa mucho en Argentina, Uruguay y partes de Chile y Centroamérica. Consiste en sustituir el pronombre **vos** en vez de **tú**. El vos tiene sus propias formas verbales que pueden variar por región. Por ejemplo, en la lectura, se usa **querés** en vez de **quieres** y **podés** en vez de **puedes**.

2 Mientras lees la lectura, busca la respuesta a esta pregunta: ¿Qué revela el uso del voseo sobre la identidad de la persona que lo usa?

>>

Lectura

"chatear", Gustavo Escanlar

En este texto del uruguayo Gustavo Escanlar, dos personas anónimas revelan sus detalles más íntimos en el ciberespacio... ¿O es que todo es pura mentira?

Mac and Me, **Victoria Contreras Flores**

This computer-generated drawing was created by the Spanish artist María Contreras Flores using only a mouse on a computer, before graphic pens and other drawing tools existed.

chatear *(viene de* chat, *conversación).*

estoymuerto ingresa a sala privada. ash ingresa a sala privada.

ASH DICE: ¿de verdad estás muerto? qué envidia...

ESTOYMUERTO DICE: es verdad, sí...

ASH DICE: ¿muerto de qué? ¿de amor, de rabia, de cansancio?

ESTOY MUERTO DICE: de vida... ¿comprendes?

ASH DICE: para nada...

ESTOYMUERTO DICE: un día me di cuenta que no tenía nada que perder... que ya estaba jugado[1], que era libre... entendí que estaba muerto... ese día cambió mi vida, entiendes? al comprender que estaba muerto... ahora sí?

_____

[1]*the die was cast, it was decided*

ASH DICE: ... es un poco rebuscado[2] pero vale, está bien...

ESTOYMUERTO DICE: eres h o m?

ASH DICE: importa?

ESTOYMUERTO DICE: sí

ASH DICE: m

ESTOYMUERTO DICE: ok. edad?

ASH DICE: 23... tú?

ESTOYMUERTO DICE: 32...

ESTOYMUERTO DICE: de dónde eres?

ASH DICE: ... ya comienzas con esas preguntas...

ASH DICE: ... voy a mentir...

ESTOYMUERTO DICE: ... ésa es la gracia...

ASH DICE: ... en boston... en miami... en rivera...

ASH DICE: ... elige...

ESTOYMUERTO DICE: ... ¿rivera? ¿qué es rivera?

ASH DICE: me quieres en rivera?

ASH DICE: una ciudad perdida del norte de uruguay... en la frontera con brasil...

ESTOYMUERTO DICE: i like it...

ESTOYMUERTO DICE: yo estoy en nueva york...en queens...

ESTOYMUERTO DICE: ... ¿sigues ahí?

ASH DICE: ... sí, sigo aquí...

ASH DICE: ... es que estaba haciendo memoria...

ASH DICE: ... y revisando el chat...

ASH DICE: ... y no recuerdo haberte preguntado dónde estabas...

ESTOYMUERTO DICE: ... qué agresiva eres...

ASH DICE: lo que me atrajo[3] de tu nick[4] era lo original... diferente a los otros... no me gustaría que nuestra charla fuera convencional... como todas...

ESTOYMUERTO DICE: ... sorry... enséñame cómo hacerlo diferente...

ASH DICE: ... mentirnos todo el tiempo, por ejemplo...

ASH DICE: ... es lo bueno de tu nick... dices que estás muerto, pero no es verdad...

ASH DICE: ... digo que estoy en rivera, pero quizá no...

ASH DICE: ... digo que soy mujer, pero nunca lo sabrás...

ASH DICE: en qué parte de queens estás?

ESTOYMUERTO DICE: y eso? esa pregunta no va contigo...

ASH DICE: ... es que también estoy en ny...

ESTOYMUERTO DICE: ... yo también te mentí...

ESTOYMUERTO DICE: ... vivo hace dos años en miami...

ESTOYMUERTO DICE: no eres mujer? no tienes 23?

---

[2]demasiado complicado [3]*attracted me* [4]*nickname*

ASH DICE:	mujer sí... 23 no...
ESTOYMUERTO DICE:	nothing but the truth, please...
ASH DICE:	44...
ASH DICE:	vas a irte? te asustan las vejetas[5]?
ASH DICE:	plis, don't go away...
ASH DICE:	... si querés, podés elegirme cualquier edad...
ESTOYMUERTO DICE:	44 está bien... i like it... casada?
ESTOYMUERTO DICE:	... yo tampoco tengo 32... no estoy tan muerto ni soy tan libre como dije...
ASH DICE:	casado?
ASH DICE:	divorciada dos veces... tres hijos... uno de 15, una de 9, uno de 7... los tres viven conmigo... vos?
ESTOYMUERTO DICE:	de verdad estás en ny?
ASH DICE:	hábil[6] para cambiar de tema...
ASH DICE:	no estoy en ny...
ASH DICE:	de verdad estás en miami?
ESTOYMUERTO DICE:	... no...
ASH DICE:	no qué?
ESTOYMUERTO DICE:	ni casado ni en miami...
ASH DICE:	ves que no importan los lugares?
ASH DICE:	... lo que importa es el sitio...
ASH DICE:	... este sitio...
ESTOYMUERTO DICE:	... me parece que te pusiste triste...
ASH DICE:	... cuando la máquina se cuelgue no nos veremos más...
ASH DICE:	... y se está por colgar...
ASH DICE:	... y era todo mentira...
	ash salió de la charla. ¡Chau!

---

[5]mujeres viejas [6]inteligente, astuto, listo

Excerpt from *Se habla español, Voces Latinas en USA* pages 41–43. Reprinted by permission of Alfagura, Santanilla USA Publishing Company, Inc.

Gustavo Escanlar, Uruguay

Gustavo Escanlar nació en 1962 en Montevideo. Es periodista y autor de cinco libros y un blog que se llama "Los siete sentidos". Trabaja en los campos de literatura, prensa escrita, radio, televisión e Internet y frecuentemente comenta sobre temas culturales y sociales.

3 Contesta las siguientes preguntas sobre la lectura.

1. ¿Qué significa la pregunta "¿eres h o m?"?

2. Según estoymuerto, ¿por qué le cambió la vida al darse cuenta de que estaba muerto?

3. ¿Quién hace más preguntas?

4. ¿Quién dice que la gracia de chatear es decir mentiras?

5. ¿Quién usa el voseo y qué revela sobre su identidad?

6. ¿Quién quiere que la charla no sea convencional?

7. ¿Qué pasa cuando ash dice que también está en Nueva York?

8. Según ash, solamente un lugar es importante. ¿Cuál es?

9. ¿Quién corta la conexión?

4 Completa la siguiente tabla con información de la lectura. Si la información no está en el texto, pon "no dice". Después, revisa la información que escribiste e indica qué es mentira, según lo que dicen estoymuerto y ash.

	Lo que dice estoymuerto	Lo que dice ash
1. ¿Dónde está?		
2. ¿Es hombre o mujer?		
3. ¿Está casado(a) o divorciado(a)?		
4. ¿Cuántos años tiene?		

 5 Con un(a) compañero(a), contesten las preguntas sobre la lectura.

1. Al final de la charla, ash dice que tiene 44 años y le pide a estoymuerto que no salga de la sala. En su opinión, ¿es verdad lo que dice ella? ¿Por qué sí o no?

2. estoymuerto nota que de repente *(suddenly)* ash se pone triste. En su opinión, ¿es verdad? Si es verdad, ¿por qué?

3. Al principio, parece que los dos usuarios quieren jugar e inventar historias. Pero durante la charla el tono de la conversación cambia. En su opinión, ¿quién está jugando y quién está tomando la conversación más en serio?

4. ¿Cuál es su reacción personal a los dos personajes de la lectura? ¿Cómo son ash y estoymuerto? En su opinión, ¿dónde están? (Presten atención al uso de **ser** y **estar** cuando busquen las respuestas.)

6 La charla entre estos dos usuarios es un juego complejo de verdades y mentiras. Con un(a) compañero(a), hagan una lista de las posibles razones por las cuales ash cuelga y corta la charla tan bruscamente. Luego, comparen su lista con la clase y juntos escojan la razón que les parece más definitiva.

7 En grupos de tres, hablen sobre estos temas relacionados con la lectura.

1. ¿Cómo cambian la tecnología y el mundo virtual la manera en que nos relacionamos?

2. Muchas personas creen que las relaciones y comunicaciones en el ciberespacio son diferentes que las del "mundo real". Piensen sobre los siguientes conceptos y relaciones personales: amigo(a), familiar, colega o socio(a), pareja, amistad, amor, lealtad, fidelidad. ¿Son diferentes en el ciberespacio que en la vida normal?

8 Escribe varios datos sobre un personaje que inventes (edad, estado civil, lugar, etc.). Luego, con un(a) compañero(a), escriban una charla semejante a la que acaban de leer. ¿Vas a representarte en línea diciendo la verdad, con mentiras o con una combinación de las dos?

© Vlad Murieta/Shutterstock

El escritorio, La pantalla *Desktop (of a computer)*

la barra de herramientas *toolbar*
el documento *document*
el favorito *bookmark*
el inicio *startup, beginning*

el menú desplegable *drop-down menu*
la página de inicio *startup page*
la página principal *home page*

Adelante *Forward button*
Anterior *Previous*
Atrás, Regresar *Back button*
Siguiente *Next*

El correo electrónico *E-mail*

el asunto *subject*
la bandeja de entrada *inbox*
la bandeja de salida *outbox*
el correo basura *junk mail, spam*
el (la) destinatario(a) *recipient*
el (la) remitente *sender*

Adjuntar (un archivo) *Attach (a file)*
Responder *Reply*
Responder a todos *Reply to all*

Acciones en línea *Online actions*

agregar *to add*
almacenar *to store, to archive*
arrastrar *to drag*
borrar *to delete, erase*
cancelar *to cancel*
comentar *to comment*
cortar y pegar *to cut and paste*
duplicar archivos *to back up or duplicate a file*
elegir (i) una opción *to choose an option*

etiquetar fotos *to label photos*
iniciar / cerrar (ie) (la) sesión *to log in; to initiate session / to log out; to close session*
guardar cambios *to save changes*
saltar *to skip*
subir / bajar *to upload / to download*
... fotos *. . . photos*
... audio y video *. . . audio and video*

El intercambio de información personal *Exchanging personal information*

el archivo de contactos *address book*
  la búsqueda de contactos *search for contacts*
  los contactos personales *personal contacts*
la charla *chat*
  la charla en tiempo real *real-time chat, live chat*
  la sala privada *private chat room*
el (la) conocido(a) *someone you know*
el (la) desconocido(a) *someone you don't know*

el nombre de usuario *user name*
la madrugada *wee hours of the morning*
la mensajería instantánea *instant messaging*
el perfil *profile*
la red social *social network*
  los sitios de redes sociales (SRS) *social networking sites*

Los aparatos electrónicos *Electronic devices*

el juego multijugador *multiplayer game*
el lector digital (de periódicos) *e-reader (for newspapers)*
el libro electrónico, el libro-e *e-book*
el sistema GPS *GPS (Geographical Positioning System)*

el teléfono inteligente, el "smartphone" *smart phone*
el televisor de alta definición *HDTV, high definition television*

El uso del teléfono inteligente *Using a smart phone*

la biblioteca musical *music library (on an MP3)*

el e-mail en cadena *chain e-mail*

la interacción *interaction*

la pantalla táctil *touch screen*

el robatiempo *a waste of time*

el salvavidas *a lifesaver*

el texteo *texting*

el tuiteo *a tweet*

enviar / mandar mensajes de texto cortos *to send brief text messages*

textear *to text*

tuitear *to tweet*

Verbos y frases útiles *Useful verbs and phrases*

acostumbrar(se) a *to be in the habit of; to get accustomed to*

cambiar de tema *to change the subject*

dar(se) cuenta de *to report; to realize, become aware of*

disfrutar *to enjoy, enjoy doing*

engañar *to deceive, mislead*

entretener(se) (like **tener**) *to entertain or amuse oneself*

fastidiar(se) *to bother, annoy; to get upset*

gozar *to enjoy*

halagar *to flatter*

insultar *to insult*

relajar(se) *to relax, be relaxing*

revisar *to read, examine; to review*

tener suerte *to be lucky*

valer (irreg. *yo* form) la pena *to be worthwhile*

Las compras y la banca en línea *Online shopping and banking*

el aviso *notice, alert*

el carro de la compra *shopping cart*

las condiciones de uso *terms of agreement*

el mapa del sitio *site map*

las preferencias *preferences*

la privacidad *privacy*

el servidor seguro *secure server*

el sitio web seguro *secure web site*

la transacción *transaction*

Frases de todos los días *Everyday phrases*

antes que nada *first of all*

¡De veras! *Really!*

Eso es el colmo. *That's the last straw.*

Estoy harto(a). *I'm fed up.*

¡Es lo máximo! *That's the best! That's cool!*

mejor dicho *Let me rephrase.*

¡Qué lata! *What a pain!*

sin falta *without fail*

tarde o temprano *sooner or later*

un sinfín *an innumerable amount*

Palabras y expresiones de la gramática

bastar *to be enough*

caer (irreg. *yo* form) bien / mal *to like, dislike*

doler (ue) *to hurt*

encantar *to like a lot*

faltar *to miss, to be lacking*

fascinar *to fascinate*

importar *to matter, to be important to*

interesar(se) *to interest; to take an interest in*

molestar(se) *to bother; to be offended, to trouble oneself or be bothered*

quedar(se) *to be left; to stay*

estar a favor de *to be in favor of*

estar al día *to be current, aware of current events*

estar al tanto *to be up to date*

estar de acuerdo (con) *to agree*

estar de moda *to be in style*

estar harto(a) *to be sick of, fed up with*

estar por las nubes *to be very happy*

(no) dar para *to (not) be enough*

para nada *not at all*

para siempre *always*

ser tal para cual *to be two of a kind*

por ejemplo *for example*

por eso *so, that's why*

por favor *please*

por fin *finally*

por lo general *generally*

por lo menos *at least*

por qué *why*

porque *because*

el porqué *the reason why*

por si *in case*

por supuesto *of course*

>> ## Vocabulario: Para hablar de los temas del día y la cultura

Here are some words and expressions you have already learned to talk about daily events and culture. (You may also want to review family vocabulary on pages 8–9.)

La actualidad

el (la) ciudadano(a)	cambiar
el cuento	conseguir (i)
la familia	contar (ue)
la historia	luchar (por)
	pensar (ie) en / de
	sentir (ie)
	sobrevivir
	tomar medidas

El cine y la televisión

la comedia (romántica)	la película de...
el dibujo animado	... acción
el documental	... ciencia ficción
el drama	... horror / terror
las noticias	la telecomedia
	el teledrama
	la telenovela
	la teleserie

La música

la música...	el R&B
... clásica	el rap
... country	el rock
... moderna	
... mundial	
... pop	

Las artes

el baile / la danza	la obra teatral
la escultura	el musical
el espectáculo	la ópera
la exposición de arte	la pintura
el museo	

   1 Completa las oraciones con la palabra del vocabulario que falta.

You will find answers to the activities in this section in **Appendix A.**

1. Me gustaba cuando mi abuela me contaba un _____ antes de acostarme.
2. A mis padres les gusta ver las obras de diferentes pintores contemporáneos. Van a muchas _____.
3. Los ciudadanos _____ para conseguir un museo virtual nuevo.
4. Hay muchas _____ y esculturas en la exposición de arte.
5. Voy a investigar la _____ de mi familia en Internet.
6. Mi madre toca el violín y por eso le gusta mucho la _____, especialmente las obras de los compositores Bach y Vivaldi.

>> ## Gramática 1: Preterite of regular -*ar*, -*er*, -*ir* verbs and stem-changing verbs

1. Here's a review of the preterite endings for regular **-ar**, **-er**, and **-ir** verbs. The **-ir** and **-er** verbs have the same endings. Note the accents on the **yo** and **Ud. / él / ella** forms.

	-ar verb: **bailar**	-er verb: **aprender**	-ir verb: **escribir**
yo	bail**é**	aprend**í**	escrib**í**
tú	bail**aste**	aprend**iste**	escrib**iste**
Ud. / él / ella	bail**ó**	aprend**ió**	escrib**ió**
nosotros(as)	bail**amos**	aprend**imos**	escrib**imos**
vosotros(as)	bail**asteis**	aprend**isteis**	escrib**isteis**
Uds. / ellos / ellas	bail**aron**	aprend**ieron**	escrib**ieron**

2. **-ir** stem-changing verbs are the only verbs to have a stem change in the preterite.

- **e → ie** change **e → i** in the preterite (third person only)
  preferí, preferiste, **prefirió**, preferimos, preferisteis, **prefirieron**
  Other verbs like **preferir: divertirse, sentirse, sugerir**

- **e → i** change **e → i** in the preterite (third person only)
  pedí, pediste, **pidió,** pedimos, pedisteis, **pidieron**
  Other verbs like **pedir: conseguir, despedirse, reírse, repetir, seguir, servir, sonreír**

- **o → ue** change **o → u** in the preterite (third person only)
  dormí, dormiste, **durmió**, dormimos, dormisteis, **durmieron**
  Other verbs like **dormir: morirse**

 2 Cambia cada <u>verbo</u> <u>subrayado</u> del presente al pretérito.

1. El grupo de mi hermano <u>toca</u> rap en español e inglés.

2. <u>Veo</u> un programa de entrevistas de Puerto Rico en línea.

3. <u>Preferimos</u> tomar medidas para solucionar el problema ahora mismo.

4. <u>Te levantas</u> temprano para ver las noticias.

5. Mi amigo <u>consigue</u> entradas para la exposición de arte en el sitio web.

6. Ellos <u>duermen</u> durante el documental.

>> Gramática 2: Preterite of common irregular and spelling-change verbs

1. Many commonly used verbs are irregular in the preterite. Note that many of these verbs change their stems and mix the regular **-ar** and **-er/-ir** endings. None of their forms has an accent. They fall into various groups: "**u**" verbs (**andar, estar, tener, haber, poder, poner, saber**), "**i**" verbs (**hacer, querer, venir**), and "**j**" verbs (**decir, traer**). Other common irregular verbs are **ir, ser, dar,** and **ver**. Review these forms in **Appendix C: Spanish Verbs,** irregular verbs.

2. Verbs that end in **-cir** (i.e., **conducir, producir, traducir**) are conjugated the same way as **traer** and **decir**: **conduje, condujiste, condujo**, etc.

3. Some verbs need a spelling change in the preterite to retain their original pronunciation.

   • **-car** verbs (like **sacar**) change the **c** to **qu** in the **yo** form: **saqué, sacaste**, etc.

   • **-gar** verbs (like **llegar**) change the **g** to **gu** in the **yo** form: **llegué, llegaste**, etc.

   • **-zar** verbs (like **cruzar**) change the **z** to **c** in the **yo** form: **crucé, cruzaste**, etc.

   • Verbs that end in **-eer** (like **leer**) change the **i** to a **y** in the third-person forms: **leí, leiste, leyó, leimos, leisteis, leyeron**.

 3 Crea oraciones completas usando estas palabras y formas del pretérito.

1. tú / andar por el museo
2. ellos / ir al concierto
3. tú y yo / venir del teatro
4. mi padre / me traer un DVD nuevo
5. yo / llegar de la escuela
6. ella no / poder ir a la ópera
7. tú / hacer un poster para el show
8. yo / sacar unas fotos de la escultura

>> Gramática 3: Imperfect of regular and irregular verbs

Here's a review of the imperfect forms for regular **-ar**, **-er**, and **-ir** verbs. There are only three irregular verbs in the imperfect: **ir**, **ser**, and **ver**. **Ver** is irregular only in that it maintains the **e** from the **-er** ending before adding the imperfect endings. **Ir** is irregular only because it uses **-ar** endings. There are no stem-changing verbs in the imperfect.

	-ar verbs	**-er** verbs	**-ir** verbs	**ir**	**ser**	**ver**
yo	pint**aba**	le**ía**	produc**ía**	**iba**	**era**	v**eía**
tú	pint**abas**	le**ías**	produc**ías**	**ibas**	**eras**	v**eías**
Ud. / él / ella	pint**aba**	le**ía**	produc**ía**	**iba**	**era**	v**eía**
nosotros(as)	pint**ábamos**	le**íamos**	produc**íamos**	**íbamos**	**éramos**	v**eíamos**
vosotros(as)	pint**abais**	le**íais**	produc**íais**	**ibais**	**erais**	v**eíais**
Uds. / ellos / ellas	pint**aban**	le**ían**	produc**ían**	**iban**	**eran**	v**eían**

 4 Completa cada oración con la forma correcta del imperfecto del verbo.

1. Yo siempre _____ (leer) muchas novelas.
2. Ellos _____ (ser) artistas.
3. Tú _____ (ir) al museo frecuentemente.
4. Usted _____ (hablar) con el director.
5. Tú y yo _____ (escribir) una obra teatral.
6. Ustedes _____ (ver) muchos documentales.

1. The present perfect describes what people *have done;* the past perfect describes what they *had done.* Only the forms of **haber** change.

	present perfect	past perfect
yo	**he** pintado	**había** pintado
tú	**has** pintado	**habías** pintado
Ud. / él / ella	**ha** pintado	**había** pintado
nosotros(as)	**hemos** pintado	**habíamos** pintado
vosotros(as)	**habéis** pintado	**habíais** pintado
Uds. / ellos / ellas	**han** pintado	**habían** pintado

2. Form the past participle of regular verbs by removing the **-ar, -er,** or **-ir** and adding these endings. Verbs that have an **-a, -e,** or **-i** preceding the **i** in **-ido** place an accent on the **i** to maintain the correct pronunciation: **leído, traído, oído**. No accent is used when the **i** of **-ido** is preceded by a **u**: **contruido, destruido**.

-ar verb: **bailar**	**-er** verb: **comer**	**-ir** verb: **dormir**
add **-ado: bailado**	add **-ido: comido**	add **-ido: dormido**

- Some verbs have irregular past participles.

abrir: **abierto**	freír: **frito** (also **freído**)	resolver: **resuelto**
cubrir: **cubierto**	hacer: **hecho**	romper: **roto**
decir: **dicho**	imprimir: **impreso**	satisfacer: **satisfecho**
describir: **descrito**	morir: **muerto**	ver: **visto**
escribir: **escrito**	poner: **puesto**	volver: **vuelto**

3. When using the present or past perfect with pronouns (direct object, indirect object, and reflexive), the pronouns precede **haber**: <u>**Se ha divertido**</u> **mucho. ¿La pintura? Ya** <u>**me la había vendido**</u> **cuando tú la viste**.

5 Da las formas correctas del presente perfecto y pasado perfecto para cada combinación de sujeto y verbo de la lista.

1. tú / bailar
2. ellos / comer
3. yo / vivir
4. nosotras / leer

5. ella / hacer
6. ustedes / ver
7. tú / volver
8. tú y yo / abrir

9. usted / romper
10. yo / decir
11. él y ella / poner
12. tú / escribir

Perspectivas internacionales 1

La educación global

De fondo: ¿Qué es la educación global?

1 **Aprender y pensar** Lee la siguiente información sobre la educación global y luego las preguntas a continuación.

Estudiar español en el extranjero

© Robert Fried/Alamy

Motivación

- Varios estudiantes que estudiaron una lengua extranjera con Cultural Experiences Abroad™, respondieron a un cuestionario sobre su experiencia y enumeraron sus motivos principales para seguir con el estudio de la lengua después del programa: el empleo bilingüe, planes futuros para viajar fuera de su país y planes futuros para vivir y trabajar en el extranjero.

- Algunas de las metas *(goals)* de la educación global son...
  ✔ adquirir la experiencia de estudiar y vivir fuera del país de origen.
  ✔ integrarse a los estudios universitarios, con sus propios objetivos pedagógicos.
  ✔ dedicarse a la causa humanitaria de promover la paz en el mundo.
  ✔ democratizar al mundo por medios políticos.
  ✔ promover el desarrollo *(development)* global usando las nuevas tecnologías para elevar a las poblaciones menos desarrolladas y disminuir las desigualdades socioeconómicas.
  ✔ aprender cómo un país o una sociedad puede mantenerse competitivo y próspero en el mundo del futuro.
  ✔ entender cómo la política, la geopolítica, la economía y las religiones del mundo se combinan para crear diferentes tendencias *(trends)* globales.

©istockphoto.com/Pgiam

©istockphoto.com/FlamingPumpkin

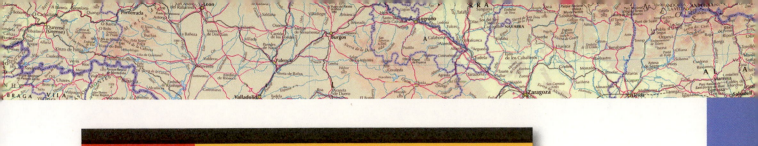

Instituciones y organizaciones

Estudiar en múltiples países y aprender múltiples lenguas son ingredientes clave para desarrollar un conocimiento internacional. Muchos estudiantes universitarios quieren conseguir un aprendizaje *(internship)* para desarrollar su experiencia transnacional y por eso, existen muchos programas y listas en Internet que se dedican exclusivamente a esta clase de oportunidades.

La organización de Ciudades Hermanas Internacionales se describe como una red que promueve conexiones internacionales humanitarias, económicas y educativas entre ciudades y sus ciudadanos. La ciudad norteamericana de Birmingham, Alabama se ha unido formalmente desde hace casi 20 años con Hitachi, Japón para crear un programa de intercambio entre jóvenes japoneses y norteamericanos.

La Universidad de Virginia patrocina una oportunidad para estudios internacionales que se llama "Semester at Sea" en el que el (la) estudiante conoce una serie de puertos mundiales como parte de un currículo académico.

Rollins College en Florida insiste en que sus profesores viajen, estudien y enseñen fuera de los EEUU una vez cada tres años para mejorar su conocimiento global e internacional, basándose en la idea de que de esta manera pueden compartir sus experiencias mundiales directamente con sus estudiantes.

Un nuevo consortio de universidades llamado "Community Colleges for International Development" tiene como su misión el desarrollo de las relaciones para mejorar programas educativos y estimular el crecimiento económico.

Nueva Zelanda mantiene un Centro para la Educación Global que ofrece recursos para los profesores que trabajan hacia la resolución de los conflictos internacionales para lograr la paz mundial.

1. Lee la siguiente oración: Para avanzar en el mundo, hay que tener una perspectiva internacional. ¿Estás de acuerdo? ¿Por qué sí o por qué no?

2. ¿Crees que la idea de un mundo sin barreras es una realidad hoy en día? Si lo es, ¿existe para todos los ciudadanos del mundo? ¿Para quién(es) existe?

3. La educación global suele *(tends to)* explorar la responsabilidad mutua de los habitantes del mundo en un solo sistema global e integral. ¿Cuáles son algunos problemas globales que todo el mundo experimenta *(experience)*? ¿Debemos compartir los recursos intelectuales y capitales para tratar de solucionarlos? ¿Por qué sí o por qué no?

©istockphoto.com/djgunner

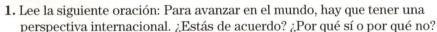

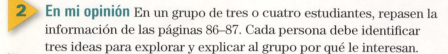

Perspectivas internacionales 1

Mesa redonda

2 **En mi opinión** En un grupo de tres o cuatro estudiantes, repasen la información de las páginas 86–87. Cada persona debe identificar tres ideas para explorar y explicar al grupo por qué le interesan.

3 **Aquí** ¿Cómo conecta la educación global con tu pueblo, ciudad o estado? Habla del tema en grupos de tres o cuatro personas. Piensen en cuatro ejemplos concretos para compartir con la clase entera.

4 **Debate** Trabaja con tres otros estudiantes. Juntos analicen las preguntas de la página 87 y traten de contestarlas. ¿Cuál es la pregunta más fácil? ¿Y la más difícil? Escojan una y debátanla en grupo.

5 **Encuesta** Completa la siguiente encuesta sobre la identidad nacional e internacional. Luego, trabaja en grupo con dos o tres más estudiantes para comparar sus resultados. Después, compártanlos con la clase entera. ¿Quién es la persona más "internacionalista" de la clase?

¿Eres internacionalista?

	sí	no
1. ¿Tienes amigos o compañeros en otros países con quienes mantienes contacto semanal vía Internet (por ejemplo, en Facebook o por correo electrónico)? ¿Cuántos? _____	☐	☐
2. ¿Has salido de tu país de origen para vivir, estudiar o viajar? ¿Cuántas veces? _____ ¿Adónde? _____	☐	☐
3. ¿Nacieron tus padres en el mismo país que tú? ¿Y tus abuelos, tíos y tías? _____	☐	☐
4. ¿Hablas más de un idioma? ¿Cuántos? ¿Cuáles son? ¿Dónde los aprendiste? _____	☐	☐
5. ¿Tienes un enfoque internacional en tus estudios?	☐	☐
6. ¿Trabajas para una compañía o empresa que tiene su oficina central en otro país? ¿que tenga operaciones en otros países? _____	☐	☐
7. ¿Tienes un pasaporte válido?	☐	☐
8. ¿Haces trabajo voluntario para un grupo internacional, por ejemplo, una iglesia, una organización filantrópica, etc.?	☐	☐
9. ¿Conoces bien los productos culturales (libros, películas, arte, cocina, música) de otros países? ¿Cuáles? _____	☐	☐
10. ¿Estás al día con las actualidades (current events) y la política de otros países? ¿Sabes los nombres de los jefes de estado de cinco países del mundo? _____ ¿De diez? _____ ¿De veinte? _____	☐	☐

Investigación

6 ▶ **Mis preferencias** Repasa las ideas que escogiste en la **Actividad 2**. Haz una búsqueda en Internet sobre cada una y colecciona la información, junto con la fuente *(source)*, para posiblemente usarlas en tu proyecto escrito u oral.

7 ▶ **Los estudios universitarios** Muchas universidades usan lemas publicitarios *(slogans)* (como "Listos para el mundo") para atraer estudiantes a sus programas. Investiga la misión de tu universidad y las descripciones de sus programas para ver si tienen un énfasis internacional. ¿Habla de metas relacionadas a la educación global? ¿Aparece la palabra "global" o un sinónimo en la misión de tu universidad? Después identifica tres o cuatro cursos o programas en tu universidad que tengan un enfoque internacional. Investígalos y descríbelos. ¿Se conforman a tu concepto de la educación global?

Estructuración

Vas a usar las ideas y la información que compilaste para redactar una composición sobre las dos preguntas siguientes.

¿Qué es la educación global? ¿Es importante? ¿Por qué sí o no? ¿Cuáles son los componentes necesarios para obtener una educación global? Menciona y describe varios ejemplos para apoyar tu punto de vista.

¿Cuál es tu experiencia personal (pasado y presente) con la educación global, dentro del contexto de tu educación formal? ¿Qué planes tienes para continuar con tu educación global en el futuro?

La educación global **89**

Perspectivas internacionales **1**

8 ▶ **Mis árboles de ideas** Usa los siguientes árboles de ideas para organizar tu información. Dibuja tus propios árboles y pon tus detalles en ellos.

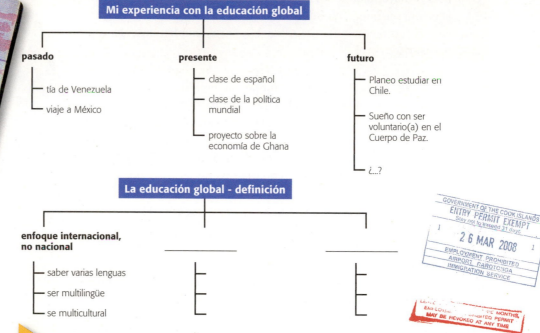

Mi experiencia con la educación global

pasado
- tía de Venezuela
- viaje a México

presente
- clase de español
- clase de la política mundial
- proyecto sobre la economía de Ghana

futuro
- Planeo estudiar en Chile.
- Sueño con ser voluntario(a) en el Cuerpo de Paz.
- ¿...?

La educación global - definición

enfoque internacional, no nacional
- saber varias lenguas
- ser multilingüe
- se multicultural

9 ▶ **¿Qué más?** Revisa toda la información que pusiste en los dos árboles. Debes eliminar información que no se relaciona a los dos temas. Después reflexiona sobre la información que tienes y la que todavía te falta. ¿Dónde tienes una escasez de información? Vuelve a investigar para llenar los huecos *(fill the holes)*. ¿Ya tienes información suficiente para empezar a escribir?

Redacción y revisión

La composición

TEMA VS. TESIS

When writing a longer composition it is important to keep in mind the difference between theme (*el tema*) and thesis (*la tesis*). The theme is the central idea or principle. Normally you don't need to express it in a complete sentence. The thesis is a hypothesis or statement that you will support and defend with examples and specific details. It is typically expressed as a complete sentence because it is a full thought that expresses an idea. Here's an example of each:

Tema: *Mi experiencia con la educación global*

Tesis: *El impacto futuro de la educación global es [...] porque [...] .*

Don't forget to put your thesis statement in the first paragraph of your composition. To help the reader, it should be easily identifiable. A clear thesis also helps you to focus your ideas while you write so that you don't drift too far from your central goal of producing a well-organized and detailed composition.

10 **Mi tesis** Antes de escribir tu composición, crea una versión preliminar de tu tesis. Recuerda que casi nadie escribe una tesis perfecta la primera vez. Escribe dos o tres versiones de una tesis posible para tu composición. Compártelas con tus compañeros para refinarlas y elige una para tu elaboración final.

11 **Primer borrador** *(First draft)* Escribe tu composición de por lo menos cinco párrafos, basándote en la tesis que acabas de elaborar.

12 **A redactar** Intercambia tu composición con un(a) compañero(a) de clase. Sigue los pasos a continuación para hacer comentarios.

Primer borrador
1. Subraya *(Underline)* la tesis. ¿Está clara? Si no, pon un asterisco donde hagan falta las clarificaciones.
2. Pon una estrella (★) donde veas la definición de la educación global. ¿Es la definición adecuada para orientar al (a la) lector(a)?
3. ¿Son los ejemplos suficientemente detallados y descriptivos para apoyar la tesis? Pon la frase "más descripción" al lado de algo que requiera más detalles.

Segundo borrador
1. Mientras leas la composición de tu compañero(a), trata de fijarte solamente en los errores ortográficos *(spelling)*. Subraya cualquier palabra que te parezca equivocada y devuélvele la composición a tu compañero(a) para que busque las palabras en el diccionario.
2. Analiza el título de la composición. ¿Es demasiado general para interesar al (a la) lector(a)? ¿Qué sugerencias tienes para mejorarlo?

La presentación oral: PowerPoint®

13 **La reorganización** Después de terminar la composición, lee la siguiente información sobre cómo organizar un resumen. Luego reorganiza la información de tu composición para presentarla o grabarla en forma de PowerPoint®.

Cuando se hace un resumen hay que resistir la tentación de recontar la composición entera. Tendrás poco tiempo para presentar mucha información y debes iluminar la información más importante. Pregúntale a tu profesor(a) cuántos minutos tienes para la presentación y practícala, tomando en cuenta el límite de tiempo. Analiza tu composición para identificar la información central. Debes incluir el tema, la tesis, los sub-temas y tu definición de la educación global en la presentación. Elige sólo dos o tres de los ejemplos más importantes para compartir e incluye tus conclusiones.

También tienes que seleccionar los visuales para apoyar tu tesis. No pongas demasiado texto en tu presentación y no debes leer de la pantalla. Vas a explicar tus ideas en español durante la presentación. Si te hace falta, antes de la presentación, pon tres o cuatro palabras nuevas o palabras clave en la pizarra (antes de la presentación) para orientar a tu público.

Before you write, look in **Appendix B** at the rubric for evaluating a written composition. Knowing how the piece will be evaluated will help you tailor your writing to meet these objectives.

Before you begin, look in **Appendix B** at the rubric for evaluating an oral presentation. Knowing how the piece will be evaluated will help you tailor it to meet these objectives.

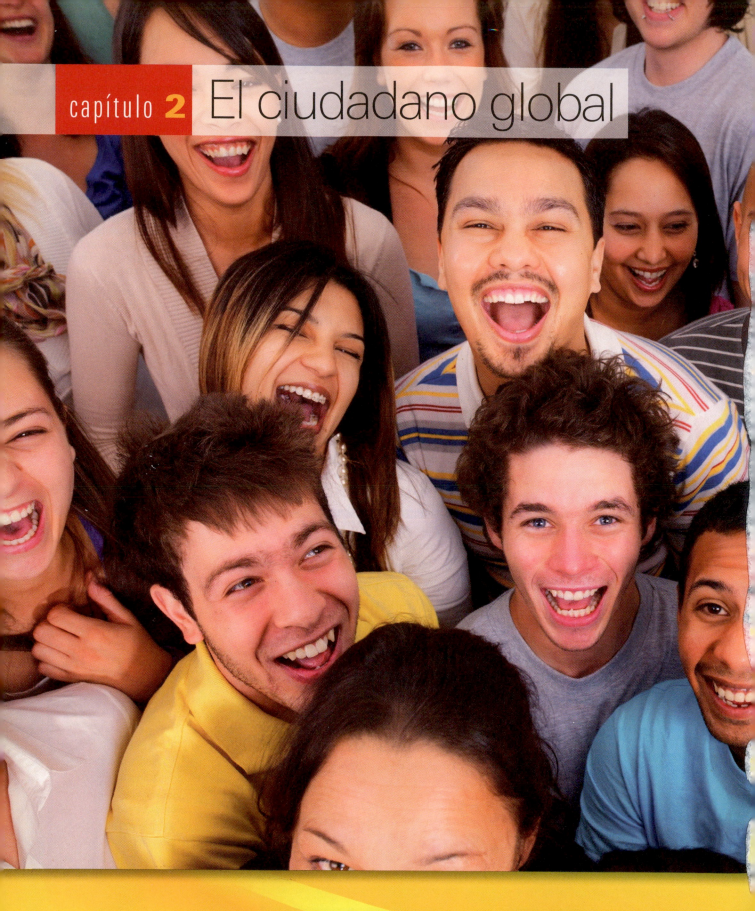

© Tetra Image/Alamy

Al final de este capítulo, sabrás más sobre:

COMUNICACIÓN

- tus antepasados
- tus raíces
- la vida del inmigrante
- el éxito del inmigrante
- algunos estados emocionales

GRAMÁTICA

- los usos del pretérito y el imperfecto
- los usos de los tiempos perfectos, *haber* y el participio pasado
- los usos de los tiempos progresivos

CULTURAS

- Canadá, Venezuela, Marruecos, Italia, Chile: Mashalá—una fusión de estilos musicales
- Costa Rica: la poesía afrocostarricense
- Bolivia: la moda "étnica urbana"
- Venezuela: Paz Con Todo, un grupo que trae la paz a la vida cotidiana
- Guatemala: las tradiciones norteamericanas importadas a la cultura maya
- Estados Unidos: el alma bicultural que reside en ambos lados de la frontera

RECURSOS

audio   video   SAM   www.cengagebrain.com

ilrn.heinle.com   iTunes playlist

©istockphoto.com/Floortje

La cultura es un conjunto

de elementos que incluye lengua,
religión, educación, creencias e historia
de países y de pueblos. También está
compuesta de la cocina, la moda, la
literatura, el arte y todos los productos
que son nativos a una región. En
tiempos antiguos, las fronteras de
las culturas eran más fijas porque viajar de un país a otro
presentaba muchas dificultades. Hoy día, con Internet y la
globalización de las industrias, nos estamos dando cuenta que
somos todos ciudadanos de un solo mundo. La emigración a
gran escala es otro factor principal que ha cambiado la cara del
nuevo humano global y pluricultural. Esta fusión de culturas la
puedes ver en tu clóset, en tu refrigerador, en tu computadora
y en tus aparatos electrónicos. Mira la etiqueta de tu camiseta.
¿Dónde fue hecha? ¿Quizás manejas un coche japonés? ¿O
luces zapatos italianos, gafas francesas, ropa de la India, relojes
suizos y diseños brasileños? ¿Es tu actitud tan pluricultural
como tu vestimenta? ¿Crees que la fusión de las culturas
resulte en un mundo sin fronteras de verdad? ¿Qué culturas
están representadas en tu vida cotidiana?

© shutterstock..2010/Peter Zaharov

©istockphoto.com/apelletr

©istockphoto.com/AnikaSalsera

¿ERES PLURICULTURAL?

¿Conoces bien tu historia genealógica? ¿Qué sabes de tus antepasados? Empieza aquí con los nombres y países de origen que sabes sin preguntarle a nadie. Luego, habla con un pariente que te pueda ayudar a rellenar más datos. Si te interesa, inscríbete a un sitio en la red que se dedica a la genealogía.

N = Nombre   P = País de origen

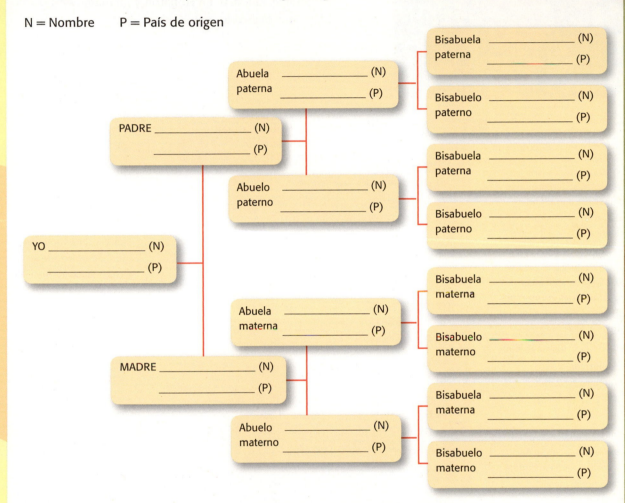

¿Hay alguien en tu familia que inmigró a EEUU? Si no, añade más antepasados hasta que llegues a alguien que sí lo hizo.

¿Cuántos países de origen están representados en tu árbol? Haz una lista de todas las nacionalidades representadas en tu árbol. ¿Has encontrado que tú mismo(a) eres una fusión de culturas? ¿o no?

¡Imagínate!

© Heinle/Cengage Learning

>> Vocabulario útil 1

SILVIA: La **diversidad** es buena para todos porque aprendemos de las **costumbres** y **creencias** de nuestros **antepasados** y las de otros también, ¿no es así?

Mi papá **se crió** en Houston y mi mamá **emigró** de Guatemala siendo muy joven.

>> Para hablar de los antepasados
Talking about your ancestors

Sustantivos

el antepasado *ancestor*
la ascendencia *descent, ancestry*
la descendencia *descendants*
la frontera *border*
la lucha *fight, struggle*
el nacimiento *birth*
el pueblo *the people; a town, village*
la raíz *root*
la tierra *land*
la tierra natal *homeland, native land*

Verbos

desafiar *to challenge*
desplazarse *to displace; to be displaced*
echar raíces *to put down roots*
emigrar (de) *to emigrate (from)*
inmigrar (a) *to immigrate*
nacer *to be born (to)*
mudarse *to move*
trasladarse *to relocate, transfer*

Notice the difference between **emigrar** and **inmigrar**. *To emigrate* means *to leave a country*—it reflects the point of view of the country being left; *to immigrate* is *to enter a country*—it reflects the point of view of the country being entered. In essence, one does both at the same time:

> **Emigró de** México; **inmigró a** Estados Unidos.

Although **trasladarse** and **mudarse** both mean *to move,* there is an important difference in meaning. **Trasladarse** means *to relocate or transfer from one place to another,* and **mudarse** simply means *to move from one house or apartment to another.* **Cambiarse de casa** is also a commonly used expression with the same meaning as **mudarse**.

Ascendencia and **descendencia** are easy to confuse, and many Spanish speakers do. **Ascendencia** refers to ancestors—the people who came before you. **Descendencia** refers to posterity—one's children, grandchildren, etc. The confusion probably comes from the use of **descendencia** vs. **desciendiente**; or from the translation *descent*.

To describe your own background, you could say:

> Soy de **ascendencia** española. *I am of Spanish descent*.

> Soy **desciendiente** de españoles por parte de la familia de mi padre. *I am of Spanish descent on my father's side.*

BUT the following means something quite different. Compare:

> Tengo **descendencia** española.
> *I **have children or grandchildren** who have Spanish blood.*

1 **El pasado** Escoge la palabra o frase de la segunda columna que mejor defina la palabra o frase de la primera columna.

1. antepasados
2. ascendencia
3. descendencia
4. frontera
5. lucha
6. tierra natal
7. pueblo
8. echar raíces

a. un grupo unido por su cultura
b. nacionalidad de los antepasados
c. país de nacimiento
d. abuelos
e. establecerse en un lugar
f. hijos
g. batalla
h. demarcación entre países

2 **Silvia** Completa el ensayo que Silvia escribió para su clase de historia.
Primero, basándote en lo que sabes del español, decide cuáles espacios en blanco requieren verbos (V) y cuáles requieren sustantivos (S). Luego, completa las frases con las palabras o frases correctas. Cada palabra o frase de la lista se puede usar solamente una vez.

Verbos	Sustantivos
echaron raíces	frontera
emigraron	esfuerzo
nació	ascendencia
se trasladaron	descendencia

Yo soy de (**1**) _____ mexicana, guatemalteca y tejana. Mis abuelos mexicanos (**2**) _____ a Estados Unidos hace muchos años. Se desplazaron por el bien de su (**3**) _____. (**4**) _____ de México en 1933. (**5**) _____ en Houston, donde (**6**) _____ mi papá. Desafiaron el peligro de cruzar la (**7**) _____ para ofrecerles a sus descendientes una vida mejor. Cuando llegaron a Texas, la vida del trabajador inmigrante era muy difícil. Lucharon por sus derechos como trabajadores, y todos los días hicieron un (**8**) _____ muy grande para salir adelante.

3 **Mis antepasados** Escribe tres oraciones que describan a tus antepasados.
Puedes escoger tres de los principios de las frases a continuación, o puedes adaptarlas para que reflejen la realidad de tu familia o tu situación en particular. En tus tres oraciones, trata de dar todo el detalle que puedas.

1. Mis antepasados maternos son de...
2. Mis antepasados paternos son de...
3. Yo soy de ascendencia...
4. Mis abuelos emigraron de... Inmigraron a...
5. Mis abuelos echaron raíces en...
6. La tierra natal de mi madre es...
7. La tierra natal de mi padre es...
8. Se desplazaron de su vida en... porque...

>> **Para hablar de las raíces** *Talking about your roots*

Sustantivos

To say *to fight for one's country,* you would use **luchar por la patria.**

Mi bisabuelo **luchó por la patria** en la Segunda Guerra Mundial.

Alcanzar, conseguir, and **lograr** are very close in meaning, but might vary slightly in usage. To discern the nuances of word choice in particular situations, pay attention to how native speakers use these words. Compare:

¿Conseguiste los boletos? ***Did you get** the tickets?*

¿Alcanzaste tu peso ideal? ***Did you reach** your desired weight?*

¿Lograste tu propósito? ***Did you achieve** your intention?*

la costumbre *custom*
la creencia *belief*
la diversidad *diversity*
la emigración *emigration*
el esfuerzo *effort*
la etnia/el grupo étnico *ethnic group*
el éxito *success*
la herencia *inheritance*
la influencia *influence*

la inmigración *immigration*
la (in)tolerancia *(in)tolerance*
la mezcla *mix; mixing, mixture; blend*
la patria *homeland, native country*
 la madre patria *mother country*
 las fiestas patrias *Independence Day celebrations*
la raza *race*
la tradición oral *oral tradition*
la traducción *translation*

Verbos

alcanzar *to reach; to achieve*
apoyar *to support; to lean on*
conservar *to preserve (traditions)*
criar(se) *to grow up; to be raised*
influir *to influence*

lograr *to attain, achieve*
mezclar *to mix*
pertenecer *to belong to; to be a member of*
poblar *to populate; to inhabit*
traducir *to translate*

ACTIVIDADES

4 **Palabras afines** Cuando dos palabras provienen de la misma raíz, se consideran palabras afines. Escribe el verbo que corresponda al sustantivo. Sigue el modelo.

MODELO costumbre: *acostumbrar*

1. creencia: _____
2. emigración: _____
3. inmigración: _____
4. mezcla: _____
5. nacimiento: _____
6. influencia: _____
7. población: _____
8. traducción: _____

5 **Opiniones** Escoge la palabra de la segunda columna que mejor complete cada frase de la primera. Luego, di si estás de acuerdo con cada frase. Explica por qué estás o no estás de acuerdo con la frase.

1. _____ no existe sin el esfuerzo.
2. _____ no tiene lugar en una sociedad civilizada.
3. Algunas _____ son anticuadas y tienen que cambiar con los tiempos.
4. Para _____ el éxito, hay que hacer un gran esfuerzo.
5. Para el inmigrante, es importante _____ a una comunidad que lo apoya.

a. creencias
b. el éxito
c. la intolerancia
d. pertenecer
e. lograr

6 ▶ **Mi abuelo** Para conocer más sobre la experiencia del abuelo de Silvia al llegar como inmigrante a Estados Unidos en 1933, escoge el verbo apropiado y escríbelo en el pretérito.

Verbos: alcanzar, apoyar, conservar, lograr, pertencer

> **MODELO** *Abuelo logró encontrar trabajo el primer año que llegó a EEUU.*

1. Él _____ hacerse ciudadano de su nuevo país al poco tiempo de su llegada.
2. Él _____ a un grupo que luchaba por los derechos del trabajador.
3. Abuelo siempre _____ a sus hijos en los estudios.
4. Él siempre _____ la dignidad, aun cuando enfrentaba situaciones discriminatorias.
5. Él _____ ver a sus hijos graduarse de la universidad.

7 ▶ **Herencias culturales** Con un(a) compañero(a), hablen sobre algunas tradiciones o costumbres culturales que heredaron de sus antepasados. Usen las ideas de la lista si quieren, adáptenlas o inventen temas pertinentes a su experiencia.

> **MODELO** *Nosotros tenemos la costumbre de abrir los regalos de Navidad antes de acostarnos en Nochebuena.*

Opciones

una costumbre / una creencia de mi familia es...
un principio muy importante de mis abuelos es...
en nuestra familia, la tradición oral...
en nuestra familia, celebramos las fiestas patrias...
la influencia de la madre patria de mis abuelos maternos se nota en...

8 ▶ **La vida del inmigrante** Busca a alguien, ya sea uno de tus antepasados o un amigo o amiga de la familia, que haya vivido la vida del inmigrante en algún momento en su historia. Entrevista a esa persona para descubrir más sobre la experiencia del (de la) inmigrante en un país extranjero.

- ¿De dónde emigraste?
- ¿A qué país inmigraste?
- ¿En qué año emigraste?
- ¿Te hiciste ciudadano(a) de tu nuevo país?
- ¿Cuántos años tenías cuando llegaste a tu nuevo país?
- ¿Qué clase de dificultades enfrentaste como inmigrante?

Vocabulario útil 2

© Heinle/Cengage Learning

GUSTAVO: Y un día, cuando tenía ocho años, mis padres me dieron una noticia muy inesperada: nos íbamos a trasladar a los Estados Unidos. Para ellos, era un **sueño** que tenían desde hace muchos años.

Oye, estaban felices. Tenían la **esperanza** de **mejorar** nuestras vidas en un país lleno de oportunidades.

>> **Para hablar de la vida del inmigrante**
Talking about the life of the immigrant

Although both **aprovechar** and **aprovecharse de** mean *to take advantage of,* they have very different meanings. When **aprovechar** is used, it simply means *to make the most of.* When **aprovecharse de** is used, it has a negative connotation. Compare:

Aprovechó la ocasión para darles las gracias a sus padres.

He took advantage of the occasion to thank his parents.

Se aprovechó de sus padres al no devolverles el dinero que le prestaron.

He took unfair advantage of his parents by not returning the money they lent him.

Sustantivos

la broma *joke*
la esperanza *hope*
los ideales *ideals*
el intercambio *exchange*
la meta *goal*
la nostalgia *nostalgia*

los principios *principles*
el respeto *respect*
el reto *challenge*
el sueño *dream*
los valores *values*

Verbos

adaptarse *to adapt*
aprovechar *to take advantage of*
aprovechar(se) de *to take unfair advantage of*
bromear *to joke around*
convivir *to coexist*
cooperar *to cooperate*
establecerse *to establish yourself*
echar de menos *to miss*
extrañar *to miss*
festejar *to celebrate*
hacerle falta (algo a alguien) *to be in need of something*
integrar(se) *to integrate oneself into*
intercambiar *to exchange*
mantener contacto *to maintain contact*
mejorar *to improve; to better*

9 **El sustantivo correcto** Primero vas a leer la definición de uno de los sustantivos del vocabulario. Luego completa la frase con ese sustantivo y el artículo definido o indefinido necesario.

MODELO *la confianza o creencia que algo positivo va a ocurrir*
Abayomi tiene la esperanza de hacerse ciudadana de su nuevo país.

1. *la tristeza melancólica que uno siente por algo, alguien o algún lugar lejano*
   Mi abuelo nunca perdió _____ por su madre patria.

2. *los principios o criterios aceptados de un individuo o grupo*
   En la constitución de un país se expresan _____ de una nación.

3. *deseo, esperanza o ambición de una persona que parece difícil de conseguir*
   _____ de Martin Luther King era conseguir la igualdad para todos.

4. *una actidud de admiración y alta estima hacia otro*
   _____ es necesario para la comunicación efectiva entre culturas.

5. *conjunto de las convicciones o creencias de una persona*
   _____ de mis padres se centraban en el trabajo y la educación.

10 **El edificio pluricultural** Completa el e-mail que le escribió Enrique, un inmigrante que vive en un edificio de apartamentos en Brooklyn, Nueva York, a un amigo de su tierra natal. Refiérete al **Vocabulario útil 2** de la página 100.

Para:	Ismael81@fronteras.com
De:	Enrique2116@imagínatecompadre.com
Asunto:	la vida en Nueva York

   Ya sabes que vivo en un edificio de apartamentos en Queens, Nueva York. En el edificio están representadas un sinfín de culturas: vietnamita, dominicana, japonesa, canadiense, africano-americana, mexicana y portuguesa para nombrar sólo unas pocas. Siempre estamos (1) _____ que nuestro edificio es Las Naciones Unidas sin los traductores.
   Como te puedes imaginar, tantas culturas en un solo edificio puede resultar en situaciones difíciles pero por lo general, todos (2) _____ para pasarla bien. Nosotros (3) _____ de una manera muy civil más o menos todo el tiempo.
   He notado que nosotros los adultos (4) _____ a la cultura norteamericana con más dificultad, pero las generaciones jóvenes (5) _____ sin problema. Cuando nos juntamos con los vecinos, siempre hay alguien que menciona que (6) _____ a sus parientes en su tierra natal. Aunque ahora con Internet y servicios de Skype, es más fácil (7) _____ con nuestras familias en el extranjero. Todos queremos (8) _____ nuestra situación para darles una vida mejor a nuestros hijos.
   Nosotros (9) _____ la comunidad pluricultural de muchas maneras. (10) _____ recetas de comida, información sobre descuentos en las tiendas, y también sobre los sistemas de la ciudad y del gobierno. También (11) _____ las fiestas de varias culturas cuando se ofrece.
   Bueno me voy. (12) i_____ tu sonrisa, hermano!

Notice that item 1 requires the present participle or gerund to form the present progressive with **estar**, which you learned in *Nexos* and will be reviewing on page 114 of **Gramática útil 3** in this chapter.

Para hablar del éxito del inmigrante

>> **Para hablar del éxito del inmigrante**
Talking about the immigrant's success

Realizar is a false cognate. It does not mean *to realize* in the sense of *to become aware or conscious of something*. For this meaning, you need to use **darse cuenta**, which you learned in **Chapter 1**. **Realizar** means *to make something real* by carrying it out or executing it. **Llevar a cabo** has the same meaning. Compare:

Por fin Juan **realizó** su sueño de graduarse de la universidad.

Por fin Juan **llevó a cabo** su plan de graduarse de la universidad.

Juan **se dio cuenta** de que su gran sueño era graduarse de la universidad.

Verbos

desarrollar *to develop*

destacarse *to stand out; to be outstanding*

dominar la lengua *to master the language*

enfrentarse a los retos *to face the challenges*

equivocarse *to make a mistake; to be mistaken*

llevar a cabo *to carry out*

realizar *to carry out, execute*

respetar *to respect*

soler *to be in the habit of (usually)*

sufrir *to suffer*

superar *to overcome*

>> **Estados emocionales** *Emotional states*

agotado(a) *exhausted*

angustiado(a) *worried, anxious; distressed*

animado(a) *animated, lively; in good spirits*

ansioso(a) *anxious*

asustado(a) *scared*

avergonzado(a) *ashamed*

confundido(a) *confused*

deprimido(a) *depressed*

emocionado(a) *excited; moved, touched; thrilled*

nostálgico(a) *nostalgic*

⊣ACTIVIDADES⊢

11 **¿Qué significado?** Lee la oración y tomando nota de la palabra subrayada, decide cuál de los significados corresponde a la palabra subrayada según el contexto. Si no puedes adivinar, consulta un diccionario en línea.

MODELO *La universidad quiere <u>desarrollar</u> un programa de intercambio para estudiantes internacionales.*

      (**a.**) realizar   **b.** empezar   **c.** mejorar   **d.** superar

Soler is a very useful verb, both in the present tense and past tense. It means *to be in the habit of*. In the present tense, it corresponds to the English use of the word *usually*. In the past tense, it corresponds to the English use of *used to*. Compare:

Suele correr por la mañana. *He usually runs in the morning.*

Solía correr por la mañana. *He used to run in the morning.*

1. El inmigrante tiene que <u>enfrentarse</u> a los retos que se le presentan en un país desconocido.
    a. negar   **b.** hacer frente   **c.** crear   **d.** perder

2. Gustavo <u>solía</u> estudiar por las noches y los fines de semana.
    a. odiaba   **b.** dejaba de   **c.** no podía   **d.** acostumbraba

3. Al principio, Gustavo <u>se equivocó mucho</u> en su uso de los pronombres personales.
    a. cometió errores **b.** se integró   **c.** mejoró   **d.** se destacó

4. Gustavo <u>dominó</u> el inglés en un año.
    a. aprendió   **b.** detestó   **c.** realizó   **d.** desarrolló

5. Gustavo llevó a cabo su plan de <u>destacarse</u> en la clase de inglés.
    a. superar   **b.** integrarse   **c.** cooperar   **d.** sobresalir

6. Gustavo <u>realizó</u> sus sueños cuando aprendió a hablar inglés.
    a. intercambió   **b.** consiguió   **c.** dominó   **d.** respetó

12 **¿Cómo te sientes?** Escribe el estado emocional que mejor corresponda a la situación descrita.

1. Cuando no entiendo la lección me siento _____.
2. Después de correr un maratón, me siento _____.
3. Cuando voy a salir a festejar con mis amigos, me siento _____.
4. Cuando no me puedo comunicar bien, me siento _____.
5. Cuando voy a una fiesta y no conozco a nadie, me siento _____.
6. Cuando extraño a mi familia y mis amigos, me siento _____.

13 **Mi opinión** Con un(a) compañero(a), expresa tu opinión sobre los siguientes temas.

Tema 1: ¿Qué piensas de alguien que deja su país para inmigrar a otro? ¿Entiendes por qué alguien lo haría? Explica tu opinión.

Tema 2: ¿Alguna vez has estado en un sitio en el cual no sabes el idioma y estás frustrado(a) y asustado(a)? Describe esa experiencia.

Tema 3: Imagínate que estás viviendo en un país en el cual no sabes el idioma, no conoces a nadie y necesitas conseguir un trabajo. ¿Cómo enfrentas los retos?

Frases de todos los días

Aquí hay más frases de todos los días para enriquecer tu vocabulario. ¡Suerte!

Adivina Haz correspondencia entre las palabras y frases a la izquierda y sus equivalentes en inglés a la derecha.

1. **¿Qué sé yo?**
2. **en fin**
3. **buena onda**
4. **sé lo que digo**
5. **cara a cara**
6. **a menudo**
7. **ni idea**
8. **¡No estoy bromeando!**
9. **poco a poco**
10. **¡Híjole!**

a. *I know what I'm talking about.*
b. *often*
c. *no idea whatsoever*
d. *good vibe*
e. *I'm not kidding!*
f. *little by little*
g. *Holy moly!*
h. *face to face*
i. *What do I know?*
j. *in summary*

Práctica Escoge una de las frases de la lista y búscala en Internet. Apunta el tipo de información que encuentras en línea. Por ejemplo, si se trata de una canción, escribe su título, cantante o autor y el sitio donde encontraste la información. Comparte tus resultados con la clase.

Voces de la comunidad

>> Carmen Zapata, Estela Scarlata y Margarita Galbán:
Tres grandes protagonistas del teatro bilingüe

Carmen Zapata

Estela Scarlata

Margarita Galbán

Los Ángeles alberga *(houses)* una de las instituciones teatrales más originales del país. La Fundación Bilingüe de las Artes *(Bilingual Foundation of the Arts—BFA)* se especializa en producir obras de teatro del mundo hispano en español e inglés. Sus objetivos principales son promover el teatro hispano y servir de puente entre la sociedad norteamericana y las comunidades de habla hispana en Estados Unidos.

Fundada en 1973, BFA es la creación de tres talentosas latinas: la actriz y productora méxicoamericana Carmen Zapata; la actriz, dramaturga y directora cubana Margarita Galbán y la diseñadora de escenarios argentina, Estela Scarlata. Las tres son recipientes de numerosos premios nacionales e internacionales, entre ellos el Premio Isabel la Católica y el Premio Rey de España. Además, Zapata tiene la distinción de contar con su propia estrella en el Paseo de la Fama en Hollywood y un premio Emmy. Esta incansable promotora de las artes observa: "Los latinos tienen en su personalidad una gran necesidad de arte y cuando vienen a Estados Unidos se encuentran con que carecen *(lack)* de esa parte de su vida, tanto en su idioma como en inglés".

Comprensión

1. ¿En qué sentido es "original" la Fundación Bilingüe de las Artes?
2. ¿Qué talentos y conocimientos comparten dos de las fundadoras? ¿Qué talento particular trae cada una a la fundación?
3. Según Zapata, ¿por qué es tan importante la labor de la Fundación para los latinos? En tu opinión, ¿por qué es importante esta labor para el público estadounidense en general?
4. El Paseo de la Fama en Hollywood, ¿a qué tipo de personas honra? ¿Sabes de otros latinos que tengan su propia estrella?

▶ >> Entrevista con Caguama, un conjunto musical

Caguama es un grupo musical de Portland, Oregon, formado por cuatro músicos latinos. Su música es una síntesis de rock, ranchera, cumbia y otras formas musicales.

Comprensión

Di si las siguientes oraciones son ciertas (C) o falsas (F). Corrige las oraciones falsas.

1. Raul empezó el grupo en Santa Fe, New Mexico, hace unos cinco o seis años.
2. Raul toca la guitarra, escribe canciones y canta. Esteban toca el acordeón y el bajo *(bass)*.
3. A Raul le gusta mezclar muchos tipos de música.
4. Los padres de Raul y Esteban son de México y sus madres son de Oregon.
5. Recientemente Caguama ha empezado a tocar en una variedad de sitios.

>> El aprendizaje-servicio

Para los jóvenes interesados en las artes escénicas en español, BFA ofrece experiencias tales como la oportunidad de participar en las producciones del centro, asistir en programas educativos y aprender sobre la administración de teatros y fundaciones sin fines de lucro *(non-profits)*. La fundación se encuentra cerca del centro de Los Ángeles. Para más información sobre estos programas se debe consultar: www.bfatheatre.org.

> Raul mentions several types of Latin music including **norteño**, a form of music that evolved from traditional **ranchera** styles, and **cumbia**, which has its origins in Colombia but is also very popular in Mexico.

> **La Raza** is a term often used to refer to people of Mexican heritage.

Práctica

Busca información sobre un programa en tu comunidad o en otro lugar que ofrezca oportunidades para jóvenes interesados en una de las ramas del arte (arquitectura, danza, escultura, literatura, música, artes escénicas y pintura) y que se relacione de alguna manera al español o la cultura latina. Redacta una descripción del programa siguiendo el modelo a continuación. Pon el título del programa y la rama *(branch)* del arte correspondiente encima de la descripción.

MODELO

La Fundación Bilingüe de las Artes
Artes escénicas

Para los jóvenes interesados en las artes escénicas en español, La Fundación Bilingüe de las Artes ofrece experiencias tales como la oportunidad de participar en las producciones teatrales bilingües, asistir en programas educativos para escolares y aprender sobre la administración/gerencia de teatros y fundaciones sin fines de lucro. Con preparativos especiales, los estudiantes universitarios pueden obtener créditos académicos. La fundación se encuentra cerca del centro de Los Ángeles. Para más información sobre estos programas se debe consultar: www.bfatheatre.org.

>> Gramática útil 1

Repaso y ampliación: Preterite vs. imperfect

© Heinle/Cengage Learning

❝ Un día, cuando **tenía** ocho años, mis padres me **dieron** una noticia muy inesperada: **nos íbamos** a trasladar a los Estados Unidos. ❞

Cómo usarlo

Choosing between the preterite and the imperfect

1. Spanish uses both the preterite and the imperfect to describe past actions. They each have different uses and meanings, and in many cases, it's easy to decide which one to use. In others, either one can be correct, depending on what you are trying to say. Remember that there is always a difference in meaning when you use the preterite and when you use the imperfect.

2. In general, the preterite focuses on completed actions. It can refer to a single completed action or a series of actions that were completed during a specific period of time. The imperfect is used to focus on or describe past actions where the amount of time was unspecified, ongoing, or unimportant.

Native speakers use the preterite or the imperfect to focus on different aspects of an action: its beginning, middle, end, or ongoing or habitual nature. This choice is based on what part of the action they are choosing to emphasize. Contrast the following and how the emphasis on each action changes, depending on whether the preterite or imperfect is used.

Llegamos cuando el bebé **nacía.**

Llegamos cuando el bebé **nació.**

Llegábamos cuando el bebé **nacía.**

Llegábamos cuando el bebé **nació.**

Preterite	Imperfect
1. Relates a *completed past action* or a *series of completed past actions*. La familia **superó** los retos y **sobrevivió.**	1. Describes *habitual* or *routine past actions*. Cada año mis abuelos **festejaban** todos los días festivos.
2. Focuses on the *beginning, the end, or the completed duration* of a past event or series of events. Al principio, no **pudieron** trabajar.	2. Focuses on the *duration of the event as it was happening,* rather than its beginning or end. **Sentíamos** mucha nostalgia.
3. Relates a *completed past condition that is viewed as completely over and done with* (and usually associates a time period with that condition). Mi abuelo **estuvo** muy deprimido por un año entero.	3. Describes *past conditions*, such as *time, weather, emotional states, age,* and *location*, that were ongoing at the time of description (with no focus on the beginning or end of the condition). **Estaban** un poco ansiosos al llegar al nuevo país.
4. Relates an *action that interrupted* an ongoing action (which uses the imperfect). Cuando yo **tenía** tres años, **nos trasladamos** a Texas.	4. Describes *ongoing background events in the past that were interrupted* by another action (which uses the preterite). **Nos integrábamos** en el pueblo cuando de repente **tuvimos** que trasladarnos.
	5. Refers to *immediate future from* the perspective of *a past-tense context*. Ese día, **iba** a visitar a mi familia.
	6. Expresses *politeness*. **Quería** hablar con usted sobre su experiencia como inmigrante.

3. Here are some expressions frequently used with the preterite or the imperfect.

Preterite	Imperfect
de repente *(suddenly)*	generalmente / por lo general
por fin *(finally)*	normalmente
el mes / año pasado	todos los días / meses / años
la semana pasada	todas las semanas
ayer	frecuentemente
una vez / dos veces / muchas veces, etc.	típicamente
primero, segundo, después, luego	siempre

Verbs with different meanings in the preterite and the imperfect

1. Some verbs have different meanings in the preterite and the imperfect. The meaning in the imperfect is similar to the verb's meaning when it is used in the present tense. It is in the preterite usage that its meaning changes.

Verb	Preterite	Imperfect
conocer	*to meet someone*	*to know, be familiar with a person or place*
saber	*to find out (a piece of information)*	*to know information or how to do something*
(no) poder	*to succeed* (poder); *to fail (to do)* (no poder)	*to be able to; to not be able to*
(no) querer	*to try* (querer); *to refuse* (no querer)	*to want to; to not want to*

2. Note that in the cases of **poder** and **querer**, the use of the preterite usually refers to a specific action and its outcome. **Pude investigar mi ascendencia, pero no pude encontrar los nombres de mis bisabuelos. Quise encontarlos, pero no quise viajar a la biblicoteca genealógica en Salt Lake City.**

3. Most of these verbs can also retain their original meaning in the preterite when referring to a specific time period in the past: **Lo conocí bien por dos años cuando trabajamos juntos. Mi novio me quiso pero ahora no me quiere.** This is because they focus on the moment the action occurred (knowing, meeting, being able to do something, etc.) or its duration (loving, etc.).

—————|ACTIVIDADES|—————

Pista 4

1 **¿Cuál es la razón?** Escucha las oraciones y escribe la forma del verbo indicado que oigas. (**¡OJO!** A veces hay dos verbos—sólo escribe el verbo que está en la forma que se menciona en la lista.) Después determina por qué se usa el pretérito o el imperfecto en cada caso y escribe el número de la oración en la columna correcta de la tabla. Sigue el modelo.

> **MODELO** **Ves:** pretérito: _____
>
> **Oyes:** Yo nací en un pueblo cerca de la frontera entre Texas y México.
>
> **Escribes:** *nací*
>
> **Marcas:** el número de la oración al lado de *completed past action* en la tabla

Pretérito	Imperfecto
____ completed past action or past condition	____ habitual or routine past action
____ beginning, end, or completed duration of action or condition	____ ongoing past action or condition
____ interrupting action	____ ongoing background action

1. pretérito: _____
2. pretérito: _____
3. pretérito: _____
4. pretérito: _____
5. imperfecto: _____
6. imperfecto: _____
7. imperfecto: _____
8. imperfecto: _____

2 **Historia de familia** Completa cada oración con la forma correcta del verbo en el pretérito o el imperfecto, según el caso.

Mi familia **(1)** _____ (trasladarse) frecuentemente cuando yo **(2)** _____ (ser) niña. Durante cinco años, mis hermanos y yo **(3)** _____ (asistir) a escuelas en Indiana, Missouri, Texas y Pennsylvania. Mi padre **(4)** _____ (trabajar) como ingeniero civil y **(5)** _____ (pasar) por cinco empleos diferentes en cinco años. Mi madre **(6)** _____ (aprender) a mudarse sin mucho esfuerzo y nosotros, los niños, siempre **(7)** _____ (integrarse) fácilmente en los lugares nuevos. Una vez, cuando yo **(8)** _____ (tener) ocho años, la compañía de mudanzas **(9)** _____ (perder) muchos de nuestros muebles cuando nosotros **(10)** _____ (trasladarse) a Pittsburgh. **(11)** _____ (ser) la primera, y casi la única, vez que yo **(12)** _____ (ver) a mi madre perder la paciencia. Normalmente ella **(13)** _____ (ser) una persona muy tranquila, ¡pero **(14)** _____ (estar) furiosa por dos días enteros!

3 **Preguntas personales** Con un(a) compañero(a), túrnense para hacer y contestar las siguientes preguntas sobre la niñez y la familia.

1. ¿Dónde naciste? ¿Cuánto tiempo vivió tu familia allí?
2. ¿Dónde te criaste? ¿Cómo era el lugar? ¿Qué te gustaba hacer allí?
3. ¿Se mudaba frecuentemente tu familia? ¿Se trasladó alguna vez? ¿Adónde?
4. ¿Cómo eras de niño(a)? ¿A qué grupo social pertenecías en tu escuela? ¿Pertenecías a un club, un equipo deportivo u otra organización? ¿Qué hacías durante una semana típica?
5. Describe un episodio cómico, trágico o interesante de tu niñez o adolescencia. ¿Qué pasó? ¿Cómo te sentías? ¿Cómo reaccionaron tus amigos y familiares?

4 **La nueva película** Trabaja con tres compañeros de clase. Imaginen que van a desarrollar una nueva película de dibujos animados con cuatro personajes principales. Ustedes tienen que inventar las historias personales de estos personajes. Cada persona debe escoger un personaje diferente y crearle una historia personal: ¿Cuál es su ascendencia? ¿Cómo era él o ella de niño(a)? ¿Dónde asistió a la escuela? ¿Qué estudió? No olviden de prestar atención al uso del pretérito y el imperfecto. Después, comparen sus historias y coméntenlas. Al final, juntos hagan una descripción final de uno de los personajes para compartir con la clase entera.

5 **¿Qué pasó?** Trabaja con un(a) compañero(a) de clase para comentar los siguientes estados emocionales. ¿Cuál fue la última vez que te sentiste así? ¿Qué pasó para causar esa reacción? Túrnense para compartir sus reacciones personales. Presten atención al uso del pretérito y el imperfecto.

1. agotado(a)
2. ansioso(a)
3. asustado(a)
4. avergonzado(a)
5. confundido(a)
6. deprimido(a)
7. emocionado(a)
8. nostálgico(a)

6 **Los famosos** Escoge una persona famosa a la que admiras y haz una investigación sobre su pasado. Después, escribe una breve biografía de esa persona. Incluye información sobre su lugar y fecha de nacimiento, su familia, su niñez y cómo era antes de hacerse famosa. No olvides de usar el pretérito e imperfecto correctamente al momento de escribir.

MODELO *Zoe Valdés es una escritora cubana de poesía, cuentos y novelas. Nació el 2 de mayo de 1959 en La Habana. Asistió al Pedagógico Superior Enrique José Varona. Era una estudiante inteligente y...*

Gramática útil 2

Repaso y ampliación: The perfect tenses, uses of *haber,* and the past participle

© Heinle/Cengage Learning

▶ ❝ **He conseguido** algo que parecía imposible: alcancé mi meta de aprender el inglés. ❞

Cómo usarlo

The present and past perfect

1. Two other ways you have already learned to talk about the past are the present perfect and the past perfect. As you remember from the **Repaso y preparación** section at the end of **Capítulo 1**, the present and past perfect are formed with conjugated forms of **haber** and the past participle. The forms of **haber** change to match the subject while the past participle is invariable and does not change.

2. The present perfect is used to discuss actions that are in the recent past or still have a bearing on the present: **Mi familia ha superado muchos obstáculos**.

3. The past perfect is used to describe actions that had already happened at the time of speaking. It is useful for indicating sequences in time: **Cuando ella tenía cinco años, su familia ya se había trasladado ocho veces**.

Other uses of **haber**

1. **Haber** also has invariable forms that can be used to mean *there is/are* and *there was/were.* The third-person singular form is always used in this context and it does not change, regardless of the number of items, people, places or events referred to.

En el suroeste de EEUU **hay** una herencia hispana muy fuerte. **Hay** muchos hispanohablantes allí.

Hubo una guerra entre México y EEUU durante los años 1846–1848. **Hubo** muchos conflictos en la frontera de los dos países durante esa época.

Antes **había** muchas personas que cruzaban la frontera fácilmente. No **había** mucha seguridad ni control de inmigración.

In general, the use of **hubo** vs. **había** follows the same guidelines for the uses of the preterite and the imperfect that you just learned on pages 106–107.

2. There are several idiomatic expressions with **haber**.

- **Haber de** can be used to express obligation or an indirect command. **Has de explicármelo.** *(You have to/should explain it to me.)* **Ella no había de hacerlo.** *(She didn't have to/shouldn't have done it.)* In this usage, **haber** modifies the subject of the sentence.

Haber de is often used in literature. Its use varies in the Spanish-speaking world, and in many regions it may sound old-fashioned.

- **Hay que** and **había que** are invariable expressions that also express obligation or indirect command, but in a less specific, more generalized way. **Hay que enfrentarse a los retos.** *(One must/should face challenges.)* **Había que luchar para avanzar.** *(It was necessary to take risks to get ahead.)* Only the third-person singular forms are used in this context.

3. It's important to remember which uses of **haber** involve different conjugations (present perfect, past perfect, and **haber de**) and which use only the invariable third-person forms (**hay/hubo/había** and **hay que/había que**).

Uses of the past participle

1. As you may recall, the past participle can be used on its own as an adjective with either **ser** or **estar**. When it is used this way, the past participle changes to match the gender and number of the noun it modifies, just like any other adjective.

Normalmente ella es una persona muy alegre, pero hoy está un poco **deprimida.**

2. The past participle can also be used with **ser** or **estar** to express the *passive voice.* The use of the passive voice emphasizes the action over the person or agent of the action: **Todos los días festivos fueron festejados**. *(All the holidays were celebrated.)* Notice that in the passive voice the past participle is acting as an adjective and changes to match the noun it modifies.

- When the passive voice is formed with **ser**, the emphasis is on the action itself. Including the agent of that action is optional; when it is included it follows the preposition **por: El proyecto fue realizado (por los residentes del pueblo)**.

- When the passive voice is formed with **estar**, the emphasis is on a condition or state and the noun that states the reason or responsibility for the state follows **por**.

You will review another passive structure (with **se**) in **Chapter 4.**

La tierra **estaba destruida** (por las inundaciones).

7 ▸ **¿Cuándo?** Lee cada oración y escribe el número 1 o 2 al lado de cada verbo para indicar el orden en que ocurrieron las dos acciones mencionadas.

1. Ahora he dominado el español, pero tuve que estudiar mucho para lograrlo.
   _____ dominar   _____ estudiar

2. Ya habíamos traducido los libros cuando llegó un paquete con muchos más.
   _____ traducir   _____ llegar

3. Aunque pensaba que era imposible, ya he alcanzado muchos de mis sueños.
   _____ pensar   _____ alcanzar

4. Según lo que he oído, muchas personas famosas iban a ese club.
   _____ oír   _____ ir

5. Una vez que se habían establecido en el pueblo, abrieron una tienda pequeña.
   _____ establecerse   _____ abrir

8 ▸ **Descripciones** Crea oraciones en el pasado con el participio pasado para describir a las personas y cosas indicadas. Sigue el modelo.

MODELO *mi prima / estar casado con un hombre mexicano*
Mi prima estaba casada con un hombre mexicano.

1. yo / estar agotado
2. mis amigos / estar confundido
3. mi bisabuela / estar divorciado
4. aquella discusión / ser entretenido
5. las costumbres / ser divertido
6. los niños / estar muy animados
7. mi madre / estar deprimido
8. usted / estar asustado

9 ▸ **¿Qué has hecho?** Trabaja con un(a) compañero(a) de clase. Túrnense para contestar las siguientes preguntas con oraciones completas.

MODELO ¿En qué clubes u organizaciones has participado recientemente?
He participado en el club de drama y el club de cine.

1. ¿Te has mudado durante el año pasado? ¿Adónde?
2. ¿Has desafiado a alguien alguna vez? ¿A quién?
3. ¿Has llevado a cabo un plan importante este semestre? ¿Cuál?
4. ¿A quién o quiénes has influido durante tu vida? ¿Cómo? ¿Qué personas han tenido mucho impacto en tu vida?
5. ¿Has luchado por una causa alguna vez? ¿Cuál?
6. ¿Has contribuido a una causa benéfica recientemente?
7. ¿Cuál es la meta más importante que has logrado?
8. ¿Cuál es el obstáculo más grande que has superado?
9. ¿Cuál es una ocasión que has festejado recientemente?

10 Antes... Trabaja con un(a) compañero(a) de clase. Por turnos, nombren una cosa que **ya habían hecho** cuando ocurrió la acción o el evento indicado o lo que **todavía no habían hecho** en ese momento. Usa **todavía no** para indicar las cosas que no has hecho y **ya** para indicar las que sí has hecho.

> MODELO Cuando cumplí cinco años...
> *Cuando cumplí cinco años, ya había aprendido a leer. /*
> *Cuando cumplí cinco años, todavía no había aprendido a leer.*

1. Cuando empecé la escuela secundaria...
2. Cuando cumplí diez años...
3. Cuando cumplí trece años...
4. Cuando cumplí dieciséis años...
5. Cuando llegué a la universidad...
6. Cuando empecé a estudiar el español...

11 Unos consejos Trabaja con un(a) compañero(a) de clase. Preparen una lista de 5 a 10 consejos para un(a) estudiante de primer año sobre cómo lograr sus metas, superar los obstáculos y mantener el equilibrio emocional durante su primer año de estudios. Usen **hay que** en cada consejo.

> MODELO *Hay que aprender a convivir con otros.*

12 Lenguaje burocrático Como saben, la voz pasiva no pone énfasis en el agente de la acción. Por eso es una estructura muy popular entre los políticos, los burócratas y todos los que no quieren señalar quién ha hecho qué. En un grupo de tres a cuatro estudiantes, inventen varias situaciones negativas y después descríbanlas con oraciones en la voz pasiva. Sean creativos y traten de inventar las oraciones más evasivas que puedan.

> MODELOS Un hombre protesta contra el gobierno.
> *Opiniones contrarias fueron expresadas.*
>
> No hubo electricidad en casa por una semana entera.
> *Mucha energía fue conservada.*

13 Historia de un pueblo Inventa un pueblo imaginario y haz una descripción del lugar y lo que ha pasado allí. Usa **hay**, **había**, el pretérito, el imperfecto, el presente perfecto y el pasado perfecto para describirlo y crear una secuencia de los eventos más importantes que han ocurrido allí durante los últimos 50 años. Puedes usar estas ideas o inventar otras para elaborar tu narración.

- los fundadores del pueblo
- las familias principales del pueblo
- las costumbres y creencias
- los obstáculos superados
- la inmigración al pueblo
- los eventos más significativos
- los retos enfrentados
- las metas alcanzadas

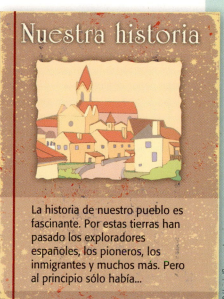

Nuestra historia

La historia de nuestro pueblo es fascinante. Por estas tierras han pasado los exploradores españoles, los pioneros, los inmigrantes y muchos más. Pero al principio sólo había...

© Heinle/Cengage Learning

Gramática útil 3

Estructuras nuevas: Past progressive, uses of the present participle, and the infinitive

66 ¡No **estoy bromeando**! Sé lo que digo. 99

Cómo usarlo

LO BÁSICO

The present and past progressive are both formed with **estar** and the present participle (also referred to as the gerund): **está comiendo/estaba comiendo**. The English structure is very similar: *is eating/was eating*. The present participle is an invariable verb form in that it doesn't change to agree with the subject.

Progressive forms

1. You have already learned to use the present progressive to say what is happening right now. The past progressive is used similarly, but to indicate what was happening at a specific moment in the past: **La situación estaba mejorando**. *(The situation was getting better.)*

2. Remember that the progressive forms in Spanish should be used only to focus on an action in progress at the moment of speaking and never for future actions. They are not used as frequently as the present progressive *(I am talking to him tomorrow, etc.)* in English. In many cases Spanish speakers will use the present indicative instead of the present progressive: **¿Qué haces?** *(What are you doing?)* **Hablo con Linda.** *(I'm talking to Linda.)*

You can form the past progressive with other past-tense forms of **estar** as well. In each case, you are focusing on a different aspect of time: **estuve leyendo** *(I was reading for a specific period of time)*, **estaba leyendo** *(I was reading for an unspecified period of time)*, **he estado leyendo** *(I have been reading and still am)*, **había estado leyendo** *(I had been reading during a previous period of time)*.

3. In both the present and past progressive, only the forms of **estar** change to agree with the subject.

	Estar in present progressive	**Estar** in past progressive
yo	**estoy** bromeando	**estaba** bromeando
tú	**estás** bromeando	**estabas** bromeando
Ud. / él / ella	**está** bromeando	**estaba** bromeando
nosotros(as)	**estamos** bromeando	**estábamos** bromeando
vosotros(as)	**estáis** bromeando	**estabais** bromeando
Uds. / ellos / ellas	**están** bromeando	**estaban** bromeando

4. Form the present participle of regular verbs by removing the **-ar, -er,** or **-ir** and adding these endings.

-ar verb: **bailar**	-er verb: **comer**	-ir verb: **dormir**
remove **-ar** ending and add **-ando: bailando**	remove **-er** ending and add **-iendo: comiendo**	remove **-ir** ending and add **-iendo: dormiendo**

Other **-ir** stem-changing verbs include **despedirse, divertirse, reírse, repetir, servir,** and **morir**.

- Some verbs add **y** to the present participle: **leyendo, oyendo**.
- All **-ir** stem-changing verbs show a stem change in the present participle as well. For example: **pedir → pidiendo, dormir → durmiendo**.

© Heinle/Cengage Learning

5. Pronouns (direct, indirect, and reflexive) may be used before the form of **estar** or can attach to the end of the present participle. (When they attach to the present participle, add an accent to maintain the correct pronunciation.)

<u>La</u> **estaba apoyando. / Estaba apoyánd<u>ola</u>. <u>Se</u> están adaptando. / Están adaptánd<u>ose</u>.**

Uses of the present participle and the infinitive

1. The present participle or gerund is often used in English in situations where Spanish uses an infinitive. Here are some ways each is used in Spanish.

2. Use the present participle:

- with **estar** as part of the present or past progressive:

  Estaban desarrollando el plan. Because the past progressive is referring to a specific past moment, it is often followed by **cuando:**

  Estaban desarrollando el plan cuando nosotros llegamos.

- with other verbs in progressive structures to express different meanings.

  – **andar** *(to go around)*: **Ando diciendo que éste es el plan perfecto.**

  – **llevar** *(with time)*: **Llevo dos años desarrollando el plan.**

- on its own:

  Desarrollando el plan regional, entendí mejor los problemas locales.

3. Use the infinitive:

- where the gerund is used as a noun in English to express an idea or thing:
  Ver es creer. *(Seeing is believing.)* **Respetar a los otros es la clave para convivir.** *(Respecting others is the key to coexisting.)*

- with **al** to express the idea *"upon -ing"*:
  Al lograr su meta, Elena estaba contentísima. *(Upon achieving her goal, Elena was very happy.)*

- as a command form in written Spanish:
  No fumar. *(No smoking.)* **Favor de dejar las mochilas aquí.** *(Please leave your backpacks here.)*

- in certain expressions:

  – **ir + a +** infinitive: **Vamos a tomar medidas para mejorar la situación.**

  – **dejar de +** infinitive *(to stop doing something)*: **Dejó de luchar por la patria a la edad de 50 años.**

  – **acabar de +** infinitive *(to have just finished doing something)*:
  Acabamos de traducir el artículo al español.

Pista 5 🔊

14 **¿Qué es?** Escucha las oraciones y decide si la forma que oyes es el presente progresivo, el pasado progresivo, el infinitivo o una combinación de dos formas. (En este caso, marca las dos.) Marca una X en la columna correcta de la tabla para cada oración.

	present progressive	past progressive	infinitive
1.			
2.			
3.			
4.			
5.			
6.			
7.			
8.			

15 **Estaban...** Cambia las oraciones del presente progresivo al pasado progresivo.

1. Estamos bromeando con nuestros primos.
2. Estás aprovechando los cursos del centro comunitario.
3. Los estudiantes están enfrentándose a los retos del año escolar.
4. Mis padres están intercambiando e-mails con sus familiares en Guatemala.
5. Mis sobrinos están trabajando en Inglaterra.
6. Estamos echando raíces en esta comunidad.

16 **Los lemas** *(slogans)* Trabaja con un(a) compañero(a) de clase para crear diferentes lemas usando las palabras indicadas con otros infinitivos. Sigan el modelo.

MODELO trabajar
Trabajar es sobrevivir.

1. cooperar
2. luchar
3. nacer
4. saber
5. ver
6. mejorar
7. dormir
8. nacer

17 **¿Qué estaban haciendo?** Trabaja con un(a) compañero(a) y miren el dibujo en la página 117 de una celebración en el centro comunitario. Usen el verbo indicado para decir qué estaba haciendo cada una de las personas indicadas en ese momento.

1. hablar de los antepasados
2. romper la piñata
3. comer empanadas
4. dormir
5. mirar el álbum de fotos
6. cantar canciones tradicionales

Los tíos   La tía Elena   La abuela

El perro

Mi novia

Los niños

© Heinle/Cengage Learning

18 **Los letreros** Trabaja con dos o tres compañeros(as) en grupo para crear letreros para la clase de español. Usen los infinitivos y traten de crear los letreros más creativos y cómicos que puedan. Si quieren, pueden decorarlos con dibujos. Luego, compartan sus letreros con la clase entera y juntos escojan los cinco más populares para poner en las paredes del aula.

MODELOS *¡No hacer llamadas telefónicas en la clase de español!*
¡Pensar antes de hablar!
Conservar energía, ¡dejar de chismear!

19 **Mi plan personal** Trabaja con un(a) compañero(a) de clase para hacer y contestar preguntas sobre lo que **acabas** de hacer, lo que **vas** a hacer y lo que quieres **dejar** de hacer. Hagan una lista de sus respuestas para compartir con la clase. Juntos, revisen las respuestas para ver cuáles son las más populares.

MODELO Tú: *¿Qué acabas de hacer?*
Compañero(a): *Acabo de tomar un examen de química orgánica. Y tú, ¿qué acabas de hacer?*
Tú: *Acabo de...*

20 **¿Recuerdas?** En un grupo de tres o cuatro estudiantes, digan dónde estaban y qué estaban haciendo la última vez que ocurrió cada una de las cosas indicadas.

1. Hubo una tormenta muy fuerte.
2. Te llamó tu madre o padre.
3. Se cortó la luz.
4. Oíste tu canción favorita.
5. Conociste a tu mejor amigo(a).
6. Te caíste o te hiciste daño.

¡Explora y exprésate!

>> ## El fruto de la fusión

La historia está llena de ejemplos de la mezcla de culturas. Y siguen mezclándose hoy día, con resultados innovadores e inspiradores. Paséate por el mundo y verás el fruto de distintas combinaciones.

CANADÁ, VENEZUELA, MARRUECOS, ITALIA, CHILE
Mashalá, una fusión de estilos musicales

Sólo hay que leer los nombres y países de origen de los músicos del grupo Mashalá de Barcelona para saber lo que quieren decir cuando describen su música como "World Groove".

Ellen Gould Ventura, cantante principal *(Canadiense-Sefardí)*
Ernesto Briceño, Violín, voces y percusión suplementaria *(Venezuela)*
Aziz Khodari, Percusión principal y cantante *(Marruecos)*
Franco Molinari, Contrabajo, percusión suplementaria y voces *(Italia)*
Lautaro Rosas, Laúd árabe, Çumbuç y Saz *(Chile)*

La mayor parte de lo que tocan es música de los sefardíes *(Sephardic Jews)* en el exilio: música de Turquía, Grecia, Marruecos, Argelia, Iraq, Líbano, Israel, Bosnia y Bulgaria. Cantan en ladino (judeo-español), hebreo, hebreo rashi (del Magreb), árabe y francés. Reinterpretan antiguas melodías de las diásporas a través de sus influencias contemporáneas, cautivando a públicos de todas edades con ritmos contagiosos que levantan el ánimo *(raise your spirits)*.

Para Ellen, cantar estos temas es devolverle a Barcelona una música que le pertenece. "Yo soy de esta raíz, como lo son muchas personas de España que tienen apellidos como Ventura, López, Gómez, Moreno, Da Costa. Son apellidos de raíz sefardita en su origen. Cantar esta música para mí es como celebrar y vivir mi cultura. Es compartir con los demás el legado *(legacy)* de esta música en España. Es un poco como devolverlo desde la tierra en la que estaban exiliados los árabes y los judíos".

El grupo Mashalá se describe a sí mismo como "un país sonoro *(resonant)* virtual y multicultural, un portal donde distintas religiones y países conviven más allá de la política". En la música de Mashalá, según un periodista, existe el deseo "de ir más allá de las fronteras y de moverse en círculos musicales de interés global". Mashalá muestra que en el terreno de la música, no hay fronteras.

COSTA RICA la poesía afrocostarricense

El libro *Desde el principio fue la mezcla* reúne las fotografías de Garrett Britton, la poesía de Shirley Campbell y la prosa poética de Rodolfo Meoño para pintar un retrato de Costa Rica y su gente como una fértil mezcla de historias, pueblos y culturas.

Garrett Britton

La poeta Campbell afirma "Todos nosotros somos producto de esa mezcla, sólo que en nuestro caso se evidencia más la influencia africana". El fotógrafo Britton, para explorar la mezcla de culturas en la fisonomía de los costarricenses, sacó fotos de caras, narices, ojos, manos, cabellos y varios rasgos

(characteristics) de africanos, chinos y blancos. "Uno se encuentra a gente blanca con labios gruesos *(thick)*, a negros con ojos achinados, a chinos que son morenos... Todos somos una mezcla", concluye el fotógrafo. Las fotos van acompañadas por la narración del filósofo Meoño en la cual describe la fusión multicultural de la Costa Rica mestiza. El libro sirve como testimonio artístico a la belleza y la riqueza cultural que puede resultar cuando ocurre un intercambio respetuoso entre las culturas.

Shirley Campbell

BOLIVIA la moda "étnica urbana"

Ingrid Hölters es una modista boliviana que ha decidido captar en su moda moderna el espíritu indígena de la región Chiquitanía en el oriente de su país. Ha bautizado *(She has named)* su moda "étnica urbana" y ha presentado sus colecciones en Argentina, Chile, Uruguay y más recientemente en Miami.

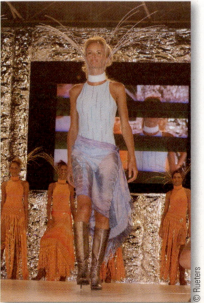

En su colección "La tierra de mis amores" la diseñadora combina tejidos y diseños indígenas con las pinturas andinas del artista aimara Mamani Mamani. Estudió diseño de modas en Brasil, pero fue un viaje a la Chiquitanía, la tierra de sus abuelos, el que la inspiró a combinar materiales étnicos con creaciones modernas. Ella tiene como objetivo "dar a conocer este pedacito de Bolivia y el trabajo manual que vamos realizando como equipos de mujeres fuera de nuestras fronteras".

Cuanda viaja a la zona de Santa Cruz, se reúne con mujeres artesanas para aprender las técnicas del bordado *(embroidery)*, el pintado y el tallado de madera *(wood carvings)* que usa en sus accesorios. "Tenemos un gran tesoro. No somos pobres, sino que nos falta unirnos para seguir adelante y mostrar nuestros talentos y las cosas bellas que tenemos como tierra", afirma la modista.

Hagan paso, Herrera, de La Renta y Versace, que ahí viene Hölters.

VENEZUELA Paz Con Todo, un grupo que trae la paz a la vida cotidiana *(daily life)*

© Heinle/Cengage Learning

A veces una idea sembrada *(planted)* en un país puede echar raíces y florecer *(flourish)* en otro, como ocurrió con el grupo Paz Con Todo en Caracas. El grupo, que no se considera ni político, ni religioso, ni 'hippie' y además ni siquiera se considera 'grupo', empezó con solamente tres personas, Sandra Weisinger, Ana María Blanco y Bélgica Álvarez. Ya no saben cuántos son.

"Este proyecto lo comenzó un cineasta británico llamado Jeremy Gilley, que se dio cuenta de que todo lo que plasmaba *(expressed)* en sus películas era violencia. Se puso a investigar y no encontró un día mundial de la paz. Comenzó a hacer lobby en la ONU (Organización de las Naciones Unidas) y se reunió con un montón de personalidades, hasta que logró que en 2001 se decretara el 21 de septiembre como el Día Internacional de la Paz", explica Weisinger.

En su página web, las promotoras describen su objetivo simplemente: "Inspirar a los caraqueños para lograr un día de Paz: un día de música, de arte, de pensamientos, acciones y conversaciones positivas". Dice Blanco: "La idea es que nazca de cada caraqueño y, luego, de cada venezolano. No se trata de un gran concierto, son pequeños compromisos que puedan contagiar positivamente".

La lista de acciones cotidianas que han publicado los miles de participantes incluyen: sonreír a todos en la calle, ceder el paso *(to yield)* a los peatones y a los conductores que necesiten cambiarse de canal, dar un abrazo cuando suene una alarma, regalarle un almuerzo a una persona necesitada, sembrar un árbol y cenar en familia.

Paz Con Todo ha logrado motivar a comunidades de Petare, El Junquito, Guatire y Propatria. ¿Quién lo hubiera creído? Una idea que tuvo una persona en un país puede brincar fronteras y cambiar las vidas de muchas personas en otro lejano.

Anda. Abraza a tu compañero cuando suene el timbre *(bell)*, y aumenta la paz mundial con un solo gesto.

© Paz con todo

GUATEMALA las tradiciones norteamericanas importadas a la cultura maya

© Heinle/Cengage Learning

La mezcla de culturas es una vía de doble sentido *(two-way street)*, como lo pueden afirmar los guatemaltecos que vuelven a su país después de haber vivido varios años en Estados Unidos. "Tengo cuatro meses de haber llegado a mi pueblo y a veces mezclo las palabras en inglés, porque trabajé en un lugar donde tuve que aprender el idioma", explica Casimiro Chan, originario de Zunil que vivió en Nueva Jersey por siete años. "Okay" es una expresión norteamericana que se ha hecho común en las comunidades de Guatemala en lugar de "está bien".

Además de los modismos, el vestuario *(wardrobe)*, las tradiciones, las fiestas y hasta la alimentación se pueden ver afectadas en las familias y comunidades de los emigrantes que regresan a su tierra natal. Ahora hay personas que utilizan el traje típico maya con tenis blancos o con camisetas que exhiben símbolos de Estados Unidos.

En algunas comunidades guatemaltecas, se celebra el Día de Acción de Gracias, una tradición sumamente *(extremely)* norteamericana que empezó como una celebración religiosa para dar las gracias por la cosecha

© Media Bakery/Alamy

(harvest). También se está popularizando el uso del Conejo de Pascua y de los huevos decorados a la hora de celebrar la Pascua Florida.

"Yo le conté a mi familia cómo era allá, y ahora estoy heredando esa cultura norteamericana a mis nietos que felices celebran", dice Carlos Gramajo de Salcajá, emigrante que trabajó en Chicago, Illinois por diecinueve años.

¿Qué tradición de otra cultura practica tu familia?

ESTADOS UNIDOS el alma bicultural que reside en ambos lados de la frontera

Las fronteras son demarcaciones políticas que a veces no tienen sentido en las vidas de las personas nativas de allí y que día tras día abarcan las culturas de los países vecinos que esas mismas fronteras pretenden separar. El poema de la poeta bilingüe Raquel Valle-Sentíes ilumina de una manera muy franca esos sentimientos del alma bicultural. He aquí algunos pasajes representativos:

© Heinle/Cengage Learning

Raquel Valle-Sentíes

© Raquel Valles-Sentíes

Soy Como Soy y Qué

Soy flor injertada *(grafted)* que no pegó
    (didn't catch).
    Soy mexicana sin serlo.
    Soy americana sin sentirlo...

Desgraciadamente
no me siento ni de aquí ni de allá.
Ni suficientemente mexicana,
ni suficientemente americana.

Tendré que decir,
    "Soy de la frontera,
     de Laredo,

de un mundo extraño,
ni mexicano ni americano

...

donde en el cumpleaños lo mismo
    cantamos
el Happy Birthday que Las Mañanitas,
donde festejamos en grande
el nacimiento de Jorge Washington
¿quién sabe por qué?

...

donde en muchos lugares
la bandera *(flag)* verde, blanco y colorada
vuela orgullosamente *(proudly)* al lado de
    la red, white and blue".

Soy como el Río Grande,
una vez parte de México,
desplazada.

...

Soy la mestiza, la pocha*, la Tex-Mex,
la Mexican-American, la *hyphenated*,
la que sufre por no tener identidad propia
y lucha por encontrarla

...

Soy la contradicción andando.
En fin como Laredo,
soy como soy y qué.

—Raquel Valle-Sentíes
(Laredo, Texas)

Poem "Soy Como Soy y Que" from *Cuerpo y protesis*. Reprinted by permission of Raquel Valle-Sentíes.

Pocho(a) is a word that is used in the Mexican-American community to describe a Mexican-American who is Americanized. It can also mean someone who is bilingual, but is not proficient in either language. It has a wide range of meanings depending on who says it and in what tone. It often carries a derogatory connotation, although that has been changing in recent years as many have begun to use it to define themselves.

ACTIVIDADES

1 **¿Comprendiste?** Contesta las siguientes preguntas según la información que acabas de leer.

1. ¿En qué lenguas canta el grupo Mashalá?
2. Según el libro *Desde el principio fue la mezcla*, la historia de Costa Rica está representada en la mezcla de ¿cuáles culturas?
3. ¿Qué técnicas indígenas usa la modista boliviana Hölters en sus colecciones de moda?
4. ¿Cuál es el objetivo de Paz Con Todo?
5. ¿Cuáles son dos fiestas importadas de Estados Unidos a las comunidades de Guatemala?
6. ¿De qué países son las banderas a las que se refiere la poeta?
7. Según la poeta, ¿el cumpleaños de qué presidente estadounidense se celebra en Laredo?

Tú y el pluriculturalismo: ¡Exprésate!

2 **La cultura popular** Los programas de realidad de Inglaterra *(Britain's Got Talent)* o las telenovelas de Venezuela *(Betty La Fea)* o las películas de la India *(Slumdog Millionaire)* pueden volverse 'viral' y engendrar programas y películas en otros países. Con un(a) compañero(a), hagan una investigación en Internet o en revistas o periódicos que tratan de la cultura popular para encontrar tres ejemplos de los programas a continuación que fueron inventados en un país e importados a otro.

> **una comedia romántica**
> **un drama**
> **una telecomedia**
> **un teledrama**
> **una teleserie**
> **una película de acción**
> **una película de ciencia ficción**

3 **La mezcla de culturas en los campos profesionales** Sólo hay que ver una lista de deportistas profesionales para saber que las culturas se están mezclando en los deportes. En los restaurantes, la fusión de tipos y sabores de comidas se está viendo en todas las ciudades grandes conocidas por su gastronomía. Las compañías multinacionales emplean a profesionales de varias nacionalidades en una misma oficina. Las películas lucen actores de múltiples países en las mismas escenas. En casi todos los campos profesionales, estamos viendo una mezcla de culturas que seguramente cambiará la cara de esa profesión. Con un(a) compañero(a), escojan uno de los campos a continuación. Escriban seis preguntas que tengan sobre el fruto de la fusión de culturas en esa profesión. Luego, contesten sus propias preguntas y presenten sus ideas a la clase.

MODELO los negocios multinacionales

¿Qué pasa cuando culturas que no tienen el mismo punto de vista hacia el trabajo se encuentran lado a lado en negocios multinacionales?

1. los negocios multinacionales

2. la música

3. los deportes

4. el arte

5. el baile

6. la gastronomía

7. la televisión

8. el cine

4 **Mi opinión** Basándote en la investigación que hiciste con tu compañero(a) en la **Actividad 3**, escribe un ensayo en el cual das tu opinión sobre la mezcla de culturas en la profesión que examinaron. Di si crees que la mezcla va a cambiar la profesión de una manera positiva o negativa y respalda tu opinión con razones concretas.

¡Conéctate!

La fusión cultural Haz una investigación en Internet sobre situaciones en las cuales la mezcla de culturas produce algo interesante. O quizás tengas un ejemplo de tu propia vida. Elige lo que más te interese y escribe un informe breve. Después, preséntaselo a la clase.

¡A leer!

ESTRATEGIA

Here are two strategies to help you better understand the reading.

1. **Establishing a chronology:** Pay attention to the verb tenses, especially the past perfect tense, to determine which actions occurred before others.
2. **Skimming for the main idea:** Try to stay focused on finding the main idea of each paragraph. Look up only words you need for general comprehension.

Para entender y hablar de la lectura

Here are some useful words for understanding and discussing the reading selection, which describes the feelings of Malinalli, a young Mexica (Aztec) woman who served as translator for Cortés during the events leading up to the Conquest of Mexico.

la culpa *blame*
el dios *god*
los enviados *envoys*
la esclava *slave*
evitar *to avoid*
fiel *faithful*
el golpe de estado *coup, conquest*

los hechos *the events, actions*
imponer *to impose*
la mente *mind*
ofender *to offend*
el riesgo *risk*
el temor *fear*

 Basándote en las palabras de la lista, piensa en el papel que pueden jugar el poder *(power)* y la religión en el texto que vas a leer.

¡Fíjate! ## La historia de la Malinche, la "Madre de los Mestizos"

La Malinche (también llamada Doña Marina y Malinalli) es una figura icónica y controvertida. En su novela *Malinche*, Laura Esquivel vuelve a contar su historia con una mezcla de datos históricos y detalles imaginarios. Según lo entendido, Malinalli era la hija de padres nobles. Fue vendida como esclava y luego presentada a Hernán Cortés en 1519. Porque hablaba maya y náhuatl (la lengua azteca), y también aprendía español, ella llegó a ser la traductora (o "lengua") entre Cortés y los aztecas, con la ayuda de Gerónimo de Aguilar. Había mucha confusión porque por un rato Malinalli y muchos de los aztecas creían que Cortés era la reencarnación de Quetzalcóatl, uno de sus dioses. Después de la Conquista, Malinalli y Cortés tuvieron un hijo, y por eso ella tiene el nombre de "Madre de los Mestizos". La Malinche es una figura detestada por un lado y respetada por el otro. Sus críticos denuncian su colaboración con Cortés, pero los que la apoyan dicen que al final ella triunfó—con el nacimiento del primer mestizo, ella aseguró que las creencias y tradiciones del pueblo indígena vivirían para siempre.

Gerónimo de Aguilar was a Spanish Franciscan friar who had been shipwrecked off the coast of Mexico and later joined Cortés's expedition. He spoke Mayan with Malinalli, whose Spanish was rudimentary. Later, as Malinalli learned more Spanish, she was able to communicate independently.

2 Mientras lees el texto, observa cómo Malinalli se encuentra entre dos culturas y sus creencias. Luego considera cuáles pueden ser las consecuencias de este dilema.

>> Lectura

Malinche (extracto), Laura Esquivel

En este extracto, la esclava Malinalli se esfuerza para respetar a sus dioses indígenas mientras sirve a sus nuevos señores españoles.

This painting by the Mexican artist Antonio Ruiz is titled "El sueño de Malinche." It depicts her moral dilemma as well as the consequences that her actions would have on Tenochtitlán, the Aztec capital.

Courtesy of Galeria de Arte Mexicano

[...] Cortés la había nombrado «La Lengua», la que traducía lo que él decía al idioma náhuatl y lo que los enviados de Moctezuma hablaban del náhuatl al español. Si bien era cierto que Malinalli había aprendido el español a una velocidad extraordinaria, de ninguna manera podía decirse que lo dominara por completo. Con frecuencia tenía que recurrir a[1] Aguilar para que le ayudara a traducir correctamente y lograr que lo que ella decía cobrara sentido[2] tanto en las mentes de los españoles como en la de los mexicas.

Moctezuma was the last Aztec emperor.

---
[1]*to turn to* [2]*would make sense*

Ser «La Lengua» era una enorme responsabilidad. No quería errar, no quería equivocarse y no veía cómo no hacerlo, pues era muy difícil traducir de una lengua a otra conceptos muy complicados. Ella sentía que cada vez que pronunciaba una palabra uno viajaba en la memoria cientos de generaciones atrás. [...]

... Ella, la esclava que en silencio recibía órdenes, ella, que no podía ni mirar directo a los ojos de los hombres, ahora tenía voz, y los hombres, mirándola a los ojos esperaban atentos lo que su boca pronunciara. Ella, quien varias veces habían regalado[3], ella, de la que tantas veces se habían deshecho[4], ahora era necesitada, valorada, igual o más que una cuenta de cacao[5].

Desgraciadamente, esa posición de privilegio era muy inestable. En un segundo podía cambiar. Incluso su vida corría peligro. Sólo el triunfo de los españoles le garantizaba su libertad, por lo que no había tenido empacho en afirmar[6] varias veces con palabras veladas[7] que en verdad los españoles eran enviados del señor Quetzalcóatl y no sólo eso, sino que Cortés mismo era la encarnación del venerado dios.

Ahora ella podía decidir qué se decía y qué se callaba[8]. Qué se afirmaba y qué se negaba. Qué se daba a conocer y qué se mantenía en secreto y en ese momento ése era su principal problema. No sólo se trataba de decir o no decir o de sustituir un nombre por otro, sino que al hacerlo se corría el riesgo de cambiar el significado de las cosas. Al traducir, Malinalli podía cambiar los significados e imponer su propia visión de los hechos y al hacerlo, entraba en franca competencia con los dioses, lo cuál la aterrorizaba. Como consecuencia a su atrevimiento, los dioses podían molestarse con ella y castigarla[9] y eso definitivamente le daba miedo. Podía evitar este sentimiento traduciendo lo más apegada[10] posible al significado de las palabras, pero si los mexicas en determinado momento llegaban a dudar—tal como ella—que los españoles eran enviados de Quetzalcóatl, ella sería aniquilada[11] con éstos en un abrir y cerrar de los ojos.

Así que se encontraba en una situación de lo más delicada: trataba de servir a los dioses y ser fiel al significado que ellos le habían dado al mundo o seguía sus propios instintos, los más terrenales y primarios[12], y se aseguraba[13] que cada palabra y cada acto adquiriera[14] el significado que a ella le convenía. Lo segundo obviamente era un golpe de Estado a los dioses y el temor a su reacción le llenaba de miedos y culpas, pero no veía otra alternativa por ningún lado.

---

[3]*had been given as a gift* [4]*had been gotten rid of* [5]*approximately 24,000 cacao beans (a measure used as money in the New World)* [6]**no...** *she had not been ashamed to affirm* [7]*veiled, hidden* [8]*no se decía* [9]**molestarse....** *to take offense with her and punish her* [10]*tightly, closely* [11]*annihilated, wiped out* [12]**terrenales...** *earthly and primitive* [13]*she assured herself* [14]*would acquire*

Laura Esquivel excerpt from novel *Malinche*, Atria Books, a division of Simon and Schuster, Inc. p. 60, 64–65. Reprinted by permission.

Laura Esquivel, México

Laura Esquivel nació en la Ciudad de México en 1950. Su primera novela, *Como agua para chocolate*, fue un éxito comercial y crítico, y la adaptó para el cine, resultando en la película popular del mismo nombre. Ha escrito otras novelas, entre ellas *Malinche* y *Tan veloz como el deseo*, junto a varios libros de cocina y ensayos.

3 ▶ Pon los eventos en orden cronológico según la lectura.

____ Malinalli tenía miedo que iba a ofender a sus dioses si no traducía bien las palabras de los españoles y los mexicas.

____ Cortés la nombró La Lengua.

____ Malinalli fue regalada varias veces.

____ Malinalli podía decidir qué decir y no decir.

4 ▶ Contesta las siguientes preguntas sobre la lectura. Busca la respuesta a cada una en el parráfo que se indica con el número.

1. ¿Dominaba Malinalli el español? ¿Cómo sabes? [1]

2. ¿Cuál era el dilema práctico que tenía Malinalli al momento de traducir las palabras de los españoles y los mexicas? [2]

3. ¿Cuál era el dilema más filosófico que tenía Malinalli con relación a la traducción? [5]

4. Aunque estaba angustiada por su situación, Malinalli también estaba orgullosa *(proud)* de haber sido nombrada La Lengua. ¿Por qué? [3]

5. Por un lado, parece que Malinalli tenía que escoger entre dos culturas. Por el otro, se puede decir que seguía fiel a los dioses mexicas, aunque estaba ayudando a los españoles. ¿Por qué? [4]

6. A final del día, Malinalli era una mujer joven y asustada. El texto hace referencia a "sus propios instintos, los más terrenales y primarios". ¿Qué significa esta frase y cómo se aplica a la situación de la joven esclava? [6]

5 ▶ Con dos o tres compañeros(as) de clase, comenten los siguientes temas que se tratan en el texto. Busquen oraciones del texto para apoyar sus comentarios.

1. La religión: En la novela, antes de ser presentada a Cortés, Gerónimo de Aguilar bautizó *(baptized)* a Malinalli y empezó a enseñarle la lengua española. Después, Malinalli traducía las palabras de los españoles y los mexicas y trataba de no traicionar a sus dioses y creencias originales. ¿Qué papel juega la religión en el texto y qué problemas le presentó a Malinalli?

2. El poder: Antes era una esclava humilde. Después Malinalli tenía el poder de la palabra. ¿Por qué tenía ella reacciones contradictorias con relación a ese poder?

6 ▶ En grupos de tres, hagan una investigación sobre la Conquista de México. Una persona debe investigar el papel que jugó Malinalli, otra el papel que jugó Moctezuma y la tercera persona el papel que jugó Cortés. Después, combinen la información que encontraron para escribir un resumen breve (3 a 5 párrafos) de la Conquista de México, enfocado en estos tres personajes.

Para hablar de los antepasados   *Talking about your ancestors*

Sustantivos

el antepasado *ancestor*	**el nacimiento** *birth*
la ascendencia *descent, ancestry*	**el pueblo** *the people; a town, village*
la descendencia *descendants*	**la raíz** *root*
la frontera *border*	**la tierra** *land*
la lucha *fight, struggle*	**la tierra natal** *homeland, native land*

Verbos

desafiar *to challenge*	**inmigrar (a)** *to immigrate*
desplazarse *to displace; to be displaced*	**nacer** *to be born (to)*
echar raíces *to put down roots*	**mudarse** *to move*
emigrar (de) *to emigrate (from)*	**trasladarse** *to relocate, transfer*

Para hablar de las raíces   *Talking about your roots*

Sustantivos

la costumbre *custom*	**la inmigración** *immigration*
la creencia *belief*	**la (in)tolerancia** *(in)tolerance*
la diversidad *diversity*	**la mezcla** *mix; mixing, mixture; blend*
la emigración *emigration*	**la patria** *homeland, native country*
el esfuerzo *effort*	**la madre patria** *mother country*
la etnia/el grupo étnico *ethnic group*	**las fiestas patrias** *Independence Day celebrations*
el éxito *success*	**la raza** *race*
la herencia *inheritance*	**la tradición oral** *oral tradition*
la influencia *influence*	**la traducción** *translation*

Verbos

alcanzar *to reach; to achieve*	**lograr** *to attain, achieve*
apoyar *to support; to lean on*	**mezclar** *to mix*
conservar *to preserve (traditions)*	**pertenecer (zc)** *to belong to; to be a member of*
criar(se) *to grow up; to be raised*	**poblar** *to populate; to inhabit*
influir (y) *to influence*	**traducir (zc)** *to translate*

Para hablar de la vida del inmigrante *Talking about the life of the immigrant*

Sustantivos

la broma *joke*
la esperanza *hope*
los ideales *ideals*
el intercambio *exchange*

la meta *goal*
la nostalgia *nostalgia*
los principios *principles*
el respeto *respect*

el reto *challenge*
el sueño *dream*
los valores *values*

Verbos

adaptarse *to adapt*
aprovechar *to take advantage of*
aprovechar(se) de *to take unfair advantage of*
bromear *to joke around*
convivir *to coexist*
cooperar *to cooperate*
establecerse (zc) *to establish yourself*
echar de menos *to miss*

extrañar *to miss*
festejar *to celebrate*
hacerle falta (algo a alguien) *to be in need of something*
integrar(se) *to integrate oneself into*
intercambiar *to exchange*
mantener (*like* **tener**) contacto *to maintain contact*
mejorar *to improve; to better*

Para hablar del éxito del inmigrante *Talking about the immigrant's sucess*

Verbos

desarrollar *to develop*
destacarse *to stand out; to be outstanding*
dominar la lengua *to master the language*
enfrentarse a los retos *to face the challenges*
equivocarse *to make a mistake; to be mistaken*
llevar a cabo *to carry out*

realizar *to carry out, execute*
respetar *to respect*
soler (ue) *to be in the habit of (usually)*
sufrir *to suffer*
superar *to overcome*

Estados emocionales *Emotional states*

agotado(a) *exhausted*
angustiado(a) *worried, anxious; distressed*
animado(a) *animated, lively; in good spirits*
ansioso(a) *anxious*
asustado(a) *scared*

avergonzado(a) *ashamed*
confundido(a) *confused*
deprimido(a) *depressed*
emocionado(a) *excited; moved, touched; thrilled*
nostálgico(a) *nostalgic*

Frases de todos los días *Everyday phrases*

a menudo *often*
buena onda *good vibe*
cara a cara *face to face*
en fin *in summary*
¡Híjole! *Holy moly!*

ni idea *no idea whatsoever*
¡No estoy bromeando! *I'm not kidding!*
poco a poco *little by little*
¿Qué sé yo? *What do I know?*
Sé lo que digo *I know what I'm talking about.*

>>

Vocabulario: Para hablar de la ecología

Here are some words and expressions you have already learned to talk about the environment.

La naturaleza

el bosque	el mar	el río
el cielo	el océano	la selva
el desierto	la planta	
el lago	la playa	

La ecología

la basura	la globalización	el reciclaje
el (la) ciudadano(a)	el huracán	el terremoto
la contaminación	la inundación	
el desastre natural	el papel	participar en
		usar

Medios de transporte

andar / caminar	ir en auto / autobús / metro / tren
conducir (-zco) / manejar	montar en bicicleta
ir a pie	

1 Escoge la palabra que mejor complete cada oración.

You will find the answers to the activities in this section in **Appendix A.**

1. Los ciudadanos participan en un programa de _____.
   a. papel **b.** reciclaje **c.** globalización

2. A mi hermano le gusta caminar. Siempre va a la escuela _____.
   a. a pie **b.** en autobús **c.** en bicicleta

3. Aunque parece imposible, hay animales que pueden sobrevivir _____ de su hábitat natural.
   a. el reciclaje **b.** la contaminación **c.** el papel

4. Los huracanes son muy comunes en _____.
   a. los bosques **b.** las selvas **c.** las playas

5. No debes _____ si no tienes licencia.
   a. montar en bicicleta **b.** manejar **c.** ir en metro

6. _____ es un tipo de desastre natural.
   a. La contaminación **b.** La globalización **c.** Una inundación

1. There are two sets of command forms in Spanish—formal and informal. Formal and informal commands can also be affirmative or negative, and singular or plural. To form commands, take the present indicative **yo** form of the verb, remove the **o** and add the following endings.

	-ar verb: **hablar → hablo → habl-**	**-er/-ir** verbs: **leer → leo → le- abrir → abro → abr-**
Informal		
Affirmative singular: **tú**	**-a** (Habl**a**.)	**-e** (Le**e**. Abr**e**.)
Negative singular: **tú**	**-es** (No habl**es**.)	**-as** (No le**as**. No abr**as**.)
Affirmative or negative plural, use **Uds.** forms.	**-en** (No habl**en**.)	**-an** (No le**an**. No abr**an**.)
Formal		
Affirmative or negative singular: **Ud.**	**-e** (Habl**e**. No habl**e**.)	**-a** (Le**a**. No le**a**. Abr**a**. No abr**a**.)
Affirmative or negative plural: **Uds.**	**-en** (Habl**en**. No habl**en**.)	**-an** (Le**an**. No le**an**. Abr**an**. No abr**an**.)

2. Some verbs have irregular command forms. The irregular forms are in boldface.

	Ud. / Uds.	**tú**
dar	**dé** / den	des
estar	**esté / estén**	**estés**
hacer	haga / hagan	**haz**
ir	**vaya / vayan**	**ve / no vayas**
poner	ponga / pongan	**pon**
saber	**sepa / sepan**	**no sepas**
salir	salga / salgan	**sal**
ser	**sea / sean**	**sé / no seas**
tener	tenga / tengan	**ten**
venir	venga / vengan	**ven**

3. The formal commands of spelling-change verbs (**-car, -zar, -gar**) make the same changes as they do in the preterite: bus**car** → busco → (No) bus**que**/bus**quen**, empe**zar** → empiezo → (No) empie**ce**/empie**cen**, pa**gar** → (No) pa**gue**/pa**guen**.

4. Pronouns attach to the end of affirmative commands but come between the **no** and the verb in negative commands: **Hazlo. No lo hagas. Levántese. No se levante. Dímelo. No me lo digas.** Notice where you need to add accents to maintain the original pronunciation.

2 Da los mandatos informales afirmativos y negativos para cada verbo indicado. Luego da los mandatos formales singulares (**Ud.**) y plurales (**Uds.**) para cada uno.

1. participar
2. comer
3. compartir
4. tener
5. ir
6. salir
7. hacer
8. ser

>> ## Gramática 2: Present subjunctive forms

1. As you have learned, the present subjunctive is used to comment on and express opinions about people, places, things, and events in the present moment. You will learn more about its usage in **Chapters 3, 4,** and **5.** As with the command forms, begin with the present-tense indicative **yo** form to create present subjunctive forms.

	hablar → hablo: habl-	comer → como: com-	salir → salgo: salg-
yo	habl**e**	com**a**	salg**a**
tú	habl**es**	com**as**	salg**as**
Ud. / él / ella	habl**e**	com**a**	salg**a**
nosotros(as)	habl**emos**	com**amos**	salg**amos**
vosotros(as)	habl**éis**	com**áis**	salg**áis**
Uds. / ellos / ellas	habl**en**	com**an**	salg**an**

2. The verbs with spelling changes in the command forms (see page 131) have the same spelling changes in the subjunctive.

3. Because the subjunctive is formed from the **yo** form, stem changes are already shown. The only stem-changing verbs that are different in the subjunctive are the ones ending in **-ir**. In the subjunctive of these verbs, *all* forms change the stem.
   pedir → pido → pida, pidas, pida, pidamos, pidáis, pidan

4. These verbs are irregular in the subjunctive:
   dar: dé, des, dé, demos, deis, den
   estar: esté, estés, esté, estemos, estéis, estén
   ir: vaya, vayas, vaya, vayamos, vayáis, vayan
   saber: sepa, sepas, sepa, sepamos, sepáis, sepan
   ser: sea, seas, sea, seamos, seáis, sean

3 Escoge la forma correcta del subjuntivo para mejor completar cada oración.

1. Es una lástima que la gente (ponga / pongas) tantas cosas en la basura.
2. Me alegro que Uds. (practiquemos / practiquen) el reciclaje.
3. Es necesario que nosotros (limpiemos / limpien) las playas.
4. Quiero que tú me (ayude / ayudes) a preparar para un desasatre natural.
5. No hay nadie aquí que (sepas / sepa) qué hacer si hay un terremoto.
6. Mis padres recomiendan que yo (vaya / vayas) a las clases a pie.

>> ## Gramática 3: Imperfect subjunctive forms

1. The imperfect subjunctive is used similarly to the present subjunctive but in past-tense contexts. You will learn more about its use in **Chapters 3, 4,** and **5**. The imperfect subjunctive is formed using the **ustedes/ellos/ellas** *preterite* form, removing the final **-on** and adding the following endings.*

	hablar → hablaron: hablar-	comer → comieron: comier-	salir → salieron: salier-
yo	hablar**a**	comier**a**	salier**a**
tú	hablar**as**	comier**as**	salier**as**
Ud. / él / ella	hablar**a**	comier**a**	salier**a**
nosotros(as)	hablár**amos**	comiér**amos**	saliér**amos**
vosotros(as)	hablar**ais**	comier**ais**	salier**ais**
Uds. / ellos / ellas	hablar**an**	comier**an**	salier**an**

2. Note that the same forms are used for **-ar**, **-er**, and **-ir** verbs. An accent must be added to the vowel before the **r** in the stem on the **nosotros / nosotras** forms to maintain correct pronunciation.

3. All the irregularities, stem changes, and spelling changes in irregular verbs are already present in their preterite forms, so there are no additional irregularities to memorize in the imperfect subjunctive.

4 Da la forma correcta del imperfecto de subjuntivo en cada caso.

1. pedir / yo
2. preparar / ellos
3. sobrevivir / nosotras
4. ir / tú
5. saber / Ud.
6. comenzar / ella
7. hacer / yo
8. usar / Uds.
9. traer / tú
10. vivir / tú y yo
11. contaminar / ellos
12. poner / Uds.
13. caminar / él
14. tener / yo
15. querer / nosotros

---

*There is an alternate set of imperfect subjunctive endings that are used in certain areas of the Spanish-speaking world: **-se, -ses, -se, -semos, -sen**. For example: **hablase, hablases, hablase, hablásemos, hablasen; comiese, comieses, comiese, comiésemos, comiesen.**

© Daniela Cartenuto/Shutterstock

Al final de este capítulo, sabrás más sobre:

COMUNICACIÓN

- los problemas ambientales
- cómo valorar la naturaleza
- la naturaleza en peligro
- la responsabilidad hacia el planeta
- la conciencia
- las acciones verdes

GRAMÁTICA

- usos del indicativo y el subjuntivo
- maneras diferentes de pedir, sugerir y mandar
- las cláusulas y los pronombres relativos

CULTURAS

- Panamá y Estados Unidos: las especies amenazadas
- El Salvador: la cocina solar
- Cuba: la agricultura urbana
- Colombia: la ciclovía
- Paraguay: la reforestación
- México: un museo subacuático

RECURSOS

audio   video   SAM   www.cengagebrain.com

ilrn.heinle.com   iTunes playlist

En los últimos años ha surgido la

idea que el cambio climático está ocasionando el deterioro de los recursos naturales de nuestro planeta. Las opiniones sobre el tema abarcan los extremos, desde los que prevén desastres de proporciones catastróficas a los que dudan la veracidad de estas proclamaciones. En reacción a la idea que la actividad humana es una de las principales amenazas al medio ambiente, ha nacido la conciencia "verde". El movimiento verde quiere crear conciencia de la responsabilidad de cada persona por el medio ambiente. Con este propósito, la iniciativa promueve acciones verdes como ahorrar energía y agua, reciclar y reducir "la huella de carbono". Según los proponentes de este concepto, con sólo caminar o andar en bicicleta, aprovechar el transporte colectivo, usar autos híbridos, comer comida orgánica y comprar productos locales y ecológicos, se puede mejorar la salud, ahorrar dinero y proteger nuestro hábitat con un mínimo de esfuerzo.

¿Crees que el individuo puede contribuir a la preservación del medio ambiente?

¿Qué cambios podrías hacer tú en tu vida cotidiana para proteger el medio ambiente?

En mi opinión... Ordena los siguientes temas según su nivel de importancia para la sociedad y explica por qué consideras que los primeros tres sean tan importantes. ¿Qué rango le diste al calentamiento global? Explica tus decisiones.

El calentamiento global ____	La educación ____	El terrorismo ____
El desempleo ____	La inmigración ____	Las armas nucleares ____
La deuda nacional ____	La guerra ____	La pobreza ____

MI HUELLA DE CARBONO

La huella de carbono es una forma de medir las emisiones causadas por las acciones de un individuo, organización, evento o producto. El cálculo se basa en la tonelada del dióxido de carbono (CO_2) emitido por cada acción. El motivo tras este cálculo es crear conciencia sobre el impacto ambiental de nuestras acciones, para luego implementar estrategias para reducirlo.

¿Conoces tu huella de carbono? En Internet hay muchos sitios donde puedes calcular tu huella de carbono y también donde puedes encontrar ideas sobre cómo reducir tu número. Haz esta prueba para ver cuánto sabes de la huella de carbono.

¿Sabes cuánto dióxido de carbono...

1. ... se emite al quemar un galón de gasolina?
   a. 2.5 lbs c. 19.6 lbs
   b. 10.3 lbs d. 22.8 lbs

2. ... se ahorra en un año si cambias tu carro viejo por un auto híbrido?
   a. 5000 lbs c. 7000 lbs
   b. 6000 lbs d. 8000 lbs

3. ... se ahorra si vas en bicicleta al trabajo o a la universidad una vez por semana en vez de usar tu carro?
   a. 1000 lbs c. 1800 lbs
   b. 1400 lbs d. 2200 lbs

4. ... se ahorra si hay cuatro personas en el coche en vez de una? (basándote en un viaje de ida y vuelta de 32 millas)
   a. 4000 lbs c. 6000 lbs
   b. 5500 lbs d. 7500 lbs

5. ... se emite en un mes de electricidad en un hogar estadounidense?
   a. 600 lbs c. 1000 lbs
   b. 800 lbs d. 1200 lbs

6. ... se ahorra si desenchufas el cargador de tu celular por un año?
   a. 11 lbs c. 23 lbs
   b. 15 lbs d. 50 lbs

7. ... se emite durante un viaje aéreo corto (menos de 500 millas)?
   a. 386 lbs c. 264 lbs
   b. 792 lbs d. 528 lbs

8. ... se ahorra si vas en tren en ese mismo viaje en vez de volar?
   a. 25 lbs c. 126 lbs
   b. 54 lbs d. 210 lbs

9. ... se ahorra si comes una dieta vegetariana por un año?
   a. 1940 lbs c. 2500 lbs
   b. 1250 lbs d. 1600 lbs

10. ... se ahorra si cuelgas tu ropa en vez de usar la secadora por un año?
   a. 2005 lbs c. 1635 lbs
   b. 1810 lbs d. 1456 lbs

 ¿Cómo te fue? ¿Sabías ya mucho del tema o tendrías que educarte un poquito más? Con un(a) compañero(a), busquen un sitio en Internet donde puedan calcular su huella de carbono. Compartan sus resultados con la clase.

Answers: 1. c 2. a 3. b 4. b 5. d 6. a 7. c 8. b 9. b 10. d

¡Imagínate!

© Heinle/Cengage Learning

ANDRÉS: Me llamo Andrés Aguirre y hay un tema muy controvertido que me interesa mucho: el **cambio climático.**

Según los científicos que nos **advierten** que la atmósfera **se calienta,** los **gases de efecto invernadero** son la causa.

Notice that **atmósfera** can be used only in reference to the planet's atmosphere. If you want to use *atmosphere* to mean "ambience," you would use **ambiente**.

There was a **holiday atmosphere** in the office.

Había un **ambiente festivo** en la oficina.

>> Los problemas ambientales *Environmental problems*

Sustantivos

la amenaza *threat*
el calentamiento global *global warming*
el cambio climático *climate change*
la capa de ozono *ozone layer*
los combustibles fósiles *fossil fuels*
las emisiones *emissions*
 ... de gases de efecto invernadero *greenhouse gas emissions*
 ... de dióxido de carbono *carbon dioxide emissions*

la fuente renovable *renewable energy source*
el medio ambiente *environment*
el nivel (de emisiones) *level (of emissions)*
la reducción (de gases) *reduction (of gases)*

You may want to review the preterite and subjunctive forms of verbs ending in **-zar (amenazar, [re]utilizar)** and **-cir (reducir)**. Also note that **reducir** is conjugated in the first-person present indicative like **conocer**, with a **z** added: **reduzco**. Its subjunctive forms also carry the **z: reduzca,** etc.

Verbos

advertir (ie, i) *to warn*
amenazar *to threaten*
calentarse (ie) *to get hot, heat up*
consumir *to consume*
contaminar *to contaminate; to pollute*
dañar *to harm*

deforestar *to deforest*
desaparecer *to disappear*
desperdiciar *to waste*
destruir (y) *to destroy*
reducir *to reduce*
(re)utilizar *to (re)utilize*

Like **parecer**, the first-person form of **desaparecer** adds a **z: parezco, desaparezco.** Its subjunctive forms carry the **z** as well: **desaparezca, desaparezcas,** etc.

Adjetivos

dañino(a) *harmful*
escaso(a) *scarce*

protegido(a) *protected*
tóxico(a) *toxic*

1 ▸ **Algunos dicen** Escoge la frase que mejor complete cada oración, según los científicos que creen que sí está ocurriendo el cambio climático.

1. Según algunos científicos, el _____ está en peligro a causa de la actividad humana.
2. Los gases de efecto invernadero se consideran una _____ a la atmósfera.
3. El sol y el viento son _____ de energía.
4. El carbón, el petróleo y el gas son _____.
5. Los _____ se acumulan en la atmósfera.
6. Es posible que las fábricas y los autos contribuyan al agotamiento de la _____.

a. gases de efecto invernadero
b. capa de ozono
c. amenaza
d. combustibles fósiles
e. medio ambiente
f. fuentes renovables

2 ▸ **Andrés** Completa la entrada del blog que Andrés escribió para su sitio web **NosotrosSomosElFuturo.org**. Escoge de los siguientes verbos: **advierten, consumamos, contaminar, dañen, desperdiciamos, reduce, reduzcan, reutilizar, se está calentando, utiliza.**

Búsqueda

Proteger el planeta

Nos (1) _____ algunos científicos que la atmósfera (2) _____. El cambio climático es un problema global en el que podemos influir. Un buen primer paso sería dejar de (3) _____ la atmósfera con los humos irritantes de nuestras fábricas y los escapes de auto. Necesitamos buscar nuevas tecnologías que (4) _____ las emisiones de gases de efecto invernadero. Al nivel individuo, es importante que nosotros (5) _____ menos productos dañinos al medio ambiente. Nosotros (6) _____ muchas cosas —alimentos, ropa, plásticos— que se pueden reciclar. El simple acto de no tirar nada reciclable a la basura, de (7) _____ las bolsas de plástico, por ejemplo, es un acto de preservación.

    Yo pienso que es importante que tomemos medidas inmediatamente para cuidar del medio ambiente. ¡Haz tu parte! (8) _____ productos ecológicos que no (9) _____ al medio ambiente. (10) _____ tu consumo en general y ¡serás parte de la solución!

3 ▸ **¿Eres amigo de la ecología?** Con un(a) compañero(a), hablen sobre el medio ambiente y sus actitudes hacia el cambio climático. Si no estás seguro(a) de tu posición, haz algunas investigaciones. Lo que importa es que te expreses sinceramente.

- ¿Crees que el cambio climático es un problema serio o no? ¿Por qué?
- ¿Crees que la capa de ozono está en peligro o no? ¿Por qué?
- ¿Crees que los humanos podemos afectar el cambio climático? Explica.

>> **Valorar la naturaleza**   *To value nature*

Sustantivos

el agua *water*

  ... salada/de mar *saltwater*

  ... dulce *fresh water (not saltwater)*

  ... potable *drinkable water*

el arrecife (de coral) *(coral) reef*

la biodiversidad *biodiversity*

el bosque / la selva tropical *rain forest*

el ecosistema (forestal, acuático) *(forest, aquatic) ecosystem*

la flora y fauna *plant and animal wildlife*

el glaciar *glacier*

el hábitat *habitat*

el hielo *ice*

los recursos naturales *natural resources*

la reserva natural *natural preserve*

la vida silvestre *wildlife*

Verbos

conservar *to conserve*

disfrutar *to enjoy*

proteger *to protect*

salvar *to save*

>> **La naturaleza en peligro**   *Nature in danger*

Sustantivos

la deforestación *deforestation*

las especies amenazadas / en peligro de extinción *endangered species*

la pérdida *loss*

el pesticida *pesticide*

la sobrepoblación *overpopulation*

la tala *tree felling*

| ACTIVIDADES |

4 **La naturaleza** Completa las oraciones con el sustantivo correcto del vocabulario.

1. La deforestación de las _____ es un problema ecológico y también económico.

2. Los _____ se encuentran en los océanos y forman el hogar de muchos organismos marinos.

3. La _____ se refiere al número y variedad de animales y plantas en una zona.

4. El agua dulce es un _____ muy valioso que es esencial a la vida humana.

5. Un _____ es una comunidad biológica que existe en el agua.

6. Los gobiernos establecen _____ para proteger la flora y fauna de regiones de importancia ecológica.

5 ▸ **La Madre Tierra** Con un(a) compañero(a), hablen sobre la naturaleza y su actitud hacia su preservación. Usen las ideas de la lista si quieren, adáptenlas o inventen temas pertinentes a su experiencia. Lo que importa es que se expresen abiertamente.

> **MODELO** **Tú:** *Es muy importante conservar la flora y fauna de las selvas tropicales del mundo, ¿no crees?*
> **Compañero(a):** *Sí, pero creo que es la responsabilidad de cada país buscar maneras de conservar sus recursos naturales.*

Opciones
- la importancia de proteger la vida silvestre de Norteamérica
- cómo disfrutar de la naturaleza sin destruirla
- cómo proteger la Madre Tierra del cambio climático
- la necesidad de conservar el agua dulce
- la protección de las selvas tropicales

6 ▸ **Empleos verdes** ¿Qué ideas surgieron de su conversación en la **Actividad 5**? Con el (la) mismo(a) compañero(a), traten de crear cuatro empleos "verdes" que ayudarían a implementar las ideas que tuvieron en la **Actividad 5**.

7 ▸ **Valorar lo nuestro** Con un(a) compañero(a), escojan una o dos amenazas a la naturaleza. Hagan una investigación sobre el tema que escogieron. Intercambien sus opiniones sobre las amenazas. Traten de explicar los diferentes puntos de vista de la situación.

> **MODELO** **Tú:** *A mí me interesa mucho el tema de la deforestación. Yo creo que tenemos que hacer algo para limitar la tala que se permite en las selvas tropicales.*
> **Compañero(a):** *Sí, pero mucha gente depende de la economía de la industria maderera.*

8 ▸ **Las especies amenazadas** Con un(a) compañero(a), hagan una investigación sobre "La Lista Roja" de la Unión Mundial para la Naturaleza (IUCN). Escojan una especie amenazada. Decidan si creen que la especie verdaderamente está en peligro de extinción y si es importante o no hacer algo para salvarla. Juntos escriban un breve informe sobre sus conclusiones.

"Green jobs" can refer to traditional jobs carried out in industries related to the environment, or may refer to new kinds of jobs that come out of these industries. **Sectores verdes: energía** (eólica, solar), **agricultura** (sostenible, orgánica), **diseño y construcción** (sostenible, eficiente), **manufactura** (control de contaminación, eficiencia), **transporte** (público, no motorizado, eficiente), **materiales** (reciclaje, colección/reducción de basura), **productos** (ecológicos, distancias de envío), **tierras** (reforestación, uso sostenible). **Empleos específicos:** ingeniero(a) medioambiental, sembrador(a) *(planter)* de árboles, activista u organizador(a), auditor(a) de energía, biólogo(a), director(a) de programas medioambientales

Before you do **Activity 7**, you might want to look up different industries in an English-Spanish dictionary or online. Here are some: **la industria maderera, la industria agrícola, la industria del turismo, la industria pesquera, la industria siderúrgica** *(iron and steel industry)*, **la industria petrolera, la industria ganadera** *(cattle-raising industry)*.

© Heinle/Cengage Learning

ANDRÉS: Como decía antes, cómo nos **comportamos** diariamente **definitivamente** puede afectar al planeta.

Voy a sugerir algunas cositas sencillas que todos podemos hacer sin que nos afecte la **calidad de vida**.

Carbón refers to coal or charcoal; **carbono** refers to the chemical element in carbon dioxide.

>> **La responsabilidad hacia el planeta** *Responsibility for the planet*

Sustantivos

la calidad de vida *quality of life*
la conciencia *conscience*
la conservación *conservation*
el consumo *consumption*
la (des)ventaja *(dis)advantage*

la huella de carbono *carbon footprint*
las sanciones económicas *economic sanctions*

Verbos

afectar *to affect*
ahorrar *to save*
animar *to encourage; to inspire*
beneficiar *to benefit*
compensar *to make up for; compensate*
comportar *to behave*
imponer (like **poner**) *to impose*

involucrarse (en) *to get involved (in)*
plantar *to plant*
preservar *to preserve*
promover (ue) *to promote*
resolver (ue) *to resolve*
surgir *to arise; to develop, emerge*

Notice the difference in meaning: **El (la) ecologista** is an ecologically minded layperson; **el (la) ecólogo(a)** is a scientist who studies and practices ecology.

— ACTIVIDADES —

9 **Ideas verdes** Completa las ideas de un estudiante ecologista con las palabras correctas del vocabulario. Luego, di si estás de acuerdo con cada idea o no.

1. Es importante _____ en el movimiento verde.
2. Hay que _____ el cuidado ambiental a través de la publicidad.
3. Para _____ por la deforestación, tenemos que plantar más árboles.
4. Es posible controlar la sobrepesca si se _____ sanciones económicas.
5. También tenemos que _____ a la gente a que participe en el reciclaje.
6. El _____ del petróleo es una de las causas principales de la contaminación.

10 ▸ **Desde mi punto de vista** Escoge diez palabras del **Vocabulario útil 1** y **2** y escribe cinco oraciones. Describe algo que tenga que ver con tus opiniones sobre el medio ambiente y el movimiento verde.

11 ▸ **Debate** Con un(a) compañero(a), escojan un tema para un debate sobre el medio ambiente. Hagan una investigación en Internet y escriban cuatro razones que respalden su punto de vista. Presenten su opinión y traten de convencerse el uno al otro de su punto de vista.

MODELO **Tú:** *Yo creo que los científicos están tratando de asustarnos y que el problema ambiental no es tan urgente como lo pintan.* **Compañero(a):** *No estoy de acuerdo. Yo creo que los estudios han verificado que el problema ambiental es muy serio y que es imprescindible tomar medidas para preservar los recursos naturales y las especies amenazadas.*

>> **En casa** *At home*

el auto híbrido / eléctrico *hybrid / electric car*

la base de enchufes *power strip*

el basurero, la papelera *trash can*

la bombilla *light bulb*

la calefacción central / eléctrica *central / electric heating*

la factura *invoice; bill*

el grifo *faucet*

el envase *packaging*

la etiqueta ecológica *eco-friendly label*

el inodoro *toilet*

el modo "stand-by" *stand-by mode*

la organización benéfica *charitable organization*

el panel solar *solar panel*

la plomería *plumbing*

el recipiente *container*

In some countries you might hear **el recibo de la luz (del agua, del gas)** for *electricity, water, gas bill* instead of **factura**.

>> **El reciclaje** *Recycling*

el aluminio *aluminum*

el cartón *cardboard*

el cartucho de la impresora *printer cartridge*

el compostaje *compost*

la lata *tin or aluminum can*

el papel reciclado *recycled paper*

el plástico *plastic*

los residuos orgánicos *organic waste products*

botar, echar, tirar *to throw away*
colgar (ue) *to hang*
consumir *to consume*
desconectar *to disconnect*
descongelar *to unfreeze*
desenchufar *to unplug*

evitar *to avoid*
firmar *to sign*
gotear *to leak*
malgastar *to waste; to squander*
reciclar *to recycle*

Adjetivos

biodegradable *biodegradable*
desechable *disposable*
flojo(a) *lazy*

reciclable *renewable, recyclable*
reutilizable *reusable*
sostenible *sustainable*

ACTIVIDADES

12 ▶ **Alternativas** Según Andrés, hay que buscar alternativas ecológicas en nuestras vidas diarias. Él hizo un anuncio en video para poner en su sitio web. ¿Qué dijo en su anuncio? Completa sus sugerencias con los sustantivos correctos del vocabulario.

1. Si el _____ de un producto es de plástico, no lo tires a la basura. Recíclalo.
2. Si el producto no tiene _____, no lo compres.
3. Si el _____ está vacío, no lo botes, llévalo a la tienda donde te ofrezcan descuento por los usados.
4. Si gotea el _____, llama al plomero para que lo componga.
5. Si la computadora está en _____, apágala.
6. Si vas a lavar verduras o fruta, lávalas en un _____.
7. Si no te queda la camiseta, dónala a una _____.
8. Si vas a cambiar la _____, compra una de bajo consumo.
9. En el invierno, baja la _____ cuando salgas de casa.
10. Usa una _____ para tu televisor, tu reproductor DVD y tu equipo de música.

13 ▶ **Consejos** Escribe ocho consejos ecológicos usando el par de palabras sugerido para cada oración.

MODELO ahorrar, factura de luz
Puedes ahorrar dinero en tu factura de luz si desenchufas todos los aparatos electrónicos cuando salgas de casa.

1. evitar, desechable
2. malgastar, agua
3. tirar, reutilizable
4. reciclar, cartón

5. gotear, grifo
6. consumir, etiqueta ecológica
7. imprimir por las dos caras, papel
8. desconectar, la base de enchufes

To say that you wanted to do *two-sided printing,* you would use **imprimir por las dos caras**.

Por favor **imprime** ese documento **por las dos caras**.

14 **Productos verdes** Con un grupo de compañeros, traten de inventar un producto verde que sea muy útil y que también contribuya al movimiento para proteger el medio ambiente. Nombren el producto, dibújenlo, denle un lema publicitario y escriban cuatro usos del producto y por qué se puede considerar verde. Un ejemplo que ya existe es **la mochila solar**. Puedes hacer senderismo mientras que la mochila usa los rayos del sol para acumular energía que más tarde puedes usar para cargar tus aparatos electrónicos. ¡Increíble!

15 **Más empleos verdes** En la **Actividad 6**, tuvieron que identificar cuatro empleos "verdes". Ahora van a inventar empleos verdes relacionados con ciertas categorías. Con un(a) compañero(a), escriban las siguientes categorías en unas tarjetas: el transporte, el reciclaje, el consumo de agua, el uso de papel, el compostaje, el uso de energía eléctrica, el uso de fuentes renovables y la protección de la naturaleza. Si hay otras categorías que quieran incluir, también escríbanlas en una tarjeta. Luego pongan las tarjetas en un sitio entre los dos. Cada uno escoge una tarjeta y describe un empleo verde relacionado con esa categoría. Continúen hasta que acaben con todas las tarjetas.

> MODELO   **Tarjeta Escogida:** *El transporte*
>
> **Tú:** *Se van a necesitar mecánicos que se especialicen en reparar autos híbridos y eléctricos.*
>
> **Compañero(a):** *También se van a necesitar estaciones donde se puedan cargar las baterías de los coches eléctricos.*

Many terms associated with the ecological movement do not have current usage yet in Spanish. *To car pool* is one of those. You might be understood if you said **transporte comunal entre compañeros/colegas** but there is not really an accepted term yet. In a lot of Latin American countries, the concept of the **colectivo** is already in place, but it is considered more a means of public transportation than one of the sharing of private transportation.

Frases de todos los días

Adivina Haz correspondencia entre las palabras y frases a la izquierda y sus equivalentes en inglés a la derecha.

1. **¡Olvídate!**
2. **definitivamente**
3. **por cierto**
4. **¡Te lo juro!**
5. **es imprescindible**
6. **a lo largo de**
7. **me cuesta mucho**
8. **por si las dudas**
9. **a tu alcance**
10. **como lo pintan**

a. *definitively, absolutely*
b. *just in case*
c. *over the span of*
d. *Forget about it!*
e. *within your reach*
f. *it's essential*
g. *as it's portrayed*
h. *it pains me*
i. *I swear!*
j. *for sure*

 Práctica Escoge una de las frases de la lista y búscala en Internet. Apunta el tipo de información que encuentres en línea. Por ejemplo, si se trata de un blog, escribe el título, el autor y el sitio donde lo encontraste. Comparte tus resultados con la clase.

>> La fama sostenible de Cameron Díaz

© Yelf Rojas/epa/Corbis

En Hollywood, son muchos los que hablan sobre el medio ambiente pero pocos los que hacen algo al respecto. Cameron Díaz es una excepción. Esta gran estrella de Hollywood, es también una lumbrera del activismo medioambiental. La actriz cubano-americana usa su fama para promover la conservación y educar al público respecto a los problemas que enfrenta el planeta. Su más reciente proyecto es *Trippin'*, un programa de televisión enfocado en los ecosistemas del mundo. Acompañada de diferentes celebridades, Díaz viaja a lugares tales como Nepal y Kenya para despertar conciencia sobre algún peligro ambiental.

La actriz atribuye su interés en el medio ambiente a su abuela:

"Mi abuela criaba su propio ganado en su traspatio, sus propias hortalizas en su traspatio", recuerda. "La observaba reutilizar el papel de estaño y las bolsas de plástico. Hacía jabón a partir del goteo de la grasa de la carne que cocinaba. Nada se desperdiciaba. Todo se reutilizaba y reciclaba. Vivía una verdadera existencia sostenible. Todo lo que tomaba de la tierra lo devolvía. Todo lo que devolvía, lo volvía a tomar. Era un ciclo continuo. Y yo fui testigo de eso, lo cual ejerció una gran influencia en mí. Ello influyó en mi madre, y ella me lo transmitió".

En reconocimiento a su labor, la revista TIME® incluyó a Díaz entre los "héroes del medio ambiente" del año 2009.

Comprensión

1. ¿Qué hacía la abuela que tanto inspiró a Díaz?
2. ¿Qué es *Trippin'* y en qué se enfoca?
3. ¿Cómo reconoció la revista TIME® a la actriz?
4. En tu opinión, ¿es bueno que las celebridades promuevan causas? ¿por qué sí o no?
5. Busca en la lectura sinónimos de las siguientes palabras o frases: metal, eminencia, gotas, malgastar / tirar, verduras.
6. Anota cinco términos importantes relacionados con la conservación y el medio ambiente.

Entrevista con Arián Razzaghi y Andrea Rivera: Proyecto Refrescar a Bolivia

Arián Razzaghi y Andrea Rivera forman parte de un grupo de estudiantes de la Universidad de Harvard que trabaja para proveer agua limpia a los habitantes de Molle Molle, un pequeño pueblo en Bolivia.

Comprensión

Di si las siguientes oraciones son ciertas (C) o falsas (F). Corrige las oraciones falsas.

1. Andrea se involucró en el proyecto porque Arián le mandó un e-mail y una aplicación.

2. El objetivo del proyecto Refrescar a Bolivia es limpiar el agua del pozo *(well)* sucio que es la única fuente *(source)* de agua en Molle Molle, Bolivia.

3. Arián y Andrea creen que pueden alcanzar este objetivo durante este verano.

4. El proyecto recibió todos sus fondos de las donaciones de ex alumnos de Harvard.

5. A las personas que quieran hacer algo similar, Andrea les aconseja que se organicen bien.

6. Andrea se siente súper emocionada pero Arián está más nervioso que emocionado.

>> ## El aprendizaje-servicio

El Departamento del Interior de los Estados Unidos *(Department of the Interior)* se encarga de proteger los recursos naturales del país, incluyendo los parques naturales, las tierras indígenas, los proyectos de energía y los refugios para la vida silvestre. Para informar e involucrar a los jóvenes en su misión, el Departamento ofrece una gama de oportunidades de estudio y recursos para estudiantes y maestros. Explora el sitio del Departamento del Interior y prepara un resumen de uno de sus programas para estudiantes o de sus recursos y actividades para los maestros. Incluye una breve descripción del programa o recurso, contactos para más información y fechas de importancia que sean relevantes. Prepara una breve presentación con esta información y con cualquier enlace o documento que complemente tu presentación. Además explica a tus compañeros por qué escogiste este programa o recurso en particular.

Gramática útil 1

Repaso y ampliación: The indicative and subjunctive moods

Cómo usarlo

Just as with the preterite and the imperfect, in some cases, the choice between the indicative and the subjunctive depends on what you want to communicate. In other cases, the rules are more specific.

66 **Tenemos** que buscar nuevas tecnologías que **utilicen** la energía en una forma más eficiente y que **produzcan** energía 'limpia'... 99

LO BÁSICO

As you learned on page 20 *moods* are verb forms that are used to distinguish between events that are considered real (the indicative mood) and those that are considered outside the realm of reality (the subjunctive, imperative, and conditional moods).

1. Often the use of the subjunctive is triggered by a **que** clause that shows a *change of subject:* **Mis padres insisten en <u>que yo les ayude con el reciclaje.</u>** While the indicative is also used in **que** clauses (to express certainty, for example), remember that **que** clauses are frequently used with the subjunctive to express emotion, doubt, or uncertainty; to describe unknown or nonexistent situations; and to follow impersonal expressions. When there is no change of subject, there is no **que** clause, and the infinitive is used instead.

   Mis amigos quieren **ir** a ver los glaciares de la Patagonia.

   Mis amigos quieren <u>que yo **vaya** a ver los glaciares también.</u>

2. Use the indicative:
   - after expressions of certainty (in a **que** clause):

     Ella está segura de <u>que</u> los expertos **tienen** la solución.

   - to describe known or definite situations (in a **que** clause):

     Sabíamos <u>que</u> **era** importante proteger la biodiversidad del planeta.

3. Use the subjunctive:
   - after expressions of doubt and uncertainty (in a **que** clause):

     Dudo <u>que **podamos**</u> reducir el nivel de emisiones de autos durante esta década.

     No era verdad <u>que</u> los glaciares **<u>se hubieran descongelado</u>** por completo.

   - to refer to unknown or nonexistent situations (in a **que** clause):

     Busco un experto <u>que **tenga**</u> información sobre la agricultura sostenible.

     No había nadie aquí <u>que **reciclara**</u> los cartuchos de la impresora.

   - after expressions of emotion (in a **que** clause):

     Es una lástima <u>que no **haya**</u> más interés en el compostaje.

     Me alegré de <u>que tú **reutilizaras**</u> las bolsas de plástico.

- after impersonal expressions, **ojalá,** and verbs that express opinions, wishes, desires, and influence (in a **que** clause):

  Es necesario <u>que no **malgastemos**</u> los recursos naturales.

  Ojalá (<u>que</u>) la gente **consuma** menos y **deje** de botar tantas cosas.

  Los ciudadanos querían <u>que</u> el gobierno **impusiera** sanciones económicas sobre las compañías de pesticidas.

4. Note that sometimes a sentence will have more than one **que** clause. In those cases, you need to evaluate the content of that additional clause to determine whether its verb requires the subjunctive or the indicative.

<u>Dudo que **podamos** reducir el nivel de emisiones de los autos</u> (first clause uses subjunctive with an expression of doubt) <u>que **están** en las calles</u> (second clause uses indicative to express a factual situation).

<u>Estoy segura de que no **había** nadie aquí</u> (first clause uses indicative with an expression of certainty) <u>que **supiera** construir una casa solar</u> (second clauses uses subjunctive with a nonexistent situation—**nadie**).

5. When choosing between the indicative and the subjunctive, it's important to pay attention to conjunctions. These conjunctions require the subjunctive.

a menos que *(unless)*	**en caso de que** *(in case)*
antes (de) que *(before)*	**para que** *(so that)*
con tal (de) que *(so that, provided that)*	**sin que** *(without)*

6. These conjunctions may take the indicative or the subjunctive, depending on how they are used.

conjunction	indicative use	subjunctive use
aunque *though*	• indicates a situation is true: **Aunque tienen auto, van a caminar.** (The speaker knows for a fact they have a car.)	• indicates the speaker doesn't know if the situation is true, or doesn't think it matters: **Aunque tengan auto, van a caminar.** (The speaker doesn't know and doesn't think it matters.)
cuando *when,* **después (de)** *after* **en cuanto** *as soon as* **hasta que** *until* **tan pronto como** *as soon as*	• indicates that the action described is habitual: **Siempre usamos el auto cuando llueve.** • the action has already occurred (past tense) **Tan pronto como llegaron, hicimos el reciclaje.**	• indicates that the action is yet to occur and is therefore uncertain: **Sólo vamos a usar el auto cuando llueva. Tan pronto como lleguen, vamos a hacer el reciclaje.**

1 **¿Por qué?** Haz una correspondencia entre la oración a la izquierda y la razón a la derecha que dice por qué se usa el indicativo o el subjuntivo en la oración.

1. Es necesario que reduzcamos nuestra huella de carbono.

2. Siempre monto en bicicleta cuando no está lloviendo.

3. No podemos efectuar una solución a menos que cambiemos los hábitos.

4. Estoy segura de que podemos consumir menos y reciclar más.

5. Aunque existen problemas ambientales, los vamos a solucionar.

6. No creo que la situación pueda mejorar pronto.

a. indicativo con **cuando** para describir una acción habitual

b. subjuntivo para expresar duda

c. indicativo con **aunque** para describir una situación verdadera

d. subjuntivo con una expresión impersonal en una cláusula con **que**

e. subjuntivo con una conjunción que requiere su uso

f. indicativo con expresión de certeza *(certainty)* en una cláusula con **que**

2 **Diario de una ecologista** Completa el diario virtual de Diana, una estudiante muy involucrada en la defensa del medio ambiente, con las formas correctas del subjuntivo o indicativo.

22 de abril	Día de la Tierra

Por la mañana fui con mis amigos a una celebración del planeta, porque es bueno que todos 1. _____ (mostrar) nuestro amor por el medio ambiente. Dudaba que 2. _____ (venir) muchas personas, pero estaba equivocada. ¡Había casi dos mil personas! Nos alegrábamos que tanta gente 3. _____ (querer) y 4. _____ (poder) participar. Ahora me estoy preparando para un debate sobre la conservación de los bosques. Es importante que el estado 5. _____ (reducir) la tala de árboles dentro de una zona determinada. Aunque ahora 6. _____ (existir) límites, no son muy estrictos. Mis colegas y yo queremos que el gobierno 7. _____ (cambiar) los límites. Ojalá que nosotros 8. _____ (hacer) una impresión buena durante el debate. Estoy cierta de que 9. _____ (ser) posible resolver la situación de una manera satisfactoria para todos.

Redacte entrada   Borre entrada   Ajustes de intimidad

3 **¿Lo crees?** Con un(a) compañero(a) de clase, completa los siguientes comentarios sobre el medio ambiente con la forma correcta del verbo en el indicativo o en el subjuntivo. Luego, comenten cada oración para determinar si ustedes creen que la información que se presenta es cierta o falsa, usando **Creo que...** y **No creo que...** (Después su profesor(a) les dirá cuáles son ciertas.)

1. Es increíble que casi un 50% del país de Ecuador _____ (estar) bajo protección ambiental.

2. Para 2050, los expertos creen que un 33% de la población del planeta no _____ (ir) a tener acceso a agua limpia.

3. Es una lástima que Estados Unidos _____ (producir) más contaminación de gases de efecto invernadero que Sudamérica, África, el Oriente Medio y Japón, en total.

4. Los científicos dicen que el nivel de los gases de efecto invernadero en la atmósfera _____ (ser) el más alto que ha sido durante los últimos 650.000 años.

5. Mis padres quieren que yo _____ (manejar) a una velocidad de 55 mph, porque así aumento la eficiencia de combustible del auto por un 23%, en comparación con una velocidad de 70 mph.

6. Es triste que, durante los últimos 30 años, el número de pingüinos Adélie en la Antártida _____ (haber) disiminuido por más de un 65%.

Las Islas Galápagos forman parte de las tierras protegidas de Ecuador.

4 **La "Casa Verde"** En grupos de tres o cuatro personas, trabajen juntos para diseñar una casa superecológica. ¿Cómo y de qué se la construye? ¿Qué beneficios ecológicos ofrece? ¿Cuáles son algunas de las características que hace que la casa sea verde? Cada persona debe hacer sus recomendaciones sobre la casa usando frases de la siguiente lista. Hagan un bosquejo *(sketch)* de la casa y prepárense para describirla a la clase entera.

Frases útiles: (No) Creo que..., Es importante (que)..., Es necesario (que)..., Recomiendo que..., Ojalá que..., Sé que..., Conozco a..., para que..., con tal de que..., sin que...

5 **Debate** En grupos de seis estudiantes, divídanse en dos equipos para elaborar un debate sobre los parque zoológicos *(zoos)* y la protección de las especies en peligro de extinción. Un grupo de tres estudiantes va a defender la existencia de los parques zoológicos. El otro grupo va a criticarlos y a explicar por qué no deben existir. No se olviden de prestar atención al uso del indicativo y subjuntivo mientras comenten el tema.

Gramática útil 2

Repaso y ampliación: Requests, suggestions, and indirect commands

© Heinle/Cengage Learning

" **Seamos** el cambio que queremos ver en el mundo. "

Cómo usarlo

1. You reviewed command forms on page 131. As you know, command forms are in the imperative mood. They can sound quite abrupt in most contexts and should be softened with a courtesy expression, unless you are speaking with close personal friends or family, listing rules, giving directions, or instructing someone on how to do something.

2. Requests and suggestions are softened forms of a command. When you request or suggest, you are *asking* someone to do something, not *demanding* it. You can use the indicative, subjunctive, and conditional moods to make requests, suggestions, and indirect commands. Using moods other than the imperative mood is a way to avoid the impact of a direct command and turn it into a request. Compare the following:

imperative:	¡**Venga** con nosotros!	*Come with us!*
subjunctive:	Quiero **que venga** con nosotros.	*I want you **to come** with us.*
indicative:	¿**Por qué no viene** con nosotros?	*Why don't you come with us?*
conditional:	¿**Podría venir** con nosotros?	*Would you be able to come with us?*

3. Here are ways to use the different moods to issue commands and make requests. They progress in level of courtesy from most casual and direct to most polite and formal.

Use the **nosotros** form of the present subjunctive to create **nosotros** commands: ¡**Trabajemos!** ¡**Salgamos!** (The only irregular **nosotros** command is ¡**Vamos!**)

Imperative mood

- Informal commands are used among friends and family: **Espera, ¡te lo voy a contar!**
- Formal commands are used with acquaintances and are frequently softened with a courtesy expression such as **por favor: Por favor, dígame qué necesito hacer.**
- **Nosotros** command forms include the speaker in the command. Because they are inclusive, they are more like a suggestion: ¡**Comamos! Hablemos de la situación. Nosotros** commands are often used in an encouraging way to motivate a group of people to do something.

Subjunctive mood

- When the subjunctive is used with verbs of will, desire, and volition, it is expressing a request or suggestion: **Queremos que ellos ahorren electricidad. Los profesores requieren que reciclemos el papel en la sala de clase.** When this structure is used in direct address, it can be considered a softened command or request: **Quiero que tú me enseñes cómo haces el compostaje.**

- A shortened form of this structure can also be used: **¡Que nos acompañen! ¡Que me lo expliques!** In some contexts this structure can sound too abrupt or rude (**¡Que lo haga Jorge!**), so be aware of this aspect when using this structure.

Indicative mood

- A common way to make a request or suggestion is to use **¿Por qué no... ?** with the present indicative: **¿Por qué no vienes con nosotros? ¿Por qué no prepara el café?**

- Another variation on the question format is to use a simple question with the present tense (often including **poder**): **¿Puedes ayudarme con el reciclaje? ¿Me explica el efecto invernadero? ¿Puede decirme cómo se llama el glaciar?** Add **por favor** for further politeness: **Por favor, ¿me dice dónde está el centro de reciclaje?**

- Another use of the question format involves the verbs **importar** and **molestar**, used like **gustar: ¿Le / Te importa / molesta si desenchufamos la computadora?**

- The use of **deber** and **tener que** are other ways to make a softer suggestion: **Debes involucrarte con los grupos locales. Tienes que investigarlos.**

Conditional mood

- Use conditional forms of **poder** to create polite questions: **¿Podría usted recomendarme una bombilla más eficiente? ¿Podríamos dejar los residuos orgánicos aquí? Tal vez sería mejor comprar estas frutas sin envase.**

- You can also use the conditional form **importaría** in a question such as those you learned above: **¿Te importaría apagar las luces? ¿Le importaría compartir un taxi?** The use of the conditional forms makes the request more courteous and formal than when the indicative forms are used.

The infinitive

- As you have learned, the infinitive can also be used to give a command, usually in writing: **Favor de dejar las bolsas de plástico en el recipiente. No tirar artículos de papel aquí.**

- The infinitive can also be used with **a** to give a command: **¡A trabajar! ¡A comer!** It is similar in tone to one of the usages of the **nosotros** command, in that it can be seen as a call to action to rally a person or group of people: *Time to work! Time to eat!*

Remember that **haber** can be used this way as well, as you learned in **Chapter 2. Hay que consumir menos.**

You will learn more about the conditional mood in **Chapter 5.**

Pista 6

6 **Mandatos, sugerencias y pedidos** Escucha los comentarios e indica en la tabla si la oración que oyes usa una forma del imperativo, del indicativo, del subjuntivo o del condicional. Puede haber dos formas en una sola oración. En ese caso, marca las dos.

You will review and practice the conditional in depth in **Chapter 5**, but if you want to review its forms, look at **Miniprueba** 8 on page 27 of the **Preliminary Chapter**.

	imperativo	indicativo	subjuntivo	condicional
1.				
2.				
3.				
4.				
5.				
6.				
7.				
8.				

7 **Normal, cortés y muy cortés** Completa las oraciones con la forma indicada del verbo para hacer mandatos, sugerencias y pedidos.

1. **nosotros** command / **malgastar**: ¡No _____ los recursos naturales!
2. infinitive / **reciclar**: ¡A _____!
3. indicative / **reparar**: ¿Por qué no _____ usted el grifo?
4. subjunctive / **ayudar**: Es importante que nosotros _____ a los demás.
5. indicative / **poder**: ¿_____ ustedes usar esta base de enchufes?
6. indicative / **haber**: No _____ que preocuparse por el reciclaje. Lo haremos nosotros.
7. subjunctive / **utilizar**: Recomendamos que los huéspedes _____ las toallas más de una vez.
8. **nosotros** command / **poner**: _____ la computadora en modo "stand-by".

8 **Arreglos en casa** Completa la siguiente conversación entre Sergio, Lorena y la Sra. Gómez, su diseñadora de interiores, con las formas correctas del imperativo, indicativo o subjuntivo, según el caso.

SERGIO: Bueno, Sra. Gómez... ¿Me **(1)** _____ (poder) decir cómo vamos a ahorrar dinero con los paneles solares?

SRA. GÓMEZ: Claro. Sugiero que ustedes **(2)** _____ (instalar) uno en el lado izquierdo de la casa, porque allí hay mucho sol. Después, sólo **(3)** _____ (haber) que conectarlo. Luego, **(4)** _____ (esperar) la próxima factura de electricidad para ver cuánto ahorran. ¡Se van a sorprender!

LORENA: ¡Fantástico! **(5)** _____ (oír), Sergio, ¿te **(6)** _____ (importar) si hablamos de los grifos y el inodoro para el baño ahora?

Sergio: No, por favor. ¿Por qué no le **(7)** _____ (mostrar) la información que tienes a la Sra. Gómez?

Lorena: Bueno... Aquí tiene. ¿**(8)** _____ (poder) darme unos consejos sobre cuáles son los más eficientes?

Sra. Gómez: Cómo no. ¿Por qué no **(9)** _____ (ir) juntos a verlos en el salón de ventas? Quiero que ustedes **(10)** _____ (estar) satisfechos con su elección.

Sergio: Buena idea. Entonces, a **(11)** _____ (ver). ¿**(12)** _____ (poder) acompañarnos ahora mismo?

Sra. Gómez: Desde luego. Entonces, ¡**(13)** _____ (salir)!

9 ▶ **Letreros** Trabaja en grupo con dos compañeros(as) de clase. Juntos creen un letrero para cada sitio indicado abajo, dando una sugerencia o un mandato sobre qué se debe hacer o no hacer allí para proteger el medio ambiente. Usen una variedad de formas verbales (imperativo, indicativo, subjuntivo o condicional) en los letreros y sean creativos.

MODELOS la calle

¿Por qué no caminas hoy en vez de manejar?

¡Reduzcamos la velocidad para ahorrar gasolina!

¡La Madre Tierra pide que Ud. vaya en bicicleta!

1. el centro de computación
2. el baño
3. la cocina

4. el jardín
5. el garaje
6. la sala de clase

10 ▶ **Una conferencia** Trabajen en un grupo de cuatro estudiantes para representar una conversación entre dos estudiantes, un(a) profesor(a) de ciencias y un(a) representante del gobierno local. Juntos escojan algún tema relacionado con el medio ambiente al nivel local, nacional o global, y planeen una conferencia para concientizar a la gente. Durante la conversación, hablen de las diferentes cosas que tienen que hacer para organizar la conferencia y hagan sugerencias sobre quién debe hacerlas. Presten atención al uso de **tú** (entre los estudiantes) y **usted**, y traten de usar una variedad de formas verbales para sugerir, recomendar y pedir.

MODELO **S1:** *Es importante que involucremos al Club de Ecología de la escuela primaria.*
S2: *Buena idea. David, ¿puedes ponerte en contacto con la administradora?*
S3: *Cómo no. También hay que hablar con...*

Gramática útil 3

Estructura nueva: Relative pronouns

Cómo usarlo

LO BÁSICO

> Relative pronouns tie or "relate" a subordinate clause to the rest of the sentence. A subordinate clause is a phrase that contains a verb and a noun, but cannot stand alone; unlike a main or independent clause, it is not a complete sentence.

© Heinle/Cengage Learning

▶ 66 Apoya a compañías **cuyos** productos hayan sido manufacturados de una manera ecológica. 99

1. Relative pronouns are frequently used to combine short sentences into one to avoid choppiness and repetition. The end result is a sentence with one main clause and one subordinate clause, joined by a relative pronoun.

   Conozco a una mujer. Ella es ingeniera medioambiental. →

   Conozco a una mujer *(main clause)* **que es ingeniera medioambiental** *(subordinate and relative clause)*.

2. There are two kinds of relative clauses—restrictive and non-restrictive. Restrictive clauses identify who or what is being described and are an integral part of the description. Non-restrictive clauses give extra information about something that has already been clearly identified; for example, information that could be set off in parentheses.

Non-restrictive clauses are set off by commas. Restrictive clauses do not require them.

Restrictive: **El joven que está leyendo el libro sobre los animales es mi hijo.**

Non-restrictive: **El joven, quien adora a los animales, admira mucho a Jane Goodall.**

Que, quien(es), el / la / los / los que, el / la / los / las cual(es)

To decide which of these relative pronouns to use, first determine (1.) whether the clause is restrictive or non-restrictive, (2.) whether the clause's subject is human or non-human, and (3.) if a preposition is used with the clause's subject.

As you know, **que, cual,** and **quien** can also be used as interrogative pronouns, in which case they take an accent.

¿**Qué** es la ingeniería medioambiental? ¿**Cuál** de los cursos es el mejor? ¿**Quién** lo enseña?

	Restrictive clauses with a preposition and non-restrictive clauses with or without a preposition	Restrictive clauses without a preposition
human	**el / la / los / las que** **el / la / los / las cual(es)** **quien(es)**	**que** **quien(es)**
non-human	**el / la / los / las que** **el / la / los / las cual(es)**	**que**

- **Que** is probably the most commonly used relative pronoun. Its English equivalent is *that* (with things) or *who* (with people).

   Tenemos un amigo **que** monta en bicicleta todos los días.

   Voy a la conferencia **que** mi profesora organizó.

- **El / la / los / las que** and **el / la / los / las cual(es)** are used to indicate a specific person, place, or thing. They mean *the person(s) who* or *the one(s) which*. The articles change to modify the noun referred to (in both gender and number), while **cual** changes in number only. This set of relative pronouns also can be used with or without prepositions. They are used in both restrictive and non-restrictive clauses and with both human and non-human subjects.

   Esa ecóloga, **la que** / **la cual** estudia los gases de efecto invernadero, es boliviana.

   Patagonia es una región en **la que** / en **la cual** hay muchos glaciares.

   Éstos son los libros en **los que** / en **los cuales** vimos los datos.

   Ese restaurante, **al que** / **al cual** voy frecuentemente, sirve comida orgánica.

- **Quien** and **quienes** refer only to people, never to places or things. But **que** and **quien(es)** may be used interchangeably for people, depending on personal preference. **Quien** and **quienes** can be used with or without a preposition and in both restrictive and non-restrictive clauses.

   Ella es la científica **quien** organizó el estudio.

   Esa profesora, **quien** es la líder del grupo, es una ecologista muy respetada.

   Esos hermanos a **quienes** tú conoces son ecológicos famosos.

> Note that when **a** or **de** is followed by **el que** or **el cual**, they combine to form **al que/al cual** and **del que/del cual**.

Lo que / lo cual

Lo que and **lo cual** are used similarly to the set of relative pronouns above, but they are neuter or generic and do not change to modify a noun. They are used to express general facts, ideas, or concepts. They are normally used in non-restrictive clauses without prepositions.

Leí que la sobrepesca es un problema mundial, **lo que** / **lo cual** me sorprendió mucho.

Mis amigos nunca reciclan, **lo que** / **lo cual** causa problemas con su familia.

Cuyo, cuya, cuyos, cuyas

Cuyo is an adjective, but it is normally grouped with relative pronouns because it is used similarly. It means *whose*, and, like other adjectives, it changes to reflect the number and gender of the noun it modifies. It can be used with both people and things.

La persona **cuya** mochila está en la mesa debe venir por ella.

La compañía **cuyos** productos son "verdes" usa envases de papel reciclado.

Pista 7

Remember that relative clauses may appear in the middle of the main clause: **Este producto, del que ya te hablé, es el mejor.** Relative pronoun: **del que**; main clause: **Este producto es el mejor**; non-restrictive relative clause: **del que ya te hablé.**

11 ▶ **Identificar** Primero, escucha las seis oraciones y en una hoja de papel, escribe los pronombres relativos que oigas. Después, vuelve a escuchar las oraciones y escribe cada oración que oigas. Luego, identifica la cláusula independiente *(main clause)* y la cláusula relativa de cada oración.

12 ▶ **Los glaciares de Patagonia** Escoge el pronombre relativo que mejor complete cada oración.

Los Campos de Hielo de Patagonia, **1.** (quienes / los cuales) se encuentran en Chile y Argentina, son las masas más grandes de hielo en el Hemisferio Sur, fuera de la Antártida. Los científicos **2.** (cuyos / quienes) los estudian dicen que su tasa de descongelación aumentó un 100 por ciento desde 1998 a 2003, **3.** (lo que / el que) es un señal grave del impacto del calentamiento global en la región. La pérdida de agua potable es uno de los

Santiago recibe un 70 por ciento de su agua potable del glaciar Echaurren.

problemas más importantes asociados con la descongelación de los glaciares, **4.** (los cuales / cuyos) proveen casi el 75 por ciento de las aguas dulces del mundo. Un estudio de 2008 señala que el glaciar Echaurren, **5.** (que / lo que) provee un 70 por ciento del agua potable para la ciudad de Santiago, puede desaparecer por completo dentro de 50 años, **6.** (los que / lo que) causaría problemas catastróficos para la ciudad capital. Además, Chile todavía no tiene políticas públicas **7.** (que / de que) traten los problemas asociados con la descongelación de los glaciares, **8.** (la que / lo cual) puede tener consecuencias graves para el futuro.

13 ▶ **Las especies en peligro de extinción** Trabaja con un(a) compañero(a) de clase. Miren el modelo para observar cómo se combinan las dos oraciones en una, usando un pronombre relativo de la lista. Cambien el género y número de los pronombres relativos según el sujeto de las oraciones y quiten las palabras que no sean necesarias.

Pronombres relativos posibles: el / la cual, los / las cuales, cuyo(a), cuyos(as), el / la que, los / las que, lo cual, lo que, que, quien(es)

> MODELO Tres de las siete especies de tortugas marinas del mundo están en peligro de extinción. Esto es un problema grave.
> *Tres de las siete especies de tortugas marinas del mundo están en peligro de extinción, **lo que** es un problema grave.*

1. Sólo existen unos 4.000 tigres silvestres en el mundo. Se encuentran en los bosques de la región entre India, China, Rusia e Indonesia.
2. La caza de ballenas *(whale hunting)* es ilegal, pero todavía ocurre. Resulta en la muerte de más de 1.000 ballenas al año.
3. La *World Wildlife Federation* tiene un nuevo plan para la conservación de ballenas. El plan asegurará que habrá más control sobre sus poblaciones.
4. Los elefantes contribuyen a la creación de hábitats para otras especies, según los científicos. Los científicos han estudiado sus hábitos.
5. Para proteger los elefantes, es importante conservar su hábitat natural. Su hábitat está desapareciendo con la deforestación de los bosques.
6. Los cambios de temperatura y de clima afectan mucho a los pingüinos. Su hábitat está en peligro a causa del calentamiento global.

14 **Una vida sostenible** Con un(a) compañero(a) de clase, usen las frases indicadas con un pronombre relativo de la lista de la **Actividad 13** para crear oraciones sobre el medio ambiente. Traten de usar por lo menos seis pronombres relativos diferentes.

> MODELO tener un auto híbrido / uso de gasolina es muy eficiente
> *Tengo un auto híbrido cuyo uso de gasolina es muy eficiente.*

1. usar recipientes reciclados / también ser biodegradable
2. consultar con un experto / saber hacer el compostaje
3. siempre comprar productos / envases ser de material reciclado
4. no comer mucha carne / reducir mi huella de carbono
5. instalar paneles solares / ahorrar mucha electricidad
6. reparar los grifos / gotear y malgastar el agua

15 **Una oración larguísima** Trabajen en grupos de cuatro estudiantes. Juntos escojan uno de los siguientes temas y traten de elaborar la oración más larga que puedan, usando los pronombres relativos. Sean creativos y escriban su oración final para compartir con la clase entera.

> MODELO S1: *Conozco a un ecologista...*
> S2: *... **que** se llama Marcos...*
> S3: *... **quien** es de Georgia...*
> S4: *... **el cual** es un estado del sur de EEUU...*

Temas: los defensores del medio ambiente / las especies en peligro de extinción / la vida sostenible / los expertos científicos / el cambio climático / ¿...?

¿Quién dijo que iba a ser fácil?

Muchos todavía no creen que el cambio climático es un verdadero fenómeno, pero por lo general, la población mundial ha aceptado que es imprescindible proteger el medio ambiente. Por su amor y respeto por la naturaleza, el mundo hispano tiene mucho que ofrecerle al resto del mundo en cuanto a la posibilidad de vivir de una manera natural y completa sin tener que dañar a la Madre Tierra. Leamos sobre algunos ejemplos.

© Cynthia Kidwel/Shutterstock

© Heinle/Cengage Learning

PANAMÁ Y ESTADOS UNIDOS
las especies amenazadas

La rana dorada es un símbolo de la fauna panameña que está en peligro de extinción. Es una especie endémica de Panamá, que por su belleza y colores atractivos, se ha transformado en un ícono cultural a través de los años. Los indígenas la reverenciaban y hacían objetos de oro con su figura porque creían que traía suerte y felicidad. Hoy día, la figura de la ranita se ve en la artesanía, en los anuncios publicitarios y hasta en los billetes de lotería.

Según el biólogo panameño Edgardo Griffith, "Antes eran tan abundantes que las ranitas doradas se encontraban hasta en los jardines de las residencias en El Valle. Ahora prácticamente no existen en el campo".

¿Qué les pasó? Las amenazas humanas han sido varias: la pérdida de su hábitat a causa de la deforestación y la extracción minera; la contaminación del agua por los agroquímicos como los pesticidas; y la sobrecolección. Y como si eso no fuera suficiente, la pobre ranita ahora enfrenta una amenaza natural, el quítrido, un hongo (*fungus*) patógeno que interfiere con su habilidad para respirar, causándole la muerte.

En el año 2000, los biólogos panameños Roberto Ibáñez, Griffith y otros empezaron el proyecto "Rana Dorada" con fines de salvar a la preciosa criatura de la extinción. Enviaron un grupo de hembras y machos a zoológicos en Detroit, Cleveland y Baltimore. El experimento de reproducción tuvo éxito y se decidió dirigir los esfuerzos de conservación en Panamá. El zoológico El Níspero se construyó en 2005 y es conocido como el "Arca de Noé". Hoy en día tiene alrededor de 500 anfibios de entre 45 y 50 especies. Entre ellos se cuentan unas 35 ranitas doradas.

Allí no termina la historia. El centro ha sufrido la muerte de unas ocho ranitas, y no se sabe si será posible retornar las ranitas a su hábitat porque el hongo asesino sigue presente. "Quizás la rana dorada de la única forma que permanezca en el planeta va a ser en cautiverio (*captivity*)", expresó Griffith.

La historia de la ranita dorada: bella, amada, reverenciada y ahora amenazada; que nos sirva de advertencia (*warning*).

EL SALVADOR la cocina solar

¿Qué es una olla solar? Es una olla (*pot, cooker*) que usa los rayos del sol para generar la temperatura necesaria para cocinar los alimentos. Hay varios diseños de la olla, con reflectores, cajas o paneles, y pueden llegar a temperaturas de 100 grados centígrados hasta 200, más que suficiente para la cocción (*cooking*) de alimentos. Las ollas son fáciles de transportar, funcionan como estufas y hornos, y son duraderas.

En El Salvador, más de 100 familias en varias comunidades han tomado parte en la iniciativa "Fomento de la energía solar en la preparación de alimentos" financiada por SHE (*Solar Household Energy*) e implementada por el Centro de Protección para Desastres (CEPRODE). Para poder recibir una de las ollas, las mujeres que participan tienen que trabajar en un vivero (*nursery*) de plantas que se dedica a reforestar la zona con árboles de conacaste, cedro y caobo entre otras especies.

El uso de las ollas resulta en muchos beneficios, no sólo para las familias, sino también para la comunidad y el medio ambiente. "Económicamente (las ollas solares) también son una alternativa atractiva para las familias que dependen de combustibles caros para cocinar", dijo Castillo, la directora ejecutiva de CEPRODE.

Ahora hay programas para el uso de ollas solares en Perú, México, Guatemala y en Burkina Faso, Camerún, Malí, Senegal, Kenia y Tanzania.

Idea sencilla. Cambio global.

CUBA la agricultura urbana

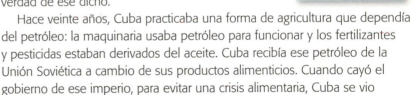

Dicen que la necesidad es la madre de la invención. El sistema de organopónicos en Cuba demuestra la verdad de ese dicho.

Hace veinte años, Cuba practicaba una forma de agricultura que dependía del petróleo: la maquinaria usaba petróleo para funcionar y los fertilizantes y pesticidas estaban derivados del aceite. Cuba recibía ese petróleo de la Unión Soviética a cambio de sus productos alimenticios. Cuando cayó el gobierno de ese imperio, para evitar una crisis alimentaria, Cuba se vio obligada a buscar otra forma de agricultura —independiente del petróleo—, y de ahí surgieron los organopónicos.

Los organopónicos son un sistema de huertos (*vegetable gardens*) orgánicos que producen habichuelas, tomates, bananas, lechuga, pimientos, calabaza, espinacas, rábano (*radish*) y berenjena (*eggplant*), entre muchas otras frutas, vegetales y condimentos. Se usan sólo métodos orgánicos, lo cual asegura que los alimentos sean frescos, sabrosos y saludables. Los organopónicos funcionan de varias maneras: algunos emplean a trabajadores gubernamentales y otros son cooperativas que son manejadas por los propios hortelanos (*gardener*).

En toda Cuba hay unos 7.000 organopónicos. En La Habana hay unos doscientos y proveen más del 90% de las frutas y vegetales que consume la población de la capital. Los organopónicos se crearon en sitios abandonados, como en aparcamientos vacíos, edificios deshabitados y hasta en los espacios entre carreteras. Esto resultó en el embellecimiento de las áreas urbanas.

Cuando Cuba enfrentó la necesidad, inventó un sistema agroecológico que se podía sostener dentro de las capacidades de la comunidad. Los organopónicos crean trabajos, producen frutas y vegetales sin químicos dañinos, y alimentan a la comunidad con comida fresca, orgánica y muy barata. ¿Qué más hay?

COLOMBIA la ciclovía

¿Puede ser la bicicleta la solución mágica en ciudades paralizadas por embotellamientos *(traffic jams)*? Los bici-pioneros de Santafé de Bogotá creen que sí. Todos los domingos y días festivos la capital colombiana se convierte en 120 kilómetros de ciclovías. Ausente de tráfico, las avenidas principales y calles son compartidas por ciclistas, patinadores, atletas y caminantes. Se calcula que un tercio de los habitantes de la ciudad salen a aprovechar las ciclorrutas. "La ciclovía es parte de la identidad de Bogotá y su uso es masivo", dijo Lycy Barrida, la directora del programa que fue creado en 1976.

Aunque las ciclovías están disponibles solamente en domingos y días festivos, la capital goza de ciclorrutas permanentes que conectan parques y carreteras desde los cuatro puntos cardinales.

La cifra de venta en Colombia de automóviles nuevos al año (140 mil) comparada a la de bicicletas (1,2 millones) revela la pasión por la bici del colombiano. "La bicicleta es un medio de transporte más sano. Estimula los sistemas circulatorio y respiratorio y es ambientalmente limpio y más democrático", explica el profesor de educación física Gerardo Lozano.

Claro que el vehículo mágico de la juventud tiene su lado negativo. El uso de la bicicleta puede ser demasiado peligroso si el ciclista tiene que compartir la carretera con el tránsito *(motor traffic)*. Y hay que programar más tiempo para llegar al destino deseado. ¿Quién dijo que iba a ser fácil? A veces el progreso requiere el sacrificio.

¡Más ciclorrutas! ¡Menos carreteras!

PARAGUAY la reforestación

Durante muchos años, El Bosque Atlántico del Alto Paraná sufrió una indiscriminada deforestación que le dio a Paraguay el título de mayor deforestador de las Américas y el segundo en el mundo. Con la Ley de Deforestación Cero, los paraguayos lograron bajar la tasa *(rate)* anual de deforestación de 130 a 140 mil hectáreas a sólo 6.000–10.000. Bastante bien, pero el daño *(damage)* ya estaba hecho.

Dándose cuenta que la reforestación era esencial para la sobrevivencia de las especies vegetales y animales, el director de Radio Ñanduti, Humberto Rubín, empezó una iniciativa ambiental con el objetivo de involucrar a la gente en la reforestación de la Región Oriental. La meta es plantar 14 millones de árboles en un área del tamaño de la ciudad de Asunción. Un proyecto llamado "A todo pulmón—Paraguay respira" cuenta con el apoyo de muchas organizaciones y toda la ciudadanía de Paraguay. Desean embellecer *(beautify)* los espacios públicos y mejorar la calidad de vida en general.

Nunca en la historia de Paraguay ha estado todo el país involucrado en este tipo de proyecto ambiental. Es un esfuerzo colectivo que crea un sentido de optimismo y patriotismo y que cuenta con la juventud.

"Esta campaña no para, y vamos a ir por 50 millones (de árboles)", reclama el Sr. Rubín.

Armado con esa actitud, no hay nada que no se pueda hacer.

MÉXICO un museo subacuático

¿Un museo subacuático? ¿Para qué? ¡Para proteger los arrecifes de coral!

Los arrecifes coralinos del mundo están expuestos a varias amenazas asociadas con el cambio climático. El calentamiento del planeta podría causar fenómenos meteorológicos extremos como huracanes más frecuentes y más intensos. También se ha previsto una mayor acidificación del océano, lo cual resultaría en un blanqueamiento *(bleaching)* que les provocaría la muerte debido a la pérdida de las algas de las que se nutren *(take nourishment)*. Según algunos expertos, si no se reducen las emisiones de dióxido de carbono, los arrecifes podrían desaparecer a lo largo de este siglo. Además existe el problema de la sobrepesca y de los turistas que dañan los arrecifes al tocarlos, pararse sobre ellos y arrancarles pedazos *(to pull out pieces)* de coral para llevar a casa como recuerdo.

El Museo Escultórico Subacuático intenta sumergir 400 esculturas de cemento con forma humana en el Parque Nacional Costa Occidental de Isla Mujeres, Punta Cancún y Punta Nizuc. Las esculturas contienen un pH neutro que avanza el crecimiento de algas y la incrustación de invertebrados marinos. En cuanto las esculturas sean colonizadas por peces de colores atractivos, el museo atraerá a miles de turistas y de esta manera reducirá la presión sobre los hábitats naturales.

"Con el museo submarino garantizaremos una descarga de turistas y, por lo tanto, daremos un descanso a los arrecifes naturales. Es como si fuera un proceso de restauración", explica Jaime González Cano, director del Parque Nacional.

¿Quieres hacer algo poco común para tu *spring break*? ¿Por qué no visitas un museo subacuático en el Yucatán?

ACTIVIDADES

1 **¿Comprendiste?** Contesta las siguientes preguntas según la información que acabas de leer.

1. ¿Quiénes se benefician de la cocina con una olla solar?
2. ¿Cuáles fueron las amenazas humanas a la ranita dorada? ¿Y la amenaza natural?
3. ¿Qué cifra revela la pasión por la bici del colombiano?
4. ¿Cómo surgió el organopónico en La Habana?
5. ¿Cuál es el objetivo del programa A Todo Pulmón?
6. ¿Cuáles son las amenazas humanas a los arrecifes de coral? ¿y las amenazas asociadas con el cambio climático?

Tú y el pluriculturalismo: ¡Exprésate!

2 **La cultura popular** Con un(a) compañero(a), hagan una investigación en Internet o en revistas o periódicos que tratan del medio ambiente y el movimiento verde. Anoten seis iniciativas que ustedes creen son prometedoras. Escriban el nombre de las campañas y su objetivo principal. El proyecto puede estar ubicado en cualquier país del mundo, pero hay que escribir la iniciativa y el objetivo en español.

> **MODELO** *"A Todo Pulmón—Paraguay respira"*
> *Objetivo: involucrar a todo el país en la reforestación de la Región Oriental, plantando 14.000.000 de árboles*

3 **Las películas** Una película boliviana titulada *ECOman* trata de un hombre muy defensor del medio ambiente que trabaja en una fábrica que produce elementos tóxicos. Lo echan de la empresa porque protesta mucho sobre una campaña de la compañía que se basa en la mentira que sus productos no dañan el medio ambiente. Una empleada de la empresa le echa tóxicos en el cuerpo y lo deja inconsciente. La "Madre Naturaleza" le da superpoderes al pobre hombre para que pueda proteger la naturaleza, y de ahí en adelante, él es ECOman.

Con un(a) compañero(a), escriban un sinopsis de una película que trate del medio ambiente. Puede ser de una forma seria o cómica. ¡Dejen volar la imaginación!

El medio ambiente en tu comunidad Imagínate que vas a lanzar una iniciativa ambiental en tu comunidad y tienes que hacer una presentación a los líderes de la comunidad para que te apoyen con fondos y voluntarios. La presentación debe incluir lo siguiente:

1. Nombre imaginativo y aclaratorio
2. Problema ambiental que estás tratando
2. Objetivo principal de la campaña
3. Metas concretas
4. Período de tiempo para lograr las metas
5. Actividades que propones para involucrar a la ciudadanía
6. Qué es lo que necesitas de tu público
7. ¿...?

Ahora, hazle la presentación a la clase. Al final, haz una votación de manos levantadas para ver si convenciste a tu público a que te apoyara en tu iniciativa para proteger el planeta.

© Hilary Morgan/Almay

¡A leer!

>> ## Antes de leer

ESTRATEGIA

Here are two strategies that will help you better understand the reading.

1. **Identifying cognates:** Cognates are words that are the same or similar (with different pronunciation) in Spanish and English. Here's one example from the reading: **té** / *tea*. See what others you can find.
2. **Working with unknown grammatical structures:** Sometimes you will see a grammatical structure that you don't recognize, or one that is used in a context you don't understand. When this happens, try to focus more on the meaning of the verb without getting bogged down by its tense. Usually that is enough to help you get the gist of the phrase or sentence.

Para entender y hablar de la lectura

Here are some useful words for understanding and discussing the reading selection, which describes the author's unwillingness to throw away seemingly useless items.

la bolsita de té *teabag*
censurar *to censure, condemn*
la cocción *cooking, brewing*
guardar *to save, hold on to*
herido *hurt, injured*

la infusión *tea, usually herbal*
inútil *useless*
secar *to dry*
tentado *tempted*
vigilar *to watch, to guard*

1 Basándote en la lista de palabras, ¿cuál es el objeto "inútil" al que se refiere el autor (y que no quiere tirar a la basura)?

¡Fíjate! El simbolismo del té

Después del agua, el té es tal vez la bebida más importante del mundo. Se lo consume en casi cada país y cultura y muchas veces su uso tiene un aspecto ceremonial o simbólico. Desde las ceremonias de té elegantes y complicadas de Japón hasta el hábito inglés de comer algo con el té por la tarde, el acto de tomar té tiene un significado especial. En el Cono Sur, tomar la yerba mate es casi una manía y hay muchas opiniones diferentes sobre cómo se la debe preparar. Muchas infusiones, como las de manzanilla *(chamomile)* y menta, tienen propiedades medicinales. En varias culturas, se usan las hojas de té para predecir el futuro. Y el té también tiene un simbolismo político en EEUU, donde ocurrieron el Boston Tea Party y, más recientemente, las protestas "Tea Party" contra el alza de impuestos.

la yerba mate

© iStockphotos

2 En el ensayo que vas a leer, las bolsitas de té tienen un significado simbólico. ¿Qué pueden simbolizar?

166 CAPÍTULO 3

"Bolsitas de té", Juan José Millás

En este ensayo el periodista Juan José Millás examina su actitud hacia las cosas "inútiles" y su manía de guardarlas en vez de tirarlas.

Siempre que tiro a la basura una bolsa de té, me da un poco de mala conciencia. Se trata de un reflejo de niño pobre, porque yo llevo dentro un niño pobre que me censura todo el rato. Por mi gusto, guardaría las bolsitas de té, o las pondría a secar para extraerles todo el jugo en sucesivas cocciones, pero no puedo hacerlo porque mi familia me vigila para demostrar que estoy loco e inhabilitarme ante el juez de guardia[1].

Esta es otra de las manías que tengo, la de que me vigilan para inhabilitarme. Se trata, a todas luces[2], de una estupidez, porque no sé qué beneficio podrían obtener de ello. De todos modos, como los paranoicos se las arreglan siempre para llevar razón, no descarto[3] la posibilidad de acabar dándoles un motivo.

Otra de las tentaciones que tengo frente a las bolsitas de té usadas, es la de abrirlas por si hubiera dentro de ellas un diamante. Hasta ahora no he encontrado ninguno, pero no me desanimo.

Me cuesta mucho tirar las cosas sin abrir, porque ya digo que llevo dentro un niño pobre que cree que todo se arreglará finalmente con un golpe de suerte[4].

El otro día vinieron a cambiarme el cartucho de la impresora y cuando vi que el técnico tiraba el viejo a la papelera estuve a punto de pegarle[5]. Yo no sé si ustedes han visto alguna vez el cartucho de una impresora, pero es un aparato estupendo, lleno de recovecos y cámaras secretas[6].

Si llegamos a pescar de pequeños[7] un objeto como ese, nos habríamos pasado la infancia jugando con él. Ahora lo tiran sin abrirlo, como las bolsas de las infusiones. Naturalmente, cuando el técnico se fue, lo recuperé de la papelera y lo tengo guardado junto a otros objetos igualmente inútiles, pero repletos de significado, que van invadiendo los armarios de mi casa.

Yo creo que si todos lleváramos dentro un niño pobre, un niño negro, un niño herido, un niño con sida[8], tiraríamos menos cosas a la basura y, a lo mejor, por ahí empezaban a cambiar un poco las cosas. Ahora sólo llevamos un niño de derechas[9].

---

[1]**inhabilitarme...**: *have me declared incompetent before a judge* [2]**a...**: evidentemente [3]*I don't rule out* [4]**golpe...**: *stroke of good luck* [5]**estuve..**: *I was about to hit him* [6]**recovecos...**: *nooks and crannies and secret chambers* [7]**pescar...**: *to find as a child* [8]*AIDS* [9]*entitled*

Millas, Juan Jose "Bolsitas de te" *Cuerpo y protesis*. Ediciones El Pais, Grupo Santillana de Ediciones, S.A. copyright 2000. Excerpts from pages 61-62. Reprinted by permisson of the publisher.

Juan José Millás, España

Este escritor y periodista es autor de unos treinta libros, novelas y colecciones de cuentos y ensayos. Nació en 1946 en Valencia y ha trabajado para el periódico *El País* y también para otros medios de comunicación españoles. Es ganador de varios premios, entre ellos el Premio Nadal y el Premio Sésamo de Novela.

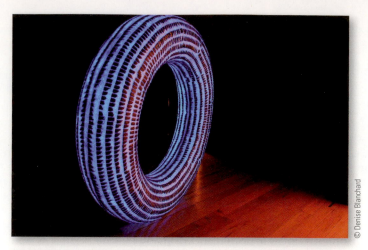

© Denise Blanchard

© Denise Blanchard

These sculptures are from an exhibition of art made entirely from used teabags. They were created by Chilean artists Denise Blanchard and Valeria Burgoa, and the exhibition, called "Exposición T," was shown for the first time in Santiago, Chile in 2008.

Después de leer

3   Contesta las siguientes preguntas sobre la lectura.

1. ¿Cómo se siente el autor al tirar una bolsita de té a la basura? ¿Por qué se siente así?

2. El autor llama "manía" a su indecisión sobre las bolsitas de té. ¿Cómo imagina él que reacciona su familia ante ésta y sus otras manías? ¿Habla en serio o está bromeando?

3. ¿Por qué se siente tentado a abrir las bolsitas de té? ¿Qué figura imaginaria le inspira a sentirse así?

4. ¿Cuál es otro objeto que le fascina al autor? ¿Por qué?

5. En la opinión del autor, ¿aprecia la gente estos objetos? ¿Por qué?

6. ¿Cuál es el significado de la referencia que hace el autor al niño pobre (y al niño negro, herido, con sida, etc.)? En la opinión del autor, ¿por qué son importantes estos niños?

7. ¿Cómo cambia el tono del ensayo entre el principio y el final? ¿Es cómico? ¿Serio?

4 Con un(a) compañero(a) de clase, comenten la lectura.

1. ¿Están de acuerdo con la opinión del autor, de que es necesario guardar y no tirar las cosas usadas?

2. Comenten su actitud sobre los objetos usados y compárenla con el lema verde de "Reducir, Reutilizar, Repararar, Reciclar". ¿Cuándo tratan de reutilizar o reparar las cosas? ¿Cuándo creen que es necesario comprar de nuevo?

3. Hagan una lista de por lo menos cinco cosas y digan qué hacen cuando están rotas, no funcionan, están pasadas de moda, etc. Luego, comparen su lista con la de otra pareja.

© Marc Vercian/Shutterstock

 5 El autor dice que algunos de sus hábitos y costumbres les parecen un poco extraños *(strange)* a sus familiares. Con un(a) compañero(a) de clase, hablen de sus propios hábitos y "manías" personales. ¿Tienen unas costumbres extrañas? ¿Guardan o coleccionan cosas que otras personas tirarían? Traten de pensar de por lo menos tres idiosincrasias personales cada uno(a) y coméntenlas juntos(as).

Ideas posibles: guardar o coleccionar cosas diferentes, (no) comer alimentos específicos, tener que hacer ciertas actividades a una hora fija, sólo comprar ropa de ciertos colores, ¿...?

6 En este ensayo, el autor juega con la idea de tener un niño "interior" que le comenta y, a veces, critica sus acciones. Imagina que tú también tienes un(a) niño(a) interior que te comenta tus acciones diarias. ¿Cómo es? ¿Serio(a)? ¿Cómico(a)? ¿Pobre? ¿Egóista? ¿A él o ella le gusta lo que haces todos los días? ¿Por qué sí o por qué no? Escribe por lo menos cinco de sus comentarios.

MODELO *Mi niño interior es muy perezoso. Dice: ¿Por qué siempre tienes que estudiar? ¿Por qué no te diviertes más?*

Los problemas ambientales *Environmental problems*

Sustantivos

la amenaza *threat*
el calentamiento global *global warming*
el cambio climático *climate change*
la capa de ozono *ozone layer*
los combustibles fósiles *fossil fuels*
las emisiones *emissions*
   ... de gases de efecto invernadero *greenhouse gas emissions*
   ... de dióxido de *carbono carbon dioxide emissions*

la fuente renovable *renewable energy source*
el medio ambiente *environment*
el nivel (de emisiones) *level (of emissions)*
la reducción (de gases) *reduction (of gases)*

Verbos

advertir (ie, i) *to warn*
amenazar *to threaten*
calentarse (ie) *to get hot, heat up*
consumir *to consume*
contaminar *to contaminate; to pollute*
dañar *to harm*

deforestar *to deforest*
desaparecer (-zco) *to disappear*
desperdiciar *to waste*
destruir (y) *to destroy*
reducir (-zco) *to reduce*
(re)utilizar *to (re)utilize*

Adjetivos

dañino(a) *harmful*
escaso(a) *scarce*

protegido(a) *protected*
tóxico(a) *toxic*

Valorar la naturaleza *To value nature*

Sustantivos

el agua *water*
   ... salada / de mar *saltwater*
   ... dulce *fresh water (not saltwater)*
   ... potable *drinkable water*
el arrecife (de coral) *(coral) reef*
la biodiversidad *biodiversity*
el bosque / la selva tropical *rain forest*
el ecosistema (forestal, acuático) *(forest, aquatic) ecosystem*

la flora y fauna *plant and animal wildlife*
el glaciar *glacier*
el hábitat *habitat*
el hielo *ice*
los recursos naturales *natural resources*
la reserva natural *natural preserve*
la vida silvestre *wildlife*

Verbos

conservar *to conserve*
disfrutar *to enjoy*

proteger *to protect*
salvar *to save*

La naturaleza en peligro *Nature in danger*

Sustantivos

la deforestación *deforestation*
las especies amenazadas / en peligro de extinción *endangered species*
la pérdida *loss*

el pesticida *pesticide*
la sobrepoblación *overpopulation*
la tala *tree felling*

La responsabilidad hacia el planeta   *Responsibility for the planet*

Sustantivos

la calidad de vida *quality of life*
la conciencia *conscience*
la conservación *conservation*
el consumo *consumption*

la (des)ventaja *(dis)advantage*
la huella de carbono *carbon footprint*
las sanciones económicas *economic sanctions*

Verbos

afectar *to affect*
ahorrar *to save*
animar *to encourage; to inspire*
beneficiar *to benefit*
compensar *to make up for, compensate*
comportar *to behave*
imponer (like **poner**) *to impose*

involucrarse (en) *to get involved (in)*
plantar *to plant*
preservar *to preserve*
promover (ue) *to promote*
resolver (ue) *to resolve*
surgir *to arise; to develop, emerge*

En casa   *At home*

el auto híbrido / eléctrico *hybrid / electric car*
la base de enchufes *power strip*
el basurero, la papelera *trash can*
la bombilla *light bulb*
la calefacción central / eléctrica *central / electric heating*
la factura *invoice; bill*
el grifo *faucet*

el envase *packaging*
la etiqueta ecológica *eco-friendly label*
el inodoro *toilet*
el modo "stand-by" *stand-by mode*
la organización benéfica *charitable organization*
el panel solar *solar panel*
la plomería *plumbing*
el recipiente *container*

El reciclaje   *Recycling*

el aluminio *aluminum*
el cartón *cardboard*
el cartucho de la impresora *printer cartridge*
el compostaje *compost*

la lata *tin or aluminum can*
el papel reciclado *recycled paper*
el plástico *plastic*
los residuos orgánicos *organic waste products*

Acciones verdes   *Green actions*

botar, echar, tirar *to throw away*
colgar (ue) *to hang*
consumir *to consume*
desconectar *to disconnect*
descongelar *to unfreeze*
desenchufar *to unplug*

evitar *to avoid*
firmar *to sign*
gotear *to leak*
malgastar *to waste; to squander*
reciclar *to recycle*

Adjetivos

biodegradable *biodegradable*
desechable *disposable*
flojo(a) *lazy*

reciclable *renewable, recyclable*
reutilizable *reusable*
sostenible *sustainable*

Frases de todos los días   *Everyday phrases*

a lo largo de *over the span of*
a tu alcance *within your reach*
como lo pintan *as it's portrayed*
definitivamente *definitively, absolutely*
es imprescindible *it's essential*

me cuesta mucho *it pains me*
¡Olvídate! *Forget about it!*
por si las dudas *just in case*
por cierto *for sure*
¡Te lo juro! *I swear!*

>> Vocabulario: Para hablar de la economía y la política

Here are some words and expressions you have already learned to talk about business and politics.

La economía y los negocios

el ascenso
los beneficios
la bolsa de valores
la compañía multinacional
el (la) empleado(a) emprendedor(a)
la entrevista

la fábrica
el presupuesto
ganar un sueldo
jubilarse
solicitar empleo
trabajar...
   ... a tiempo completo
   ... a tiempo parcial

El gobierno y la política

la campaña política
el (la) candidato(a)
el desarrollo
la (des)igualdad
las fuerzas armadas
el gobierno
la guerra
el (la) líder

la paz (mundial)
la política
el proceso electoral
el terrorismo

iniciar
luchar por / contra
votar por / en contra de

1 Completa cada oración con una palabra de la lista de vocabulario.

You will find the answers to the activities in this section in **Appendix A.**

1. Si no te gusta el líder, puedes _____ él en las próximas elecciones.
2. Para tener un _____ balanceado, hay que manejar bien el dinero.
3. Esas _____ producen artículos para la exportación.
4. Si recibes un _____, normalmente tu sueldo aumenta.
5. La _____ sólo existe cuando ya no hay guerras ni terrorismo.
6. Cuando todavía existen los prejuicios, también existe la _____.

>> Gramática 1: Direct, indirect, and double object pronouns

1. *Direct objects* receive the verb's action: **Llenamos el formulario.** *(What did we fill out? The form.)* Direct object pronouns replace direct object nouns (**Lo llenamos.**) and reflect the gender and number of that noun.

Singular		Plural	
me	*me*	**nos**	*us*
te	*you (fam.)*	**os**	*you (fam.)*
lo	*you (form. masc.), him, it*	**los**	*you (form. masc.) them*
la	*you (form. fem.), her, it*	**las**	*you (form. fem.) them*

2. *Indirect objects* answer the questions *to whom?* or *for whom?*: **El gerente dió un ascenso a esos empleados. Les dio un ascenso.** Here the indirect object **les** refers to **esos empleados,** the indirect object noun. (**Ascenso** is the direct object noun.) Usually both the indirect object pronoun and the indirect object noun (which follows the preposition **a**) are both present to clarify whom is being referred to: **Le escribí el e-mail a Marina.**

Singular		Plural	
me	*me*	**nos**	*us*
te	*you (fam.)*	**os**	*you (fam.)*
le	*you (form. masc., fem.), him, her, it*	**las**	*you (form. masc., fem.), them*

3. *Double object pronouns* occur when you use both direct and indirect object pronouns together. The only difference here is that **le** and **les** become **se** when they are used together with a direct object pronoun: **Dale el ascenso. Dáselo. Dígales la verdad. Dígasela.**

4. Double, indirect, and double object pronouns all follow the same rules for word order.

- They go *before a conjugated verb or negative command form.* In the case of double object pronouns, the indirect object pronoun comes before the direct object pronoun:

  Te compramos el reloj. **Lo** compramos. **Te lo** compramos.
  No **lo** diga. No **se lo** diga.

- They attach to affirmative commands. (An accent is added to maintain the original pronunciation.):

  Díga**lo**. Díga**melo**.

- With present participles (**-ando, -iendo** forms) and infinitives, they can either go before (as with conjugated verbs) or attach (as with affirmative commands). When attached, an accent is added:

  Se lo estamos comprando. ⟷ Estamos comprándo**selo**.
  Vamos a comprár**selo**. ⟷ **Se lo** vamos a comprar.

2 Completa los espacios en blanco con los pronombres de objeto directo y objeto indirecto correctos. Sigue el modelo.

> **MODELO** *Compramos el traje (para ellos).* → *Les compramos el traje.* → *Se lo compramos.*

1. Traje el formulario (para ti). → _____ traje el formulario. → _____ _____ traje.

2. Llenaron la solicitud (para mí). →_____ escribieron la solicitud. →_____ _____ escribieron.

3. Su hermano solicitó el puesto (para él). → _____ solicitó el puesto. → _____ _____ solicitó.

4. Los directores están vendiendo la fábrica (a sus empleados). → Están vendiendo_____ a ellos. → Están vendiendo_____.

5. Den la descripción de los beneficios (a nosotros). → Den_____ la descripción de los beneficios. → Dén_____.

6. Tú vas a decir los secretos para ganar dinero en la bolsa de valores (a ellos). → _____ vas a decir los secretos para ganar dinero en la bolsa de valores. → _____ _____ vas a decir.

Gramática 2: Comparatives and superlatives

1. You can compare people and things (nouns), qualities (adjectives), actions (verbs) and ways of doing things (adverbs). Those comparisons can be equal or unequal. Use the following formulas. Note that when **tanto** is used with a *noun* it changes number and gender to modify the noun.

- Noun

  Equal (**tanto** + noun + **como**):
  Esta candidata tiene <u>tantas ideas buenas como</u> ésa.

  Unequal (**más / menos** + noun + **que**):
  Esta candidata tiene <u>más ideas buenas que</u> ésa.

- Adjective

  Equal (**tan** + adjective + **como**):
  Esta candidata es <u>tan inteligente como</u> ésa.

  Unequal (**más / menos** + adjective + **que**):
  Esta candidata es <u>menos inteligente que</u> ésa.

- Verb

  Equal (verb + **tanto como**): **Ella <u>trabaja tanto como</u> él.**

  Unequal (verb + **más / menos** + **que**): **Ella <u>trabaja más que</u> él.**

- Adverb

  Equal (**tan** + adverb + **como**): **Ella trabaja <u>tan rápidamente como</u> él.**

  Unequal (**más / menos** + adverb + **que**):
  Ella trabaja <u>menos rápidamente que</u> él.

- Some comparatives are irregular:

  Adjectives: **bueno / <u>mejor</u>**   **malo / <u>peor</u>**   **joven / <u>menor</u>**

  Adverbs: **bien / <u>mejor</u>**   **mal / <u>peor</u>**

2. Superlatives express extreme qualities. Both ways to express superlatives use adjectives.

- Add **-ísimo** to the end of an adjective. (If it ends in a vowel, remove the vowel.)

  rápido → <u>rapidísimo</u>   **fácil → <u>facilísimo</u>**   **triste → <u>tristísimo</u>**

- Or, use this formula to say that someone or something is *the most . . .* or *the least. . . .*

  article or demonstrative + noun + **más / menos** + adjective (+ **de**):
  <u>Estos candidatos son los mejores de</u> todos. <u>La elección es la más interesante</u> que hemos tenido.

3 Crea oraciones usando las palabras indicadas. Sigue los modelos.

MODELOS   (ser bueno) los sueldos = los beneficios
Los sueldos son tan buenos como los beneficios.

(ser capaz) la jefa > todos
La jefa es la más capaz de todos.

(aprender / fácil) ellos
Ellos aprenden facilísimo.

Comparatives

1. (ser bueno) la paz > la guerra
2. (ser importante) la igualdad = un presupuesto balanceado
3. (ganar) esta empleada < esa empleada
4. (ofrecer beneficios) esta compañía = esa compañía

Superlatives

5. (ser inteligente) este líder > todos
6. (trabajar / rápido) ella
7. (ser serio) esos candidatos > todos
8. (hablar / lento) Uds.

>> Gramática 3: Present perfect subjunctive

1. The present perfect subjunctive is used in the same contexts as the present and imperfect subjunctive, but it is used to talk about actions that have recently occurred or have a bearing on the present.

2. Use the same past participles you use with the present and the past perfect along with present subjunctive forms of **haber: Es bueno que todos los líderes <u>hayan votado.</u>** (Review the formation of past participles on page 85.)

yo	**haya trabajado / leído / escrito,** etc.
tú	**hayas trabajado / leído / escrito,** etc.
Ud. / él / ella	**haya trabajado / leído / escrito,** etc.
nosotros(as)	**hayamos trabajado / leído / escrito,** etc.
vosotros(as)	**hayáis trabajado / leído / escrito,** etc.
Uds. / ellos / ellas	**hayan trabajado / leído / escrito,** etc.

 4 Completa las oraciones con las formas correctas del presente perfecto de subjuntivo.

1. Dudo que el empleado nuevo _____ (terminar) el proyecto.
2. No hay nadie aquí que _____ (recibir) un ascenso durante los últimos dos años.
3. Me alegro de que esos líderes siempre _____ (luchar) contra la desigualdad.
4. Cuando tú _____ (llenar) el formulario, debes dárselo al director.
5. Mis padres están contentos de que yo _____ (votar) en mi primera elección presidencial.
6. Es importante que nosotros _____ (analizar) los beneficios antes de ir a la entrevista.

Perspectivas internacionales **2**

Ser estudiante internacional en tu campus

De fondo: ¿Cómo es la experiencia de los estudiantes internacionales que conoces?

▶ **1** **Aprender y pensar** Lee la siguiente información sobre los estudiantes internacionales y luego las preguntas a continuación.

Instituciones y organizaciones

Programa de Becas Fulbright

El programa Fulbright fue establecido por una iniciativa del Senador J. William Fulbright del estado de Arkansas, poco tiempo después de la Segunda Guerra Mundial. El programa tiene el fin de "incrementar el entendimiento mutuo entre el pueblo de Estados Unidos y otros pueblos del mundo." El programa Fulbright se administra a nivel mundial por el Departamento del Estado de Estados Unidos y es supervisado y regulado por el *J. William Fulbright Scholarship Board*, cuyos miembros son nombrados por el presidente de Estados Unidos.

Desde su fundación, el programa Fulbright se ha convertido en el programa de intercambio educativo más extenso y más prestigioso a nivel mundial. Más de 300.000 becarios se han beneficiado de la experiencia Fulbright, al estudiar, enseñar y realizar proyectos de investigación. El programa tiene un impacto significativo en la internacionalización de las actividades académicas y contribuye al intercambio de ideas y a la resolución de problemas por el bienestar *(wellbeing)* de los ciudadanos de todo el planeta. En el año 2008, 181 países participaron en este programa.

Numerosos estudiantes extranjeros vienen a Estados Unidos para estudiar, financiados por el programa Fulbright de becas. A la misma vez, muchos estudiantes estadounidenses viajan a otros países para estudiar con el apoyo económico de Fulbright.

Datos

- En 1997 había más de 400.000 estudiantes internacionales en EEUU. En comparación, en 2007 había casi 600.000 estudiantes internacionales matriculados en programas graduados y sub-graduados en EEUU. A pesar de una breve bajada en matriculación después del 11 de septiembre 2001, el número de estudiantes de otros países sigue creciendo, según los datos del *Institute of International Education* (IIE).

- Entre **2006** y **2007** llegaron a EEUU unos **582.984** estudiantes del extranjero.

Rango	País de origen	Número	%
1.	India	83.833	14,4
2.	China	67.723	11,6
3.	Corea del Sur	62.392	10,7
4.	Japón	35.282	6,1
5.	Taiwán	29.094	5,0
6.	Canadá	28.280	4,9
7.	México	13.826	2,4
8.	Turquía	11.506	2,0
9.	Alemania	8.565	1,5
10.	Tailandia	8.886	1,5
11.	Reino Unido	8.438	1,4
12.	Arabia Saudita	7.886	1,4

- De todos los estudiantes que llegaron en 2006–2007, 33% de los estudiantes internacionales se matricularon en dos campos de estudio: negocios e ingeniería.

- En 2005–2006 había 2,5 veces más estudiantes extranjeros matriculados en programas en EEUU que estudiantes estadounidenses estudiando en el exterior durante el mismo período.

© istockphoto.com/dovate

1. Lee la siguiente oración: Para mejorar el mundo, hay que educar a muchos dentro de nuestras fronteras. ¿Estás de acuerdo? ¿Por qué sí o por qué no?

2. Describe con tus propias palabras tres datos en la tabla de datos. ¿Cuál de los datos es el más sorprendente de todos? ¿Cuántos países de habla española están en la lista? ¿Por qué crees que los países asiáticos tienen el número más grande de estudiantes internacionales en EEUU?

3. El programa Fulbright se basa en la idea de que es necesario intercambiar ideas para el bienestar de todos. ¿Crees que el intercambio de ideas es imprescindible? ¿Por qué sí o por qué no? ¿Qué más hace falta hacer para tener un mundo más estable, positivo y pacífico? Elabora una lista de requisitos con tus compañeros.

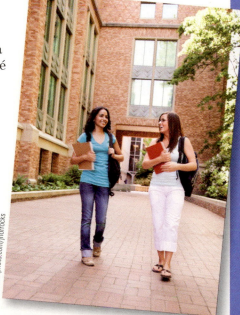

© istockphoto.com/jhorrocks

Perspectivas internacionales **2**

Mesa redonda

2 **En mi opinión** En un grupo de tres o cuatro estudiantes, repasen la información de las páginas 176–177. Cada persona debe identificar tres ideas para explorar con más detalle y explicar al grupo por qué le interesan.

3 **Aquí** Juntos(as) contesten las siguientes preguntas. ¿Conocen a unos estudiantes internacionales personalmente? ¿De dónde son? ¿Vienen a su universidad para aprovechar programas específicos? Compartan la información de su grupo con la clase entera. Si no conocen a nadie del exterior, identifiquen la oficina en su universidad que organiza a los estudiantes extranjeros para saber cómo pueden conocer a los estudiantes internacionales en su campus.

4 **Debate** Trabaja con tres estudiantes. Juntos comparen el número de estudiantes internacionales que llega a EEUU con el número que sale de EEUU para estudiar en el extranjero. Debatan qué porcentaje de estudiantes deben participar en estos tipos de programs. Defiendan sus opiniones.

5 **Encuesta** Primero, en un grupo de tres o cuatro estudiantes, revisen la encuesta a continuación para familiarizarse con su contenido. Después, escriban tres preguntas más para añadir a la encuesta. Luego, cada estudiante del grupo debe usar la encuesta para hacer una entrevista con un(a) estudiante internacional. Después de hacer la entrevista, júntense otra vez en grupo para comparar sus resultados y compartirlos con la clase entera.

> When setting up your interview, respect others' right to privacy. Be sure to disclose that the information is for a class assignment and indicate with whom it will be shared. Ask the interviewee if he/she can be identified by name.

Ser estudiante internacional en mi universidad

1. ¿De dónde eres?
2. ¿Cuál es tu país de origen?
3. ¿Hablas más de un idioma? ¿Cuántos? ¿Cuáles son? ¿Dónde y cómo los aprendiste?
4. ¿Cuánto tiempo llevas aquí?
5. ¿Te falta mucho para terminar tu plan de estudios?
6. ¿Qué estudias y por qué?
7. ¿Cuáles son las diferencias principales entre las clases en tu país y las de aquí?
8. ¿Cuál ha sido la mayor dificultad que has experimentado?
9. ¿Cuál ha sido la sorpresa más agradable de estudiar en el extranjero?
10. ¿...?

Investigación

6 **Los estudios universitarios** Repasa tus ideas de la **Actividad 2.** Haz una búsqueda en Internet sobre cada idea y guarda los datos, incluyendo la fuente *(source)*, para usarlos en tu proyecto escrito u oral.

7 **Mi universidad** ¿Cuántos estudiantes internacionales hay en tu universidad? ¿De dónde son? Investiga la misión de tu universidad y las descripciones de sus programas para ver si tiene un énfasis internacional. ¿Cuáles son los servicios de apoyo que ofrece tu universidad para los estudiantes extranjeros? Según tus investigaciones, ¿están bien integrados los estudiantes extranjeros con los otros estudiantes de tu campus? ¿Por qué sí o por qué no?

8 **La xenofobia** Durante un período de tiempo después del 11 de septiembre, era difícil conseguir visados para los estudiantes internacionales que querían estudiar en EEUU. Al mismo tiempo, muchas personas fuera de EEUU tenían miedo de entrar en el país. Por unos años, disminuyó el número de estudiantes internacionales que podían y querían entrar en EEUU para estudiar. Algunos estudiantes no querían venir a EEUU por cuestiones de inseguridad política y de prejuicio. Algunas familias extranjeras no querían mandar a sus hijos a las universidades norteamericanas a causa de sus preocupaciones sobre la xenofobia. ¿Qué es la xenofobia? Busca una definición de la palabra. En tu opinión, ¿puede ser la xenofobia parte de la experiencia de estudiar en el extranjero? Explica tu punto de vista.

Estructuración

Vas a usar las ideas y la información que compilaste para redactar una composición sobre las dos preguntas siguientes.

¿Cómo es la experiencia de los estudiantes internacionales en tu campus y comunidad? Menciona y describe varios ejemplos para apoyar tu punto de vista. Al nivel de la ética y la responsabilidad cívica, ¿cómo debemos recibir a los de fuera en las universidades y otros lugares académicos?

No te olvides de definir lo que es un estudiante internacional y de ofrecer datos sobre su presencia al nivel global y local. Puedes incluir citas o resúmenes de los testimonios de las personas que entrevistaste.

Perspectivas internacionales 2

9 **Escribir sin detenerse** ¿Cómo debemos recibir a los estudiantes de fuera del país? ¿Qué obligaciones tenemos para ser anfitriones *(hosts)* responsables si los aceptamos en nuestros programas de intercambios? Escribe sin detenerte por unos quince minutos. Luego vuelve a leer lo que has escrito y pon asteriscos (*) al lado de dos ideas que quieres desarrollar para tu composición.

10 **¿Qué más?** Revisa la información que tienes en tus notas y de las entrevistas. Elimina información que no se relacione al tema. Después reflexiona sobre la información que tienes y la que todavía te falta. ¿Dónde tienes una escasez de información? Vuelve a investigar para llenar los huecos *(holes)*.

Redacción y revisión

La composición

> ### WRITING STYLE
>
> Vary the rhythm and structure of your sentences to add life to your writing. As you write more in Spanish, you will develop stylistic flexibility. Be mindful of redundancies that make your prose boring.
>
> - **Redundancy: Los estudiantes son muy *interesantes*. Me *interesan* porque...** When you write sentences like these, be sure to replace the derivatives of **interesar / interesante** with more descriptive and *less redundant* words: **Los estudiantes son fascinantes. Me gusta hablar con ellos porque...** *Recasting redundant words and sentences is part of the writing process.*
>
> - **Subordination:** Use subordination to avoid redundant sentences. Subordination is combining two sentences into one with a main clause and a subordinate clause. You have practiced subordination using relative pronouns and clauses. You have also learned a number of subordinate conjunctions (page 149). Use them (along with others you already know) to connect related bits of information.
>
> **Without subordination: Más estudiantes extranjeros vinieron a estudiar en las universidades norteamericanas en 2007. En 2007 había más estudiantes extranjeros en EEUU por la bajada del dólar ($).**
>
> **With subordination: Llegaron más estudiantes extranjeros a EEUU en 2007 porque bajó el dólar ($).**
>
> **Without subordination: Podemos organizar grupos estudiantiles en nuestras universidades. Los estudiantes estadounidenses deben crear recursos personales para dar la bienvenida a los de fuera.**
>
> **With subordination: Podemos organizar grupos estudiantiles en nuestras universidades para que los estudiantes estadounidenses creen recursos personales para dar la bienvenida a los de fuera.**

© istockphoto.com/Juan Monino

11 **Mi tesis y mi estilo** Antes de escribir tu composición, crea una versión preliminar de tu tesis. Piensa en tu estilo en español. Recuerda que casi nadie escribe una tesis perfecta la primera vez. Escribe dos o tres versiones de una tesis posible para tu composición y después compártelas con tus compañeros para refinarlas. Al final, elige una para tu elaboración final.

> Before you write, look in **Appendix B** at the rubric for evaluating a written composition. Knowing how the piece will be evaluated will help you tailor your writing to meet these objectives.

12 **Primer borrador** *(First draft)* Ahora escribe tu composición, basándote en la tesis que acabas de escribir. Escribe cinco párrafos por lo menos.

13 **A redactar** Intercambia tu composición con un(a) compañero(a) de clase. Sigue los pasos a continuación para hacer comentarios.

Primer borrador

1. Subraya *(Underline)* la tesis. ¿Está clara? Si no, pon un asterisco donde hace falta hacer clarificaciones.
2. ¿Son los ejemplos suficientemente detallados y descriptivos para apoyar la tesis?
3. Pon una estrella (★) donde veas una redundancia de palabras o ideas.

Segundo borrador

1. Mientras leas la composición de tu compañero(a), trata de fijarte solamente en la extensión *(length)* de las frases. Subraya por lo menos dos casos donde sería posible combinar unas frases relacionadas. Devuélvele la composición a tu compañero(a) para que intente usar la subordinación para conectar esas frases.
2. Analiza la conclusión de la composición. ¿Qué sugerencias tienes para mejorarla?

La presentación oral: PowerPoint®

14 **La reorganización** Después de terminar la composición, lee la siguiente información sobre cómo organizar un resumen. Luego reorganiza la información de tu composición para presentarla o grabarla en forma de PowerPoint®.

> Before you begin, look in **Appendix B** at the rubric for evaluating an oral presentation. Knowing how the piece will be evaluated will help you tailor it to meet these objectives.

Cuando se hace un resumen hay que resistir la tentación de recontar la composición entera. Tendrás poco tiempo para presentar mucha información y debes iluminar la información más importante. Pregúntale a tu profesor(a) cuántos minutos tienes para la presentación y practícala, tomando en cuenta el límite de tiempo. Analiza tu composición para identificar la información central. Debes incluir el tema, la tesis, los sub-temas y tu definición de la educación global en la presentación. Elige sólo dos o tres de los ejemplos más importantes para compartir e incluye tus conclusiones.

También tienes que seleccionar los visuales para apoyar tu tesis. No pongas demasiado texto en tu presentación y no debes leer de la pantalla. Vas a explicar tus ideas en español durante la presentación. Si te hace falta, pon tres o cuatro palabras nuevas o palabras clave en la pizarra (antes de la presentación) para orientar a tu público.

© AFP/Getty Images

Al final de este capítulo, sabrás más sobre:

COMUNICACIÓN

- los funcionarios
- conceptos políticos y económicos
- cuestiones sociales
- la responsabilidad cívica
- cualidades de un(a) líder o voluntario(a)
- acciones comunitarias
- el voluntariado en línea

GRAMÁTICA

- usos del pronombre **se**
- el pasado perfecto de subjuntivo
- resumen de los tiempos del subjuntivo

CULTURAS

- Ecuador: el voluntariado y la constitución
- Puerto Rico: los jóvenes y la filantropía
- Guatemala: voluntarios en línea
- España: Club de Madrid
- Colombia: Acuerdo Generacional Colombia 2030
- México: el Premio del Milenio Mundial

RECURSOS

audio   video   SAM   www.cengagebrain.com

ilrn.heinle.com   iTunes playlist

La misión

del gobierno es mantener el orden público y ofrecerle la seguridad básica a las personas que viven en el Estado. La actividad política surge del ejercicio del poder del Estado. El ciudadano tiene ciertos derechos según las leyes y la constitución de ese Estado. Al mismo tiempo, le tocan ciertas responsabilidades clásicas: pagar impuestos, actuar como jurado, votar, hacer el servicio militar si el Estado lo exige, obedecer las leyes y respetar los derechos de los demás. Hoy día, el concepto de la responsabilidad cívica del ciudadano se extiende a cubrir mucho más territorio que los deberes clásicos. Ahora incluye los deberes sociales como el voluntariado y la filantropía.

¿Cuál es tu responsabilidad hacia el bien de la comunidad? ¿Cómo ves tu parte en el proceso político que maneja las actividades gubernamentales de tu comunidad, tu ciudad, tu estado, tu país? ¿Crees que el gobierno existe para el beneficio de la sociedad? ¿Qué cambios quisieras ver en el proceso político de tu país?

"Gobierno" viene de la palabra griega "kubernao" que quiere decir "pilotar un barco" o "capitán de un barco". Según los filósofos, el humano es un animal racional y por eso prefiere someterse al gobierno de un Estado que vivir en la anarquía. Los primeros ejemplos de un sistema político para gobernar son de la civilización Sumeria en 5200 a.C. y la del Antiguo Egipto en 3000 a.C.

EL (LA) POLÍTICO(A) IDEAL

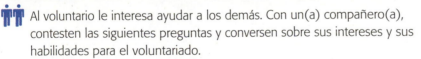 El político es un funcionario público que gobierna o participa en los asuntos de gobierno. Con un(a) compañero(a), contesten las siguientes preguntas y conversen sobre sus intereses y sus habilidades para la política.

1. **¿Qué cualidades deben tener los políticos?**

compasivo(a)	excelentes capacidades	motivado(a)
cualidades de líder	de comunicación	proactivo(a)
de altos principios	honesto(a)	responsable
de confianza	informado(a)	trabajador(a)
emprendedor(a)	inteligente	¿...?
ético(a)		

2. **¿Qué temas políticos te interesan?**

educación	guerra	política exterior
inmigración	crimen	equidad de género
salud	medio ambiente	seguridad nacional
vivienda	comercio justo	¿...?
economía	derechos humanos	

3. **¿Tienes las cualidades necesarias para ser político(a)? ¿Qué cualidades personales te servirían bien como político(a)? ¿Cuáles te perjudicarían? Explica tu respuesta.**

EL (LA) VOLUNTARIO(A) IDEAL

Al voluntario le interesa ayudar a los demás. Con un(a) compañero(a), contesten las siguientes preguntas y conversen sobre sus intereses y sus habilidades para el voluntariado.

1. **¿Qué cualidades deben tener los voluntarios?**

compasivo(a)	excelentes capacidades	motivado(a)
cualidades de líder	de comunicación	proactivo(a)
de altos principios	honesto(a)	responsable
de confianza	informado(a)	trabajador(a)
emprendedor(a)	inteligente	¿...?
ético(a)		

2. **¿Qué habilidades puedes ofrecerle a una organización voluntaria?**

3. **¿Qué tareas corresponden a tus habilidades e intereses? (Por ejemplo: servir de intérprete, organizar campañas, preparar comidas)**

4. **¿Tienes las cualidades necesarias para ser voluntario(a)? ¿Qué cualidades personales te servirían bien como voluntario(a)? Explica tu respuesta.**

¡Imagínate!

© Heinle/Cengage Learning

ANGÉLICA: El gobierno enfrenta importantes **cuestiones sociales** como el **desempleo** y la **equidad de género**. Y también enfrenta grandes **cuestiones políticas**, como la paz mundial y la **libertad**.

>> Los funcionarios *Government officials*

el (la) **adversario(a)** *opponent, adversary*

el **alcalde**, la **alcaldesa** *mayor; female mayor*

las **autoridades** *authorities*

el (la) **congresista** *member of Congress*

el (la) **delegado** *delegate*

el **electorado** *electorate; the body of voters*

el (la) **funcionario(a) del Estado / gobierno** *government official*

el (la) **gobernador(a)** *governor*

el (la) **ministro** *minister; Secretary*

el (la) **legislador(a)** *legislator*

el (la) **representante** *representative (US)*

el (la) **senador(a)** *senator*

> Notice that **delegado** is used for both a male and female delegate: **el delegado, la delegado**.

>> Conceptos políticos y económicos *Political and economic concepts*

el **comercio justo** *fair trade*

el **consumismo** *consumerism*

la **crisis económica / fiscal** *economic crisis*

la **democracia** *democracy*

el **derecho** *right*

la **deuda nacional** *national debt*

la **fuerza de trabajo / laboral** *work force*

la **justicia** *justice*

la **ley** *law*

la **libertad** *freedom*

... **de prensa** *freedom of the press*

la **política** *politics; policy*

... **exterior** *foreign policy*

... **interna** *domestic policy*

el **privilegio** *privilege*

el **producto interno bruto (PIB)** *gross domestic product (GDP)*

el **proyecto de ley** *bill*

Verbos

administrar *to run, manage*

autorrealizarse *to self-realize; to come into your own*

confiar *to trust*

coordinar *to coordinate*

crecer (zc) *to grow*

culpar *to blame*

desempeñar *to carry out, perform; to play (a role)*

emprender *to undertake*

financiar *to finance*

fracasar *to fail*

gobernar *to govern*

> There are many nuances in the usage of the terms **estado** and **gobierno**. In most Spanish-speaking countries, **Estado** = *government* and **gobierno** = *administration*. Through reading current newspaper and online articles, try to comprehend the differences when you are in a Spanish-speaking country.

ACTIVIDADES

1 ▶ **Política y economía** Escoge la palabra o frase que mejor complete cada oración.

1. En EEUU, los _____ se inician en el Congreso.
2. La _____ ha dejado a muchos sin empleo.
3. Con la economía en crisis, baja el _____.
4. La ley es una de las avenidas que puede tomar el ciudadano para buscar la _____.
5. La suma del valor de los bienes y servicios producidos en un país durante un año se conoce como el _____.
6. Uno de los _____ del ciudadano es el de votar en las elecciones presidenciales.

a. crisis económica
b. justicia
c. proyectos de ley
d. producto interno bruto (PIB)
e. derechos
f. consumismo

2 ▶ **Angélica** Mira el video de este capítulo para familiarizarte con las opiniones de Angélica sobre el gobierno. Usa las palabras y frases sugeridas a continuación para escribir una oración que refleje sus opiniones. Luego, di si estás de acuerdo con ella o no. Si no estás de acuerdo con su opinión, vuelve a escribir la oración para que refleje tu opinión.

{ **Crecer** is conjugated like **conocer**, with an added **z** in some of its forms: **crezco, que crezca**.

1. el gobierno / emprender
2. la tasa de desempleo / crecer
3. ser ciudadano / privilegio
4. trabajar por un candidato / autorrealizarse
5. nuestra responsabilidad / fracasar
6. el gobierno / administrar

3 ▶ **Las responsabilidades** Escribe una oración que describa una de las responsabilidades de los funcionarios a continuación.

MODELO alcalde
El alcalde de un pueblo tiene que dirigir el municipio y coordinar sus negocios diarios.

1. el (la) Ministro de Asuntos Exteriores
2. el (la) gobernador(a) de un estado
3. el vice-presidente (la vice-presidenta)
4. el (la) juez(a)
5. el presidente (la presidenta)
6. el (la) senador(a)

{ Here are two of the titles of the Secretaries of the U.S. government. Look others up online.

Ministro de Economía y Hacienda *Secretary of the Treasury*

Ministro de Asuntos Exteriores *Secretary of State*

4 ▶ **Quiero ser...** Ahora escoge uno de los puestos en la **Actividad 3**, y con un(a) compañero(a) di por qué te gustaría o no te gustaría ser escogido o elegido para ese puesto. Comenten sobre las opiniones de sus compañeros.

MODELO **Tú:** *A mí no me gustaría ser Ministro de Asuntos Exteriores porque sería muy difícil entender la política de todos los países del mundo.*
Compañero(a): *¿De veras? A mí me parece muy interesante viajar por el mundo y conocer muchas formas de gobernar.*

> **>> Cuestiones sociales** *Social issues*

Other important social issues that you've already learned are **la inmigración** and **la educación**.

In Spain, unemployment is referred to as **el paro** rather than **el desempleo**.

el analfabetismo *illiteracy*
los derechos civiles *civil rights*
los derechos humanos *human rights*
la discapacidad *disability*
el (des)empleo *(un)employment*
la equidad de género *gender equality*
los impuestos *taxes*

la inflación *inflation*
la justicia social *social justice*
la tasa de desempleo *unemployment rate*
la tasa delictiva *crime rate*
la pobreza *poverty*
la recesión *recession*
la vivienda *housing*

ACTIVIDADES

5 **Definiciones** Escribe una definición para cada cuestión social y da un ejemplo concreto de la cuestión en una oración. Puedes usar los diccionarios en línea o cualquier referencia que te sea útil.

MODELO la recesión
> *Definición: La recesión ocurre cuando hay una reducción de actividades económicas y comerciales en un país.*
> *Ejemplo: La crisis bancaria causó una recesión económica.*

1. la tasa de desempleo
2. la tasa delictiva
3. los impuestos
4. la equidad de género
5. la inflación
6. el analfabetismo
7. la justicia social
8. los derechos humanos

6 **La voz juvenil** Imagínate que quieres organizar un grupo juvenil para tener un impacto sobre una cuestión social o política que te interesa mucho. Primero escoge la causa que quieres promover. Luego haz una lista de seis cosas que puedes hacer para involucrar a los jóvenes de tu comunidad en tu causa.

MODELO **Causa:** *combatir la pobreza*
> **Acciones:**
> **1.** *Organizar un grupo de jóvenes que vaya de casa en casa a juntar ropa y muebles para donar a un refugio para personas sin hogar.*
> **2.** ...

7 **Las Naciones Unidas** Formen grupos de cuatro a seis. Cada grupo debe escoger un país hispanohablante al que le gustaría representar. Primero van a hacer una gráfica como la de abajo que ilumine las cuestiones sociales y políticas del país que escogieron. Hagan investigaciones en Internet para saber cuáles son las cuatro cuestiones más importantes de su país. Una vez que tengan una gráfica completa, van a tener una discusión sobre cada uno de los temas. Cada grupo debe escoger a un(a) líder que modere la conversación, un(a) secretario(a) que tome notas y un(a) reportero(a) que informe al resto de la clase sobre la discusión.

PAÍS: Ecuador

Cuestiones sociales y políticas

1. el analfabetismo
_____

2. _____
_____

3. _____
_____

4. _____
_____

© Steve Broer/Shutterstock

ANGÉLICA: Estoy organizando un grupo... No sé todavía lo que lo quiero nombrar... un grupo que fomente el **espíritu de la participación** y la **responsabilidad cívica**.

© Heinle/Cengage Learning

>> **La responsabilidad cívica** *Civic responsibility*

el activismo juvenil *youth activism*

el (la) activista *activist*

el deber cívico *civic duty*

las oportunidades de voluntariado *volunteering opportunities*

el (la) portavoz *spokesperson*

el servicio comunitario *community service*

el servicio juvenil *youth service*

la solidaridad cívica *civic solidarity*

el (la) visionario(a) *visionary*

el (la) voluntario(a) en línea *online volunteer*

>> **Cualidades de un líder o voluntario**
Qualities of a leader or volunteer

capaz, competente, capacitado(a) *competent*

compasivo(a) *compassionate*

cualificado(a) *qualified*

(digno) de confianza *trustworthy, reliable*

empático(a) *empathetic*

habilidad de tomar decisiones por sí mismo(a) *self-directed*

saber trabajar sin supervisión directa *self-directed*

tener... *to have . . .*

... (el) espíritu de participación *. . . a spirit of participation*

... (la) iniciativa propia *. . . initiative*

Comprometerse can also mean *to get engaged.* **Brindar** can also mean *to make a toast.*

Verbos

brindar *to offer; provide*

colaborar *to collaborate*

comprometerse *to commit oneself; to promise to do something*

contribuir *to contribute*

cooperar *to cooperate*

declararse a favor de (en contra de) *to take a stand in favor of (against)*

denunciar *to denounce*

encargarse de *to be in charge of*

impedir (i) *to impede*

impulsar *to promote*

poseer *to possess*

postularse *to apply for something*

proveer *to provide*

Contribuir, poseer, and **proveer** all add a **y** in their third-person preterite forms: **contribuyó / contribuyeron, poseyó / poseyeron, proveyó / proveyeron. Contribuir** also uses the **y** in its present-tense forms (except for **nosotros**).

ACTIVIDADES

8 ▶ **Los idealistas** Usa las palabras y frases sugeridas a continuación para escribir una oración que tenga sentido. Añade todos los detalles que quieras.

MODELO visionario / poseer

Un visionario posee la habilidad de inspirar a los miembros de una organización. Contribuye ideas nuevas y creativas que tienen la posibilidad de transformar a la organización y ampliar sus fronteras.

1. voluntario / encargarse de

2. activista / denunciar

3. portavoz / declararse a favor de

4. voluntaria en línea / comprometerse

5. activista / (no) cooperar

6. millonaria / contribuir

9 ▶ **Las cualidades importantes** Escribe una oración que describa las cualidades que tú crees importantes para los voluntarios que hacen las siguientes actividades en su tiempo libre.

MODELO enseñarle a leer a un niño

Un voluntario que le enseña a leer a un niño tiene que ser paciente y compasivo.

1. lleva comida a las casas de los ancianos

2. va de casa en casa para registrar votantes

3. contesta la línea de asistencia inmediata para personas en crisis

4. trae regalos y pasa tiempo en el hospital con personas que no tienen familia

5. da consejos médicos en la clínica del barrio

6. maneja un centro de reciclaje en la comunidad

10 ▶ **Yo, voluntario(a)** Decides que quieres usar tu tiempo libre trabajando como voluntario para un grupo que te interesa mucho. Escribe un párrafo que describa tus habilidades y que también refleje tu entusiasmo y espíritu de participación. Antes de empezar, contesta las siguientes preguntas:

- ¿qué clase de organización te interesa?
- ¿por qué son tus habilidades perfectas para esa organización?
- ¿por cuánto tiempo te puedes comprometer por semana?
- ¿qué experiencia tienes al respecto?
- ¿de qué te gustaría encargarte?
- ¿...?

>> Acciones comunitarias *Community actions*

diseminar información
to disseminate information

escoger un lema *to choose a slogan*

escribir un editorial *to write an editorial*

firmar / hacer circular la petición *to sign / circulate a petition*

mandar un e-mail a tu representante *to send an e-mail to your representative*

marcar la diferencia *to make a difference*

organizar en línea *to organize online*

participar en programas de aprendizaje-servicio
to participate in service-learning programs

recaudar fondos *to collect funds*

registrarse para votar
to register to vote

repartir panfletos / folletos
to distribute, hand out pamphlets / brochures

trabajar... *to work . . .*
... como voluntario *. . . as a volunteer*
... como un(a) asistente legislativo(a) *. . . as a legislative aide*
... con grupos de la iglesia *. . . with church groups*

usar los medios sociales para organizar el voto *to use social networking to organize the vote*

>> Organizaciones *Organizations*

la alianza del barrio
neighborhood alliance

la organización... *organization*
... comunitaria *community organization*
... no gubernamental *non-governmental agency (NGO)*
... sin fines de lucro *non-profit organization*

>> El voluntariado en línea *Online volunteering*

la declaración de misión
mission statement

la disponibilidad *availability*

el entrenamiento *training*

las expectativas *expectations*

la fecha límite *deadline*

un proyecto a corto (largo) plazo *short-term (long-term) project*

ACTIVIDADES

11 **¿Qué harías?** Escribe tres acciones comunitarias que tomarías si trabajaras para las causas en la lista. Ponle todo el detalle que puedas.

> **MODELO** el bienestar de las mujeres
> *Acciones: escribir un editorial sobre la diferencia en el pago a los hombres y las mujeres; diseminar información sobre la equidad de género; repartir folletos sobre los problemas que enfrentan las madres sin pareja*

1. disminuir el analfabetismo
2. la paz mundial
3. ayudar a las personas sin hogar
4. registrar votantes

12 **El activismo juvenil** Imagínate que tú y tu compañero(a) son líderes de un grupo juvenil en tu comunidad. Conversen sobre los objetivos del grupo, las acciones que creen que deben tomar, y cómo van a organizar los voluntarios que se han presentado.

> **MODELO** **Tú:** *Para organizar el voto juvenil, tenemos que usar los medios sociales que más utilizan los jóvenes. Hay que buscar voluntarios que sepan usar Twitter y Facebook.*

13 **La alianza del barrio** Formen grupos de cuatro a seis. Van a formar una alianza del barrio. Primero hagan una lista de los objetivos de la alianza y luego cada uno debe hablar sobre la contribución que quiere hacer. Colaboren y coordinen sus acciones para poder llevar la alianza a la comunidad o a cualquier sitio que les parezca apropiado. Hablen abiertamente sobre sus expectativas y los problemas que podrán surgir. ¡Den rienda suelta a sus talentos!

Frases de todos los días

Adivina Haz correspondencia entre las palabras y frases a la izquierda y sus equivalentes en inglés a la derecha.

1. **golpe de suerte**	a. *regrettably*
2. **a mi parecer**	b. *when all is said and done*
3. **lamentablemente**	c. *regarding that matter*
4. **súbitamente**	d. *thank goodness*
5. **al respecto**	e. *stroke of luck*
6. **siempre y cuando**	f. *to give free rein*
7. **correr la voz**	g. *abruptly*
8. **dar rienda suelta**	h. *when and if*
9. **al fin y al cabo**	i. *to spread the word*
10. **menos mal**	j. *in my opinion*

 Práctica Escoge dos de las frases de la lista que más te gusten y búscalas en Internet. Para cada frase, escribe cinco ejemplos de su uso. Comparte tus notas con la clase.

>> Los políticos hermanos

Lincoln y Mario Díaz-Balart

Un dato interesante sobre el 111º Congreso de los Estados Unidos (en sesión 2009-2011) es que en sus primeras semanas contó con tres pares de hermanos latinos: Lincoln y Mario Díaz-Balart de la Florida, Linda y Loretta Sánchez de California y John y Ken Salazar de Colorado. Cada uno de estos pares tiene su propia historia interesante.

Los Díaz-Balart provienen de una eminente familia política de Cuba. Su tía paterna, Mirta Díaz-Balart y Gutiérrez, estuvo casada con Fidel Castro con quien tuvo un hijo, Fidelito. En 1994, Lincoln Díaz-Balart fue el primer latino en Estados Unidos nombrado al poderoso Comité de Reglamento (*The House Rules Committee*).

Linda y Loretta Sánchez tienen la distinción de ser las primeras y únicas hermanas en servir juntas en el Congreso de EEUU. Además, Linda es una de sólo ocho mujeres que han dado a luz siendo congresista. Por su parte, Ken Salazar es uno de sólo dos latinos en el gabinete del Presidente Barack Obama. Al aceptar el cargo de Ministro del Interior, Salazar dejó su puesto en el Senado de Estados Unidos y por eso el 111º Congreso ahora cuenta con sólo dos pares de hermanos latinos.

John y Ken Salazar

Linda y Loretta Sánchez

Comprensión

1. ¿A qué se refieren las palabras "en sus primeras semanas" en la primera oración? ¿Por qué se hace esta aclaración?
2. ¿Cuál es el parentesco (*relación de familia*) entre los hermanos Díaz-Balart y Fidelito Castro?
3. ¿Qué le pasó a Linda Sánchez siendo congresista? ¿Qué distinción tienen Loretta y Linda Sánchez?
4. ¿Qué posición tiene Ken Salazar?
5. Busca en el artículo sinónimos de las siguientes palabras o expresiones:

   tener un niño   destacada
   proceder de   administración
   posición
6. Busca cinco cognados en la lectura y escribe sus equivalentes en inglés.

>> Entrevista con José de Jesús Franco: joven activista, político del futuro

© Heinle/Cengage Learning

José de Jesús Franco cultiva un sueño desde muy joven: trabajar en el campo de la política en el estado de California. Desde hace años, él se prepara para este sueño con la misma intensidad y dedicación de un atleta profesional.

Comprensión

Di si las siguientes oraciones son ciertas (C) o falsas (F). Corrige las oraciones falsas.

1. José tiene la meta de ser el gobernador del estado de California.
2. Él y sus hermanas son los primeros en la familia de graduarse de una universidad.
3. José tuvo la oportunidad de trabajar con Al Green, un congresista de Houston.
4. Su trabajo para el Departamento de Correcciones le motiva a ayudar a los latinos.
5. A José le gusta jugar fútbol, pero no tiene mucho tiempo para hacerlo.

>> El aprendizaje-servicio

Los jóvenes interesados en carreras en el sector público tienen muchas oportunidades a todos los niveles del gobierno para obtener experiencia profesional. Al nivel federal, hay prácticas profesionales (*internships*) en una gran variedad de campos laborales, desde la agricultura hasta las ciencias veterinarias. Muchos congresistas, gobernadores, legisladores y políticos también ofrecen oportunidades de este tipo. Explora una oportunidad de práctica profesional en el sector público, escogiendó entre las opciones a continuación:

1. Consulta el Directorio de Prácticas Profesionales del Gobierno Federal (http://www.makingthedifference.org/federalinternships/search) y busca una oportunidad de práctica profesional en tu campo de estudio. Contesta las preguntas que siguen.
   - ¿Cuál es el campo? ¿De qué tipo de trabajo se trata?
   - ¿Qué agencia del gobierno la ofrece? ¿Dónde se encuentra la agencia?
   - ¿Cuáles son los requisitos para participar?
   - ¿Cuáles son los pasos a seguir para solicitar la práctica?

2. Visita la página web de uno de los congresistas de tu estado, el gobernador o un legislador de tu estado, o un político local y busca información sobre las prácticas profesionales que se ofrecen. Contesta las preguntas que siguen.
   - ¿Cómo se llama el político? ¿Qué posición o cargo tiene?
   - ¿En que consiste la práctica profesional?
   - ¿Cuáles son los requisitos para participar?
   - ¿Cuáles son los pasos a seguir para solicitar la práctica?

¡Prepárate!

Gramática útil 1

Repaso y ampliación: The uses of *se*

Cómo usarlo

You have seen the pronoun **se** used in a number of ways. Here's a review and one new use.

▶ " ¡Que **se** oiga la voz de los jóvenes! "

© Heinle/Cengage Learning

Remember that whenever you attach the pronoun, you will need to add an accent if the new form is more than two syllables.

Se used with reflexive verbs (and verbs used like reflexives)

In **Chapter 1** you reviewed reflexive and other verbs used with reflexive pronouns to express changes in conditions and states. In this usage, **se** is a reflexive pronoun that corresponds to the third persons singular and plural: **usted, él, ella, ustedes, ellos,** and **ellas**. Review these rules for the placement of reflexive pronouns:

- **Se** comes before conjugated verbs and negative commands: **Mis amigos se han postulado para el puesto.**

- **Se** attaches to affirmative commands: **Siéntense, por favor.**

- **Se** may precede or attach to infinitives and progressive forms: **Van a acostarse temprano hoy.** ⟷ **Se van a acostar temprano hoy. / Están divirtiéndose en la reunión.** ⟷ **Se están divirtiendo en la reunión.**

Se as a reciprocal pronoun

Reciprocal pronouns are used similarly to reflexive pronouns, but they indicate what people are doing for or to each other. Reciprocal actions always use the third-person plural form of the verb with the pronoun **se**. They usually translate into English using the words *each other*. To reinforce the reciprocal meaning, you can add **el (la) uno(a) al (a la) otro(a)** *(each other)*: **Se hablan el uno al otro todos los días.**

Se ven todas las semanas.	*They see each other every week.*
Van a hablarse esta noche.	*They are going to talk to each other tonight.*

Se as a double object pronoun

As you saw in the **Repaso y preparación** section of **Chapter 3** (page 172), the double object pronoun **se** replaces **le** and **les** when an indirect object pronoun is used with a direct object pronoun. It follows the same placement rules as the reflexive pronouns.

Se to express impersonal information

Se can also be used to express actions where there is no specific subject or agent of the action. In this case, **se** is always used with the third-person form of the verb.

- If a noun immediately follows the **se** + verb construction, the verb agrees with the noun. Note how the agent is always unspecified. These constructions are normally translated into English using the passive voice.

  Se firma la petición aquí.   *The petition is / can be signed here.*
  Se necesitan voluntarios.   *Volunteers are needed.*

- If no noun immediately follows **se** + verb, the third-person singular form of the verb is used. In this usage, the agent is generic: *one works, one eats.* Note that *one* or *you* is typically used in the English translations of these kinds of sentences.

  Se trabaja mucho aquí.   *One works a lot here.*
  Se come bien en ese restaurante. *You eat well in that restaurant.*

Se for unplanned occurrences

A final use of **se**, which you have not yet learned, expresses unplanned occurrences. Here the person is seen as someone that the action was "done" to. Sometimes the English passive voice is used to translate this structure.

¡Se me olvidó salir a votar!   *I forgot to go out and vote!*
A mi amigo **se le perdió la cartera.**   *My friend's wallet was lost.*

Se nos rompieron las gafas.   *Our eyeglasses were broken.*
¿No se te ocurrió llamarme?   *Didn't you think to call me?*

- In this construction, **se** is used with only the third-person forms (singular and plural) of the verb, and the verb agrees not with the person, but with the object or action being described. (Always use the singular third-person form with infinitives.)

- Indirect object pronouns (**me, te, le, nos, os, les**) are used to say who is receiving the action of the verb. To clarify, add **a** + person, as in the second example above.

- Verbs frequently used this way are **olvidar** *(to forget)*, **perder** (**ie**) *(to lose)*, **romper** *(to break)*, **caer** *(to fall)*, **acabar** *(to run out of)*, and **ocurrir** *(to think of, have an idea)*.

This use is similar to the passive voice, which you learned in **Chapter 2**. Both structures avoid emphasis on the person or thing that is the agent or cause of the action and focus more on the action itself. (In the passive voice, this information is sometimes added, but it does not have to be.) Contrast **Los informes fueron escritos** with **Los informes fueron escritos por los nuevos empleados.**

This use of **se** is very similar to the way **gustar** and verbs like **gustar** are used. To review their use, see pages 66–67.

Normally **ocurrir** means *to happen,* but in this usage, it is translated to mean *to have an idea, to occur to someone.*

ACTIVIDADES

Pista 8

1 **¿Cómo se usa?** Escucha las diez oraciones y decide cuál de los cinco usos de **se** corresponde a cada una. Pon el número de la oración en la tabla al lado del uso indicado.

pronombre reflexivo	
pronombre recíproco	
pronombre de doble objeto	
se impersonal	
se para acciones inesperadas *(unplanned)*	

2 **Información para los voluntarios** Completa las siguientes oraciones con el **se** impersonal y el verbo indicado. Si hay un objeto, recuerda que el verbo debe concordar *(agree)* con él.

1. No _____ (hacer) llamadas telefónicas después de las ocho de la noche.
2. No _____ (llamar) a nadie en las listas de "no llamar".
3. _____ (usar) estas computadoras para mandar los e-mails.
4. No _____ (escribir) nada comprometedor en un e-mail.
5. _____ (pedir) que los voluntarios hablen con cortesía cuando hacen circular una petición.
6. No _____ (presionar) a nadie a que dé dinero.
7. No _____ (usar) las donaciones para nada personal.
8. _____ (tratar) a todo el mundo con respeto.

3 **Las sorpresas** Completa las oraciones con **se** y un complemento indirecto (**me, te, le, nos, les**) según el modelo.

MODELO *Se me perdió la información sobre el proyecto de ley. (a mí)*

1. No _____ _____ ocurrió hacerle esa pregunta al congresista. (a ti)
2. _____ _____ acabaron los folletos sobre las elecciones. (a nosotros)
3. _____ _____ rompió la computadora. (a Uds.)
4. _____ _____ perdió el DVD del candidato. (a ella)
5. _____ _____ olvidaron las llaves de la oficina de voluntarios. (a mí)
6. _____ _____ cayó la torta para la recepción. (a él)

4 **¿Qué pasó?** Lee cada oración con un(a) compañero(a) de clase. Luego, reescríbanla, usando un pronombre de doble objeto. Sigan el modelo.

MODELO El senador le prometió su voto al congresista.
El senador se lo prometió.

1. El activista les trajo la petición a los legisladores.
2. Los voluntarios le mandaron un e-mail a la gobernadora.

3. El gobierno federal les proveyó los fondos necesarios a los congresistas.

4. La Constitución les garantiza la libertad de prensa a los periodistas.

5. El presidente les da consejos a los legisladores.

6. El funcionario le brindó sus felicitaciones a la nueva senadora.

5 ▶ **Deberes cívicos** Con un(a) compañero(a) de clase, hablen de lo que las personas indicadas deben hacer y no hacer. Usen palabras y frases de las dos columnas con el **se** recíproco y hagan una lista de por lo menos cuatro oraciones. Sigan el modelo.

MODELO *Los adversarios deben respetarse.*
Los adversarios no deben denunciarse.

A	B
los adversarios	(no) respetar
las autoridades	(no) consultar
los legisladores	(no) denunciar
los voluntarios	(no) hablar
los portavoces	(no) colaborar
los ciudadanos	(no) entender

6 ▶ **Anuncio clasificado** Con un(a) compañero(a) de clase, escriban un anuncio solicitando voluntarios para un proyecto nuevo. Describan el proyecto y las cualidades necesarias para los voluntarios. También hablen de los beneficios y oportunidades que se les ofrecen a los voluntarios. Usen verbos de la lista con el **se** impersonal.

Verbos posibles: buscar, necesitar, requerir, desempeñar, trabajar, colaborar, brindar, ofrecer, recibir, poder, proveer

7 ▶ **Los portavoces** A veces los portavoces tienen que exagerar las cualidades de sus clientes para darles el aspecto más atractivo posible. Trabaja con un(a) compañero(a) de clase. Miren la pintura de Fernando Botero de una familia presidencial. Después, trabajen juntos para escribir una descripción del presidente y de su familia, dándoles la mejor cara posible. Usen **se** y los verbos de la lista (u otros que prefieran) para escribir por lo menos seis oraciones.

Fernando Botero is a Colombian painter who is famous for his inflated portraits of people and objects. Some critics have interpreted his billowy forms as a satirical way of poking fun at officials and politicians with inflated egos.

© Botero, courtesy of the Marlborough Gallery, NY

La familia presidencial, **Fernando Botero**

Verbos posibles: vestirse, consultar, colaborar, querer, juntarse, ponerse de acuerdo, involucrarse, comprometerse, declararse a favor de..., ¿...?

Estructura nueva: The past perfect subjunctive

© Heinle/Cengage Learning

❝ **Hubiera sido** un resultado diferente sin el voto juvenil. ❞

Cómo usarlo

1. The past perfect subjunctive (also known as the pluperfect subjunctive) is used in the same contexts as the present perfect subjunctive, which you reviewed in the **Repaso y preparación** section on page 175 of **Chapter 3**. The only difference is that it is used in a past-tense context. It often conveys a contrary-to-fact idea—something that could have occurred in the past but didn't.

- Present perfect subjunctive

  Dudo que **hayas terminado** el proyecto.

  *I doubt that you **have finished** the project.*

- Past perfect subjunctive

  Dudaba que **hubieras terminado** el proyecto sin mi ayuda.

  *I doubted that you **would have finished** the project without my help.*

2. The past perfect tenses are used to describe events that had already happened or could have happened at the time they are referenced. The context tells you if it requires the indicative or the subjunctive.

- Past perfect indicative

  Me dijeron que todavía no **habían votado**.

  *They told me that they **had** not **voted** yet.*

- Past perfect subjunctive

  ¡Qué pena que todavía no **hubieran votado**!

  *What a shame that they **had** not **voted** yet!*

3. The past perfect subjunctive can sometimes convey the meaning *should have done*:

  De recibir tu llamada, **hubiéramos esperado** antes de iniciar el proyecto.

  *If we had received your call, we **would have waited** before beginning the project.*

4. The past perfect subjunctive is formed with imperfect subjunctive forms of **haber** plus the past participle. (You can review the formation of the past participle on page 85 of **Chapter 1**.)

yo	**hubiera votado**
tú	**hubieras votado**
Ud. / él / ella	**hubiera votado**
nosotros(as)	**hubiéramos votado**
vosotros(as)	**hubierais votado**
Uds. / ellos / ellas	**hubieran votado**

As you saw in the **Repaso y preparación** section after **Chapter 2**, there is an alternate set of imperfect subjunctive forms ending in **-se** that can also be used for **haber**: **hubiese, hubieses, hubiese, hubiésemos, hubieseis, hubiesen.** These forms are most commonly used in Spain but are recognized throughout the Spanish-speaking world.

5. Use the past perfect subjunctive in these situations:

- Use it in the same grammatical contexts as the present subjunctive or present perfect subjunctive, but in a past-tense situation that is equivalent to the English *had done*. In these cases, the verb in the main clause is usually in the preterite, the present perfect, or the imperfect. (In some cases, the clause does not have a verb, such as with **Qué pena** on page 200 and other similar expressions.)

Hemos buscado a alguien que **hubiera trabajado** como voluntario antes de ser político.	*We have looked for someone who **had worked** as a volunteer before being a politician.*
Dudábamos que ellos **se hubieran registrado** para votar sin nuestra ayuda.	*We doubted that they **would have registered** to vote without our help.*
Fue una lástima que ustedes no **hubieran podido** venir a la reunión.	*It was a shame that you **were**n't **able** to come to the meeting.*
Ellos estaban contentos que el alcalde **se hubiera casado** sin que la prensa lo molestara.	*They were happy that the mayor **had gotten married** without the press bothering him.*

- You can also use the past perfect subjunctive to express a wish, opinion, or desire that a previous action would have turned out differently. (This is always the case when you use **ojalá.**) These types of statements are often translated into English using *would* or *should*.

Hubiéramos luchado por la iniciativa.	*We **should / would have fought** for the initiative.*
Ojalá que tú **hubieras coordinado** el proyecto.	*I wish you **would have coordinated** the project.*
Me sorprendió que el proyecto de ley **no hubiera reducido** la tasa de desempleo.	*I was surprised that the bill **would not have reduced** the unemployment rate.*

> A third use of the past perfect subjunctive is in **si** clauses, which you will study in **Chapter 5**.

Sin su voto y los votos de los otros jóvenes, su candidato nunca **hubiera ganado** las elecciones.

ACTIVIDADES

8 ▸ **¿Indicativo o subjuntivo?** Escoge la forma correcta del verbo para completar cada oración.

1. Qué pena que no nos (habían puesto / hubieran puesto) a cargo del programa.
2. Ya sabía que la agencia (había colaborado / hubiera colaborado) con los grupos de la iglesia.
3. Dudaba que los senadores (habían obtenido / hubieran obtenido) los votos en caso de que fuera necesario.
4. Mi familia sabía que yo (había participado / hubiera participado) en la campaña contra el analfabetismo.
5. Era increíble que los legisladores (habían decidido / hubieran decidido) aumentar los impuestos.
6. Me alegraba saber que tú (habías contribuido / hubieras contribuido) fondos a la alianza del barrio.

9 ▸ **La política** Completa las siguientes oraciones con la forma correcta del pasado perfecto de subjuntivo.

1. A los congresistas no les gustó que el presidente _____ (criticar) el proyecto de ley.
2. El electorado dudaba que la tasa delictiva _____ (bajar).
3. Era una lástima que la tasa de desempleo _____ (aumentar) tanto durante el año pasado.
4. El partido político buscó un candidato que _____ (participar) en el gobierno laboral.
5. Las autoridades negaron que la crisis económica _____ (afectar) a la fuerza del trabajo.
6. Los congresistas contaban con que nosotros nos _____ (registrar) para votar.

10 ▸ **¿Qué pasó?** Reescribe las oraciones, cambiándolas al pasado. Sigue el modelo.

> **MODELO** No es bueno que el analfabetismo no haya disminuido.
> *No era bueno que el analfabetismo no hubiera disminuido.*

1. No me gusta que la recesión haya continuado por dos años.
2. Es una lástima que el gobierno no haya podido reducir la tasa de desempleo.
3. A mis padres les gusta que yo haya participado en programas de aprendizaje-servicio.
4. La organización busca empleados que hayan usado los medios sociales para promover su mensaje.
5. No es bueno que la prensa no haya denunciado a los políticos corruptos.
6. Qué pena que los jóvenes no se hayan involucrado más en la política.
7. Ojalá que hayas firmado la petición.
8. No creo que ellos hayan escrito el editorial.

11 **Mis experiencias** Con un(a) compañero(a) de clase, hablen de sus experiencias con la política y sus sentimientos sobre esas experiencias. Túrnense para hablar, usando frases de las dos columnas y el pasado perfecto de subjuntivo. Traten de añadir información personal cuando sea posible. Sigan el modelo.

MODELO No era bueno que / (no) aprender a usar los medios sociales
Qué pena que ya no hubiera aprendido a usar los medios sociales para promover mis ideas.

A	B
No era bueno que	(no) aprender a usar los medios sociales
Era una lástima que	(no) registrar a votar
Me sorprendió que	(no) votar en otras elecciones
Qué pena que	(no) tener experiencia en recaudar fondos
Ojalá que	(no) escribir un blog sobre la política local
Mis amigos dudaban que	(no) poder organizar en línea
Mi familia no creía que	(no) escribir muchos editoriales en el pasado
No me gustaba que	¿...?

12 **Ojalá que...** Trabajen en grupos de tres estudiantes. Juntos miren los panfletos para las dos candidatas a continuación. Escojan una de las candidatas e imaginen que ella ha perdido la elección. Usen la información de los dos panfletos para completar los siguientes comentarios sobre qué hubieran hecho para hacer que ella ganara la elección. Sigan el modelo y usen el presente perfecto de subjuntivo.

MODELO Le hubiéramos aconsejado que se vistiera...
Le hubiéramos aconsejado que se vistiera de una manera más (menos) formal.

1. Para obtener más votos le hubiéramos aconsejado...
2. Para ganar el apoyo de los jóvenes hubiera podido...
3. Para ganar el apoyo de las mujeres hubiera podido...
4. Para ganar el apoyo de los hombres y mujeres de negocios hubiera podido...
5. Le hubiérmos aconsejado que escogiera un lema...
6. Hubiéramos escogido una plataforma que incluyera...

© Heinle/Cengage Learning

Gramática útil 3

Repaso y ampliación: Summary of subjunctive tenses

Cómo usarlo

❝❝ Algunas organizaciones necesitan voluntarios que **recauden** fondos o **repartan** folletos o panfletos.❞❞

1. On page 21, you saw how different tenses and moods fit together. Here's a new version of the part of that chart that shows the tenses in the subjunctive and now includes the past perfect subjunctive.

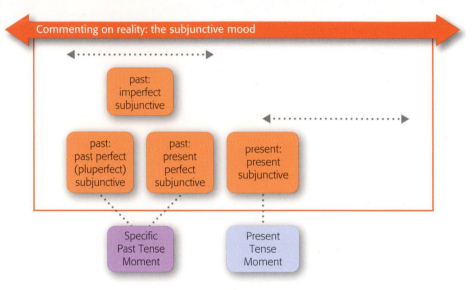

Commenting on reality: the subjunctive mood

- past: imperfect subjunctive
- past: past perfect (pluperfect) subjunctive
- past: present perfect subjunctive
- present: present subjunctive
- Specific Past Tense Moment
- Present Tense Moment

The following combinations of the indicative and subjunctive forms that are used together in main clause and dependent clauses are the most typically used ones, but other combinations are possible. For now, just focus on how the different tenses and moods are used together.

You will review the future tense on page 224. For now, just notice how its forms are used here.

2. Remember how the different subjunctive forms express different senses of time.

- The *present subjunctive* takes place in the present, but it has a sense of future time or potentiality about it, since it often describes as-yet-unrealized events, or events that sit outside of reality and a strict sense of time. It is typically used in situations where the verbs in the main clause of the sentence are in the present, present perfect, or future tense.

Present: **Me alegro** de que el legislador **brinde** ideas nuevas.

Present perfect: **Hemos insistido** en que los candidatos **digan** la verdad.

Future: **Estaré** contenta cuando la recesión **termine**.

- The *present perfect subjunctive* describes a recent past action or condition that has just happened, or one that has a bearing on the present or future time. It is the past-tense form that is closest to the present moment. It is typically used with main-clause verbs in the present or future.

    Present: **Dudo** que las autoridades **hayan solucionado** el problema.

    Future: Para la próxima reunión, **será** importante que el presidente ya **haya analizado** la situación.

- The *imperfect subjunctive* describes past actions where the subjunctive is used within a past-tense or hypothetical context. It is typically used with main-clause verbs that are in the preterite or the imperfect.

    Preterite: El gobernador **pidió** que los ciudadanos **se quedaran** en casa.

    Imperfect: **Queríamos** que los líderes **lucharan** contra la desigualdad.

- The *past perfect subjunctive* describes actions that had already happened at the time of reference. It also describes hypothetical past-tense situations. It is typically used with main-clause verbs in the preterite and the imperfect.

    Preterite: **Fue** triste que los residentes del pueblo no **hubieran tenido** acceso a agua limpia por más de una semana después del terremoto.

    Imperfect: La comunidad no **creía** que el plan para el desarrollo **hubiera mejorado** la situación económica.

3. Keep in mind that sometimes the decision to use one form over another is based on what meaning you are trying to emphasize. Compare the following examples and examine the different aspects of time and meaning that each one conveys. Notice how the verbs with the perfect tenses (second and fourth) have a more specific anchor in time. The first and third sentences are much vaguer when it comes to time.

Dudo que ese partido político **gane** las elecciones sin el apoyo de la prensa.

Dudo que ese partido político **haya ganado** las elecciones sin el apoyo de la prensa.

Dudaba que ese partido político **ganara** las elecciones sin el apoyo de la prensa.

Dudaba que ese partido político **hubiera ganado** las elecciones sin el apoyo de la prensa.

Pista 9

13 **¿Cuál es la forma?** Primero, lee las oraciones y nota la forma del verbo que se usa en la cláusula principal. Luego, vas a oír dos formas del subjuntivo. Escoge la que mejor complete la oración.

1. Fue una pena que los legisladores no _____ por el proyecto de ley.
2. No es justo que los políticos siempre _____ a los periodistas.
3. Buscaron voluntarios que _____ experiencia con la recaudación de fondos.
4. No conocía a nadie que _____ a favor de esa ley.
5. Quiero conocer a un activista que _____ el comercio justo.
6. Es una lástima que el consumismo _____ tanto durante las últimas décadas.
7. Los políticos dudaban que los votantes _____ la explicación.
8. Era necesario que el gobierno _____ una campaña contra el analfabetismo.

14 **El gobierno y los deberes cívicos** Escoge la forma correcta del subjuntivo para completar cada oración.

1. El gobierno está dividido en tres partes a modo que ningún individuo o grupo (pueda / haya podido) ejercer demasiada influencia.
2. En el futuro, será importante que los representantes (hubieran participado / hayan participado) en una variedad de programas comunitarios antes de presentarse como candidatos.
3. Los dos senadores consultaron con el electorado antes de que (tuvieran / tengan) que votar.
4. Me alegraba que los voluntarios (hayan recaudado / hubieran recaudado) los fondos necesarios.
5. No es cierto que ese delegado (tenga / haya tenido) un espíritu de participación.
6. Los legisladores se declararon a favor del proyecto de ley, con tal de que el presidente no lo (denuncie / denunciara).
7. ¡Ojalá que (haya podido / hubiera podido) ir a repartir panfletos contigo ayer!
8. No creo que ella ya (haya hecho / hubiera hecho) el servicio comunitario.

 15 **Trabajar de voluntario** Trabaja con un(a) compañero(a) de clase para crear oraciones completas usando las frases indicadas. Usen una forma de los cuatro tipos del subjuntivo que estudiaron, según el contexto, y sigan el modelo.

Since the subject pronouns are not necessary in Spanish, the model includes only the correct verb and not the subject pronoun.

MODELO Que pena que tú / todavía no firmar la petición
¡Qué pena que todavía no hayas firmado la petición!

1. No quiero recaudar fondos a menos que / poder trabajar con un(a) amigo(a)
2. La activista quería que los voluntarios / repartir panfletos en la plaza central

3. Fue una lástima que el coordinador / no hablar con los voluntarios antes de que asistieran a la reunión

4. Los voluntarios dudan que las computadoras / tener un virus en el pasado

5. Era importante que el portavoz / tener una personalidad emprendedora

6. Mis amigos buscan voluntarios que / ya aprender a organizar en línea

7. Tenemos programas de aprendizaje-servicio para que los voluntarios / poder participar en el servicio comunitario

8. Fue una pena que el periodista / no hablar con el candidato antes de escribir el artículo

 16 ▸ **El discurso motivador** Con un(a) compañero(a) de clase, usen las siguientes frases para escribir un discurso motivador para un grupo de voluntarios nuevos que van a participar en un programa de aprendizaje-servicio en un centro juvenil para la acción política. Primero hablen de cómo era el programa en el pasado y después comenten cómo es ahora.

En el pasado

Era un problema que la declaración de misión no mencionar...

Era necesario que los voluntarios trabajar...

La directora no creía que los voluntarios poder...

El centro nunca tenía fondos suficientes a menos que...

No había oportunidades para que los voluntarios...

Ahora

Es fantástico que los voluntarios tener...

La directora se alegra de que los voluntarios poder...

No hay ningún voluntario que tener que...

Es importante que los voluntarios saber que...

Hay muchas oportunidades para que los voluntarios...

 17 ▸ **La tecnología** Trabajen en grupos de tres o cuatro estudiantes para hablar de la tecnología y el gobierno. ¿Cómo influye la tecnología en actividades como las siguientes: registrarse y votar, informarse, organizarse, diseminar información, recaudar fondos, etc.?

> **MODELO:** *Antes era necesario que el electorado les escribiera una carta a sus congresistas y senadores. Es fantástico que ahora puedan mandar un e-mail y recibir una respuesta rápida.*

Frases útiles: es / era necesario / importante / bueno / fantástico / mejor / terrible, es / era buena / mala idea que..., dudo que..., no creo que..., para que, a menos que, con tal de que, ojalá, no me gusta / gustaba que...

¡Explora y exprésate!

Ayudar al prójimo

Note that **prójimo** with a **j** is a noun that means *your fellow man / human*, whereas **próximo** with an **x** is an adjective that means *next, closeby, neighboring*. Compare:

Él quiso ser doctor porque le importa ayudar al **prójimo**.

Quiere ir a Haití el **próximo** año para trabajar como voluntario.

Vive en una calle **próxima**.

¿Qué tienen en común la política y el voluntariado? El bien de la comunidad. Aunque se expresan de distintas maneras, ayudar al prójimo es la base de las dos ideologías. Lee cómo se expresan la política y el voluntariado en los países hispanohablantes y en qué esferas se encuentran.

ECUADOR · el voluntariado y la constitución

© Heinle/Cengage Learning

La nueva constitución ecuatoriana (2008) reconoce oficialmente el voluntariado social y de desarrollo en el capítulo "Participación en Democracia". **La Mesa de Voluntariado de Ecuador (MVE)** ha desempeñado un papel muy importante en esta inclusión.

La MVE integra a 24 organizaciones de voluntariado a nivel nacional e internacional, y representa a 350 organizaciones de todo el país. Creado en 2004, el grupo existe para coordinar las iniciativas voluntarias de las organizaciones y para optimizar los recursos en beneficio de todas las comunidades ecuatorianas.

En Ecuador, la costumbre andina de la "minga" es una tradición antigua que consiste en la ayuda voluntaria entre los vecinos. En quechua, la minga se refiere a una comunidad que colabora para trabajar por el bien del pueblo.

© Alan Bill Gozansky/Alamy

Hoy en día, el voluntariado pasa de ese modelo clásico a uno nuevo, según Gabriela de la Cruz, coordinadora de operaciones de la Fundación Cecilia Rivadeneira, una de las organizaciones de la MVE: "El hecho de que muchas organizaciones se hayan unido para constituir la Mesa de Voluntariado ha ayudado a cambiar esa visión tradicional y a que la sociedad empiece a ver el voluntariado como un recurso para el desarrollo económico del país".

El estudio "El Voluntariado en Ecuador y su inserción en las políticas públicas"

© Roberto Orru/Alamy

indica que la contribución del voluntariado a la economía del país es apreciable: en Ecuador hay 500.000 voluntarios que representan un 2 o 3 por ciento del PIB del país.

De la minga a la Constitución, el voluntariado en Ecuador mantiene su posición de importancia en la economía, la política y el bienestar de los ecuatorianos.

PUERTO RICO
los jóvenes y la filantropía

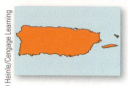

Cuando un grupo de jóvenes líderes puertorriqueños se unen para dedicarse al voluntariado, los resultados pueden ser ¡fuera de este mundo!

El grupo Planeta 57 se formó para promover una visión de "amor, paz, conciencia y unión" en Puerto Rico y el mundo entero. Su objetivo es el de colaborar con las diferentes organizaciones y agencias sociales de Puerto Rico para ayudarles marcar la diferencia en sus comunidades. Se puede decir que los jóvenes líderes de Planeta 57 son estrellas de verdad en el universo del voluntariado.

Recientemente, los miembros de Planeta 57 han colaborado con SER de Puerto Rico, una organización que provee servicios a las personas con discapacidades y autismo. Los voluntarios organizaron un desfile de moda, acompañado de la música de Capoeira, DJ LA, DJ King Arthur y Batucada Sabaoe, para beneficiar a SER. También hicieron labor comunitaria para mejorar las instalaciones físicas de la organización.

®SER

¿Crees que esfuerzos como éste pueden transformar la realidad? Estos jóvenes puertorriqueños están investigando la posibilidad de que la respuesta sea que sí.

GUATEMALA voluntarios en línea

¿Qué tiene que ver el voluntariado en línea con los campesinos guatemaltecos? ¡Mayores ventas!

Los pequeños agricultores de la **Asociación de Desarrollo Integral Comunitaria (ADICTA)** ahora pueden competir con los grandes productores, gracias al apoyo de unos voluntarios del servicio **Voluntariado en Línea del programa VNU (Voluntarios de las Naciones Unidas).**

ADICTA está situada en Tejutla, Guatemala, un pueblito de 4.000 habitantes. El grupo se dedica al proceso y comercialización de las frutas y verduras que cultivan sus 250 miembros. "La junta directiva decidió que el primer paso para abrirse a nuevos mercados era redefinir la imagen de sus productos", comenta Francesco Bailo, voluntario italiano para la Organización de las Naciones Unidas para la Agricultura y la Alimentación.

Una diseñadora gráfica noruega en Londres diseñó un nuevo logotipo listo para imprimir. Tres voluntarios construyeron la página Web en inglés y español donde ADICTA promueve sus productos. Y otras dos voluntarias diseñaron un folleto con ilustraciones que enfatiza la importancia de la dieta saludable y orgánica basada en productos locales.

Víctor Ramírez, coordinador de ADICTA explica: "Ahora estamos orgullosos de llevar nuestros productos a las ferias. Tenemos todo lo que tienen los grandes productores; hemos dejado de ser unos productores informales más".

Armados con una computadora, talento y generosidad, estos voluntarios han cambiado las vidas de unos pequeños agricultores en zonas rurales donde el 97,7% de la población vive en pobreza. En este intercambio cibernético internacional, todos ganan.

ESPAÑA   Club de Madrid

¿Quiénes son los miembros del Club de Madrid? Son 70 ex Jefes de Estado y de Gobierno de países como Brasil, Canadá, Chile, Colombia, Corea, España, Estados Unidos, India, México, Perú, Portugal, Reino Unido y la Unión Soviética, entre treinta o cuarenta otros. Esta organización independiente, creada por la **Fundación para las Relaciones Internacionales y el Diálogo Exterior (FRIDE)** y la **Gorbachev Foundation of North America (GFNA)** en 2002, quiere aprovecharse de la experiencia práctica de sus miembros para fortalecer y apoyar los valores democráticos en el mundo.

¿Y cómo mejor realizar esta misión que con un programa para líderes políticos jóvenes?

Para promover el liderazgo ético y responsable, el Club de Madrid ha propuesto un programa en el cual los líderes jóvenes son guiados por los miembros del Club al diseñar e implementar proyectos políticos que responden a necesidades

específicas del desarrollo democrático de sus propios países. Según la descripción en el sitio web del Club de Madrid, "Una de las principales metas del programa será unir y poner en contacto a líderes en cada región, creando un foro para el desarrollo de una visión común para el futuro".

Los jóvenes tendrán la oportunidad de compartir sus ideas en una plataforma internacional, de aprender a participar en debates políticos y de reconocer su propia importancia en el futuro de la democracia. Los ex Jefes de Estado y de Gobierno servirán como mentores para los jóvenes participantes, no sólo inspirando y motivándolos, sino también transmitiendo valiosas lecciones de sus propias experiencias en el mundo real de la política.

De los veteranos viene la experiencia y de los jóvenes el entusiasmo. Una combinación productiva para el bien de todos, ¿no es así?

COLOMBIA

© Heinle/Cengage Learning

Acuerdo Generacional Colombia 2030

Veintiún líderes jóvenes, todos nacidos después de 1970, han firmado el Acuerdo Generacional Colombia 2030 con la intención de transformar la política colombiana. Los políticos expresan diversos puntos de vista del país y ejemplifican una gran diversidad de personalidades. Lo que los une es el deseo de darle una nueva cara a la política colombiana que recientemente se ha visto plagada de escándalos.

La idea original para el grupo es de Rodrigo Pombo Cajiao, un abogado que vio la necesidad de agrupar a los nuevos líderes de la nación. Preocupado por los serios escándalos que infiltraban la estructura gubernamental y el descontento del pueblo colombiano, Pombo quiso apoyar a los políticos que considera éticos y que quieren trabajar dentro de una sociedad civil.

María Angélica Tovar, una de las jóvenes políticas quien firmó el acuerdo, explica: "La idea es que muchos jóvenes se puedan adherir a este acuerdo, viendo en la política un servicio que se tiene que hacer con amor y pasión".

© Jose Gomez/Reuters

Varias actividades y conferencias se han planeado a lo largo del país con el fin de atraer más jóvenes al Acuerdo. Y un texto "Colombia-2030" ha sido publicado en el cual los veintiún jóvenes responden a la pregunta: "¿Cómo será la política en el año 2030?"

¿Te imaginas ser parte de un grupo tal como el Acuerdo Generacional? ¿Cuál es tu visión para el año 2030?

© Ricardo Torres Ariza.

MÉXICO   El Premio del Milenio Mundial

El Proyecto del Milenio es una organización no gubernamental asociada a la **Organización de las Naciones Unidas** (ONU) que promueve la conciencia política.

Su propósito es "impulsar acciones positivas para reconocer a los 15 Retos Globales del Milenio como oportunidades para el cambio, tanto en el ámbito nacional como mundial". Con este fin, iniciaron el Premio del Milenio Mundial, un concurso para generar ideas concretas que traten con los 15 retos identificados.

Los concursantes jóvenes tienen que escoger uno de los 15 retos y contestar la pregunta: "¿Cuál es tu visión del mundo en el que quieres vivir entre hoy y el 2030?" Algunos ejemplos de los retos son:

- Reto 4: Democracia (Surgimiento de la democracia) ¿Cómo puede emerger una democracia genuina de regímenes autoritarios?
- Reto 6: Globalización de la información tecnológica (Información tecnológica) ¿Cómo puede trabajar para todos la convergencia mundial de las tecnologías de la información y la comunicación?
- Reto 15: Ética global (Necesidades y toma de decisiones mundiales) ¿Cómo lograr que las decisiones mundiales tomen en cuenta las necesidades de las diferentes partes del mundo?

El concursante escribe un proyecto que propone soluciones realistas al reto que escogió. De esta manera, los jóvenes pueden elaborar su visión del futuro a través de sus investigaciones, sus conclusiones y sus ideas originales para acciones inmediatas.

Como implora la página web del Premio del Milenio Mundial: "¡Vuélvete un futurista!"

ACTIVIDADES

1 **¿Comprendiste?** Contesta las siguientes preguntas según la información que acabas de leer.

1. ¿Cómo se sabe que el voluntariado en Ecuador contribuye a la economía del país?
2. ¿Con quién colabora Planeta 57 y por qué?
3. ¿Por qué se formó el grupo Acuerdo Generacional Colombia 2030?
4. ¿Qué tiene que hacer el concursante para el Premio del Milenio Mundial?
5. ¿Cómo ayudaron los voluntarios en línea a los pequeños agricultores de Tejutla, Guatemala?
6. ¿Cuál es la meta principal del Club de Madrid y cómo propone realizarla?

Tú, la política y el voluntariado: ¡Exprésate!

2 **La política en tu comunidad** ¿Cuáles son los temas políticos de mayor interés en tu comunidad? Escribe por lo menos cuatro en una lista. Luego, escribe una sugerencia para involucrar a los jóvenes de la comunidad en la resolución de esos temas. Si fueras el alcalde o la alcaldesa de tu pueblo, ¿qué harías para atraer a los jóvenes a las reuniones políticas de la ciudad? ¿Cómo cultivarías el interés de la población juvenil en la política?

3 **El voluntariado en línea** Con un(a) compañero(a), identifiquen un problema o necesidad en su comunidad que se beneficiaría con la ayuda de un programa de voluntariado en línea. Luego, diseñen un programa para voluntarios que quieran trabajar en esa área de desarrollo. Sean muy específicos: denle un título a su grupo; un lema; escriban una declaración de misión que enumere las metas principales; y hagan una lista de tareas para los voluntarios.

 ¡Conéctate!

Los jóvenes y la política Con un(a) compañero(a), hagan una investigación en Internet sobre programas que se enfocan en cultivar líderes políticos jóvenes. Hagan una lista de seis preguntas que tienen sobre los programas. Después de hacer las investigaciones, contesten las preguntas o refínenlas para reflejar lo que aprendieron. En su opinión ¿qué programas tienen la mayor posibilidad de éxito? ¿Por qué? ¿Creen que en realidad están atrayendo a la juventud a la política? ¿Por qué sí o no? ¿Qué les sugerirían a los programas para que tuvieran más impacto en los jóvenes?

¡A leer!

ESTRATEGIA

Here are two strategies that will help you better understand the reading.

1. **Reading and understanding poetry:** Poetry expresses ideas and emotions through rhyme and word sounds, imagery, and symbolism. When you read a poem, try to read it out loud to hear how the sounds of the words contribute to its overall mood. Pay attention to how the lines are grouped together because these groupings and line breaks contribute to the overall meaning of the poem. The poem you are about to read does not rhyme, but it makes use of the repetition of words and sounds in order to create an internal unity.

2. **Using a bilingual dictionary:** When you read in a foreign language, focus on getting the main idea and not looking up every word you don't know. That said, sometimes there are words that you need to know to get the meaning of a sentence or idea. When you look up those words in a bilingual dictionary, make sure you are looking at all the possible definitions and synonyms in order to choose the correct one. It's helpful to read the model sentences to see the precise meaning of the word or term you are looking up. To make sure the definition or synonym you have chosen is the correct one, go back and look it up in English to see how it is translated back into Spanish.

Para entender y hablar de la lectura

Here are some useful words for understanding and discussing the reading selection, which describes the author's feelings about patriotic duty and her political involvement.

advertir *to warn*
andarse por las ramas *to beat around the bush*
arriesgado *risky*
el asombro *astonishment*
descartar *to rule out*
enmudecer *to fall or stay silent*
la hazaña *deed (usually heroic)*
meterse *to get into*

el riesgo *risk*
el socio *member, partner*
taparse los ojos *to cover one's eyes*
temblar *to tremble*
el testigo *witness*
trascender *to go beyond, transcend*
valerse por sí misma *to be independent, self-sufficient*

 1 Basándote en las palabras de la lista, piensa en el papel que pueden jugar el riesgo y el miedo en el texto que vas a leer.

¡Fíjate! La acción política

En la historia del mundo hispanohablante se destacan muchos individuos que se atrevieron a expresar sus creencias políticas y tomaron acción para hacerlas una realidad, como la autora del texto que vas a leer. Por ejemplo, en Estados Unidos, César Chávez y Dolores Huerta organizaron a los obreros de la industria agrícola de California y los inspiraron a fundar el *National Farm Workers Association* en 1962 para proteger sus derechos y asegurarles un nivel de vida decente. En Argentina, las Madres de Plaza de Mayo han protestado la desaparición de sus hijos por el gobierno argentino por unos treinta años, andando por la plaza con pañuelos blancos en la cabeza que simbolizan los pañales *(diapers)* de sus hijos desaparecidos. Sus esfuerzos crearon una conciencia mundial de las violaciones de los derechos humanos por parte del gobierno militar. Hoy en día en Cuba, Las Damas de Blanco protestan la encarcelación injusta de sus familiares por el gobierno de Fidel Castro, que en 2003 inició una ola *(wave)* de arrestos en contra de la disidencia pacífica en Cuba. Ellas recibieron el Premio a Derechos Humanos en 2006 del grupo *Human Rights First* en reconocimiento de sus esfuerzos para mantener la libertad de expresión y pensamiento.

2 ¿Cuáles son unas características personales de las personas que se describen arriba? ¿Crees que tú compartes algunas de sus características?

>> Lectura

"Uno no escoge" (poema) y *El país bajo mi piel* (extracto), Gioconda Belli

Gioconda Belli, vivió una vida de riesgo cuando colaboró con los Sandinistas durante los 70.

> **Uno no escoge** (*from* El ojo de la mujer)
>
> Uno no escoge el país donde nace;
> pero ama el país donde ha nacido.
>
> Uno no escoge el tiempo para venir al mundo;
> pero debe dejar huella[1] de su tiempo.
>
> Nadie puede evadir su responsabilidad.
>
> Nadie puede taparse los ojos, los oídos,
> enmudecer y cortarse las manos.
>
> Todos tenemos un deber de amor que cumplir,
> una historia que nacer
> una meta que alcanzar.
>
> No escogimos el momento para venir al mundo:
> Ahora podemos hacer el mundo
> en que nacerá y crecerá
> la semilla[2] que trajimos con nosotros.

---

[1]**dejar...** *to leave a footprint, trace* [2]*seed*

Belli, Gioconda "Una no escoge". *El ojo de la mujer.* Visor Libros, copyright 2000. p. 90. Reprinted with permission of Gioconda Belli.

The Sandinistas are members of the **Frente Sandinista de Liberación Nacional**, a controversial left-wing revolutionary group that overthrew the Somoza dictatorship in Nicaragua in 1979 and remained in power until 1990. When discussing the Sandinistas, remember that all politics is personal on some level, and it is important to be respectful of others' opinions.

El país bajo mi piel

1. En la introducción a su libro de memorias *El país bajo mi piel*, Gioconda Belli se describe a sí misma y también se analiza para explorar sus sentimientos mixtos–quería ser una mujer tradicional a la misma vez que tenía deseos de vivir libremente como los hombres.

Although this 1977 work by Colombian artist Oscar Muñoz looks like a photo, it is actually black chalk on paper. (Incidentally, its subject is not Gioconda Belli.)

Príncipes azules are "Prince Charmings". The author is saying that instead of dreaming of Prince Charmings she was dreaming of revolutionary soldiers and heroic deeds.

© Rick Hall/Blanton Museum of Art, University of Texas at Austin, Gift of Barbara Duncan 1994

Dos cosas que yo no decidí decidieron mi vida: el país donde nací y el sexo con que vine al mundo. [...]

No fui rebelde desde niña. Al contrario. Nada hizo presagiar[1] a mis padres que la criatura modosa[2], dulce y bien portada de mis fotos infantiles se convertiría en la mujer revoltosa que les quitó el sueño. Fui rebelde tardía. Durante la adolescencia me dediqué a leer. Leía con voracidad y pasmosa[3] velocidad. Julio Verne y mi abuelo Pancho —que me proveía de libros— fueron los responsables de que desarrollara una imaginación sin trabas[4] y llegara a creer que las realidades imaginarias podían hacerse realidad. Los sueños revolucionarios encontraron en mí tierra fértil. Lo mismo sucedió con otros sueños propios de mi género[5]. Sólo que mis príncipes azules fueron guerrilleros y mis hazañas heroicas las hice al mismo tiempo que cambiaba pañales y hervía mamaderas[6].

He sido dos mujeres y he vivido dos vidas. Una de mis mujeres quería hacerlo todo según los anales[7] clásicos de la feminidad: casarse, tener hijos, ser complaciente, dócil y nutricia. La otra quería los privilegios masculinos: independencia, valerse por sí misma, tener vida pública, movilidad, amantes. Aprender a balancearlas y a unificar sus fuerzas para que no me desgarraran sus luchas y mordiscos y jaladas de pelos[8] me ha tomado gran parte de la vida. Creo que al fin he logrado que ambas coexistan bajo la misma piel[9]. Sin renunciar a ser mujer, creo que he logrado también ser hombre.

[...] Fui parte, artífice y testigo de la realización de grandes hazañas. Viví el embarazo y el parto[10] de una criatura alumbrada[11] por la carne y la sangre de todo un pueblo. Vi multitudes celebrar el fin de cuarenta y cinco años de dictadura. Experimenté las energías enormes que se desatan[12] cuando uno se atreve a trascender el miedo, el instinto de supervivencia, por una meta que trasciende lo individual. Lloré mucho, pero reí mucho también. Supe de las alegrías de abandonar el yo y abrazar[13] el nosotros. En estos días en que es tan fácil de caer en el cinismo, descreer de todo, descartar los sueños antes de que tengan la oportunidad de crecer alas[14], escribo estas memorias en defensa de esa felicidad por la que la vida y hasta la muerte valen la pena.

_____

[1]*foretell* [2]*demure, modest* [3]*astonishing* [4]**sin...** *without limits* [5]*gender* [6]**cambiaba...** *changed diapers and boiled baby bottles* [7]*annals, accounts* [8]**no...** *their fights, bites, and hairpulling didn't tear me apart* [9]*skin* [10]**embarazo...** *pregnancy and birth* [11]*born out of* [12]*run wild* [13]*embrace* [14]*wings*

Belli, Gioconda *El paiz bajo mi piel, memorias de amor y guerra*. Plaza y Janes, copyright 2001. Three excerpts from pages 47–49. Reprinted by permission of the publisher.

2. La autora habla con Camilo Ortega, hermano de Daniel Ortega, quien le pide que ayude al Frente Sandinista. Durante esa época (1970-1971), ella está trabajando en la oficina de un poeta famoso.

Cuando me pidió que dejara de andarme por las ramas y le contestara sí o no, le confesé que el miedo me frenaba[1].

—A todos nos da miedo. Es normal.

—Pero yo tengo una hija.

No me pedía que me fuera clandestina. Podía hacer cosas pequeñas. Nada muy arriesgado, pero poner mi granito de arena[2].

—Precisamente porque tenés una hija —me dijo—. Por ella deberías hacerlo, para que no le toque a ella hacer lo que vos no hiciste.

—Bueno pues —le dije, imaginando mentalmente una ducha de agua fría a la que había que meterse sin titubear[3].

—No se lo digas a nadie —me advirtió—. Ni una palabra. Ni siquiera al Poeta. Esto debe quedar entre vos y yo. Es un asunto de compartimentación, de minimizar los riesgos.

---

[1]*stopped me* [2]**granito...** *grain of sand* [3]*hesitating*

> Note that Ortega uses the **vos** form when addressing the author. This form is used primarily in Argentina, Uruguay, Paraguay, and Central America (and also in parts of Chile, Bolivia, and Peru) instead of **tú**. In many places it has its own set of conjugations—note here the use of **tenés** instead of **tienes**.

3. Esta escena ocurre cinco años después de la conversación previa. Durante esos años, la autora ha colaborado con el Frente Sandinista, llevando mensajes y haciendo otros mandados pequeños.

Nada me preparó para la tarde cuando de regreso del almuerzo tranquilo con mis hijas, me encontré a dos de los tres socios de la agencia esperándome en mi despacho[1]. Qué sorpresa, les dije, entrando como tromba[2], acomodándome en la silla. Cómo era que no dormían la siesta. Qué los traía por allí. Uno de ellos, el más expansivo, sonrió levemente como para restarle seriedad al asunto[3] y dijo que desafortunadamente tenían algo serio que tratar.

—Te lo voy a decir sin mucha vuelta[4] —me dijo—. Nos llamó Samuel Genie. —Era el jefe de la Oficina de Seguridad Somocista, la Gestapo criolla—. Nos dijo que vos sos del Frente Sandinista. Que no te deberíamos tener aquí. Claramente, nos «sugirió» que te despidiéramos.

Tuve una experiencia de desdoblamiento[5]. Una Gioconda fría, racional, tomó el control mientras la otra, acurrucada[6] dentro de mí, temblaba en un rincón. Seguramente me había denunciado el hombre de filiación somocista que con frecuencia visitaba a la administradora de la agencia. Sería él sin duda. Habría notado algo.

—¿Yo? —dijo la de cuerpo presente, con la cara de asombro más genuina del mundo—. ¿Que yo soy del Frente Sandinista? ¿Tania, la guerrillera? —Imagínense, me reí—. ¿Están locos ustedes? [...]

---

[1]*oficina* [2]*whirlwind* [3]**restarle...** *to play down the seriousness of the situation* [4]**sin...** *without beating around the bush* [5]*being split in two* [6]*curled up*

> As the author indicates, the **Seguridad Somocista** was a kind of military police and security force that focused on looking for and capturing revolutionaries and other dissidents.

> When the author mentions "Tania, la guerrillera," she is referring to Patty Hearst, the American heiress who was kidnapped in 1974 by the Symbionese Liberation Army and turned into the revolutionary "Tania."

Belli, Gioconda *El paíz bajo mi piel, memorias de amor y guerra*. Plaza y Janes, copyright 2001. Three excerpts from pages 47–49. Reprinted by permission of the publisher.

Gioconda Belli, Nicaragua

Gioconda Belli nació en Managua, Nicaragua en 1948. Es tal vez la escritora mejor conocida de Centroamérica y ha escrito poesía, libros de memorias y novelas. Sus obras han sido traducidas a más de catorce idiomas y ella ha ganado una variedad de premios literarios, entre ellos el Premio Sor Juana de la Cruz y el Premio Biblioteca Breve. Por unos años vivió exiliada en México y Costa Rica, pero ahora divide su tiempo entre Los Ángeles y Nicaragua.

>> Después de leer

3 Contesta las siguientes preguntas sobre el poema.

1. Según la autora, ¿qué papel juega el destino en nuestras vidas?
2. En su opinión, ¿qué papel juega la responsabilidad personal?
3. ¿Cuál es el simbolismo de la semilla que se menciona en la última línea del poema?

4 Contesta las siguientes preguntas sobre *El país bajo mi piel*.

Texto 1

1. ¿Cuáles son las dos cosas que el destino decidió por la autora, según ella?
2. ¿Cómo era la autora de niña? ¿Cómo cambió ella a través de su vida?
3. ¿Cuál ha sido el conflicto central de la vida de la autora, "sus dos vidas"?
4. Cuando ella reflexiona sobre la revolución, ¿cuáles son sus emociones predominantes? ¿tristeza? ¿miedo? ¿alegría? ¿orgullo?
5. ¿Qué significa su declaración, "Supe las alegrías de abandonar el yo y abrazar el nosotros"?

Texto 2

6. Cuando Camilo Ortega le pide a la autora que se una a los Sandinistas, ¿cuáles son dos objeciones que le da ella?
7. Al referirse la autora a "mi granito de arena", ¿qué significa?
8. Según Ortega, el hecho de que ella tenga una hija es una razón buena para participar. ¿Por qué?
9. ¿Por qué no debe mencionar su participación a nadie?

Texto 3

10. ¿Tiene miedo la autora al encontrarse con los dos socios en su oficina? ¿Cómo se sabe? ¿Qué hace para poder controlar sus emociones?
11. ¿De qué la acusan los hombres? En su opinión, ¿es una acusación seria o sólo una manera de informarle de lo que han oído?
12. Según la autora, ¿quién es la persona que probablemente la ha denunciado?
13. ¿Cómo responde ella a la acusación?

5 En grupos de tres o cuatro estudiantes, den sus reacciones personales a las siguientes preguntas.

1. Imagínense en la situación de la autora: viven en un país donde no están de acuerdo con las acciones y los ideales del gobierno. ¿Qué hacen? ¿Luchan para cambiar la situación o esperan a que la situación cambie?

2. ¿Tenemos la responsabilidad de tomar acción cuando vemos una situación que es inmoral o ilegal? Si nos arriesgamos al tomar esa acción, ¿todavía debemos actuar? ¿Por qué sí o no? Por ejemplo, si una persona ve a alguien maltratar a un niño, ¿tiene la obligación de decirle algo al abusador?

3. ¿Cuáles son más importantes, los ideales puros o los compromisos prácticos? En su opinión, ¿siempre representa un abandono de los ideales el acto de llegar a un compromiso? ¿Por qué sí o no?

6 En grupos de tres o cuatro estudiantes, comenten las siguientes cuestiones que se tratan en el poema y en los extractos.

1. **La responsabilidad hacia la familia vs. la responsabilidad cívica:** La autora tiene que decidir entre su responsabilidad hacia sus familiares (no involucrarse para no crear riesgos para ellos) y la responsabilidad cívica. Al final, ¿qué decide hacer? ¿Están de acuerdo con su decisión? ¿Por qué sí o no?

2. **El yo vs. el nosotros:** En su opinión, ¿cuál es el más importante, el yo o el nosotros? ¿Debe ser una combinación de los dos? Unas personas creen que si cada persona se cuida a sí mismo, no hay necesidad de cuidar del grupo entero. ¿Están de acuerdo? ¿Por qué sí o no?

3. **El destino vs. la voluntad personal:** En su opinión, ¿cuál es la fuerza predominante en la vida, el destino o la voluntad personal *(free will)*? ¿Cuál de los dos influye más el curso de la vida? Si una persona no tiene acceso a los recursos necesarios, como la libertad, el dinero y la salud, ¿es posible ejercer la voluntad personal? ¿Por qué sí o no?

7 En parejas, hagan una investigación de una persona hispanohablante que se esforzó y se arriesgó para confrontar una situación política a la que se oponía. Pueden escoger de la siguiente lista o elegir a otra que conozcan. Busquen datos biográficos e información sobre las acciones que esa persona emprendió. Luego, escriban una composición de tres o cuatro párrafos dando información sobre su vida y sobre lo que hizo para enfrentarse a una situación difícil.

- Estados Unidos: César Chávez / Dolores Huerta
- Argentina: Las Madres de Plaza de Mayo / Alfredo Pérez Esquivel
- Cuba: Las Damas de Blanco
- El Salvador: Arzobispo Óscar Romero
- Chile: Víctor Jara
- ¿...?

◀))Vocabulario

Los funcionarios *Government officials*

el (la) adversario(a) *opponent, adversary*
el alcalde, la alcaldesa *mayor; female mayor*
las autoridades *authorities*
el (la) congresista *member of Congress*
el (la) delegado *delegate*
el electorado *electorate; the body of voters*

el (la) funcionario(a) del Estado / gobierno *government official*
el (la) gobernador(a) *governor*
el (la) ministro *minister; Secretary*
el (la) legislador(a) *legislator*
el (la) representante *representative (US)*
el (la) senador(a) *senator*

Conceptos políticos y económicos *Political and economic concepts*

el comercio justo *fair trade*
el consumismo *consumerism*
la crisis económica / fiscal *economic crisis*
la democracia *democracy*
el derecho *right*
la deuda nacional *national debt*
la fuerza de trabajo / laboral *work force*
la justicia *justice*
la ley *law*

la libertad *freedom*
... de prensa *freedom of the press*
la política *politics; policy*
... exterior *foreign policy*
... interna *domestic policy*
el privilegio *privilege*
el producto interno bruto (PIB) *gross domestic product (GDP)*
el proyecto de ley *bill*

Verbos

administrar *to run, manage*
autorrealizarse *to self-realize; to come into your own*
confiar *to trust*
coordinar *to coordinate*
crecer (zc) *to grow*

culpar *to blame*
desempeñar *to carry out, perform; to play (a role)*
emprender *to undertake*
financiar *to finance*
fracasar *to fail*
gobernar *to govern*

Cuestiones sociales *Social issues*

el analfabetismo *illiteracy*
los derechos civiles *civil rights*
los derechos humanos *human rights*
la discapacidad *disability*
el (des)empleo *(un)employment*
la equidad de género *gender equality*
los impuestos *taxes*

la inflación *inflation*
la justicia social *social justice*
la tasa de desempleo *unemployment rate*
la tasa delictiva *crime rate*
la pobreza *poverty*
la recesión *recession*
la vivienda *housing*

La responsabilidad cívica *Civic responsibility*

el activismo juvenil *youth activism*
el (la) activista *activist*
el deber cívico *civic duty*
las oportunidades de voluntariado *volunteering opportunities*
el (la) portavoz *spokesperson*

el servicio comunitario *community service*
el servicio juvenil *youth service*
la solidaridad cívica *civic solidarity*
el (la) visionario(a) *visionary*
el (la) voluntario(a) en línea *online volunteer*

Cualidades de un líder o voluntario   *Qualities of a leader or volunteer*

capaz, competente, capacitado(a) *competent*
compasivo(a) *compassionate*
cualificado(a) *qualified*
(digno) de confianza *trustworthy, reliable*
empático(a) *empathetic*
habilidad de tomar decisiones por sí mismo(a) *self-directed*

saber trabajar sin supervisión directa *self-directed*
tener... *to have . . .*
   ... (el) espíritu de participación *. . . a spirit of participation*
   ... (la) iniciativa propia *. . . initiative*

Verbos

brindar *to offer, provide*
colaborar *to collaborate*
comprometerse *to commit oneself; to promise to do something*
contribuir *to contribute*
cooperar *to cooperate*
declararse a favor de (en contra de) *to take a stand in favor of (against)*

denunciar *to denounce*
encargarse de *to be in charge of*
impedir (i) *to impede*
impulsar *to promote*
poseer *to possess*
postularse *to apply for something*
proveer *to provide*

Acciones comunitarias   *Community actions*

diseminar información *to disseminate information*
escoger un lema *to choose a slogan*
escribir un editorial *to write an editorial*
firmar / hacer circular la petición *to sign / circulate a petition*
mandar un e-mail a tu representante *to send an e-mail to your representative*
marcar la diferencia *to make a difference*
organizar en línea *to organize online*
participar en programas de aprendizaje-servicio *to participate in service-learning programs*

recaudar fondos *to collect funds*
registrarse para votar *to register to vote*
repartir panfletos / folletos *to distribute, hand out pamphlets / brochures*
trabajar... *to work . . .*
   ... como voluntario *. . . as a volunteer*
   ... como un(a) asistente legislativo(a) *. . . as a legislative aide*
   ... con grupos de la iglesia *. . . with church groups*
usar los medios sociales para organizar el voto *to use social networking to organize the vote*

Organizaciones   *Organizations*

la alianza del barrio *neighborhood alliance*
la organización... *organization*
   ... comunitaria *community organization*

   ... no gubernamental *non-governmental agency (NGO)*
   ... sin fines de lucro *non-profit organization*

El voluntariado en línea   *Online volunteering*

la declaración de misión *mission statement*
la disponibilidad *availability*
el entrenamiento *training*
las expectativas *expectations*

la fecha límite *deadline*
un proyecto a corto (largo) plazo *short-term (long-term) project*

Frases de todos los días

el golpe de suerte *stroke of luck*
a mi parecer *in my opinion*
lamentablemente *regrettably*
súbitamente *abruptly*
al respecto *regarding that matter*

siempre y cuando *when and if*
correr la voz *to spread the word*
dar rienda suelta *give free rein*
al fin y al cabo *when all is said and done*
menos mal *thank goodness*

>>
Vocabulario: Para hablar de los viajes

Here are some words and expressions you have already learned to talk about travel and trips.

Los viajes

la agencia de viajes
la guía turística
el itinerario
el viaje...
   ... de ida
   ... de ida y vuelta

cambiar dinero
hacer una reservación
hacer un tour
viajar al extranjero

En el aeropuerto y el avión

la aduana
el asiento...
   ... de ventanilla
   ... de pasillo
el (la) asistente de vuelo
el boleto / el billete
el destino
la línea aérea
la llegada
la maleta
el (la) pasajero(a)
el pasaporte
la puerta (de embarque / desembarque)
la salida

abordar
desembarcar
facturar (el equipaje)
hacer escala en...

En el hotel

el aire acondicionado
el ascensor
con / sin baño / ducha
el botones
el desayuno incluido
la habitación...
   ... sencilla / doble
   ... de fumar / no fumar
el (la) huésped(a)
la llave
la recepción

pedir
registrarse

  1 Escoge la palabra que mejor complete cada oración.

You will find answers to the activities in this section in **Appendix A.**

1. Tienes que _____ el avión antes de desembarcarlo.
   a. facturar   **b.** abordar   **c.** facturar
2. Es buena idea tener _____ antes de llamar a la agencia de viajes.
   a. un itinerario   **b.** una llave   **c.** una llegada
3. Si necesitas ayuda con las maletas, debes llamar _____.
   a. al boleto   **b.** al extranjero   **c.** al botones
4. Cuando hay solamente una persona, hay que pedir una habitación _____.
   a. doble   **b.** sencilla   **c.** de pasillo
5. Si viajas al extranjero, tienes que pasar tus maletas por _____.
   a. la aduana   **b.** la ventanilla   **c.** la escala
6. Si viajas al extranjero, también necesitas tu _____.
   a. llave   **b.** salida   **c.** pasaporte
7. Las personas que tienen reservaciones en un hotel se llaman _____.
   a. los pasajeros   **b.** los asistentes de vuelo   **c.** los huéspedes
8. Antes de abordar el avión, los pasajeros pasan por _____.
   a. la puerta de embarque   **b.** el viaje de ida   **c.** la ventanilla

Gramática 1: Demonstrative adjectives and pronouns

Demonstrative adjectives and pronouns are used to indicate a person, place, or thing's location relative to the speaker. The adjectives are used with a noun; the pronouns replace the noun. Although it is no longer required by Spanish orthographic rules, demonstrative pronouns often carry an accent to distinguish them from the demonstrative adjectives.

distance from speaker	demonstrative adjectives	demonstrative pronouns
close (this)	**este** avión **esta** maleta **estos** aviones **estas** maletas	**éste** **ésta** **éstos** **éstas**
at a slight distance (that)	**ese** avión **esa** maleta **esos** aviones **esas** maletas	**ése** **ésa** **ésos** **ésas**
at a greater distance (over there)	**aquel** avión **aquella** maleta **aquellos** aviones **aquellas** maletas	**aquél** **aquélla** **aquéllos** **aquéllas**

The neutral demonstrative pronouns **esto, eso,** and **aquello** do not refer to specific nouns, so they do not change their endings or take an accent. They are used to refer to concepts or ideas. **Aquello** usually refers to something that is conceptually at a distance, such as the past (something already referred to that took place a while ago).

Esto es lo que vamos a hacer.
¡**Eso** es terrible!
Aquello que te dije ayer es un secreto.

This is what we're going to do.
That's terrible!
What I told you yesterday is a secret.

2 Completa las oraciones con el adjetivo o pronombre demostrativo correcto. Accents on personal pronouns are optional.

1. _____ *(This one close by)* es nuestra puerta de desembarque.
2. ¿De quién es _____ *(that)* pasaporte?
3. _____ *(That one over there)* es nuestro hotel.
4. _____ *(These)* maletas son tuyas, ¿verdad?
5. _____ *(Those)* habitaciones son más caras que _____ *(these)*.
6. _____ *(Those over there)* pasajeros llegaron tarde.
7. ¡_____ *(This)* es fenomenal!
8. _____ *(That)* ascensor no funciona.

1. The future tense is used to talk about events that have not happened yet. It is usually used to describe a more distant future than **ir** + **a** + infinitive.

2. The future can also be used to speculate about present-tense situations.

   No veo el pasaporte. ¿Dónde **estará**?

   Los viajeros no han llegado. ¿**Tendrán** algún problema en el aeropuerto?

3. The future is formed by adding endings directly onto the end of the infinitive. You use the same endings for **-ar**, **-er**, and **-ir** verbs. Note that all forms have an accent except the **nosotros** / **nosotras** forms.

yo hablar**é** / comer**é** / vivir**é**	nosotros(as) hablar**emos** / comer**emos** / vivir**emos**
tú hablar**ás** / comer**ás** / vivir**ás**	vosotros(as) hablar**éis** / comer**éis** / vivir**éis**
Ud., él, ella hablar**á** / comer**á** / vivir**á**	Uds., ellos, ellas hablar**án** / comer**án** / vivir**án**

4. Some verbs have irregular future forms. They are grouped by their similarities.

decir:	**dir-:**	diré, dirás, dirá, diremos, diréis, dirán
hacer:	**har-:**	haré, harás, hará, haremos, haréis, harán
haber:	**habr-:**	habré, habrás, habrá, habremos, habréis, habrán
poder:	**podr-:**	podré, podrás, podrá, podremos, podréis, podrán
querer:	**querr-:**	querré, querrás, querrá, querremos, querréis, querrán
saber:	**sabr-:**	sabré, sabrás, sabrá, sabremos, sabréis, sabrán
poner:	**pondr-:**	pondré, pondrás, pondrá, pondremos, pondréis, pondrán
salir:	**saldr-:**	saldré, saldrás, saldrá, saldremos, saldréis, saldrán
tener:	**tendr-:**	tendré, tendrás, tendrá, tendremos, tendréis, tendrán
venir:	**vendr-:**	vendré, vendrás, vendrá, vendremos, vendréis, vendrán

 3 Completa cada oración con la forma correcta del futuro.

1. Nosotros _____ (tener) que ir a la agencia de viajes.
2. Tú _____ (salir) el 15 de octubre, ¿verdad?
3. ¿Qué _____ (decir) tus abuelos al saber que vienes de visita?
4. El año que viene, mis padres _____ (hacer) un tour del Caribe.
5. ¿Cuándo _____ (saber) usted el costo total del viaje?
6. Recuerda que los agentes te _____ (pedir) el pasaporte cuando pases por la aduana.
7. Yo _____ (leer) la guía turística durante el vuelo.
8. Nosotros _____ (cambiar) el dinero después de pasar por la aduana.
9. Tú _____ (facturar) el equipaje, ¿verdad?
10. El asistente de vuelo te _____ (ayudar) con la maleta.

>> Gramática 3: Conditional forms

1. The conditional can be used to speculate on what might or would happen under certain conditions.

2. The conditional can also be used to talk about the future, but only from a past-tense perspective: **Antes de empezar el viaje, Marta pensaba que iría a Bolivia, pero no tuvo tiempo.** (The conditional is often called the future within the past. Compare these two sentences: **Dice que irá de vacaciones. / Dijo que iría de vacaciones.**)

3. The conditional can also be used to speculate about the future, again from a past-tense perspective: **Ella me dijo que sus hermanos todavía no habían llegado y que ella no sabía dónde estarían.**

4. Like the future tense, the conditional is formed by adding endings directly onto the end of the infinitive. You use the same endings for **-ar**, **-er**, and **-ir** verbs. Notice that all forms require an accent.

yo hablar**ía** / comer**ía** / vivir**ía**	nosotros(as) hablar**íamos** / comer**íamos** / vivir**íamos**
tú hablar**ías** / comer**ías** / vivir**ías**	vosotros(as) hablar**íais** / comer**íais** / vivir**íais**
Ud., él, ella hablar**ía** / comer**ía** / vivir**ía**	Uds., ellos, ellas hablar**ían** / comer**ían** / vivir**ían**

5. Some verbs have irregular conditional forms. They are color coded in the chart by similarities of their patterns. These are the same verbs that are irregular in the future tense.

decir:	**dir-:**	diría, dirías, diría, diríamos, diríais, dirían
hacer:	**har-:**	haría, harías, haría, haríamos, haríais, harían
haber:	**habr-:**	habría, habrías, habría, habríamos, habríais, habrían
poder:	**podr-:**	podría, podrías, podría, podríamos, podríais, podrían
querer:	**querr-:**	querría, querrías, querría, querríamos, querríais, querrían
saber:	**sabr-:**	sabría, sabrías, sabría, sabríamos, sabríais, sabrían
poner:	**pondr-:**	pondría, pondrías, pondría, pondríamos, pondríais, pondrían
salir:	**saldr-:**	saldría, saldrías, saldría, saldríamos, saldríais, saldrían
tener:	**tendr-:**	tendría, tendrías, tendría, tendríamos, tendríais, tendrían
venir:	**vendr-:**	vendría, vendrías, vendría, vendríamos, vendríais, vendrían

4 Usa las palabras indicadas para decir lo que harían las personas indicadas si ganaran la lotería.

1. yo / viajar por un año entero
2. ustedes / comprar una casa nueva
3. tú / dar dinero a una agencia social
4. nosotras / tener una fiesta grande
5. ella / decir "adiós" al jefe
6. ellos / poder terminar los estudios
7. tú y yo / hacer muchas inversiones
8. él / empezar una compañía nueva
9. yo / ayudar a mis padres
10. tú / construir un centro comunitario

El mundo sin fronteras

© Keith Levitt/Alamy

Al final de este capítulo, sabrás más sobre:

COMUNICACIÓN

- las perspectivas globales
- el estudiar en el extranjero
- los asuntos prácticos
- el vivir en el extranjero
- cómo describir a la gente

GRAMÁTICA

- el futuro perfecto y el condicional perfecto
- las cláusulas con **si**
- la secuencia de los tiempos verbales del subjuntivo

CULTURAS

- Argentina: *¡adivina!*
- Guinea Ecuatorial: *¡adivina!*
- Honduras: *¡adivina!*
- Nicaragua: *¡adivina!*
- República Dominicana: *¡adivina!*
- Uruguay: *¡adivina!*

RECURSOS

 audio   video   SAM   www.cengagebrain.com

 ilrn.heinle.com   iTunes playlist

© istockphoto.com/luminis

"Viajero que vas por cielo y por mar" La mejor educación puede nacer del viaje: de experimentar otras formas de vivir, de ser, de pensar, de comer, de vestir, de bailar, formas distintas a las nuestras. ¿Cuál de las citas te inspira a viajar? ¿Por qué?

"Un viaje de mil millas empieza con un solo paso" —LAO TZU

"Al prepararte para viajar, saca toda tu ropa y todo tu dinero. Luego lleva la mitad de la ropa y el doble del dinero" —SUSAN HELLER

"Viajar es mortal al prejuicio, la intolerancia y la mente cerrada— todos enemigos de la verdadera comprensión" —MARK TWAIN

"Quizás viajar no pueda prevenir la intolerancia, pero al demostrar que todo el mundo llora, ríe, come, se preocupa y muere, se puede presentar la idea que si hacemos un esfuerzo por entendernos, quizás es posible que hasta nos convirtamos en amigos" —MAYA ANGELOU

"El mundo es un libro y aquéllos que no viajan leen sólo una página" —SAN AGUSTÍN

"El verdadero viaje de descubrimiento consiste no en buscar nuevos paisajes sino en ver con nuevos ojos" —MARCEL PROUST

"Aquéllos que no saben nada de lenguas extranjeras tampoco saben nada de la suya" —JOHANN WOLFGANG VON GOETHE

"La experiencia, el viaje, en sí mismos, son la educación" —EURÍPIDES

"Veo mi camino, pero no sé adónde me lleva. El no saber adónde voy es lo que me inspira viajarlo" —ROSALÍA DE CASTRO

"Caminante no hay camino, se hace camino al andar" —ANTONIO MACHADO

Impresiones Sin hacer ninguna investigación, escribe por lo menos tres cosas que se te ocurren inmediatamente al pensar en cada país. No importa que sean estereotipos; lo que importa es que trates de captar las primeras asociaciones que tienes con cada país.

 Compara tu lista con las de un(a) compañero(a). Conversen sobre las ideas que tienen en común y sobre las que difieren. Comenten sobre las asociaciones de cada uno y opinen si se pueden considerar estereotipos o no. Ahora escojan un país al que les gustaría viajar. Examinen sus asociaciones con ese país.

Como dijo Aldous Huxley: "Viajar es descubrir que todo el mundo se equivoca en su opinión de otros países".

¿Qué opiniones crees que tienes sobre el país que escogiste que quizás no sean reflejos verdaderos del país?

Uruguay

Nicaragua

Argentina

Honduras

Guinea Ecuatorial

República Dominicana

¡Imagínate!

>> Vocabulario útil 1

RODRIGO: Todavía no sé exactamente lo que quiero hacer, pero lo que sí sé es que hoy día el **mercado laboral** es muy competitivo. Y para tener un futuro **prometedor** en la era de la **aldea global**, hay que saber más que un idioma, ¿no es así?

© Heinle/Cengage Learning

>> Las perspectivas globales *Global perspectives*

la aldea global *global village*
el entorno profesional / social *professional / social environment*

la experiencia laboral *job experience*
el mercado laboral *job market*

Verbos

ampliar *to expand; to increase; to broaden*
animar(se) *to encourage; to cheer up; to get motivated*
apreciar *to appreciate*
captar *to capture; to grasp*
experimentar *to experience; to feel; to undergo*

independizarse de *to gain independence from*
madurar como persona *to mature as a person*
percibir *to perceive*
sumergirse *to immerse oneself*

In the **yo** form of **sumergirse**, the **g** changes to a **j**: **me sumerjo.**

Sustantivos

el área de confort *comfort zone*
el choque cultural *culture shock*
el crecimiento *growth*
la etapa de tu vida *stage of your life*
la fuerza de voluntad *willpower*

la gama de barreras *range of obstacles*
la mente abierta *open mind*
la sabiduría *wisdom*
el temor *fear*

Adjetivos

agradable *pleasant; enjoyable; nice*
ajeno(a) *alien, foreign*
alucinante *amazing, mind-boggling*
amplio(a) *broad; wide; spacious; expansive*
etnocéntrico(a) *ethnocentric*
gratificante *gratifying, rewarding*

impresionante *impressive; striking*
inmerso(a) *immersed*
novedoso(a) *novel, original; innovative*
numeroso *numerous, many*
pleno(a) *full; center of; middle*
previsto(a) *foreseen; predicted*
prometedor(a) *promising*

Notice the use of **pleno** in the following phrases.

a pleno sol *in the full sun*

en pleno verano *in the middle of summer*

en pleno Madrid *in the center of Madrid*

ACTIVIDADES

1 ▸ Rodrigo Antes de hacer la actividad, ve el primer episodio del video otra vez. ¿Cómo completaría Rodrigo las siguientes oraciones? Escoge la mejor de las opciones.

1. Para tener un futuro profesional _____, hay que pasar tiempo en el extranjero.
   a. novedoso   **b.** agradable   **c.** prometedor
2. Hoy día, en el mercado laboral, se valora tener una visión _____ del mundo.
   a. amplia   **b.** etnocéntrica   **c.** ajena
3. En esta etapa de tu vida, es importante fomentar tu _____ académico y profesional.
   a. área de confort   **b.** crecimiento   **c.** temor
4. Para aprender bien una lengua, hay que _____.
   a. tener experiencia laboral   **b.** ampliar tus horizontes intelectuales
   c. vivir inmerso en ella
5. Las razones para vivir y estudiar en el extranjero son _____.
   a. numerosas   **b.** novedosas   **c.** previstas

2 ▸ En esta etapa de mi vida Escribe tus pensamientos sobre los conceptos a continuación. Trata de escribir algo relevante a tu vida en este momento.

> **MODELO** área de confort
> *Creo que para madurar como persona e independizarme de mis padres, tengo que salir de mi área de confort y experimentar nuevas situaciones en una cultura ajena.*

1. gama de barreras   3. mercado laboral   5. etapa de mi vida
2. fuerza de voluntad   4. aldea global   6. mente abierta

3 ▸ ¿Qué crees? Escribe seis preguntas para hacerle a un(a) compañero(a) sobre la vida en el extranjero. Usa los verbos a continuación.

> **MODELO** ampliar
> *¿Crees que vivir en el extranjero ampliaría tu visión del mundo?*

1. animar(se)   3. experimentar   5. madurar como persona
2. apreciar   4. independizarse de   6. percibir

4 ▸ Conversaciones Ahora hazle las preguntas de la **Actividad 3** a un(a) compañero(a), y que él o ella te haga sus preguntas a ti. Traten de tener una conversación auténtica sobre sus actitudes hacia la vida en el extranjero.

> **MODELO** **Tú:** *¿Crees que vivir en el extranjero ampliaría tu visión del mundo?*
> **Compañero(a):** *Sí, creo que sí. Vivir inmerso en otra cultura y experimentar su modo de percibir el mundo sería gratificante porque abriría mis ojos a otras maneras de ser y de vivir.*

>> **Para estudiar en el extranjero** *To study abroad*

el aprendizaje *apprenticeship;
internship; training period*
la beca *scholarship*
el criterio *criterion*
el (la) mentor(a) *mentor*

el respaldo *support; backing*
el (la) tutor(a) *tutor*
el viaje educativo *educational
travel / trip*

>> **Asuntos prácticos** *Practical matters*

el albergue juvenil *youth hostel*
el alojamiento *housing*
**con (dos meses de)
antelación** *(two months) in
advance*
el pasaporte vigente *valid
passport*
el proceso de la visa *visa
process*

el sistema de pago *payment
method*
el trámite *procedure*
los trámites aduaneros
customs procedures
la vacuna *vaccine*
la visa estudiantil *student visa*

ACTIVIDADES

5 ▷ **El viaje educativo** ¿Qué clase de viaje educativo te interesaría? Hay
muchas agencias que se especializan en viajes educativos por todo
el mundo. ¿Cuáles serían tus criterios para escoger un viaje educativo? Escribe
una oración que describa tu criterio sobre las áreas a continuación. Luego, pon
los criterios en orden de importancia y escribe un párrafo que explique tus
prioridades. Comparte tu párrafo con la clase.

1. duración del programa

2. localidad (ciudad, pueblo, etc.)

3. horas de clase

4. tipo de alojamiento

5. mentor o tutor

6. precio

7. escuela de idiomas o universidad

6 ▷ **Cosas prácticas** Escribe seis cosas prácticas que tendrías que hacer con
antelación para prepararte para un aprendizaje en el extranjero. Escribe
oraciones completas usando las palabras a continuación.

1. alojamiento

2. visa

3. sistema de pago

4. vacuna

5. pasaporte

6. ¿...?

7 **¿En qué país?** Completa el gráfico a continuación. ¿En qué país te gustaría estudiar o vivir? Piénsalo bien. Primero da tres razones por las cuales escogiste ese país. Luego escribe los beneficios personales, profesionales y culturales que crees que te ofrecería el estudio en ese país. Al final, escribe algunos asuntos prácticos que tienes que tomar en cuenta antes de prepararte para viajar al país que escogiste.

PAÍS _____

Razones
1. _____
2. _____
3. _____

Beneficios personales
1. _____
2. _____
3. _____

Beneficios profesionales
1. _____
2. _____
3. _____

Beneficios culturales
1. _____
2. _____
3. _____

Asuntos prácticos
1. _____
2. _____
3. _____

---

8 **Diálogos** Ahora, con un(a) compañero(a), conversen sobre la información en los gráficos de la **Actividad 7**. Háganse preguntas y hablen sobre todas las categorías. Luego, decidan a qué país viajarían juntos. Al final, hagan un gráfico que explique las razones y los beneficios que los convenció escoger ese país.

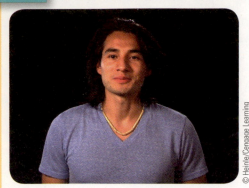

© Heinle/Cengage Learning

RODRIGO: En poco tiempo me hice amigo de muchos de mis compañeros. Siempre me invitaban a sitios donde **se congregaban** después de clase para **ir de juerga o chismear.**

Lucir has an irregular **yo** form: **luzco.** The other forms are regular. In the **yo** form of **exigir**, as in **sumergirse**, the **g** changes to a **j: exijo. Caber** has a number of irregularities: its **yo** form (and thus its present subjunctive forms) is irregular: **quepo.** Its preterite forms (and thus its imperfect subjunctive forms) are also irregular: **cupe, cupiste, cupo,** etc. / **cupiera, cupieras, cupiera,** etc.

>> **Para vivir en el extranjero** *Living abroad*

Verbos

aclarar *to clear up, clarify*
acoger *to take in; to welcome*
acudir *to come, arrive; to go to a place frequently*
caber *to fit*
chismear *to gossip*
congregarse *to congregate*
conllevar *to entail; to involve*
convocar *to call, convene; to organize*
dar la vuelta *to take a spin; to go for a walk, a drive, or a ride*
descuidarse *to be careless*
desvelarse *to stay awake; to be unable to sleep*

disculparse *to apologize*
encomendar (ie) *to entrust*
exigir *to demand*
ir de juerga *to go partying*
latir *to beat; to pulsate*
lucir *to look good, look special*
madrugar *to get up early; to stay up late (into the wee hours)*
tener entendido que... *to have the impression that . . .; to have understood that . . .*
vagar sin rumbo *to wander, roam aimlessly*

Sustantivos

el acontecimiento *event*
el hallazgo *finding, discovery*
la hazaña *great or heroic deed; exploit*
el hecho *fact*
el inconveniente *problem; drawback, disadvantage*
la lengua materna *mother tongue*
el malentendido *misunderstanding*

el ocio *leisure time*
el regocijo *joy*
el ritmo de vida *rhythm of life*
el robo de identidad *identity theft*
el rótulo *sign*
la temporada alta (baja) *high (low) season*
la vida nocturna *night life*

ACTIVIDADES

9 **Viajero** Completa la oración con la palabra o frase de la lista.

1. Se puede disfrutar del _____ con actividades sociales, recreativas y culturales.
2. Aclaramos el _____ con disculpas y abrazos.
3. A él le gusta _____ y a ella le gusta hacer planes con antelación.
4. Por las tardes _____ por el centro y luego cenábamos en un restaurante barato.
5. Ver la Estatua de la Libertad por primera vez me llenó de _____.
6. Como el sistema del metro en Santiago es muy eficaz no hay ningún _____ para llegar al centro.
7. Al estar en un país ajeno, es importante no _____ y estar siempre alerta.

a. malentendido
b. dábamos la vuelta
c. inconveniente
d. ocio
e. descuidarse
f. regocijo
g. vagar sin rumbo

10 **Asociación libre de palabras** Escribe cinco palabras o frases que asocias con cada término subrayado. Después describe una experiencia personal que te venga a la mente con relación a uno de los términos.

1. <u>Madrugar</u> para mí es _____.
2. En momentos de <u>ocio</u>, _____.
3. Uno de los <u>hallazgos</u> más importantes de mi niñez fue _____.
4. Cuando <u>voy de juerga</u> con mis amigos, _____.

11 **Un malentendido** ¿Cuál fue un malentendido que tuviste con una persona de otra cultura? Escribe un párrafo describiendo lo que ocurrió. Usa las preguntas a continuación como guía. Si nunca has tenido un malentendido, inventa uno y descríbelo usando tu imaginación. También podría ser un malentendido con una persona de otra generación o un(a) amigo(a).

- ¿Cuál fue el malentendido?
- ¿Cómo ocurrió?
- ¿Fue un problema de lengua?
- ¿Cómo aclararon el malentendido?
- ¿Se disculparon?
- ¿Qué aprendiste de la experiencia?

12 **¡Discúlpame!** Con un(a) compañero(a), improvisen los malentendidos que describieron en la **Actividad 11**. Practiquen un ratito y luego presenten su improvisación a la clase.

MODELO **Tú:** *¿Por qué llegaste tan tarde?*
Compañero(a): *Quedamos que a las tres, ¿no?*
Tú: *¡Pero son las tres y veinte! Ya estaba a punto de irme.*
Compañero(a): *Discúlpame. Aquí en México las tres quiere decir más o menos las tres, ¡no las tres en punto!*

Other common words for **rótulo** are: **letrero, señal, anuncio, cartel, pancarta**.

The word **inconveniente** has several meanings as a noun. Compare:

No hay **ningún inconveniente** si quieres dejar tu coche en mi casa.

*There is **no problem** if you want to leave your car at my house.*

Su plan tiene pocos **inconvenientes**.

*His plan has very few **drawbacks**.*

To express *inconvenient* as an adjective the way it is used in English, use **inoportuno** or **incómodo**.

La película *Una verdad **incómoda*** trata del tema del cambio climático.

The movie An **Inconvenient** Truth *is about climate change.*

Es un momento **inoportuno** para hablar de eso.

*It's an **inconvenient** moment to talk about that.*

Remember the contrast in meaning with some of these adjectives when used with **ser** vs. **estar**. With **estar** they usually describe a temporary or conditional state. With **ser**, they refer to more permanent or essential traits and characteristics.

Marina **es** una persona muy **disciplinada**, pero a veces **está** completamente **agobiada** porque tiene tantas cosas que hacer. Hoy **está** un poco **despistada**, pero normalmente no lo **es**.

abierto(a) *very open to experiences; open-minded*
acomedido(a) *obliging, helpful*
agobiado(a) *overwhelmed*
amistoso(a) *friendly*
amoroso(a) *loving, affectionate*
audaz *brave, courageous; daring, bold*
aventurero(a) *adventurous*
caprichoso(a) *capricious, fussy; always changing his (her) mind*
cerrado(a) *very closed to experiences; close-minded*
culto(a) *educated; cultured*
cursi *snobby; tasteless*
despistado(a) *scatterbrained, absent-minded*
disciplinado(a) *disciplined*

exigente *demanding*
grosero(a) *rude; crude; vulgar*
(in)seguro(a) de sí mismo(a) *(un)sure of him or herself*
llamativo(a) *striking*
maleducado(a) *bad-mannered; uncourteous; rude*
presumido(a) *conceited, full of oneself; arrogant*
prudente *prudent, sensible*
rebelde *rebel*
respetuoso(a) *respectful*
sensato(a) *prudent, sensible*
soberbio(a) *proud, arrogant, haughty*
temeroso(a) *fearful, timid*
terco(a) *stubborn*
vanidoso(a) *vain*

ACTIVIDADES

13 ▸ **¿Cómo es?** Escoge uno de los adjetivos del vocabulario para completar las descripciones de las siguientes personas.

1. Ricardo es muy _____. Primero dice que quiere ir al cine, y cuando llegamos, cambia de opinión y decide que prefiere ir a patinar.
2. Sofía es muy _____. Cuando hay tareas que hacer, ella siempre ofrece su ayuda.
3. Sergio es un poco _____. No le gusta que le diga nadie cómo comportarse.
4. Rufina es _____. No hay modo de que cambie de opinión una vez que se le mete algo en la cabeza.
5. Eva es _____. Le gusta ir a ciudades y lugares desconocidos para conocer otras culturas de primera mano.
6. Isabel es muy _____. Nunca trae lo que necesita para la clase.
7. Rogelio es muy _____. Lee, estudia y viaja mucho. Sabe mucho de la vida internacional y tiene una visión del mundo muy educada.
8. Ramiro es muy _____. Siempre duda cuando tiene que tomar decisiones importantes.
9. Adán es muy _____. Pasa horas alistándose frente al espejo.

14 **Descripciones** Descríbele a tu compañero(a) a alguna persona famosa o un personaje histórico o literario. Puedes ayudarle con más información si la tienes. Tu compañero(a) tiene que adivinar quién es.

> **MODELO** **Tú:** *Es el personaje principal de una caricatura televisada. Vive con su mamá, su papá y sus dos hermanitas. Es muy maleducado y grosero.*
> **Compañero(a):** *Bart Simpson.*

15 **Comunicaciones** Escríbele un e-mail o un post a un(a) amigo(a) sobre tu estancia en una ciudad ajena. Describe con mucho detalle tu experiencia. Si no has viajado a ninguna ciudad extranjera, escoge una y haz una investigación en Internet antes de escribir el e-mail o el post.

Frases de todos los días

Adivina Haz correspondencia entre las palabras y frases a la izquierda y sus equivalentes en inglés a la derecha.

1. **un montón**		a. *mouthwatering*
2. **quedarse con los brazos cruzados**		b. *to stick your foot in your mouth*
3. **te apuesto**		c. *to have a good (bad) look*
4. **para chuparse los dedos**		d. *a ton; a lot; loads of*
5. **estar mal visto(a)**		e. *by sheer chance or coincidence*
6. **meter la pata**		f. *out of the ordinary*
7. **tener buena (mala) pinta**		g. *to be frowned upon*
8. **por casualidad**		h. *to twiddle your thumbs*
9. **fuera de lo común**		i. *firsthand*
10. **de primera mano**		j. *I bet you*

Práctica Escoge una de las frases de la lista y búscala en Internet. Apunta o imprime algunas oraciones que la incluyan. Compara el uso de la frase en varios blogs o comentarios. ¿Qué aprendiste sobre su uso? ¿Hay varias maneras de usar la frase? ¿Hay algunas diferencias sutiles *(subtle)*? Estudia la frase en contexto hasta que entiendas cómo usarla en una oración o en una conversación. Comparte tus observaciones con la clase.

Voces de la comunidad

Beatriz Terrazas y el arte del periodismo de viaje

© Beatriz Terrazas

"Adoro el arte del cuento, el acto de captar retazos *(snippets)* de la vida en palabras e imágenes".

La escritora y fotógrafa Beatriz Terrazas es una distinguida periodista de viajes. Sus relatos se destacan por sus vívidas imágenes en texto y fotografía y por su toque personal. Por ejemplo, en un artículo sobre el Río Grande, la autora escribe:

"Echo de menos el Río Grande. Lo veo en mi mente y siento el olor de menudo condimentado con orégano. Lo veo y oigo la pisada de pezuñas de caballos frente a la casa de mi abuelo en Juárez, siento el ritmo de un corrido que me pone los pies en movimiento."

Uno de los artículos más íntimos de Terrazas es *The Childhood She Couldn't Remember*. En él, la escritora relata una dolorosa experiencia infantil y reflexiona sobre la importancia de la frontera en su vida:

"Soy hija de la frontera. Mis padres se conocieron en Las Cruces, México, a finales de los años 50. Se casaron, tuvieron tres hijos y se establecieron en El Paso, donde mi madre y mi hermana residen todavía. Mi hermano y yo vivimos en North Texas, pero ninguno de los dos podemos alejarnos mucho de este lugar intermedio, esta frontera donde culturas, lenguas e historias se entrelazan inseparablemente y a donde regreso a cerrar un capítulo de mi vida."

Comprensión

1. ¿Qué ejemplos de imágenes vívidas en la escritura de Terrazas se ofrecen?
2. ¿Qué ejemplos del "toque personal" de Terrazas se ofrecen?
3. ¿Dónde se crió Terrazas? ¿De qué país proviene su familia?
4. Según Terrazas, ¿cómo es la frontera? ¿qué pasa en la frontera?
5. ¿Qué sinónimos de las siguientes palabras se encuentran en la lectura: **inextricablemente, fragmentos, famosa, extrañar, volver**?
6. ¿Qué palabras en la lectura se pueden traducir como: *hooves, beat, steps, settled, captures, infuses, are intertwined*?

Courtesy of Gil Matos

▶ >> Entrevista con Gil Matos, ejecutivo multinacional

Para Gil Matos, el bilingüismo es un pasaporte a un mundo de oportunidades profesionales. Como director de reclutamiento *(recruiting)* de *Hult International Business School*, Gil se encuentra en tránsito una gran parte del tiempo. Cuando no está viajando, produce y presenta programas para Boston Latino TV sobre deportes y asuntos de interés para la comunidad latina de Boston.

Comprensión

Di si las siguientes oraciones son ciertas (C) o falsas (F). Corrige las oraciones falsas.

1. El padre de Gil vino a EEUU de Cuba en un bote a la edad de 13 años.
2. Gil aprendió el español de su familia, pero nunca lo estudió en la escuela.
3. Gil hace reclutamiento para Hult y su territorio es toda América Latina.
4. Gil no usa el español en su trabajo para el programa Boston Latino TV.
5. Gil les aconseja a los estudiantes de español que lo practiquen mucho.

>> El aprendizaje-servicio

South American Explorers (SAE) es una organización basada en Ithaca, Nueva York que ofrece una amplia gama de servicios de viajes y oportunidades de trabajo voluntario en Sudamérica. Fundada en 1977, la organización tiene sedes *(headquarters)* en Ecuador, Perú y Argentina que brindan asistencia a los viajeros. Una organización benéfica con la que está afiliada, la Fundación Ecuador Volunteer, coordina proyectos voluntarios ambientales, educativos y médicos en Ecuador. Para los participantes, la experiencia de intercambio cultural a través de la ayuda humanitaria es única.

Práctica

Ve a la página electrónica de SAE y busca información sobre los servicios y beneficios para miembros. Haz una lista de los beneficios principales. ¿Cuáles de ellos te parecen más útiles o interesantes? ¿Cuánto cuesta la membresía *(membership)*? ¿Te gustaría formar parte de esta fundación? ¿Por qué sí o no? ¿Le recomendarías esta organización a alguien?

¡Prepárate!

Estructuras nuevas: The future perfect and conditional perfect

Cómo usarlo

Future perfect

© Heinle/Cengage Learning

▶ 66 Sin esta experiencia en el extranjero, yo **habría sido** una persona muy diferente. 99

1. You reviewed the future tense forms on page 224 of **Repaso y preparación** in **Chapter 4**. As you recall, the future tense is used to talk about actions that will happen in the future, or to speculate about events in a present-tense situation.

Cuando vayas al extranjero, **apreciarás** las culturas de otros países.	*When you travel abroad, **you will appreciate** the cultures of other countries.*
Nuestra tutora todavía no ha llegado. ¿Donde **estará**?	*Our tutor still hasn't arrived. Where **can she be**?*

2. You have learned two perfect tenses already: the present perfect and the past perfect. Perfect tenses are always formed with **haber** and a past participle. The future perfect tense is no different. It is formed with future-tense forms of **haber** and the past participle, and it is used to say what people *will have done* by a certain time in the future. It can be used to make predictions about the future or to speculate about what people might have done.

- Prediction

Al cumplir treinta años, ya **habré viajado** a Latinoamérica.	*When I turn thirty, **I will** already **have traveled** to Latin America.*

- Speculation

No veo a Nati. ¿Adónde **habrá ido**?	*I don't see Nati. Where **will she have gone**? (I wonder where she has gone?)*

Note that in the translation of the speculative use of the future perfect, you are wondering about an event that may just have occurred: *I don't see Nati. She must have just gone somewhere. I wonder where.*

3. Here are the future perfect forms in Spanish.

yo **habré viajado / leído / escrito**	nosotros(as) **habremos viajado / leído / escrito**
tú **habrás viajado / leído / escrito**	vosotros(as) **habréis viajado / leído / escrito**
Ud., él, ella **habrá viajado / leído / escrito**	Uds., ellos, ellas **habrán viajado / leído / escrito**

4. As with other perfect forms, remember that all pronouns (reflexive, direct object, indirect object, and double object) go before the form of **haber,** as does the word **no** in negative sentences.

No podré hacer las reservaciones hasta la próxima semana porque probablemente **no habré encontrado** un hotel bueno hasta entonces.	*I won't be able to make the reservations until next week because I probably **won't have found** a good hotel until then.*

Conditional perfect

1. You reviewed the conditional forms on page 225 of **Repaso y preparación** in **Chapter 4**. As you recall, the conditional is used to talk about hypothetical actions that would occur under certain circumstances. It can also be used to talk about future events and to speculate about ongoing events *from a past-tense perspective*.

- Hypothetical actions
  Sin la vacuna, **me enfermaría.**   *Without the vaccine, I **would get sick**.*

- Future events from past-tense perspective
  Cuando tenía diez años, nunca   *When I was ten years old, I never*
  pensé que **viajaría** a Argentina.   *thought I **would travel** to Argentina.*

- Speculation about the future from past-tense perspective
  Yo no sabía dónde estaba el   *I didn't know where my brother's*
  pasaporte de mi hermano.   *passport was. I thought maybe*
  Pensaba que tal vez lo **tendría**   *he **had** it in his backpack.*
  en su mochila.

> Remember that you learned another use of the conditional—to make courteous requests—on pages 152–153 of **Chapter 3**.

2. The conditional perfect is formed with conditional forms of **haber** and the past participle, and it is used to speculate about what people *would have done* (from a past-tense perspective). Compare the following two sentences, the first from a present-tense perspective, the second from a past-tense perspective. The first statement is more open—the condition still applies and the action might happen, under certain circumstances. The second statement is more specific—it is referring to a hypothetical situation that took place in the past, but may not still be a possibility in the future. (We don't know for sure.)

Present:

Con un millón de dólares,   *With a million dollars,*
yo **compraría** un apartamento   *I **would buy** an apartment*
en Madrid.   *in Madrid.*

Past:

Con un millón de dólares,   *With a million dollars,*
yo **habría comprado**   *I **would have bought***
un apartamento en Madrid.   *an apartment in Madrid.*

3. Here are the conditional perfect forms in Spanish.

yo **habría viajado / leído / escrito**	nosotros(as) **habríamos viajado / leído / escrito**
tú **habrías viajado / leído / escrito**	vosotros(as) **habríais viajado / leído / escrito**
Ud., él, ella **habría viajado / leído / escrito**	Uds., ellos, ellas **habrían viajado / leído / escrito**

4. The conditional perfect follows the same rules as the future perfect for the placement of pronouns and the word **no** (in negative sentences).

ACTIVIDADES

1 **¿Cuál es?** Escoge una forma del futuro perfecto o del condicional perfecto para completar cada oración.

1. Con más tiempo, (habrás buscado / habrías buscado) alojamiento más barato. Pero ya es demasiado tarde.
2. Dentro de veinte años, creo que (habré viajado / habría viajado) por Europa.
3. ¿Qué (habré hecho / habría hecho) con los pasaportes? No los encuentro.
4. (Habrán recibido / Habrían recibido) una beca, pero nunca completaron la solicitud.
5. No vieron al guía y me preguntaron adónde (habrá ido / habría ido).
6. ¡Qué viaje! ¡Dentro de quince días, (habrás visitado / habrías visitado) diez países diferentes!
7. Me imagino que ya (habrán salido / habrían salido). No contestan el teléfono.
8. Fue un malentendido. Ya verás, se (habrá disculpado / habría disculpado) dentro de unos días.

2 **¿Qué forma?** Lee las siguientes oraciones. Decide si se debe usar el futuro perfecto o el condicional perfecto para reemplazar las palabras inglesas e indica qué forma de **haber** es la correcta.

1. ¡No _____ *(they would have)* ido de juerga sin nosotras!
2. Sin sus amigos, _____ *(she would have)* sido una persona muy solitaria.
3. ¡Imagínate! Para mañana _____ *(we will have)* completado todas las preparaciones.
4. _____ *(I would have)* sacado un pasaporte nuevo, pero no tuve tiempo.
5. Ya _____ *(you will have)* hablado con el tutor antes de que yo llegue.
6. ¿Qué _____ *(will they have)* hecho con la solitud de beca? No la veo.
7. _____ *(We would have)* buscado unas habitaciones en el albergue juvenil, pero estaba completo.
8. Fueron para vacunarse pero la enfermera no estaba. ¿Adónde _____ *(would she have)* ido?

3 **¿Qué habrá / habría pasado?** Completa las oraciones de los dos grupos con el futuro perfecto o el condicional perfecto, según la indicación. Sigue los modelos.

MODELOS futuro perfecto: tú no lo (hacer) hasta el verano
Tú no lo habrás hecho hasta el verano.
condicional perfecto: tú no lo (hacer) sin la ayuda de tu familia
Tú no lo habrías hecho sin la ayuda de tu familia.

Futuro perfecto
1. ustedes ya (volver) de su viaje a Perú
2. yo (confirmar) las reservaciones dentro de unos minutos
3. para mañana tú y yo (hablar) con el agente de viaje
4. el tutor (salir) por un unos minutos

Condicional perfecto

5. tú nunca (exigir) alojamiento tan caro

6. ellos no (chismear) sobre la vida de su mentor

7. tanto equipaje no (caber) en el auto

8. yo no (ir) de juerga sin mis amigos

4 **Metas personales** Trabaja con un(a) compañero(a). Túrnense para hacer preguntas sobre sus metas personales para el futuro. ¿Qué habrán hecho al completar cada década de su vida? Después de preguntar y contestar, hagan una lista de las metas que tienen en común para compartirlas con la clase entera.

> **MODELO** los veinte
>> Estudiante 1: *¿Qué habrás hecho al salir de los veinte?*
>> Estudiante 2: *Creo que ya habré conseguido un trabajo bueno.*

1. los veinte

2. los treinta

3. los cuarenta

4. los cincuenta

5. los sesenta

6. los setenta

5 **Los que no ganaron** Trabajen en un grupo de tres o cuatro personas. Miren las fotos de varias personas que no ganaron la lotería e imaginen qué habrían hecho de haber ganado. Escriban dos oraciones para cada persona y sean lo más creativos que puedan. Después digan qué habrían hecho ustedes.

> **MODELO** Horacio es una persona muy audaz y aventurera.
> *Horacio habría comprado una moto muy grande. Y...*

1. Mauricio es muy disciplinado.

4. La Sra. Valdés es muy amorosa.

2. Elvira tiene un estilo personal muy llamativo.

5. El Sr. Robles está completamente agobiado.

3. Roque y Bruno son muy maleducados.

6. Marta y Mario son muy vanidosos.

Gramática útil 2

Repaso y ampliación: *Si* clauses

Cómo usarlo

© Heinle/Cengage Learning

66 Si **tuviera** la oportunidad de estudiar en el extranjero, mi respuesta siempre **sería** definitivamente ¡sí! 99

1. You reviewed the future and conditional tenses on pages 224–225 of **Repaso y preparación** in **Chapter 4**. Both these forms, along with others, can be used with **si** to say what you would or will do under certain conditions.

2. **Si** clauses are dependent clauses. When a **si** clause is used with a main clause, the **si** clause expresses a habitual, unresolved, or counterfactual (impossible) situation. The main clause expresses the routine, likely, unlikely, or impossible outcome of that situation. Here are four kinds of **si** clauses, each with its own level of certainty.

In the chart, "counter-factual" refers to a situation that could not and/or did not occur. Notice that the second kind of unresolved situation also has a counterfactual aspect to it, in that the speaker is saying it doesn't look possible right now, but the situation might change in the future.

Habitual situation	Routine outcome
Si **tengo** el dinero...	... siempre **voy** al cine los sábados. *(It happens routinely.)*
Unresolved situation: Si **tengo** el dinero... Si me **dan** la beca... Si la **ves**...	**Likely outcome:** ... **iré** a Chile. *(It's likely to happen.)* ... **voy a estudiar** en Lima. *(It's likely to happen.)* ... **dale** mis recuerdos. *(It's likely to happen.)*
Unresolved situation: Si **tuviera** el dinero...	**Unlikely outcome:** ... **iría a estudiar** en Lima. *(It probably won't happen.)*
Counterfactual situation: Si **hubiera ahorrado** mi dinero... Si **hubiera tenido** el dinero...	**Impossible outcome:** ... ahora **sería** un millonario. *(I'm not.)* ... **habría estudiado / hubiera estudiado** en el extranjero en mayo. *(I didn't have it so I couldn't go.)*

3. The order of the two clauses does not matter.
   Si vas a Machu Picchu, te divertirás. / Te divertirás **si vas a Machu Picchu.**

4. There are specific combinations of verb forms used in the **si** clause and in the main clause. Each combination conveys infomation about how likely the possible outcome is. These are the most common combinations.

- **Habitual situation / Routine outcome**
   Here the **si** clause does not express much doubt. It is describing a habitual situation with a routine outcome.

Si clause	Main clause
Habitual situation: present indicative	**Routine outcome:** **ir** + **a** + infinitive future present indicative

Si **vas** a mi casa... (siempre) **vas a comer** bien / **comerás** bien / **comes** bien.

- **Unresolved situation / Likely outcome**

  Here the speaker is fairly certain the event described in the **si** clause will occur. For this reason the verb in the main clause expresses certainty about the future.

Si clause	Main clause
Unresolved situation: present indicative	**Likely outcome:** **ir** + **a** + infinitive future command form

Si te quedas en ese hotel...   **vas a estar / estarás** muy cerca de las ruinas.
Si hablas con el gerente...   **pídele** un descuento.

- **Unresolved situation / Unlikely outcome**

  Here the speaker thinks it unlikely that the situation in the **si** clause will take place, so the imperfect subjunctive in the **si** clause expresses that uncertainty. The **si** clause can also describe counterfactual situations: **Si te quedaras en mi casa...** *(but you never do).*

Si clause	Main clause
Unresolved situation: imperfect subjunctive	**Unlikely outcome:** conditional

Si **te quedaras** en ese hotel, **estarías** muy cerca de las ruinas.
   *If you **were to stay** in that hotel, you **would be** very close to the ruins. (But you probably won't stay there.)*

- **Impossible situation / Impossible outcome**

  Because this refers to an impossible event, the speaker already knows it could not have happened (and, of course, it didn't). If the main clause refers to an impossible current situation, use the conditional. If it refers to an impossible situation in a past-tense context, use the past perfect subjunctive or the conditional perfect.

Native speakers often alternate between the conditional perfect and the past perfect subjunctive in the main clause, often because of regional usage. Either one is correct.

You can review the forms of the past perfect subjunctive on page 200 of **Chapter 4.**

Si clause	Main clause
Counterfactual situation: past perfect subjunctive	**Impossible outcome:** conditional past perfect subjunctive conditional perfect

Si yo **hubiera viajado** más, **sabría** más sobre otras culturas.
Si yo **hubiera estado** contigo, nos **hubiéramos divertido** / nos **habríamos divertido.**
   *If I **had traveled** more, I **would know** more about other cultures.*
   *If I **had been** with you, we **would have had fun.***

6 **¿Qué pasa si... ?** Escoge la forma que mejor complete la cláusula independiente, según la información contenida en la cláusula con **si.**

1. Si salgo de mi área de confort, (tendré / tuviera) una experiencia inolvidable.

2. Si tuvieras la mente abierta, (aprecias / apreciarías) más las culturas ajenas.

3. Si todos experimentáramos una cultura diferente, (entenderíamos / hubieramos entendido) mejor la nuestra.

4. Si ustedes se animaran, (verían / ven) que hay muchas oportunidades para encontrar un aprendizaje en un país extranjero.

5. Si ellos hubieran convocado un grupo de estudio, (invitarían / habrían invitado) a todos los estudiantes del tercer año.

6. Si te sumerges en una cultura diferente, (aprenderás / habrías aprendido) mucho.

Pista 10 **7** **Los resultados** Escucha las seis oraciones con cláusulas con **si.** Para cada una, decide si el resultado que se describe es rutinario, probable, improbable o imposible e indícalo en la tabla.

	resultado rutinario	resultado probable	resultado improbable	resultado imposible
1.				
2.				
3.				
4.				
5.				
6.				

 8 **Estudiar en el extranjero** Completa las oraciones con una forma correcta del verbo. (En algunos casos, hay más de una forma correcta.) Después, con un(a) compañero(a), túrnense para repetir o cambiar cada oración según su propia opinión.

1. Yo no viviría con una familia si no _____ (apreciar) su compañía.

2. Si voy de juerga todas las noches, no _____ (sacar) buenas notas.

3. Si tuviera un malentendido con un(a) compañero(a), _____ (disculparse) inmediatamente.

4. Si sintiera nostalgia por mis amigos y familiares, _____ (gastar) el dinero para llamarlos.

5. Si me independizo de los otros estudiantes norteamericanos, _____ (poder) hablar el español todos los días.

6. Si salgo del área de confort personal, _____ (tener) una experiencia mejor.

9 **Reacciones personales** ¿Qué harás o harías? Trabaja con un(a) compañero(a) para completar las frases indicadas. Túrnense para dar su reacción a cada situación relacionada con un viaje al extranjero.

MODELOS Si me dan $100 para un viaje...
Si me dan $100 para un viaje, compraré una maleta nueva.
Si me dieran $100 para el viaje...
Si me dieran $100 para un viaje, compraría una maleta nueva.

1. Si los pasajeros son agradables...

2. Si el guía fuera interesante...

3. Si yo experimentara el choque cultural...

4. Si la gente habla muy rápido...

5. Si mis amigos no me llamaran...

6. Si necesito más dinero...

7. Si mi profesora fuera despistada...

8. Si perdiera mi pasaporte...

10 **Escena de un viaje desastroso** Trabaja con un(a) compañero(a). Miren el dibujo y coméntenlo, diciendo qué habrían hecho si les hubieran ocurrido las situaciones indicadas. Sigan el modelo.

MODELO La Sra. Gómez
Si yo fuera la Sra. Gómez, habría / hubiera hecho una reservación con dos meses de antelación.

© Heinle/Cengage Learning

Gramática útil 3

Repaso y ampliación: Sequence of tenses in the subjunctive

Cómo usarlo

66 Y **está** previsto: el que **haya tenido** experiencias en otras culturas tendrá más éxito, punto final no más. 99

1. You have reviewed and learned a number of tenses throughout this book. The phrase *sequence of tenses* refers to formulas that help you figure out which tenses are normally used together when you use the subjunctive in sentences where one clause is in the indicative (the main clause) and the other is in the subjunctive (the dependent clause). For example, look at the sequence of tenses in the following sentences.

Les **voy a pedir** que **den** una vuelta conmigo.	***I'm going to ask*** that they ***go*** for a walk with me.
Les **pido** que **den** una vuelta conmigo.	***I am asking*** that they ***go*** for a walk with me.
Les **pedí** que **dieran** una vuelta conmigo.	***I asked*** that they ***go*** for a walk with me.
Con más tiempo, les **pediría** que **dieran** una vuelta conmigo.	With more time, ***I would ask*** that they ***go*** for a walk with me.

2. Here are some formulas to help you use the indicative and the subjunctive forms together in various present, past, and future contexts. (These are not all the possible combinations, just some typical ones.) Note their different meanings.

- **Future time**
  - future indicative (main clause) + present subjunctive (dependent clause)
Pediré que **salgan.**	***I will ask*** that they ***leave.***
  - future perfect (main clause) + present subjunctive (dependent clause)
Habré pedido que **salgan.**	***I will have asked*** that they ***leave.***

- **Present time**
  - present indicative (main clause) + present subjunctive (dependent clause):
Dudo que **vayan** a salir.	***I doubt*** that they ***are going to leave.***
  - present indicative (main clause) + present perfect subjunctive (dependent clause):
Dudo que **hayan salido.**	***I doubt*** that they ***have left.***

- **Past time**
  - present perfect indicative (main clause) + imperfect subjunctive (dependent clause):

    He dudado que **salieras.**   *I **have doubted** that you **were leaving.***

  - preterite indicative (main clause) + imperfect subjunctive (dependent clause):

    Pedí que **salieras.**   *I **asked** that you **leave.***

  - preterite indicative (main clause) + past perfect subjunctive (dependent clause):

    Fue una pena que ya **hubieras salido.**   *It **was** too bad that you **had already left.***

  - imperfect indicative (main clause) + imperfect subjunctive (dependent clause):

    Dudaba que **salieras.**   *I **doubted** that you **were leaving.***

  - imperfect indicative (main clause) + past perfect subjunctive (main clause):

    Dudaba que **hubieras salido.**   *I **doubted** that you **had left.***

  - past perfect indicative (main clause) + imperfect subjunctive (main clause):

    Ya **había pedido** que **salieras.**   *I **had already asked** that you **leave.***

- **Conditional / Hypothetical situations**
  - conditional + imperfect subjunctive

    Pediría que **salieras.**   *I **would ask** that you **leave.***

  - conditional perfect + imperfect subjunctive

    Habría pedido que **salieras.**   *I **would have asked** that you **leave.***

  - past perfect subjunctive + imperfect subjunctive

    Hubiera pedido que **salieras.**   *I **would have asked** that you **leave.***

> You can also use the present subjunctive with a past-tense verb if the action it expresses relates to a present-tense or future context, and not a past-tense one:
>
> Mis amigos **me recomendaron que vaya** a Amazonia. (The recommendation is in the past, but the action of going has not yet taken place.)

> On pages 244–245 you learned how to express hypothetical situations in **si** clauses. You can also express them in sentences without the **si** clause by using these formulas.

¿Él le dijo eso a ella? ¿Quién lo **hubiera creído**?

Pista 11

11 **¿Cuándo?** Escucha las oraciones. Para cada una, escribe el verbo conjugado de la primera cláusula y el verbo conjugado de la segunda cláusula en la tabla. Después, escucha la oración otra vez e indica si el contexto de la oración es presente, pasado o condicional. Escucha cada oración dos veces. Sigue el modelo.

> **MODELO** *Mis padres quieren que yo vaya a estudiar en el extranjero.*

	verbo 1	verbo 2	contexto
Modelo	*quieren*	*vaya*	*presente*
1.			
2.			
3.			
4.			
5.			
6.			
7.			
8.			

12 **Problemas y soluciones** Escribe la forma del verbo en el subjuntivo que mejor complete cada oración.

1. ¿Qué haría si perdiera el pasaporte? Tendría que pedir que los empleados de la embajada me _____ (avisar) si alguien lo devuelve.

2. El médico no pudo darme la vacuna hoy. Me sugirió que _____ (volver) mañana.

3. No quiero tener problemas en la aduana. Es mejor que yo _____ (echar) esta manzana a la basura antes de entrar.

4. Si hubiera tenido las fechas antes, habría insistido en que mis amigos _____ (hacer) una reservación con unas semanas de antelación.

5. Quiero buscar un empleo en Chile por unos meses. Dudo que _____ (tener) que sacar una visa, pero no estoy segura.

6. Quería llevar dos maletas muy grandes. ¡Qué pena que ellas no _____ (caber) en el auto!

7. En el caso de enfermarme en el extranjero, no sé qué haría. A lo mejor, buscaría un médico que _____ (hablar) inglés.

8. No gané la beca para estudiar en el extranjero. Pero mis profesores me aconsejan que la _____ (solicitar) otra vez.

 13 **Sugerencias para viajar** Trabaja con un(a) compañero(a) de clase. Miren un mapa del mundo en Internet o en clase. Túrnense para buscar un país y hacer sugerencias sobre lo que la otra persona debe hacer allí. Sigan el modelo y usen formas del presente del subjuntivo con actividades de la lista (e información que ya sabes sobre los países). Cada persona debe mencionar por lo menos cinco países.

MODELO Cuando vayas a..., es necesario que...

Estudiante 1: *Cuando vayas a Marruecos, es necesario que visites Rabat.*

Estudiante 2: *Cuando vayas a Costa Rica, es necesario que vayas a las playas de Guanacaste.*

Actividades: caminar por la selva, comer ¿...?, comprar ¿...?, escuchar música ¿...?, hablar ¿...?, ir a las playas (de ¿...?), pasear en barco por el río / lago ¿...?, practicar alpinismo, ver mucha flora y fauna / ruinas / ¿...?, visitar ¿...?

14 **Los compañeros del programa** Con un(a) compañero(a) de clase, túrnense para completar las siguientes oraciones sobre unos compañeros de un programa de estudios en el extranjero. Pueden elegir ideas de la lista u otras que prefieran. Sigan el modelo.

MODELO Miguel es muy presumido. Muchas veces, tuve que pedirle que...
...fuera más considerado con los demás.

Ideas: ayudarle(s) a..., buscar aventuras, decirle dónde están sus cosas, estudiar más, llevarse bien con todos, participar en las actividades del programa, obedecer las reglas, no poder relajarse, practicar deportes extremos, quejarse tanto, salir a divertirse, tener más consideración para los demás

1. Belkis es muy acomedida. Era fantástico que ella...

4. Laura es un poco rebelde. Los profesores siempre le pedían que...

2. Armando es muy despistado. Era necesario que nosotros...

5. Enrique es bastante exigente. Era una pena que él...

3. Susana es muy audaz. Ella siempre quería que todos...

6. Ronaldo es un poco inseguro de sí mismo. Teníamos que animarlo para que él...

15 **Ahora y antes** Trabaja con un(a) compañero(a) de clase. Túrnense para mencionar cinco cosas que dudabas en el pasado y otras que dudas ahora. Sigan el modelo y usen formas del subjuntivo.

MODELO *Antes dudaba que yo pudiera sacar buenas notas en la universidad. ¡Ahora dudo que pueda terminar toda la tarea!*

>> ¡A que no sabías!

Viajar es la mejor manera de borrar por completo los estereotipos de la conciencia. Sin conocer de primera mano una cultura o un país, es fácil tener alguna idea falsa, incompleta o fabricada de lo que representa esa cultura o país. Por ejemplo, ¿qué se te ocurre al pensar en Argentina o España? Argentina, un país enorme con ricas tradiciones, ofrece mucho más que las parrilladas y el tango. Y ¡qué va! España luce mucho más que las tapas y el flamenco.

Vas a leer unos párrafos sobre seis países latinoamericanos. A ver si puedes adivinar qué párrafos corresponden con qué país. ¡A que no sabías!

Los países

© Heinle/Cengage Learning

Los párrafos

TEXTO A

Este es el único país latinoamericano que en un momento breve de su historia tuvo un presidente estadounidense. William Walker, de Nashville, Tennessee se proclamó presidente de este país entre 1856 y 1857 a través de unas elecciones amañadas *(rigged)*. El presidente de los Estados Unidos en esos tiempos, Franklin Pierce, reconoció a Walker como el gobernador legítimo de este país en 1856. Pronto perdió el apoyo de los intereses norteamericanos y fue repatriado a Nueva York. Poco después volvió a la región centroamericana donde fue capturado por la Armada Británica. Fue entregado a las autoridades hondureñas, quienes lo fusilaron a la edad de 36 años.

TEXTO B

En este país se encuentra una piedra preciosa que hasta hace poco no se había encontrado en ningún otro sitio en todo el mundo: el ámbar azul. El ámbar es una resina fosilizada, residuo de árboles prehistóricos. El origen de su color sigue siendo un misterio, pero lo que sí queda claro es que el ámbar azul es una piedra hermosa, exótica y extremadamente rara. Se cuenta que los nativos del país le regalaron a Cristóbal Colón unos zapatos decorados con ámbar de este país.

© Barbara's Jewelry

TEXTO C

Este país fue parte de una guerra que se vino a conocer como "La guerra del fútbol" porque las cien horas que duró coincidieron con los disturbios que estallaron en las eliminatorias de la Copa Mundial de Fútbol de 1970. La turbulencia en el partido de fútbol no fue la causa de la guerra, sino sólo un síntoma de las tensiones políticas que ya existían entre este país y El Salvador sobre la inmigración y la demarcación de la frontera. La breve guerra resultó en un acuerdo de paz once años después en el cual este país recibió la mayoría del territorio en disputa.

TEXTO D

Una de las tradiciones de este país durante el carnaval del verano incluye un tipo de coral-teatral-musical llamado "la murga". En la murga, un grupo canta letras que ellos mismos han escrito con temas relacionadas a la política, la sociedad, las noticias del día o cualquier acontecimiento importante de la actualidad. El espectáculo se define por su tono de ironía para reírse de la adversidad.

TEXTO E

Los habitantes de este país a veces pueden tener hasta cuatro nombres, un sistema que puede resultar en un apellido distinto para cada generación. El nombre completo empieza con un nombre de pila en español, seguido por un nombre de pila africano, luego el nombre de pila del padre (que se convierte en el apellido principal) y finalmente, el nombre de pila de la madre.

TEXTO F

Por sus cordones montañosos y los vientos casi constantes, las actividades aéreas que se destacan dentro del turismo de aventura en este país son la práctica de parapente, de ala delta y los vuelos en planeadores. Uno de los mejores pilotos del mundo, el suizo Andy Hediger, a quien llaman "el Maradona del Parapente Mundial", se quedó a vivir para siempre en las montañas de este país después de haber competido en el 1er Mundial de Parapente.

TEXTO G

Las estadísticas de este país en el alfabetismo y la salud lo hacen atractivo al que quiera leer hasta la mayor edad. Las figuras oficiales reclaman un 97% de alfabetismo. Recientemente el gobierno ha alcanzado la meta de poner una computadora portátil en las manos de cada estudiante y maestro en el país. También se distingue por su larga esperanza de vida: el índice de la mortalidad infantil está a 13.9/1000, el cual es muy bajo, y la esperanza de vida al nacimiento es 75.2 años, la más alta de toda Sudamérica.

TEXTO H

En este país una danza llamada "Palo de Mayo" forma parte de la cultura de varias comunidades. También es el nombre del festival que se celebra durante un mes en la costa caribeña. Se cree que tanto la danza como el festival son una mezcla de las tradiciones europeas y afrocaribeñas, aunque hay varias teorías sobre sus orígenes. La mayoría de los historiadores dicen que el Palo de Mayo vino de Inglaterra, pero existen diferencias sobre la ruta de su llegada a la costa. Aunque el ritual del Palo de Mayo ha desaparecido de otros países, en este país sigue pasándose de generación a generación.

TEXTO I

En este país se encuentra una comunidad que se dedica a la permacultura, "un sistema de diseño para la creación de medioambientes humanos sostenibles". La permacultura no se trata solamente de la agricultura, sino también de la cultura, porque para sobrevivir mucho tiempo, las culturas tienen que implementar una ética en su uso de la tierra. Dice Bill Mollison: "Algunos creemos que la Permacultura es hoy en día una de las más ricas, vitales y emergentes síntesis del conocimiento humano en su búsqueda de una sociedad justa en armonía con la naturaleza".

© Shutterstock

TEXTO J

Aunque el español es el idioma de la mayoría de los habitantes de este país, y es el idioma que utiliza el gobierno, el francés y el portugués igual son idiomas oficiales según la Constitución. También se reconocen las lenguas aborígenes, incluso el *fang,* el *bubi,* el *annobonés,* el *balengue*, el *ndowé,* el *ibo* y el *inglés criollo.* La población es de carácter joven, demostrado en el porcentaje (45) de personas que no sobrepasa los 15 años. Y es el único país hispano en el mundo con una población que en su mayoría es africana.

TEXTO K

Óscar de la Renta, uno de los diseñadores más ilustres y creativos de la moda mundial nació en este país en 1932 con el nombre de Óscar Arístides Renta Fiallo. A los dieciocho años viajó a España para estudiar arte en la Academia de San Fernando en Madrid, pero pronto reconoció su interés en la moda y empezó a hacer diseños para las firmas españolas de alta costura hasta llegar a hacer un aprendizaje con Cristóbal Balenciaga. En 1971, de la Renta se hizo ciudadano estadounidense por razones prácticas, aunque admite que en su corazón, es más latino que norteamericano.

TEXTO L

En este país se encuentran las ruinas de un centro ceremonial y gubernamental de la gran y antigua civilización maya. La ciudad alcanzó su población máxima en el siglo VIII con más de 20.000 habitantes. La zona arqueológica se destaca por sus numerosos templos, plazas, altares y estelas. La Escalinata de los Jeroglíficos contiene más de 1.250 bloques de inscripción que quizás sean los jeroglíficos más importantes y extensos de toda Mesoamérica.

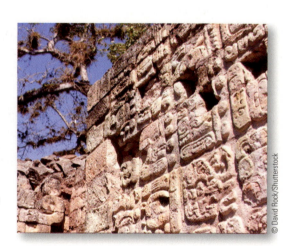

1 **¿Comprendiste?** Sin hacer investigación, pon las letras de los dos párrafos que crees que correspondan con cada país. Toma tus decisiones rápidamente, después de haber leído el párrafo sólo una vez. No te preocupes si adivinaste mal, ¡es normal! Así puedes aprender más sobre tus ideas de ciertos países.

1. Argentina: _____, _____
2. Guinea Ecuatorial: _____, _____
3. Honduras: _____, _____
4. Nicaragua: _____, _____
5. República Dominicana: _____, _____
6. Uruguay: _____, _____

Tú y el mundo sin fronteras: ¡Exprésate!

2 **Mente abierta** ¿Cómo te fue? Si adivinaste todos los países correctamente, ¡enhorabuena! Escoge uno de los países que más te interese, haz una investigación y escribe un párrafo que enfoque en un dato interesante de ese país que no es muy bien conocido. Si adivinaste mal en algunos de los países, explica el razonamiento que usaste para escoger el país que escogiste. Luego, explica algo de lo que aprendiste de tu visión del mundo al hacer este ejercicio.

3 **¿Qué te pareció?** Con un(a) compañero(a), hablen sobre cómo se sintieron al hacer la **Actividad 1**.

- ¿Qué les gustó o no les gustó del ejercicio?
- ¿Qué información les sorprendió más? ¿Por qué?
- ¿Aprendieron algo que no sabían? ¿Qué fue?
- ¿Les inspiró a viajar? ¿Por qué sí o no?
- ¿A qué país del mundo les gustaría viajar?¿Por qué?
- ¿...?

¡Conéctate!

¿Sabías qué...? Con un(a) compañero(a), hagan una investigación en Internet sobre un país hispanohablante del cual no saben mucho. Busquen por lo menos tres datos o cosas de interés cultural que no son muy bien conocidos de ese país. Preparen una presentación para la clase. Recuerden que el propósito es encontrar cosas que les sorprenderían a sus compañeros con relación a ese país.

¡A leer!

>> Antes de leer

ESTRATEGIA

Here are two strategies that will help you better understand the reading.

1. **Activating background knowledge:** When you approach a reading about a specific topic, prepare yourself for its context by taking an inventory of what you already know about the subject. For example, you are going to read five short passages by Isabel Allende that discuss some of her feelings about national identity, cultural differences, and the importance of travel. What do you already know about Isabel Allende and her life? Given the context of the readings, what words or ideas would you expect to read about in these pieces? Jot down a list of related words or phrases (in either Spanish or English).

2. **Scanning for detail:** When you scan for details, you are looking for specific pieces of information. Before you read the five excerpts on pages 260–261, read the questions in **Activities 3** and **4** (page 262) to see what information you will be looking for. Then, keeping them in mind, read the excerpts to find the information you need.

Para entender y hablar de la lectura

Here are some useful words for understanding and discussing the reading selection, which describes the author's feelings about her national identity, cultural background and world travel.

amar *to love*

el atentado *the attempt*

atestiguar *to testify, to bear witness*

los buenos / malos modales *good / bad manners*

la cadena familiar *family chain (lit.), the family lineage*

(in)cómodo *(un)comfortable*

comportarse *to behave*

de corazón *in my heart*

el eslabón *link (as in a chain)*

el gesto *gesture*

el hogar *home*

lidiar *to fight*

procurar *to try*

replicar *to reply, respond*

los rincones de la memoria *the corners of the memory*

suceder *to happen, occur*

el terreno *land, (home) country*

 1 Basándote en las palabas de la lista, ¿cuáles son algunos temas que probablemente va a tratar la lectura?

¡Fíjate! El renacimiento de Chile

En su libro *Mi país inventado* (2003), Isabel Allende habla de un Chile que existe solamente en sus memorias, ya que ella salió definitivamente del país en 1974. Durante los últimos cuarenta años, Chile ha pasado por una transformación tan marcada que parece una verdadera reinvención.

En 1970, Salvador Allende, el primo del padre de Isabel Allende, fue elegido presidente. Durante los próximos tres años, su gobierno empezó a implementar varias políticas económicas marxistas. En 1973, un golpe militar derrocó *(overthrew)* el gobierno de Allende y el General Augusto Pinochet lo reemplazó como presidente. (Allende murió luchando contra las tropas de Pinochet.) El gobierno de Pinochet, que fue conocido por sus violaciones de los derechos humanos, duró hasta 1989.

Desde entonces, la situación ha mejorado dramáticamente y con la elección de Michelle Bachelet en 2006, Chile consolidó su reputación como un país democrático, progresista y económicamente sano.

2 Isabel Allende salió de Chile en 1974. El país ha cambiado mucho desde entonces. Imagina que saliste de tu país natal hace 15 años. ¿Cómo habría cambiado el país durante esos años? ¿Cómo te sentirías al volver? ¿Qué cosas habrían cambiado? ¿Qué cosas no habrían cambiado?

Isabel Allende, Chile

Isabel Allende nació de padres chilenos en Lima, Perú en 1942. De niña, vivió en Perú, Bolivia y Líbano. Conoció Chile por primera vez en 1945 y vivió allí hasta 1953 y otra vez entre 1958 y 1974. Después de la caída del gobierno de Allende en 1973, ella se trasladó a Venezuela, donde vivió antes de casarse con Willie Gordon, un abogado estadounidense, en 1988. Actualmente vive en San Rafael, California.

Allende es sin duda la autora latinoamericana mejor conocida a nivel internacional. Ha trabajado como periodista y escritora y es autora de una variedad de novelas, libros para niños y adolescentes, obras dramáticas, cuentos y ensayos. Sus libros se han traducido a más de 27 idiomas y ella es la recipiente de una multitud de premios literarios internacionales.

© Associated Press

Eduardo Kingman is one of Ecuador's best-known artists. He was famous for his portrayal of his country's indigenous people and his love for its small mountainous communities. He was also known for his portraits of hands, which often express more emotion than his faces. In *Lugar natal* he pays tribute to his birthplace, showing it lovingly cradled inside a gentle pair of hands.

Mi país inventado (extractos), Isabel Allende

Isabel Allende comparte sus sentimientos y emociones sobre la cultura, la identidad nacional y los beneficios de viajar.

Lugar natal, **Eduardo Kingman**

La identidad nacional

1. Si me hubieran preguntado hace poco de dónde soy, habría replicado, sin pensarlo mucho, que de ninguna parte, o latinoamericana, o tal vez chilena de corazón. Hoy, sin embargo, digo que soy americana, no sólo porque así lo atestigua mi pasaporte, o porque esa palabra incluye a América de norte a sur, o porque mi marido, mi hijo, mis nietos, la mayoría de mis amigos, mis libros y mi casa están en el norte de California, sino también porque no hace mucho un atentado terrorista destruyó las torres gemelas[1] del World Trade Center y desde ese instante algunas cosas han cambiado. No se puede permanecer neutral en una crisis. Esta tragedia me ha confrontado con mi sentido de identidad; me doy cuenta que hoy soy una más dentro de la variopinta[2] población norteamericana, tanto como antes fui chilena. Ya no me siento alienada en los Estados Unidos. [...]

2. Por el momento California es mi hogar y Chile es el territorio de mi nostalgia. Mi corazón no está dividido, sino que ha crecido. Puedo vivir y escribir casi en cualquier parte. Cada libro contribuye a completar ese «pueblo dentro de mi cabeza», como lo llaman mis nietos. En el lento ejercicio de la escritura he lidiado con mis demonios y obsesiones, he explorado los rincones de la memoria, he rescatado historias y personajes del olvido, me he robado las vidas ajenas y con toda esta materia prima[3] he construido un sitio que llamo mi patria. De allí soy. [...]

Diferencias culturales

3. A menudo me pregunto en qué consiste exactamente la nostalgia. En mi caso no es tanto el deseo de vivir en Chile como el de recuperar la seguridad con que allí me muevo. Ése es mi terreno. Cada pueblo tiene sus costumbres, manías, complejos. Conozco la idiosincrasia del mío como la palma de mis manos, nada me sorprende, puedo anticipar las reacciones de los demás, entiendo lo que

[1]**torres...** *twin towers* [2]*motley* [3]**materia...** *raw material*

significan los gestos, los silencios, las frases de cortesía, las reacciones ambiguas. Sólo allí me siento cómoda socialmente, a pesar de que rara vez actúo como se espera de mí, porque sé comportarme y rara vez me fallan los buenos modales.

Cuando a los cuarenta y cinco años y recién divorciada emigré a Estados Unidos, obedeciendo al llamado de mi corazón impulsivo, lo primero que me sorprendió fue la actitud infaliblemente optimista de los norteamericanos, tan diferente a la de la gente del sur del continente, que siempre espera que suceda lo peor. Y sucede, por supuesto. En Estados Unidos la Constitución garantiza el derecho a buscar la felicidad, lo cual sería una presunción bochornosa[4] en cualquier otro sitio. Este pueblo también cree tener derecho a estar siempre entretenido y si cualquiera de estos derechos le falla, se siente frustrado. El resto del mundo, en cambio, cuenta con que la vida es por lo general dura y aburrida, de modo que celebra mucho los chispazos[5] de alegría y las diversiones, por modestas que sean, cuando éstas se presentan. [...]

4. Al principio, Willie, condenado[6] a vivir conmigo, se sentía tan incómodo con mis ideas y mis costumbres chilenas como yo con las suyas. Había problemas mayores, como que yo tratara de imponer mis anticuadas normas de convivencia a sus hijos y él no tuviera idea del romanticismo; y problemas menores, como que yo soy incapaz de usar los aparatos electrodomésticos y él ronca[7]; pero poco a poco los hemos superado. Tal vez de eso se trata el matrimonio y nada más: ser flexibles. Como inmigrante he tratado de preservar las virtudes chilenas que me gustan y renunciar a los prejuicios que me colocaban en una camisa de fuerza[8]. He aceptado este país. Para amar un lugar hay que participar en la comunidad y devolver algo por lo mucho que se recibe; creo haberlo hecho. Hay muchas cosas que admiro de Estados Unidos y otras que deseo cambiar, pero ¿no es siempre así? Un país, como un marido, es siempre susceptible de ser mejorado. [...]

"Willie" is Willie Gordon, Allende's American husband, whom she met in 1987 during a lecture tour in California.

La experiencia de viajar

5. Si yo nunca hubiera viajado, si me hubiera quedado anclada[9] y segura en mi familia, si hubiera aceptado la visión de mi abuelo y sus reglas, habría sido imposible recrear o embellecer[10] mi propia existencia, porque ésta habría sido definida por otros y yo sería sólo un eslabón más de una larga cadena familiar. Cambiarme de lugar me ha obligado a reajustar varias veces mi historia y lo he hecho atolondrada[11], casi sin darme cuenta, porque estaba demasiado ocupada en la tarea de sobrevivir. Casi todas las vidas se parecen y pueden contarse en el tono con que se lee la guía de teléfonos, a menos que uno decida ponerles énfasis y color. En mi caso he procurado pulir[12] los detalles para ir creando mi leyenda privada, de manera que, cuando esté en una residencia geriátrica esperando la muerte, tendré material para entretener a otros viejitos seniles.

---

[4]*embarrassing* [5]*sparks* [6]*condemned* [7]*snores* [8]**me...** *put me into a straightjacket* [9]*anchored* [10]*to beautify* [11]*dazed, stunned* [12]*to polish*

Allende, Isabel *Mi país inventado*. Rayo, copyright 2003. Five excerpts from pages 61–63. Reprinted by permission of Isabel Allende.

Después de leer

3 Contesta las siguientes preguntas sobre los textos de las páginas 260–261.

Texto 1: La identidad nacional

1. Según Allende, ¿qué nacionalidad(es) tenía ella antes del 9/11?
2. ¿Qué nacionalidad adoptó ella después del 9/11? ¿Por qué?
3. ¿Cuáles son dos razones más por las cuales ella se identifica como "americana"?

Texto 2: La Identidad nacional

4. Según Allende, ¿cuál es la diferencia entre los sentimientos que tiene por California y los que tiene por Chile?
5. ¿Cómo le ha afectado esta división interna?
6. ¿Qué le ha ayudado a resolver sus dudas sobre la patria?

Texto 3: Diferencias culturales

7. Con relación a Chile, ¿qué conoce Allende?
8. ¿Dónde se siente ella cómoda socialmente? ¿Por qué?
9. ¿Qué le sorprendió a Allende al emigrar a Estados Unidos?
10. ¿Qué opinión tiene ella sobre el derecho a buscar la felicidad?
11. Según Allende, ¿cuál es la actitud del resto del mundo en cuanto a la felicidad?

Texto 4: Diferencias culturales

12. ¿Qué ha tratado de hacer Allende como inmigrante?
13. Según ella, ¿qué hay que hacer para amar un lugar?
14. ¿Qué comparación hace ella entre un país y un marido?

Texto 5: La experencia de viajar

15. ¿Cómo le ha afectado a Allende el acto de viajar y cambiarse de lugar?
16. Según ella, ¿cuál es el resultado final de haber tenido la oportunidad de pulir los detalles de su vida?

4 Con un(a) compañero(a) de clase, contesta las siguientes preguntas.

1. En su opinión, ¿cómo le ha afectado a Allende viajar a y vivir en muchos sitios diferentes? ¿Cuáles son algunas de las ventajas y desventajas que ella menciona?
2. ¿Creen que 9/11 cambió las actitudes de muchas personas hacia el patriotismo y la identidad nacional, como pasó con Allende? ¿Por qué sí o por qué no?
3. Allende compara a un país con un esposo. ¿Cuáles son otras comparaciones que se pueden hacer?
4. ¿Qué piensan de los comentarios de Allende sobre los estadounidenses y el derecho de buscar la felicidad y el derecho a estar siempre entretenido? ¿Están de acuerdo? ¿Por qué sí o por qué no?

5 En grupos de tres o cuatro estudiantes, contesten las siguientes preguntas sobre las ideas de la lectura.

1. **La cultura y la identidad nacional:** En su opinión, ¿es posible sentirse completamente cómodo(a) culturalmente después de vivir en otro país por muchos años? ¿Creen que es necesario entender y compartir referencias culturales del pasado, como canciones, películas y programas de televisión, para "pertenecer" a la cultura nueva? ¿Por qué sí o por qué no?

2. **La nostalgia:** Cuando piensan en su niñez, ¿hay cosas del pasado por las cuales sienten nostalgia? ¿Cuáles son algunas cosas que existen ahora por las cuales tal vez sentirán nostalgia en el futuro? ¿Cómo afecta la nostalgia nuestra percepción del pasado y del futuro?

3. **Los viajes y la reinvención personal:** ¿Están de acuerdo con la idea de Allende de que cuando uno viaja y se traslada frecuentemente es mucho más fácil reinventarse? ¿Por qué sí o por qué no? ¿Existen otras oportunidades para reinventarse, además de viajar? ¿Cuáles son? Si uno(a) de ustedes se ha reinventado alguna vez, ¿cómo y cuándo lo hizo?

4. **La escritura y la autodefinición:** Allende cree que el acto de escribir le ha ayudado a definirse a sí misma. ¿Les ha ayudado la escritura de esta manera alguna vez? Si es así, ¿cómo les ayudó? Si no es así, ¿cuáles son otros actos o situaciones que les ayudan a verse más claramente?

6 Con un(a) compañero(a) de clase, piensen en sus planes para el futuro. ¿Quieren viajar a otros países? ¿Prefieren quedarse aquí? Imaginen que ya han pasado veinte años y están analizando cómo les afectó su decisión de viajar o no viajar. Túrnense para completar las siguientes frases.

1. Si hubiera viajado, (no) habría…   **2.** Si no hubiera viajado, (no) habría…

7 Hay muchos autores como Isabel Allende que se trasladaron de su país natal—o por razones políticas, económicas o personales—, y vivieron por un tiempo (o todavía viven) en otro país. Hay otros, como Julia Álvarez, que nacieron en otro país pero todavía mantienen lazos fuertes con el país de sus antepasados. Escoge uno(a) de los autores de la siguiente lista y haz una investigación sobre su vida y sus obras principales. ¿Qué papel han jugado en sus libros la nostalgia y la experiencia de vivir fuera del país? En tu opinión, ¿han afectado estos temas mucho o poco su producción literaria? Prepara una presentación breve sobre la vida del (de la) autor(a) y sus obras. Luego compártela con la clase entera.

> **MODELO** *Aunque Julia Álvarez nació en EEUU, vivió en la República Dominicana hasta la edad de 10 años. Su familia tuvo que salir del país porque…*

Autores posibles: Julia Álvarez (República Dominicana), Miguel Ángel Asturias (Guatemala), Gioconda Belli (Nicaragua), Guillermo Cabrera Infante (Cuba), Sandra Cisneros (México), Julio Cortázar (Argentina), Ariel Dorfman (Chile), Jorge Guillén (España), Donato Ndongo-Bidyogo (Guinea Ecuatorial), Octavio Paz (México) y Zoé Valdés (Cuba)

Las perspectivas globales   *Global perspectives*

la aldea global *global village*

el entorno profesional / social *professional / social environment*

la experiencia laboral *job experience*

el mercado laboral *job market*

Verbos

ampliar *to expand; to increase; to broaden*

animar(se) *to encourage; to cheer up; to get motivated*

apreciar *to appreciate*

captar *to capture; to grasp*

experimentar *to experience; to feel; to undergo*

independizarse de *to gain independence from*

madurar como persona *to mature as a person*

percibir *to perceive*

sumergirse *to immerse oneself*

Sustantivos

el área de confort *comfort zone*

el choque cultural *culture shock*

el crecimiento *growth*

la etapa de tu vida *stage of your life*

la fuerza de voluntad *willpower*

la gama de barreras *range of obstacles*

la mente abierta *open mind*

la sabiduría *wisdom*

el temor *fear*

Adjetivos

agradable *pleasant; enjoyable; nice*

ajeno(a) *alien, foreign*

alucinante *amazing, mind-boggling*

amplio(a) *broad; wide; spacious; expansive*

etnocéntrico(a) *ethnocentric*

gratificante *gratifying, rewarding*

impresionante *impressive; striking*

inmerso(a) *immersed*

novedoso(a) *novel, original; innovative*

numeroso *numerous, many*

pleno(a) *full; center of; middle*

previsto(a) *foreseen; predicted*

prometedor(a) *promising*

Para estudiar en el extranjero   *To study abroad*

el aprendizaje *apprenticeship; internship; training period*

la beca *scholarship*

el criterio *criterion*

el (la) mentor(a) *mentor*

el respaldo *support; backing*

el (la) tutor(a) *tutor*

el viaje educativo *educational travel / trip*

Asuntos prácticos   *Practical matters*

el albergue juvenil *youth hostel*

el alojamiento *housing*

con (dos meses de) antelación *(two months) in advance*

el pasaporte vigente *valid passport*

el proceso de la visa *visa process*

el sistema de pago *payment method*

el trámite *procedure*

  los trámites aduaneros *customs procedures*

la vacuna *vaccine*

la visa estudiantil *student visa*

Para vivir en el extranjero *Living abroad*

Verbos

aclarar *to clear up, clarify*
acoger *to take in; to welcome*
acudir *to come, arrive; to go to a place frequently*
caber *to fit*
chismear *to gossip*
congregarse *to congregate*
conllevar *to entail; to involve*
convocar *to call, convene; to organize*
dar la vuelta *to take a spin; to go for a walk, a drive, or a ride*
descuidarse *to be careless*
desvelarse *to stay awake; to be unable to sleep*

disculparse *to apologize*
encomendar (ie) *to entrust*
exigir *to demand*
ir de juerga *to go partying*
latir *to beat; to pulsate*
lucir *to look good, look special*
madrugar *to get up early; to stay up late (into the wee hours)*
tener entendido que... *to have the impression that . . . ; to have understood that . . .*
vagar sin rumbo *to wander, roam aimlessly*

Sustantivos

el acontecimiento *event*
el hallazgo *finding, discovery*
la hazaña *great or heroic deed; exploit*
el hecho *fact*
el inconveniente *problem; drawback, disadvantage*
la lengua materna *mother tongue*
el malentendido *misunderstanding*

el ocio *leisure time*
el regocijo *joy*
el ritmo de vida *rhythm of life*
el robo de identidad *identity theft*
el rótulo *sign*
la temporada alta (baja) *high (low) season*
la vida nocturna *night life*

Cómo describir a la gente *How to describe people*

abierto(a) *very open to experiences; open-minded*
acomedido(a) *obliging, helpful*
agobiado(a) *overwhelmed*
amistoso(a) *friendly*
amoroso(a) *loving, affectionate*
audaz *brave, courageous; daring, bold*
aventurero(a) *adventurous*
caprichoso(a) *capricious, fussy; always changing his (her) mind*
cerrado(a) *very closed to experiences; close-minded*
culto(a) *educated; cultured*
cursi *snobby; tasteless*
despistado(a) *scatterbrained, absent-minded*
disciplinado(a) *disciplined*
exigente *demanding*

grosero(a) *rude; crude; vulgar*
(in)seguro(a) de sí mismo(a) *(un)sure of him or herself*
llamativo(a) *striking*
maleducado(a) *bad-mannered; uncourteous; rude*
presumido(a) *conceited, full of oneself; arrogant*
prudente *prudent, sensible*
rebelde *rebel*
respetuoso(a) *respectful*
sensato(a) *prudent, sensible*
soberbio(a) *proud, arrogant, haughty*
temeroso(a) *fearful, timid*
terco(a) *stubborn*
vanidoso(a) *vain*

Frases de todos los días *Everyday phrases*

de primera mano *firsthand*
estar mal visto(a) *to be frowned upon*
fuera de lo común *out of the ordinary*
meter la pata *to stick your foot in your mouth*
para chuparse los dedos *mouthwatering*
por casualidad *by sheer chance or coincidence*

quedarse con los brazos cruzados *to twiddle your thumbs*
te apuesto *I bet you*
tener buena (mala) pinta *to have a good (bad) look*
un montón *a ton; a lot; loads of*

Perspectivas internacionales **3**

Estudiar en otro país

De fondo: ¿Qué significa estudiar en el exterior?

 1 **Aprender y pensar** Lee la siguiente información sobre los programas de estudios en el exterior y luego las preguntas de la página 267.

Motivación y recursos
Motivos para estudiar en el exterior: ¿Cuál es el tuyo?

- desarrollarte al nivel personal
- ampliar tu perspectiva mundial
- mejorar tus posibilidades para entrar en una escuela graduada/profesional
- mejorar tus posibilidades para el empleo futuro o crear nuevas oportunidades en tu empleo actual
- motivos personales

StudyAbroad.com©

Quizás el recurso más popular y comprensivo para los que buscan oportunidades fuera de nuestras fronteras es StudyAbroad.com©. Hay información sobre miles de oportunidades internacionales para estudiantes

a nivel universitario, secundario, graduado y pos-graduado y también para educadores, hombres y mujeres de negocios y administradores. El sitio tiene una función que facilita varias búsquedas sofisticadas que toman en cuenta tus especialidades, intereses, países destinos, la duración del programa deseado, etc.

También hay una sección sumamente importante sobre becas que ofrecen ayuda económica para las experiencias internacionales. Otros recursos en StudyAbroad.com©:

- recursos económicos para calcular y pagar tu experiencia
- blogs de estudiantes en el extranjero que hablan de su experiencia
- información sobre aprendizajes para vivir en el exterior a la vez que tienes una experiencia práctica
- oportunidades para el estudio intensivo de diversos idiomas
- grupos en Facebook dedicados al estudio en el extranjero
- un enlace a Twitter para poder recibir nueva información y estar al tanto de nuevas oportunidades

Una organización modelo: CIEE

Council on Educational Exchange (CIEE) es una organización que desde 1947 sirve a educadores y universidades del mundo entero que comparten las mismas metas.

- CIEE ayuda a los individuos a desarrollar la comprensión, el conocimiento y la capacidad para vivir en un mundo global, interdependiente y diverso.
- CIEE crea intercambios que permiten que los estudiantes de Estados Unidos vayan al extranjero y que los visitantes de ultramar vengan a Estados Unidos.
- Cada año CIEE ayuda a casi 50.000 estudiantes a mejorar su comprensión internacional, adquirir conocimientos globales y desarrollar sus capacidades globales.

Ejemplos de los diversos programas del CIEE:

- estudiar la salud pública en Buenos Aires, Argentina
- estudiar las artes liberales en Managua, Nicaragua
- estudiar el cine en Praga, República Checa
- estudiar los negocios y la sociedad en Lima, Perú
- estudiar los derechos humanos y la política pública en Madrid, España
- estudiar la lengua y cultura en Estambul, Turquía

1. Lee la siguiente oración: Para mejorar el mundo todos los estudiantes deben estudiar en el extranjero un mínimo de tres meses. ¿Estás de acuerdo? ¿Por qué sí o por qué no?

2. Escribe una lista de sitios posibles que te interesan para estudiar en el extranjero. Por el momento, no pienses en factores prácticos que limiten la posibilidad de una experiencia internacional. En cuanto tengas cinco sitios en la lista, explica por qué están en tu lista y qué es lo que te gustaría estudiar y hacer en cada lugar.

3. ¿Cómo es vivir en el extranjero? ¿Cuáles son ejemplos de típicas diferencias culturales que uno(a) experimenta? ¿Cómo es cambiar de país? ¿Cómo puedes prepararte? ¿Qué es el choque cultural? ¿Cuáles son algunos síntomas? ¿Has experimentado el choque cultural personalmente?

Mesa redonda

2 **En mi opinión** En un grupo de tres o cuatro estudiantes, repasen la información de las páginas 266–267. Cada persona debe identificar tres ideas para explorar con más detalle y explicar al grupo por qué le interesan.

3 **Aquí** ¿Cuál es la relación entre los estudios en el extranjero y las empresas en tu pueblo, ciudad o estado? ¿Cómo será útil en el trabajo lo que se aprende durante los estudios en el extranjero? Habla del tema en grupos de tres o cuatro personas. Piensen en cuatro ejemplos para compartir con la clase.

MODELO *En mi estado hay una fábrica de coches donde hay muchos empleados multinacionales y multilingües. Si estudio fuera del país, entenderé mejor los pensamientos de los empresarios internacionales y eso me ayudará si solicito un puesto allí.*

4 **Debate** Trabaja con tres estudiantes. Analicen la lista de motivos a continuación. Debatan su importancia y juntos pónganlos en orden del 1 a 12, el 1 siendo el más importante y el 12 el menos importante.

12 motivos para estudiar en el exterior ahora
*Formar parte de la sociedad global de manera competente. * Mejorar tu currículum vitae. * Aprender otro idioma. * Si no lo hago ahora, ¿cuándo? * Desarrollar más sensibilidad cultural. * Ampliar tu perspectiva en general (p.e., geográfica, humanitaria,). * Establecer amistades por toda la vida. * Recibir créditos universitarios sin asistir al campus. * Llevar nuevas costumbres a mi país de origen. * Conocer un mundo culinario distinto. * Convertirme en una persona mejor. * Divertirme y disfrutar de la vida.*

5 **Encuesta** Completa la siguiente encuesta sobre el estudio en el extranjero. Luego, trabaja en grupo con dos o tres estudiantes más para comparar sus resultados. Después, compártanlos con la clase. ¿Quiénes están listos para estudiar en el extranjero?

¿Estás listo/a para estudiar en el extranjero?

	¿Sí?	¿No?
1. ¿Te gusta viajar y puedes pasar tiempo lejos de tu familia y tus amigos?	☐	☐
2. ¿Has salido de tu país de origen antes? ¿como turista? ¿por mucho o poco tiempo?	☐	☐
3. ¿Eres flexible en cuanto a tu rutina diaria?	☐	☐
4. ¿Quieres aprender una lengua nueva a fondo?	☐	☐
5. ¿Eres responsable con el dinero?	☐	☐
6. ¿Puedes pasar más de un mes con lo que puedas llevar en dos maletas (o menos)?	☐	☐
7. Si piensas en dejar a tu familia y a tus amigos, ¿te pones nervioso(a) y triste?	☐	☐
8. ¿Puedes acostumbrarte a comer comida diferente y a usar servicios sanitarios diferentes?	☐	☐

9. Al decidir tus planes para viajar, ¿siempre hablas primero con tu familia? ¿tus amigos? ☐ ☐
¿Te gusta tomar tus propias decisiones?

10. ¿Estás de acuerdo con la siguiente idea? Cuando vayas al extranjero debes adaptarte ☐ ☐
a las costumbres del nuevo país a toda costa.

🌐 Investigación

6 **Mis preferencias y las de otros estudiantes** Repasa las ideas que
escogiste en la **Actividad 2**. Haz una búsqueda en Internet sobre cada
una y colecciona la información, junto con la fuente *(source)*, por si necesitas
usarlas en tu proyecto escrito u oral. Después considera las preferencias de
otros estudiantes. Según un estudio del Instituto de la Educación Internacional
(Institute of International Education), los países destinos para universitarios
estadounidenses que van a estudiar en el extranjero son, en orden de
preferencia: 1. Reino Unido, 2. Italia, 3. España, 4. Francia, 5. Australia, 6.
México, 7. China, 8. Alemania, 9. Costa Rica, 10. Irlanda, 11. Japón, 12. Grecia,
13. Argentina, 14. República Checa, 15. Austria, 16. Chile, 17. Nueva Zelanda, 18.
Sudáfrica, 19. Brasil, 20. Ecuador. ¿Cómo se comparan tus preferencias con las
de otros estudiantes?

7 **Los recursos internacionales en tu universidad** Haz una búsqueda en el
sitio web de tu universidad para investigar el proceso de estudiar en el
extranjero. En tu campus, ¿dónde puedes conseguir información
sobre estos programas? ¿Hay una oficina especial que está a
cargo de estudios internacionales? ¿Cómo se llama y dónde está?
¿Cuáles son los servicios que se ofrecen? Por ejemplo, ¿ofrecen la
articulación de créditos? ¿Consejos académicos? ¿Hay programas
patrocinados por tu universidad? Si los hay, investiga dos o tres
de interés. Si no hay una oficina específicamente para estudios
extranjeros, ¿hay consejeros o profesores que tengan esta
información? Investígalos y descríbelos.

Estructuración

Usa las ideas y la información que compilaste en las **Actividades 6** y **7** para
redactar una composición sobre las dos preguntas siguientes.

1. Si pudieras estudiar en el extranjero en cualquier lugar, ¿adónde irías? Y, ¿por qué?
2. Planea cuidadosamente tu experiencia en el exterior, prestando atención a tus motivos, tu plan
concreto y los resultados que quieres que produzca.

(Para contestar cada pregunta, hay que pensar en cómo se conectan tus planes para estudiar en
el exterior con tu programa de estudios actual.)

Perspectivas internacionales **3**

8 **Las fichas** *(notecards)* Para organizar tu información, utiliza fichas de papel o fichas electrónicas.

1. Colecciona 30 datos relacionados con el tema de la composición.
2. Escribe cada dato en una ficha.
3. Organiza tus fichas en cuatro categorías:

Mis motivos personales

Mi plan concreto

Los resultados

No se aplica

9 **¿Qué más?** Revisa toda la información en las fichas. Después reflexiona sobre la información que tienes y la que todavía te falta. ¿Dónde tienes una escasez de información? Vuelve a investigar para llenar los huecos *(fill the holes)*. ¿Ya tienes información suficiente para empezar a escribir?

Redacción y revisión

La composición

FRASES GENERALES VS. FRASES ESPECÍFICAS

When writing a longer composition, keep in mind that the first thing you write down is likely to be very general. Generalizations are vague, while specific statements paint a picture and orient the reader by providing complete information and interesting details. Here's an example of each:

Frase general: Quiero estudiar en México porque tengo amigos allí.

Frases específicas: El año que viene tengo una beca de Rotary International para estudiar la historia de la salud pública en la Universidad Nacional Autónoma de México. Mi mejor amigo de la infancia, Felipe, me ha invitado a pasar el semestre en su casa mientras estudio allí.

Don't forget to revise your writing by working from short, general sentences to longer, more detailed sentences that provide your reader with additional information. This will help you produce a well-organized and detailed composition.

10 **Mis detalles** Antes de escribir, repasa las fichas de un(a) compañero(a) y escribe preguntas para ayudarle a transformar la información general a frases más específicas. Devuelve las fichas y, usando los comentarios de tu compañero(a), vuelve a escribir la misma información con más detalles.

11 **Primer borrador** *(First draft)* Escribe tu composición, basándote en el tema en la página 269. Escribe cinco párrafos por lo menos.

12 **A redactar** Intercambia tu composición con un(a) compañero(a) de clase. Sigue los pasos a continuación para hacer comentarios.

Primer borrador

1. Subraya *(Underline)* la tesis. ¿Está clara? Si no, pon un asterisco donde haga falta clarificación.
2. Pon una estrella (★) al lado del detalle más interesante en la composición.
3. ¿Son los ejemplos suficientemente detallados y descriptivos para apoyar la tesis? Pon la frase "más descripción" al lado de algo que requiera más detalles.

Segundo borrador

1. Mientras lees la composición de tu compañero(a), trata de fijarte solamente en los verbos. Subraya cualquier caso que te parezca dudoso y devuélvele la composición a tu compañero(a) para que consulte o su libro de gramática o con su profesor sobre estos casos.
2. Lee la composición nuevamente, enfocándote en los adjetivos. Recuerda que los adjetivos deben concordar con un los sujetos. Marca con un asterico los casos en que la concordancia esté equivocada.

La presentación oral: PowerPoint®

13 **La reorganización** Después de terminar la composición, lee la siguiente información sobre cómo organizar un resumen. Luego reorganiza la información de tu composición para presentarla o grabarla en forma de PowerPoint®.

> Cuando se hace un resumen hay que resistir la tentación de recontar la composición entera. Tendrás poco tiempo para presentar mucha información y debes iluminar la información más importante. Pregúntale a tu profesor(a) cuántos minutos tienes para la presentación y practícala, tomando en cuenta el límite de tiempo. Analiza tu composición para identificar la información central. Debes incluir tus motivos personales, tu plan concreto y los resultados en tu propuesta para estudiar en el extranjero en la presentación. Elige sólo dos o tres de los ejemplos más importantes para compartir e incluye tus conclusiones.
>
> También tienes que seleccionar los visuales para apoyar tu tesis. No pongas demasiado texto en tu presentación y no debes leer de la pantalla. Vas a explicar tus ideas en español durante la presentación. Si te hace falta, pon tres o cuatro palabras nuevas o palabras clave en la pizarra (antes de la presentación) para orientar a tu público.

Before you write, look in **Appendix B** at the rubric for evaluating a written composition. Knowing how the piece will be evaluated will help you tailor your writing to meet these objectives.

Before you begin, look in **Appendix B** at the rubric for evaluating an oral presentation. Knowing how the piece will be evaluated will help you tailor it to meet these objectives.

Appendix A: Answer Keys

Capítulo preliminar, Minipruebas

Miniprueba 1: 1. divertido 2. popular 3. puertorriqueños
4. alemanes 5. chinos 6. diferente 7. virtuales 8. diarias
9. interesantes 10. divertidos

Miniprueba 2: 1. Estoy 2. es 3. estaba 4. están 5. es 6. es 7. soy
8. es 9. estaba 10. es **BONUS:** profession: **ser** 7, 10; location:
estar 3; possession with **de**: **ser** 2; physical condition: **estar**
4, 9; emotional condition: **estar** 1; personality and physical
traits: **ser** 6; nationality and origin: **ser** 5

Miniprueba 3: 1. Por 2. para 3. para 4. para 5. por 6. Para
7. por 8. por 9. para 10. por **BONUS:** cause: **por** 7; time: **por** 1;
intent: **para** 3; recipient: **para** 9; deadline: **para** 2; motion: **por**
10; exchange: **por** 8; employer: **para** 4; comparison: **para** 6

Miniprueba 4: 1. leas 2. estudiara 3. usan 4. esté 5. es
6. pudiera 7. sepa 8. sabía 9. llegara 10. tomes **BONUS**: **que**
clause/known situation: indicative, 8; expression of emotion,
doubt, or uncertainty: subjunctive, 6; after **aunque** with
real situation: indicative, 5; after certain conjunctions to
express past actions: indicative, 9; impersonal expression:
subjunctive, 1; after **ojalá** and verbs expressing wishes,
desires, influence: subjunctive, 2; in a **que** clause/unknown
person or situation: subjunctive, 7; after **aunque** with untrue
or uncertain situation: subjunctive, 4; after a conjunction
and uncertain event: subjunctive, 10

Miniprueba 5: 1. tenía 2. pensaba 3. dijo 4. Analizaba 5. tuve
6. empecé 7. estuve 8. preguntó 9. dije 10. fue **BONUS**:
completed past action: preterite, 3, 8, 9; ongoing past condition:
imperfect, 1, 10; focus on beginning/end of event: preterite,
6; ongoing background event: imperfect, 4; completed past
condition: preterite, 7; interrupting action: preterite, 5

Miniprueba 6: 1. había 2. Has 3. ha 4. habíamos 5. había 6. He
7. habían 8. han 9. Has 10. habían

Miniprueba 7: **Notice 1**: apaguen, coman, hablen, molesten,
Compórtense **Notice 2**: consulta, Pon, ve, escuches,
juegues

Miniprueba 8: 1. iré 2. gustaría 3. Podría 4. Llegará 5. Habría
6. estudiarás 7. Querría 8. estará 9. Hablaremos 10. Habrá

Miniprueba 9: 1. tuvieran 2. hablaras 3. veo 4. estamos
5. pudieran 6. tendría 7. haremos 8. iríamos 9. traerán
10. hablaría

Miniprueba 10: 1. gustaría 2. encantaría 3. preparé 4. Era
5. practiques 6. gustara 7. apetece 8. hiciera 9. salga 10. Será

Repaso y preparación

Capítulo 1 (pp. 38–41)

Act. 1: 1. b, 2. e, 3. d, 4. a, 5. f, 6. c

Act. 2: 1. Tú imprimes..., 2. Ellos aprenden..., 3. Nosotras
siempre desconectamos..., 4. Yo traigo..., 5. Mi amigo
navega..., 6. Yo conozco...

Act. 3: 1. voy, 2. digo, 3. quiero, 4. encuentro, 5. estoy, 6. sigo,
7. tiene, 8. puedo, 9. repito, 10. hago, 11. va, 12. comienza,
13. siento, 14. sé

Act. 4: Tú te diviertes con el videojuego. 2. Ellos se preparan
para el día. 3. Yo me río cuando leo el mensaje de texto.
4. Nosotras nos acostamos muy tarde. 5. Usted se preocupa
por los virus. 6. David se duerme en la clase.

Capítulo 2 (pp. 82–85)

Act. 1: 1. cuento 2. exposiciones de arte 3. toman medidas
4. pinturas 5. historia 6. música clásica

Act. 2: 1. tocó 2. Vi 3. Preferimos 4. Te levantaste
5. consiguió 6. durmieron

Act. 3: 1. Tú anduviste... 2. Ellos fueron... 3. Tú y yo
vinimos... 4. Mi padre me trajo... 5. Yo llegué... 6. Ella no
pudo... 7. Tú hiciste... 8. Yo saqué...

Act. 4: 1. leía 2. eran 3. ibas 4. hablaba 5. escribíamos 6. veían

Act. 5: 1. has bailado, habías bailado 2. han comido, habían
comido 3. he vivido, había vivido 4. hemos leído, habíamos
leído 5. ha hecho, había hecho 6. han visto, habían visto
7. has vuelto, habías vuelto 8. hemos abierto, habíamos
abierto 9. ha roto, había roto 10. he dicho, había dicho
11. han puesto, habían puesto 12. has escrito, habías escrito

Capítulo 3 (pp. 130–133)

Act. 1: 1. b 2. a 3. b 4. c 5. b 6. c

Act. 2: 1. participa, no participes; participe, participen
2. come, no comas; coma, coman 3. comparte, no
compartas; comparta, compartan 4. ten, no tengas; tenga,
tengan 5. ve, no vayas; vaya, vayan 6. sal, no salgas; salga,
salgan 7. haz, no hagas; haga, hagan 8. sé, no seas; sea, sean

Act. 3: 1. ponga 2. practiquen 3. limpiemos 4. ayudes 5. sepa
6. vaya

Act. 4: 1. pidiera 2. prepararan 3. sobreviviéramos 4. fueras
5. supiera 6. comenzara 7. hiciera 8. usaran 9. trajeras
10. viviéramos 11. contaminaran 12. pusieran 13. caminara
14. tuviera 15. quisiéramos

Capítulo 4 (pp. 172–175)

Act. 1: 1. votar contra 2. presupuesto 3. fábricas 4. ascenso
5. paz (mundial) 6. desigualdad

Act. 2: 1. Te, Te lo 2. Me, Me la 3. Le, Se lo 4. la, sela 5. nos,
nosla 6. Les, Se los

Act. 3: 1. La paz es mejor que la guerra. 2. La igualdad es
tan importante como un presupuesto balanceado. 3. Esta
empleada gana menos que esa empleada. 4. Esta compañía
ofrece tantos beneficios como esa compañía. 5. Este líder
es el más inteligente de todos. 6. Ella trabaja rapidísimo.
7. Esos candidatos son los más serios de todos. 8. Ustedes
hablan lentísimo.

Act. 4: 1. haya terminado 2. haya recibido 3. hayan luchado
4. hayas llenado 5. haya votado 6. hayamos analizado

Capítulo 5 (pp. 222–225)

Act. 1: 1. b 2. a 3. c 4. b 5. a 6. c 7. c 8. a

Act. 2: Accents on demonstrative pronouns are optional.
1. Ésta 2. ese 3. Aquél 4. Estas 5. Esas, éstas 6. Aquellos
7. Esto 8. Ese

Act. 3: 1. tendremos 2. saldrás 3. dirán 4. harán 5. sabrá
6. pedirán 7. leeré 8. cambiaremos 9. facturarás 10. ayudará

Act. 4: 1. Yo viajaría... 2. Ustedes comprarían... 3. Tú darías...
4. Nosotras tendríamos... 5. Ella diría... 6. Ellos podrían...
7. Tú y yo haríamos... 8. Él empezaría... 9. Yo ayudaría...
10. Tú construirías...

Appendix B: Rubrics

La composición

1. Content 20%
1   2   3   4   5

The quality and quantity of the information in the composition is superior and responds intelligently to the topic. The author engages the topic thoughtfully and imaginatively using well-chosen details and examples.

2. Development 20%
1   2   3   4   5

The composition has a clear, developed thesis statement that guides the reader. The ideas are organized, developed and support the thesis.

3. Organization and Style 20%
1   2   3   4   5

The composition is coherent, not unorganized. Appropriate transitions are used. The author has included a developed and logical conclusion. The essay style is academic in tone and appropriate to the topic. Sentences are varied in structure and length. The vocabulary is rich and varied, not repetitive.

4. Grammar and Vocabulary 20%
1   2   3   4   5

The composition contains complete and coherent sentences. The author demonstrates mastery of standard Spanish grammar and usage appropriate to the level of the course such as correct verb forms (tenses and modes), agreement, and consistent and correct use of pronouns. Does not misuse vocabulary words. Incorporates vocabulary from recent chapters.

5. Spelling and Punctuation 20%
1   2   3   4   5

Near-perfect spelling is consistent throughout the composition. The composition displays correct usage of diacritics, such as accents and tildes, and is properly punctuated all the way through.

Total scores and multiply by 4 for final grade: _____

La presentación oral

1. Content and Relevance 20%
1   2   3   4   5

The presenter has followed the instructions on the topic and has created a well-rounded, relevant presentation that included an introduction, exposition, and conclusion. He/She presented a rich, informative, descriptive presentation that included details and examples.

2. Coherence 20%
1   2   3   4   5

The presenter has considered his/her audience by using clear information that is summarized into a unit. The information is not random. The presentation is not a brainstorming exercise.

3. Expression and Presentation 20%
1   2   3   4   5

The presenter controls his/her Spanish and does not lapse into English. He/She speaks clearly using appropriate vocabulary to reach the audience. He/She is respectful to the audience by displaying good posture and eye contact.

4. Grammar and Vocabulary 20%
1   2   3   4   5

The presenter uses introductory and intermediate Spanish grammar structures like subject/verb agreement, verb tenses (present, past, future), **ser/estar, saber/conocer,** and masculine/feminine nouns and articles, etc. He/She makes use of the vocabulary studied in the chapters, and uses this new vocabulary when expressing new ideas. The presenter uses transitional phrases.

5. Use of Visuals 20%
1   2   3   4   5

The presenter has used appropriate visual aids for his/her presentation (e.g., PowerPoint, posters, etc.). Only necessary information was presented in a written form. **The presenter did not read from visual aids and was able to speak and answer questions spontaneously. The presenter did NOT read the whole presentation from notes or memorize the whole presentation verbatim.** The visual aids supported communication.

Total scores and multiply by 4 for final grade: _____

Regular Verbs
Simple Tenses

Infinitive	Past participle / Present participle	Indicative Present	Imperfect	Preterite	Future	Conditional	Subjunctive Present	Imperfect*
cantar *to sing*	cantado cantando	canto cantas canta cantamos cantáis cantan	cantaba cantabas cantaba cantábamos cantabais cantaban	canté cantaste cantó cantamos cantasteis cantaron	cantaré cantarás cantará cantaremos cantaréis cantarán	cantaría cantarías cantaría cantaríamos cantaríais cantarían	cante cantes cante cantemos cantéis canten	cantara cantaras cantara cantáramos cantarais cantaran
correr *to run*	corrido corriendo	corro corres corre corremos corréis corren	corría corrías corría corríamos corríais corrían	corrí corriste corrió corrimos corristeis corrieron	correré correrás correrá correremos correréis correrán	correría correrías correría correríamos correríais correrían	corra corras corra corramos corráis corran	corriera corrieras corriera corriéramos corrierais corrieran
subir *to go up, climb up*	subido subiendo	subo subes sube subimos subís suben	subía subías subía subíamos subíais subían	subí subiste subió subimos subisteis subieron	subiré subirás subirá subiremos subiréis subirán	subiría subirías subiría subiríamos subiríais subirían	suba subas suba subamos subáis suban	subiera subieras subiera subiéramos subierais subieran

*In addition to this form, another one is less frequently used for all regular and irregular verbs: cantase, cantases, cantase, cantásemos, cantaseis, cantasen; corriese, corrieses, corriese, corriésemos, corrieseis, corriesen; subiese, subieses, subiese, subiésemos, subieseis, subiesen.

Commands

Person	Affirmative	Negative	Affirmative	Negative	Affirmative	Negative
tú	canta	no cantes	corre	no corras	sube	no subas
usted	cante	no cante	corra	no corra	suba	no suba
nosotros	cantemos	no cantemos	corramos	no corramos	subamos	no subamos
vosotros	cantad	no cantéis	corred	no corráis	subid	no subáis
ustedes	canten	no canten	corran	no corran	suban	no suban

Stem-Changing Verbs: *-ar* and *-er* Groups

Type of change in the verb stem	Subject	Indicative Present	Subjunctive Present	Commands Affirmative	Commands Negative	Other *-ar* and *-er* stem-changing verbs
-ar verbs **e > ie** *pensar to think*	yo tú él/ella, Ud. nosotros/as vosotros/as ellos/as, Uds.	**pienso** **piensas** **piensa** pensamos pensáis **piensan**	**piense** **pienses** **piense** pensemos penséis **piensen**	— **piensa** **piense** pensemos pensad **piensen**	— no **pienses** no **piense** no pensemos no penséis no **piensen**	*atravesar to go through, cross; cerrar to close; despertarse to wake up; empezar to start; negar to deny; sentarse to sit down* Nevar *to snow* is only conjugated in the third-person singular.
-ar verbs **o > ue** *contar to count, to tell*	yo tú él/ella, Ud. nosotros/as vosotros/as ellos/as, Uds.	**cuento** **cuentas** **cuenta** contamos contáis **cuentan**	**cuente** **cuentes** **cuente** contemos contéis **cuenten**	— **cuenta** **cuente** contemos contad **cuenten**	— no **cuentes** no **cuente** no contemos no contéis no **cuenten**	*acordarse to remember; acostarse to go to bed; almorzar to have lunch; colgar to hang; costar to cost; demostrar to demonstrate, to show; encontrar to find; mostrar to show; probar to prove, to taste; recordar to remember*
-er verbs **e > ie** *entender to understand*	yo tú él/ella, Ud. nosotros/as vosotros/as ellos/as, Uds.	**entiendo** **entiendes** **entiende** entendemos entendéis **entienden**	**entienda** **entiendas** **entienda** entendamos entendáis **entiendan**	— **entiende** **entienda** entendamos entended **entiendan**	— no **entiendas** no **entienda** no entendamos no entendáis no **entiendan**	*encender to light, to turn on; extender to stretch; perder to lose*
-er verbs **o > ue** *volver to return*	yo tú él/ella, Ud. nosotros/as vosotros/as ellos/as, Uds.	**vuelvo** **vuelves** **vuelve** volvemos volvéis **vuelven**	**vuelva** **vuelvas** **vuelva** volvamos volváis **vuelvan**	— **vuelve** **vuelva** volvamos volved **vuelvan**	— no **vuelvas** no **vuelva** no volvamos no volváis no **vuelvan**	*mover to move; torcer to twist* Llover *to rain* is only conjugated in the third-person singular.

Stem-Changing Verbs: *-ir* Verbs

Type of change in the verb stem	Subject	Indicative		Subjunctive		Commands	
		Present	Preterite	Present	Imperfect	Affirmative	Negative
-ir verbs e > ie or i **Infinitive:** *sentir to feel* **Present participle:** *sintiendo*	yo	**siento**	sentí	**sienta**	sintiera	—	—
	tú	**sientes**	sentiste	**sientas**	sintieras	**siente**	no **sientas**
	él/ella, Ud.	**siente**	**sintió**	**sienta**	sintiera	**sienta**	no **sienta**
	nosotros/as	sentimos	sentimos	**sintamos**	sintiéramos	**sintamos**	no **sintamos**
	vosotros/as	sentís	sentisteis	sintáis	sintierais	sentid	no sintáis
	ellos/as, Uds.	**sienten**	**sintieron**	**sientan**	sintieran	**sientan**	no **sientan**
-ir verbs o > ue or u **Infinitive:** *dormir to sleep* **Present participle:** *durmamos*	yo	**duermo**	dormí	**duerma**	durmiera	—	—
	tú	**duermes**	dormiste	**duermas**	durmieras	**duerme**	no **duermas**
	él/ella, Ud.	**duerme**	**durmió**	**duerma**	durmiera	**duerma**	no **duerma**
	nosotros/as	dormimos	dormimos	**durmamos**	durmiéramos	**durmamos**	no **durmamos**
	vosotros/as	dormís	dormisteis	durmáis	durmierais	dormid	no durmáis
	ellos/as, Uds.	**duermen**	**durmieron**	**duerman**	durmieran	**duerman**	no **duerman**

Other similar verbs: advertir *to warn;* arrepentirse *to repent;* consentir *to consent, pamper;* convertir(se) *to turn into;* divertir(se) *to amuse (oneself);* herir *to hurt, wound;* mentir *to lie;* morir *to die;* preferir *to prefer;* referir *to refer;* sugerir *to suggest*

Type of change in the verb stem	Subject	Indicative		Subjunctive		Commands	
		Present	Preterite	Present	Imperfect	Affirmative	Negative
-ir verbs e > i **Infinitive:** *pedir to ask for, to request* **Present participle:** *pidiendo*	yo	**pido**	pedí	**pida**	pidiera	—	—
	tú	**pides**	pediste	**pidas**	pidieras	**pide**	no **pidas**
	él/ella, Ud.	**pide**	**pidió**	**pida**	pidiera	**pida**	no **pida**
	nosotros/as	pedimos	pedimos	**pidamos**	pidiéramos	**pidamos**	no **pidamos**
	vosotros/as	pedís	pedisteis	**pidáis**	pidierais	pedid	no pidáis
	ellos/as, Uds.	**piden**	**pidieron**	**pidan**	pidieran	**pidan**	no **pidan**

Other similar verbs: competir *to compete;* despedir(se) *to say good-bye;* elegir *to choose;* impedir *to prevent;* perseguir *to chase;* repetir *to repeat;* seguir *to follow;* servir *to serve;* vestir(se) *to dress, to get dressed*

Verbs with Spelling Changes

Verb type	Ending	Change	Verbs with similar spelling changes
1 buscar *to look for*	-car	• Preterite: yo busqué • Present subjunctive: busque, busques, busque, busquemos, busquéis, busquen	comunicar, explicar *to explain* indicar *to indicate*, sacar, pescar
2 conocer *to know*	*vowel* + -cer or -cir	• Present indicative: conozco, conoces, conoce, and so on • Present subjunctive: conozca, conozcas, conozca, conozcamos, conozcáis, conozcan	nacer *to be born*, obedecer, ofrecer, parecer, pertenecer *to belong*, reconocer, conducir, traducir
3 vencer *to win*	*consonant* + -cer or -cir	• Present indicative: venzo, vences, vence, and so on • Present subjunctive: venza, venzas, venza, venzamos, venzáis, venzan	convencer, torcer *to twist*
4 leer *to read*	-eer	• Preterite: leyó, leyeron • Imperfect subjunctive: leyera, leyeras, leyera, leyéramos, leyerais, leyeran • Present participle: leyendo	creer, poseer *to own*
5 llegar *to arrive*	-gar	• Preterite: yo llegué • Present subjunctive: llegue, llegues, llegue, lleguemos, lleguéis, lleguen	colgar *to hang*, navegar, negar *to negate, to deny*, pagar, rogar *to beg*, jugar
6 escoger *to choose*	-ger or -gir	• Present indicative: escojo, escoges, escoge, and so on • Present subjunctive: escoja, escojas, escoja, escojamos, escojáis, escojan	proteger, *to protect*, recoger *to collect, gather*, corregir *to correct*, dirigir *to direct*, elegir *to elect, choose*, exigir *to demand*
7 seguir *to follow*	-guir	• Present indicative: sigo, sigues, sigue, and so on • Present subjunctive: siga, sigas, siga, sigamos, sigáis, sigan	conseguir, distinguir, perseguir
8 huir *to flee*	-uir	• Present indicative: huyo, huyes, huye, huimos, huís, huyen • Preterite: huí, huiste, huyó, huimos, huisteis, huyeron • Present subjunctive: huya, huyas, huya, huyamos, huyáis, huyan • Imperfect subjunctive: huyera, huyeras, huyera, huyéramos, huyerais, huyeran • Present participle: huyendo • Commands: huye tú, huya usted, huyamos nosotros, huid vosotros, huyan ustedes, no huyas tú, no huya usted, no huyamos nosotros, no huyáis vosotros, no huyan ustedes	concluir, contribuir, construir, destruir, disminuir, distribuir, excluir, influir, instruir, restituir, substituir
9 abrazar *to embrace*	-zar	• Preterite: yo abracé • Present subjunctive: abrace, abraces, abrace, abracemos, abracéis, abracen	alcanzar *to achieve*, almorzar, comenzar, empezar, gozar *to enjoy*, rezar *to pray*

Compound Tenses

	Indicative										Subjunctive			
Present perfect		**Past perfect**		**Preterite perfect**		**Future perfect**		**Conditional perfect**			**Present perfect**		**Past perfect**	
he		había		hube		habré		habría			haya		hubiera	
has		habías		hubiste		habrás		habrías			hayas		hubieras	
ha	cantado	había	cantado	hubo	cantado	habrá	cantado	habría	cantado		haya	cantado	hubiera	cantado
hemos	corrido	habíamos	corrido	hubimos	corrido	habremos	corrido	habríamos	corrido		hayamos	corrido	hubiéramos	corrido
habéis	subido	habíais	subido	hubisteis	subido	habréis	subido	habríais	subido		hayáis	subido	hubierais	subido
han		habían		hubieron		habrán		habrían			hayan		hubieran	

All verbs, both regular and irregular, follow the same formation pattern with **haber** in all compound tenses. The only thing that changes is the form of the past participle of each verb. (See the chart below for common verbs with irregular past participles.) Remember that in Spanish, no word can come between **haber** and the past participle.

Common Irregular Past Participles

Infinitive	Past participle	
abrir	**abierto**	*opened*
caer	caído	*fallen*
creer	creído	*believed*
cubrir	**cubierto**	*covered*
decir	**dicho**	*said, told*
descubrir	**descubierto**	*discovered*
escribir	**escrito**	*written*
hacer	**hecho**	*made, done*
leer	leído	*read*

Infinitive	Past participle	
morir	**muerto**	*died*
oír	oído	*heard*
poner	**puesto**	*put, placed*
resolver	**resuelto**	*resolved*
romper	**roto**	*broken, torn*
(son)reír	(son)reído	*(smiled) laughed*
traer	traído	*brought*
ver	**visto**	*seen*
volver	**vuelto**	*returned*

Reflexive Verbs

Regular and Irregular Reflexive Verbs: Position of the Reflexive Pronouns in the Simple Tenses

Infinitive	Present participle	Reflexive pronouns	Indicative					Subjunctive	
			Present	**Imperfect**	**Preterite**	**Future**	**Conditional**	**Present**	**Imperfect**
lavarse	lavándome	me	lavo	lavaba	lavé	lavaré	lavaría	lave	lavara
to wash	lavándote	te	lavas	lavabas	lavaste	lavarás	lavarías	laves	lavaras
oneself	lavándose	se	lava	lavaba	lavó	lavará	lavaría	lave	lavara
	lavándonos	nos	lavamos	lavábamos	lavamos	lavaremos	lavaríamos	lavemos	laváramos
	lavándoos	os	laváis	lavabais	lavasteis	lavaréis	lavaríais	lavéis	lavarais
	lavándose	se	lavan	lavaban	lavaron	lavarán	lavarían	laven	lavaran

Regular and irregular reflexive verbs: Position of the reflexive pronouns with commands

Person	Affirmative	Negative	Affirmative	Negative	Affirmative	Negative
tú	lávate	no te laves	ponte	no te pongas	vístete	no te vistas
usted	lávese	no se lave	póngase	no se ponga	vístase	no se vista
nosotros	lavémonos	no nos lavemos	pongámonos	no nos pongamos	vistámonos	no nos vistamos
vosotros	lavaos	no os lavéis	poneos	no os pongáis	vestíos	no os vistáis
ustedes	lávense	no se laven	pónganse	no se pongan	vístanse	no se vistan

Regular and irregular reflexive verbs: Position of the reflexive pronouns in compound tenses*

Indicative

Reflexive Pronoun	Present Perfect		Past Perfect	Preterite Perfect	Future Perfect	Conditional Perfect	
me	he	lavado	había	hube	habré	habría	lavado
te	has	puesto	habías	hubiste	habrás	habrías	puesto
se	ha	vestido	había	hubo	habrá	habría	vestido
nos	hemos		habíamos	hubimos	habremos	habríamos	
os	habéis		habíais	hubisteis	habréis	habríais	
se	han		habían	hubieron	habrán	habrían	

Subjunctive

Reflexive Pronoun	Present Perfect		Past Perfect	
me	haya	lavado	hubiera	lavado
te	hayas	puesto	hubieras	puesto
se	haya	vestido	hubiera	vestido
nos	hayamos		hubiéramos	
os	hayáis		hubierais	
se	hayan		hubieran	

*The sequence of these three elements—the reflexive pronoun, the auxiliary verb **haber,** and the present perfect form—is invariable and no other words can come in between.

Regular and irregular reflexive verbs: Position of the reflexive pronouns with conjugated verb + infinitive**

Indicative

Reflexive Pronoun	Present		Imperfect	Preterite	Future	Conditional	
me	voy a	lavar	iba a	fui a	iré a	iría a	lavar
te	vas a	poner	ibas a	fuiste a	irás a	irías a	poner
se	va a	vestir	iba a	fue a	irá a	iría a	vestir
nos	vamos a		íbamos a	fuimos a	iremos a	iríamos a	
os	vais a		ibais a	fuisteis a	iréis a	iríais a	
se	van a		iban a	fueron a	irán a	irían a	

Subjunctive

Reflexive Pronoun	Present		Imperfect	
me	vaya a	lavar	fuera a	lavar
te	vayas a	poner	fueras a	poner
se	vaya a	vestir	fuera a	vestir
nos	vayamos a		fuéramos a	
os	vayáis a		fuerais a	
se	vayan a		fueran a	

The reflexive pronoun can also be placed after the infinitive: voy a lavarme**, voy a poner**me**, voy a vestir**me**, and so on.
Use the same structure for the present and the past progressive: **me** estoy lavando / estoy lavándo**me**; **me** estaba lavando / estaba lavándo**me.**

Irregular Verbs

andar, caber, caer

Infinitive	Past participle / Present participle	Indicative					Subjunctive	
		Present	Imperfect	Preterite	Future	Conditional	Present	Imperfect
andar *to walk; to go*	andado / andando	ando / andas / anda / andamos / andáis / andan	andaba / andabas / andaba / andábamos / andabais / andaban	anduve / anduviste / anduvo / anduvimos / anduvisteis / anduvieron	andaré / andarás / andará / andaremos / andaréis / andarán	andaría / andarías / andaría / andaríamos / andaríais / andarían	ande / andes / ande / andemos / andéis / anden	anduviera / anduvieras / anduviera / anduviéramos / anduvierais / anduvieran
caber *to fit; to have enough space*	cabido / cabiendo	quepo / cabes / cabe / cabemos / cabéis / caben	cabía / cabías / cabía / cabíamos / cabíais / cabían	cupe / cupiste / cupo / cupimos / cupisteis / cupieron	cabré / cabrás / cabrá / cabremos / cabréis / cabrán	cabría / cabrías / cabría / cabríamos / cabríais / cabrían	quepa / quepas / quepa / quepamos / quepáis / quepan	cupiera / cupieras / cupiera / cupiéramos / cupierais / cupieran
caer *to fall*	caído / cayendo	caigo / caes / cae / caemos / caéis / caen	caía / caías / caía / caíamos / caíais / caían	caí / caíste / cayó / caímos / caísteis / cayeron	caeré / caerás / caerá / caeremos / caeréis / caerán	caería / caerías / caería / caeríamos / caeríais / caerían	caiga / caigas / acaiga / caigamos / caigáis / caigan	cayera / cayeras / cayera / cayéramos / cayerais / cayeran

Commands

Person	andar Affirmative	andar Negative	caber Affirmative	caber Negative	caer Affirmative	caer Negative
tú	anda	no andes	cabe	no quepas	cae	no caigas
usted	ande	no ande	quepa	no quepa	caiga	no caiga
nosotros	andemos	no andemos	quepamos	no quepamos	caigamos	no caigamos
vosotros	andad	no andéis	cabed	no quepáis	caed	no caigáis
ustedes	anden	no anden	quepan	no quepan	caigan	no caigan

dar, decir, estar

Infinitive	Past participle / Present participle	Indicative					Subjunctive	
		Present	Imperfect	Preterite	Future	Conditional	Present	Imperfect
dar *to give*	dado dando	doy das da damos dais dan	daba dabas daba dábamos dabais daban	di diste dio dimos disteis dieron	daré darás dará daremos daréis darán	daría darías daría daríamos daríais darían	dé des dé demos deis den	diera dieras diera diéramos dierais dieran
decir *to say, tell*	dicho diciendo	digo dices dice decimos decís dicen	decía decías decía decíamos decíais decían	dije dijiste dijo dijimos dijisteis dijeron	diré dirás dirá diremos diréis dirán	diría dirías diría diríamos diríais dirían	diga digas diga digamos digáis digan	dijera dijeras dijera dijéramos dijerais dijeran
estar *to be*	estado estando	estoy estás está estamos estáis están	estaba estabas estaba estábamos estabais estaban	estuve estuviste estuvo estuvimos estuvisteis estuvieron	estaré estarás estará estaremos estaréis estarán	estaría estarías estaría estaríamos estaríais estarían	esté estés esté estemos estéis estén	estuviera estuvieras estuviera estuviéramos estuvierais estuvieran

Commands

dar

Person	Affirmative	Negative
tú	da	no des
usted	dé	no dé
nosotros	demos	no demos
vosotros	dad	no deis
ustedes	den	no den

decir

Affirmative	Negative
di	no digas
diga	no diga
digamos	no digamos
decid	no digáis
digan	no digan

estar

Affirmative	Negative
está	no estés
esté	no esté
estemos	no estemos
estad	no estéis
estén	no estén

haber*, hacer, ir

Infinitive	Past participle / Present participle	Indicative						Subjunctive	
		Present	Imperfect	Preterite	Future	Conditional		Present	Imperfect
haber* *to have*	habido habiendo	he has ha hemos habéis han	había habías había habíamos habíais habían	hube hubiste hubo hubimos hubisteis hubieron	habré habrás habrá habremos habréis habrán	habría habrías habría habríamos habríais habrían		haya hayas haya hayamos hayáis hayan	hubiera hubieras hubiera hubiéramos hubierais hubieran
hacer *do*	hecho haciendo	hago haces hace hacemos hacéis hacen	hacía hacías hacía hacíamos hacíais hacían	hice hiciste hizo hicimos hicisteis hicieron	haré harás hará haremos haréis harán	haría harías haría haríamos haríais harían		haga hagas haga hagamos hagáis hagan	hiciera hicieras hiciera hiciéramos hicierais hicieran
ir *to go*	ido yendo	voy vas va vamos vais van	iba ibas iba íbamos ibais iban	fui fuiste fue fuimos fuisteis fueron	iré irás irá iremos iréis irán	iría irías iría iríamos iríais irían		vaya vayas vaya vayamos vayáis vayan	fuera fueras fuera fuéramos fuerais fueran

*Haber also has an impersonal form, hay. This form is used to express "There is, There are." The imperative of haber is not used.

Commands

Person	hacer		ir	
	Affirmative	Negative	Affirmative	Negative
tú	haz	no hagas	ve	no vayas
usted	haga	no haga	vaya	no vaya
nosotros	hagamos	no hagamos	vamos	no vayamos
vosotros	haced	no hagáis	id	no vayáis
ustedes	hagan	no hagan	vayan	no vayan

jugar, oír, oler

Infinitive	Past participle / Present participle	Indicative					Subjunctive	
		Present	Imperfect	Preterite	Future	Conditional	Present	Imperfect
jugar *to play*	jugado / jugando	juego	jugaba	jugué	jugaré	jugaría	juegue	jugara
		juegas	jugabas	jugaste	jugarás	jugarías	juegues	jugaras
		juega	jugaba	jugó	jugará	jugaría	juegue	jugara
		jugamos	jugábamos	jugamos	jugaremos	jugaríamos	juguemos	jugáramos
		jugáis	jugabais	jugasteis	jugaréis	jugaríais	juguéis	jugarais
		juegan	jugaban	jugaron	jugarán	jugarían	jueguen	jugaran
oír *to hear, listen*	oído / oyendo	oigo	oía	oí	oiré	oiría	oiga	oyera
		oyes	oías	oíste	oirás	oirías	oigas	oyeras
		oye	oía	oyó	oirá	oiría	oiga	oyera
		oímos	oíamos	oímos	oiremos	oiríamos	oigamos	oyéramos
		oís	oíais	oísteis	oiréis	oiríais	oigáis	oyerais
		oyen	oían	oyeron	oirán	oirían	oigan	oyeran
oler *to smell*	olido / oliendo	huelo	olía	olí	oleré	olería	huela	oliera
		hueles	olías	oliste	olerás	olerías	huelas	olieras
		huele	olía	olió	olerá	olería	huela	oliera
		olemos	olíamos	olimos	oleremos	oleríamos	olamos	oliéramos
		oléis	olíais	olisteis	oleréis	oleríais	oláis	olierais
		huelen	olían	olieron	olerán	olerían	huelan	olieran

Commands

Person	jugar		oír		oler	
	Affirmative	Negative	Affirmative	Negative	Affirmative	Negative
tú	juega	no juegues	oye	no oigas	huele	no huelas
usted	juegue	no juegue	oiga	no oiga	huela	no huela
nosotros	juguemos	no juguemos	oigamos	no oigamos	olamos	no olamos
vosotros	jugad	no juguéis	oíd	no oigáis	oled	no oláis
ustedes	jueguen	no jueguen	oigan	no oigan	huelan	no huelan

poder, poner, querer

Infinitive	Past participle / Present participle	Indicative					Subjunctive	
		Present	Imperfect	Preterite	Future	Conditional	Present	Imperfect
poder *to be able to, can*	podido / pudiendo	puedo	podía	pude	podré	podría	pueda	pudiera
		puedes	podías	pudiste	podrás	podrías	puedas	pudieras
		puede	podía	pudo	podrá	podría	pueda	pudiera
		podemos	podíamos	pudimos	podremos	podríamos	podamos	pudiéramos
		podéis	podíais	pudisteis	podréis	podríais	podáis	pudierais
		pueden	podían	pudieron	podrán	podrían	puedan	pudieran
poner* *to put*	puesto / poniendo	pongo	ponía	puse	pondré	pondría	ponga	pusiera
		pones	ponías	pusiste	pondrás	pondrías	pongas	pusieras
		pone	ponía	puso	pondrá	pondría	ponga	pusiera
		ponemos	poníamos	pusimos	pondremos	pondríamos	pongamos	pusiéramos
		ponéis	poníais	pusisteis	pondréis	pondríais	pongáis	pusierais
		ponen	ponían	pusieron	pondrán	pondrían	pongan	pusieran
querer *to want, wish; to love*	querido / queriendo	quiero	quería	quise	querré	querría	quiera	quisiera
		quieres	querías	quisiste	querrás	querrías	quieras	quisieras
		quiere	quería	quiso	querrá	querría	quiera	quisiera
		queremos	queríamos	quisimos	querremos	querríamos	queramos	quisiéramos
		queréis	queríais	quisisteis	querréis	querríais	queráis	quisierais
		quieren	querían	quisieron	querrán	querrían	quieran	quisieran

*Similar verbs to poner: imponer, suponer.

Commands**

Person	poner		querer	
	Affirmative	Negative	Affirmative	Negative
tú	pon	no pongas	quiere	no quieras
usted	ponga	no ponga	quiera	no quiera
nosotros	pongamos	no pongamos	queramos	no queramos
vosotros	poned	no pongáis	quered	no queráis
ustedes	pongan	no pongan	quieran	no quieran

Note: The imperative of **poder is used very infrequently and is not included here.

saber, salir, ser

Infinitive	Past participle / Present participle	Indicative					Subjunctive	
		Present	Imperfect	Preterite	Future	Conditional	Present	Imperfect
saber *to know*	sabido sabiendo	sé sabes sabe sabemos sabéis saben	sabía sabías sabía sabíamos sabíais sabían	supe supiste supo supimos supisteis supieron	sabré sabrás sabrá sabremos sabréis sabrán	sabría sabrías sabría sabríamos sabríais sabrían	sepa sepas sepa sepamos sepáis sepan	supiera supieras supiera supiéramos supierais supieran
salir *to go out, leave*	salido saliendo	salgo sales sale salimos salís salen	salía salías salía salíamos salíais salían	salí saliste salió salimos salisteis salieron	saldré saldrás saldrá saldremos saldréis saldrán	saldría saldrías saldría saldríamos saldríais saldrían	salga salgas salga salgamos salgáis salgan	saliera salieras saliera saliéramos salierais salieran
ser *to be*	sido siendo	soy eres es somos sois son	era eras era éramos erais eran	fui fuiste fue fuimos fuisteis fueron	seré serás será seremos seréis serán	sería serías sería seríamos seríais serían	sea seas sea seamos seáis sean	fuera fueras fuera fuéramos fuerais fueran

Commands

Person	saber		salir		ser	
	Affirmative	Negative	Affirmative	Negative	Affirmative	Negative
tú	sabe	no sepas	sal	no salgas	sé	no seas
usted	sepa	no sepa	salga	no salga	sea	no sea
nosotros	sepamos	no sepamos	salgamos	no salgamos	seamos	no seamos
vosotros	sabed	no sepáis	salid	no salgáis	sed	no seáis
ustedes	sepan	no sepan	salgan	no salgan	sean	no sean

sonreír, tener*, traer

Infinitive	Past participle / Present participle	Indicative					Subjunctive	
		Present	Imperfect	Preterite	Future	Conditional	Present	Imperfect
sonreír *to smile*	sonreído sonriendo	sonrío sonríes sonríe sonreímos sonreís sonríen	sonreía sonreías sonreía sonreíamos sonreíais sonreían	sonreí sonreíste sonrió sonreímos sonreísteis sonrieron	sonreiré sonreirás sonreirá sonreiremos sonreiréis sonreirán	sonreiría sonreirías sonreiría sonreiríamos sonreiríais sonreirían	sonría sonrías sonría sonriamos sonriáis sonrían	sonriera sonrieras sonriera sonriéramos sonrierais sonrieran
tener* *to have*	tenido teniendo	tengo tienes tiene tenemos tenéis tienen	tenía tenías tenía teníamos teníais tenían	tuve tuviste tuvo tuvimos tuvisteis tuvieron	tendré tendrás tendrá tendremos tendréis tendrán	tendría tendrías tendría tendríamos tendríais tendrían	tenga tengas tenga tengamos tengáis tengan	tuviera tuvieras tuviera tuviéramos tuvierais tuvieran
traer *to bring*	traído trayendo	traigo traes trae traemos traéis traen	traía traías traía traíamos traíais traían	traje trajiste trajo trajimos trajisteis trajeron	traeré traerás traerá traeremos traeréis traerán	traería traerías traería traeríamos traeríais traerían	traiga traigas traiga traigamos traigáis traigan	trajera trajeras trajera trajéramos trajerais trajeran

*Many verbs ending in -tener are conjugated like tener: contener, detener, entretener(se), mantener, obtener, retener.

Commands

Person	sonreír		tener		traer	
	Affirmative	Negative	Affirmative	Negative	Affirmative	Negative
tú	sonríe	no sonrías	ten	no tengas	trae	no traigas
usted	sonría	no sonría	tenga	no tenga	traiga	no traiga
nosotros	sonriamos	no sonriamos	tengamos	no tengamos	traigamos	no traigamos
vosotros	sonreíd	no sonriáis	tened	no tengáis	traed	no traigáis
ustedes	sonrían	no sonrían	tengan	no tengan	traigan	no traigan

valer, venir*, ver

Infinitive	Past participle / Present participle	Indicative					Subjunctive	
		Present	**Imperfect**	**Preterite**	**Future**	**Conditional**	**Present**	**Imperfect**
valer *to be worth*	valido valiendo	valgo vales vale valemos valéis valen	valía valías valía valíamos valíais valían	valí valiste valió valimos valisteis valieron	valdré valdrás valdrá valdremos valdréis valdrán	valdría valdrías valdría valdríamos valdríais valdrían	valga valgas valga valgamos valgáis valgan	valiera valieras valiera valiéramos valierais valieran
venir* *to come*	venido viniendo	vengo vienes viene venimos venís vienen	venía venías venía veníamos veníais venían	vine viniste vino vinimos vinisteis vinieron	vendré vendrás vendrá vendremos vendréis vendrán	vendría vendrías vendría vendríamos vendríais vendrían	venga vengas venga vengamos vengáis vengan	viniera vinieras viniera viniéramos vinierais vinieran
ver *to see*	visto viendo	veo ves ve vemos veis ven	veía veías veía veíamos veíais veían	vi viste vio vimos visteis vieron	veré verás verá veremos veréis verán	vería verías vería veríamos veríais verían	vea veas vea veamos veáis vean	viera vieras viera viéramos vierais vieran

*Similar verb to venir: prevenir

Commands

Person	valer		venir		ver	
	Affirmative	**Negative**	**Affirmative**	**Negative**	**Affirmative**	**Negative**
tú	vale	no valgas	ven	no vengas	ve	no veas
usted	valga	no valga	venga	no venga	vea	no vea
nosotros	valgamos	no valgamos	vengamos	no vengamos	veamos	no veamos
vosotros	valed	no valgáis	venid	no vengáis	ved	no veáis
ustedes	valgan	no valgan	vengan	no vengan	vean	no vean

Spanish–English Glossary

The vocabulary includes the vocabulary lists in the chapters as well as the **Explora y exprésate** sections and the **Lectura** sections. **P** refers to the opening pages that precede Chapter 1.

The gender of nouns is indicated except for masculine nouns ending in **-o** and feminine nouns ending in **-a**. Stem changes and spelling changes are shown for verbs, e.g., **advertir (ie, i); colgar (ue)**.

The following abbreviations are used.

adv.	adverb	*f.*	feminine
irreg.	irregular	*m.*	masculine
p.p.	past participle		

A

abierto(a) (*p.p. of* **abrir**) very open to experiences; open-minded, 5

abogado(a) lawyer, P

abuela grandmother, P

abuelo grandfather, P

aburrido(a) boring; bored, P

aclarar to clear up, clarify, 5

acoger to take in; to welcome, 5

acomedido(a) obliging, helpful, 5

acontecimiento event, 5

acostumbrar(se) a to be in the habit of; to get accustomed to, 1

activismo juvenil youth activism, 4

activista (*m., f.*) activist, 4

activo(a) active, P

actor (*m.*) actor, P

actriz (*f.*) actress, P

acudir to come, arrive; to go to a place frequently, 5

acurrucado(a) (*p.p. of* **acurrucar**) curled up, 4

adaptarse to adapt, 2

Adelante Forward button, 1

"adelante troyanos" "onward, Trojans", P

Adjuntar (un archivo) Attach (a file), 1

administración de empresas (*f.*) business administration, P

administrar to run, manage, 4

adquirir to acquire, 2

adversario(a) (*m., f.*) opponent, adversary, 4

advertencia warning, 3

advertir (ie, i) to warn, 3, 4

afectar to affect, 3

afirmar to say, affirm, 2

agobiado(a) overwhelmed, 5

agotado(a) exhausted, 2

agradable pleasant; enjoyable; nice, 5

agregar to add, 1

agua water, 3; **~ dulce** fresh water, 3; **~ potable** drinkable water, 3; **~ salada (de mar)** saltwater, 3

ahorrar to save, 3

ajeno(a) alien, foreign, 5

albergue juvenil (*m.*) youth hostel, 5

alcalde/alcaldesa (*m., f.*) mayor; female mayor, 4

alcanzar to reach, 1, 2; to achieve, 2

aldea global global village, 5

alemán (*m.*) German language, P

alemán, alemana German, P

al fin y al cabo when all is said and done, 4

alianza del barrio neighborhood alliance, 4

almacén (*m.*) store, P

almacenar to store, archive, 1

alojamiento housing, 5

a lo largo de over the span of, 3

al respecto regarding that matter, 4

alto(a) tall, P

alucinante amazing, mind-boggling, 5

aluminio aluminum, 3

amañado(a) (*p.p. of* **amañar**) rigged, 5

amar to love, 5

amenaza threat, 3

amenazar to threaten, 3

a menudo often, 2

a mi parecer in my opinion, 4

amistoso(a) friendly, 5

amoroso(a) loving, affectionate, 5

ampliar to expand; to increase; to broaden, 5

amplio(a) broad; wide; spacious; expansive, 5

analfabetismo illiteracy, 1, 4

anclado(a) (*p.p. of* **anclar**) anchored, 5

andarse por las ramas to beat around the bush, 4

angustiado(a) worried, anxious; distressed, 2

animado(a) (*p.p. of* **animar**) animated, lively; in good spirits, 2

animar to encourage; to inspire, 3

animar(se) to encourage; to cheer up; to get motivated, 5

aniquilado(a) (*p.p. of* **aniquilar**) annihilated, wiped out, 2

ansioso(a) anxious, 2

antepasado ancestor, 2

Anterior Previous, 1

antes que nada first of all, 1

antipático(a) unpleasant, P

apartamento apartment, P

apegado(a) tightly, closely, 2

apoyar to support, lean on, 2

apreciar to appreciate, 5

aprendizaje (*m.*) apprenticeship; internship; training period, 5

aprovechar(se) de to take unfair advantage of, 2

aprovechar to take advantage of, 2

aquilar videos to rent videos, P

árabe (*m.*) Arabic language, P

archivo de contactos address book, 1

área de confort (*m.*) comfort zone, 5

argentino(a) Argentinian, P
arquitecto(a) architect, P
arquitectura architecture, P
arrancar to pull out, 3
arrastrar to drag, 1
arrecife (de coral) (*m.*) (coral) reef, 3
arriesgado(a) risky, 4
arte (*m.*) art, P
artista (*m., f.*) artist, P
ascendencia descent, ancestry, 2
asegurarse to assure oneself, 2
asombro astonishment, 4
astestiguar to testify, bear witness, 5
asunto subject, 1
asustado(a) (*p.p. of* **asustar**) scared, 2
atentado attempt, 5
a todas luces obviously, 3
atolondrado(a) (*p.p. of* **atolondrar**) dazed, stunned, 5
atraer to attract, 1
Atrás Back button, 1
a tu alcance within your reach, 3
audaz brave, courageous; daring, bold, 5
auditorio auditorium, P
australiano(a) Australian, P
auto eléctrico electric car, 3
auto híbrido hybrid car, 3
autoridades (*f.*) authorities, 4
autorrealizarse to self-realize; to come into your own, 4
aventurero(a) adventurous, 5
avergonzado(a) ashamed, 2
aviso notice, alert, 1

B

bailar to dance, P
baile (*m.*) dance, P
bajar audio y video to download audio and video, 1
bajar fotos to download photos, 1
bajo(a) short (*in height*), P
banco bank, P
bandeja de entrada inbox, 1
bandeja de salida outbox, 1
bandera flag, 2
barra de herramientas toolbar, 1
barrio neighborhood, P
base de enchufes (*f.*) power strip, 3
básquetbol (*m.*) basketball, P
bastar to be enough, 1

basurero trash can, 3
beca scholarship, 5
béisbol (*m.*) baseball, P
beneficiar to benefit, 3
berenjena eggplant, 3
biblioteca musical music library (*on an MP3*), 1
biodegradable biodegradable, 3
biodiversidad (*f.*) biodiversity, 3
biología biology, P
blanqueamiento bleaching, 3
bochornoso(a) embarrassing, 5
boliviano(a) Bolivian, P
bolsita de té teabag, 3
bombero(a) firefighter, P
bombilla light bulb, 3
bordado embroidery, 2
borrar to delete, erase, 1
bosque tropical (*m.*) rain forest, 3
botar to throw away, 3
boxeo boxing, P
brindar to offer, provide, 4
broma joke, 2
bromear to joke around, 2
buena onda good vibe, 2
bueno(a) good, P
búsqueda de contactos search for contacts, 1

C

caber to fit, 5
cadena familiar family chain (*lit.*), the family lineage, 5
caer (*irreg. yo form*) **bien / mal** to like, dislike, 1
cafetería cafeteria, P
cajero automático automatic teller machine (ATM), P
cálculo calculus, P
calefacción (*f.*) heating; ~ **central** central heating, 3; ~ **eléctrica** (*f.*) electric heat, 3
calentamiento global global warming, 3
calentarse (ie) to get hot, heat up, 3
calidad de vida (*f.*) quality of life, 3
callarse to keep quiet, not say anything, 2
cámara secreta secret chamber, 3
camarero(a) waiter; waitress, P
cambiar de tema to change the subject, 1

cambio climático climate change, 3
caminar to walk, P
camisa de fuerza straightjacket, 5
campaña campaign, P
canadiense Canadian, P
cancelar to cancel, 1
cancha (campo) de fútbol soccer field, P
cansado(a) tired, P
cantar to sing, P
capacitado(a) competent, 4
capa de ozono ozone layer, 3
capaz competent, 4
caprichoso(a) capricious, fussy; always changing his (her) mind, 5
captar to capture; to grasp, 5
cara a cara face to face, 2
carpintero(a) carpenter, P
carro de la compra shopping cart, 1
cartón (*m.*) cardboard, 3
cartucho de la impresora printer cartridge, 3
casa house, P
castaño(a) brown, P
castigar to punish, 2
cautiverio captivity, 3
ceder el paso to yield, 2
censurar to censure, condemn, 3
centro comercial mall, P
centro de computación computer center, P; ~ **de comunicaciones** media center, P; ~ **estudiantil** student center, P
cerrado(a) very closed to experiences; close-minded, 5
cerrar (ie) (la) sesión to log out; to close session, 1
charla chat, 1; ~ **en tiempo real** real-time chat; live chat, 1
chatear to chat online, 1
chibolo boy, P
chileno(a) Chilean, P
chino Chinese language, P
chino(a) Chinese, P
chismear to gossip, 5
chispazo spark, 5
choque cultural (*m.*) culture shock, 5
ciclismo cycling, P
ciencias políticas political science, P
cine (*m.*) cinema, P

circular la petición to circulate a petition, 4

cobrar sentido to make sense, 2

cocción (*f.*) cooking, brewing, 3

cocinar to cook, P

cocinero(a) cook, chef, P

código code, 1

colaborar to collaborate, 4

colgar (ue) to hang, 3

colombiano(a) Colombian, P

combustibles fósiles (*m.*) fossil fuels, 3

comentar to comment, 1

comercio justo fair trade, 4

cómico(a) funny, P

cómodo(a) comfortable, 5

como lo pintan as it's portrayed, 3

compasivo(a) compassionate, 4

compensar to make up for, compensate, 3

competente competent, 4

comportar to behave, 3; **~se** to behave, 5

compostaje (*m.*) compost, 3

comprometerse to commit oneself; to promise to do something, 4

computación (*f.*) computer science, P

con (dos meses) de antelación (two months) in advance, 5

conciencia conscience, 3

condenado(a) (*p.p. of* **condenar**) condemned, 5

condiciones de uso (*f.*) terms of agreement, 1

conejo de pascua Easter bunny, 2

confiar to trust, 4

confundido(a) confused, 2

congregarse to congregate, 5

congresista (*m., f.*) member of Congress, 4

conllevar to entail; to involve, 5

conocido(a) (*m. and f.*) someone you know, 1

conservación (*f.*) conservation, 3

conservar to conserve, 3; to preserve (traditions), 2

consumir to consume, 3

consumismo consumerism, 4

consumo consumption, 3

contabilidad (*f.*) accounting, P

contactos personales personal contacts, 1

contador(a) accountant, P

contaminar to contaminate; to pollute, 3

contento(a) happy, P

contribuir (y) to contribute, 4

convivir to coexist, 2

convocar to call, convene; to organize, 5

cooperar to cooperate, 2, 4

coordinar to coordinate, 4

coreano(a) Korean, P

correo basura junk mail, spam, 1

correr la voz spread the word, 4

cortar y pegar to cut and paste, 1

cosecha harvest, 2

costarricense Costa Rican, P

costumbre (*f.*) custom, 2

crecer (zc) to grow, 4

crecimiento growth, 5

creencia belief, 2

criar(se) to grow up; to be raised, 2

crimen (*m.*) crime, P

crisis económica / fiscal (*f.*) economic crisis, 4

criterio criterion, 5

cualificado(a) (*p.p. of* **cualificar**) qualified, 4

cubano(a) Cuban, P

cuenta de cacao measure used as money, 2

cuidadoso(a) cautious, P

culpa blame, 2; fault, blame, P

culpar to blame, 4

culto(a) educated; cultured, 5

cuñado(a) brother-in-law (sister-in-law), P

cursi snobby; tasteless, 5

D

dañar to harm, 3

dañino(a) harmful, 3

dar to give; **~(se) cuenta de** to report; to realize, become aware of, 1; **~ la vuelta** to take a spin; to go for a walk, a drive, or a ride, 5; **~ para** to be enough, 1; **~ rienda suelta** to give free rein, 4

deber cívico (*m.*) civic duty, 4

declaración de misión (*f.*) mission statement, 4

declararse a favor de to take a stand in favor of, 4

de corazón in my heart, 5

de derechas entitled, 3

definitivamente definitively, absolutely, 3

deforestación (*f.*) deforestation, 3

deforestar to deforest, 3

dejar huella to leave a footprint, 4

delegado(a) (*m., f.*) delegate, 4

delgado(a) thin, P

delito crime, P

democracia democracy, 4

dentista (*m., f.*) dentist, P

denunciar to denounce, 4

dependiente (*m., f.*) salesclerk, P

de primera mano firsthand, 5

deprimido(a) (*p.p. of* **deprimir**) depressed, 2

derecho right, 4; **derechos civiles** civil rights, 4; **~ humanos** human rights, 4

derrocar to overthrow, 5

desafiar to challenge, 2

desaparecer (-zco) to disappear, 3

desarrollar to develop, 2

desastre natural (*m.*) natural disaster, P

descartar to rule out, 3, 4

descendencia descendants, 2

desconectar to disconnect, 3

descongelar to unfreeze, 3

desconocido(a) (*m. and f.*) someone you don't know, 1

descuidarse to be careless, 5

desdoblamiento being split in two, 4

desechable disposable, 3

desempeñar to carry out, perform; to play (a role), 4

desempleo unemployment, 4

desenchufar to unplug, 3

deshecho (*irreg. p.p. of* **deshacer**) gotten rid of, 2

desigualdad (*f.*) inequality, P

despacho office, 4

desperdiciar to waste, 3

despistado(a) scatterbrained, absent-minded, 5

desplazarse to displace; to be displaced, 2

destacarse to stand out; to be outstanding, 2

destinatario(a) (*m. and f.*) recipient, 1

destruir (y) to destroy, 3

desvelarse to stay awake; to be unable to sleep, 5

desventaja disadvantage, 3

deuda nacional national debt, 4

¡De veras! Really!, 1

digno(a) de confianza trustworthy, reliable, 4

dios (*m.*) god, 2

discapacidad (*f.*) disability, 4

disciplinado(a) disciplined, 5

discriminación (*f.*) discrimination, P

disculparse to apologize, 5

diseminar información to disseminate information, 4

diseñador(a) gráfico(a) graphic designer, P

diseño gráfico graphic design, P

disfrutar to enjoy, 1, 3; to enjoy doing, 1

disponibilidad (*f.*) availability, 4

diversidad (*f.*) diversity, 2

divertido(a) fun, entertaining, P

DNI Peruvian identity card, P

documento document, 1

doler (eu) to hurt, 1

dominar la lengua to master the language, 2

domingo Sunday, P

dominicano(a) Dominican, P

dormitorio dormitory, P

dueño(a) de owner of, P

duplicar archivos to back up or duplicate a file, 1

E

echar to throw away, 3; **~ de menos** to miss, 2; **~ raíces** to put down roots, 2

economía economics, P; economy, P

ecosistema (*m.*) ecosystem, 3; **~ acuático** aquatic ecosystem, 3; **~ forestal** forest ecosystem, 3

ecuatoguineano(a) Equatorial Guinean, P

ecuatoriano(a) Ecuadoran, P

educación (*f.*) education, P

egoísta selfish, egotistic, P

electorado electorate; body of voters, 4

elegir una opción to choose an option, 1

el porqué the reason why, 1

e-mail en cadena (*m.*) chain e-mail, 1

embellecer to beautify, 5

embotellamientos traffic jams, 3

emigración (*f.*) emigration, 2

emigrar (de) to emigrate (from), 2

emisiones (*f.*) emissions, 3; **~ de dióxido de carbono** carbon dioxide emissions, 3; **~ de gases de efecto invernadero** (*f.*) greenhouse gas emissions, 3

emocionado(a) excited; moved, touched; thrilled, 2

empático(a) empathetic, 4

empleo employment, 4

emprender to undertake, 4

encantar to like a lot, 1

encargarse de to be in charge of, 4

encomendar (ie) to entrust, 5

enfermero(a) nurse, P

enfermo(a) sick, P

en fin in summary, 2

enfrentarse a los retos to face the challenges, 2

engañar to deceive, mislead, 1

enmudecer to fall or stay silent, 4

enojado(a) angry, P

entorno environment; **~ profesional** professional environment, 5; **~ social** social environment, 5

entrenamiento training, 4

entrenarse to train, P

entretener(se) to entertain or amuse (oneself), 1

envase (*m.*) packaging, 3

enviados envoys, 2

enviar mensajes de texto cortos to send brief text messages, 1

equidad de género (*f.*) gender equality, 4

equivocarse to make a mistake; to be mistaken, 2

escaso(a) scarce, 3

escoger un lema to choose a slogan, 4

escribir un editorial to write an editorial, 4

escuchar música to listen to music, P

esfuerzo effort, 2

es imprescindible it's essential, 3

eslabón (*m.*) link (*as in a chain*), 5

¡Es lo máximo! That's the best!; That's cool!, 1

Eso es el colmo. That's the last straw., 1

español (*m.*) Spanish language, P

español(a) Spanish, P

especies (*f.*) species; **~ amenazadas** endangered species, 3; **~ en peligro de extinción** (*f.*) endangered species, 3

esperanza hope, 2

esposa wife, P

esposo husband, P

esquí (*m.*) ski, skiing; **~ acuático** water skiing, P; **~ alpino** downhill skiing, P

esquiar to ski, P

establecer(se) (zc) to establish (yourself), 2

estadio stadium, P

estadística statistics, P

estadounidense U.S. citizen, P

estar to be; **~ a favor de** to be in favor of, 1; **~ al día** to be current, aware of current events, 1; **~ al tanto** to be up to date, 1; **~ a punto de** to be about to, 3; **~ de acuerdo (con)** to agree, 1; **~ de moda** to be in style, 1; **~ harto(a)** to be sick of, fed up with, 1; **~ jugado** die was cast; it was decided, 1; **~ mal visto(a)** to be frowned upon, 5; **~ por las nubes** to be very happy, 1

Estoy harto(a). I'm fed up., 1

estudiar to study; **~ en casa** to study at home, P; **~ en la biblioteca** to study at the library, P

etapa de tu vida stage of your life, 5

etiqueta ecológica eco-friendly label, 3

etiquetar fotos to label photos, 1

etnia ethnic group, 2

etnocéntrico(a) ethnocentric, 5

evitar to avoid, 2, 3

exigente demanding, 5

exigir to demand, 5

éxito success, 2
expectativas expectations, 4
experiencia laboral job experience, 5
experimentar to experience; to feel; to undergo, 5
extrañar to miss, 2
extrovertido(a) extroverted, P

F

factura invoice; bill, 3
faltar to miss, be lacking, 1
fascinar to fascinate, 1
fastidiar(se) to bother; annoy; to get upset, 1
fauna y flora animal and plant wildlife, 3
favorito bookmark, 1
fecha límite deadline, 4
feo(a) ugly, P
festejar to celebrate, 2
fiel faithful, 2
fiestas patrias Independence Day celebrations, 2
filosofía philosophy, P
financiar to finance, 4
firmar to sign, 3; **~ la petición** to sign a petition, 4
física Physics, P
flojo(a) lazy, 3
florecer to flourish, 2
fracasar to fail, 4
francés (*m.*) French language, P
francés, francesa French, P
frenar to stop, 4
frontera border, 2
fuera de lo común out of the ordinary, 5
fuerza: de trabajo/laboral work force, 4; **~ de voluntad** willpower, 5
funcionario(a) del Estado/ gobierno (*m., f.*) government official, 4
furioso(a) furious, P
fútbol (*m.*) soccer, P; **~ americano** (*m.*) football, P

G

gama de barreras range of obstacles, 5
generoso(a) generous, P
geografía geography, P
gerente de (*m., f.*) manager of, P

gesto gesture, 5
gimnasio gymnasium, P
glaciar (*m.*) glacier, 3
gobernador(a) (*m., f.*) governor, 4
gobernar to govern, 4
golf (*m.*) golf, P
golpe (*m.*) blow, strike; **~ de estado** coup, conquest, 2; **~ de suerte** stroke of luck, 3, 4
gordo(a) fat, P
gotear to leak, 3
gozar to enjoy, 1
grande big, great, P
granito de arena grain of sand, 4
gratificante gratifying, rewarding, 5
grifo faucet, 3
grosero(a) rude; crude; vulgar, 5
grueso(a) thick, 2
grupo étnico ethnic group, 2
guapo(a) handsome, attractive, P
guardar to save, hold on to, 3; **~ cambios** to save changes, 1
guatemalteco(a) Guatemalan, P

H

haber bautizado to have named, 2
hábil clever, 1
habilidad de tomar decisiones por sí mismo(a) (*f.*) self-directed, 4
hábitat (*m.*) habitat, 3
hablar por teléfono to talk on the phone, P
hacer (*irreg.*) to do; make; **~ ejercicio** to exercise, P; **~ le falta (algo a alguien)** he (she) is in need of something, 2; **~se atender** to be seen, 1
halagar to flatter, 1
hallazgo finding, discovery, 5
hazaña great or heroic deed, 4, 5; exploit, 5
hebreo rashi North African Hebrew, 2
hecho fact, 5
hechos events, actions, 2
herencia inheritance, 2
herido(a) hurt, injured, 3
hermana (mayor) (older) sister, P
hermanastro(a) stepbrother (stepsister), P

hermano (menor) (younger) brother, P
hielo ice, 3
hija daughter, P
hijo son, P
¡Híjole! Holy moly!, 2
historia history, P
hockey (*m.*) hockey; **~ sobre hielo** ice hockey, P; **~ sobre yierba** field hockey, P
hogar (*m.*) home, 5
hombre/mujer de negocios businessman/businesswoman, P
hondureño(a) Honduran, P
hongo fungus, 3
hortelano gardener, 3
huella mark, P
huella de carbono carbon footprint, 3
huerto vegetable garden, 3
huracán (*m.*) hurricane

I

ideales (*m.*) ideals, 2
idiomas (*m.*) languages, P
igualdad (*f.*) equality, P
impaciente impatient, P
impedir (i) to impede, 4
imponer to impose, 2, 3
importar to matter, to be important to, 1
impresionante impressive, striking, 5
impuestos taxes, 4
impulsar to promote, 4
impulsivo(a) impulsive, P
inalámbrico(a) wireless, 1
iniciar (la) sesión to log in; to initiate session, 1
incómodo(a) uncomfortable, 5
inconveniente (*m.*) problem; drawback, disadvantage, 5
independizarse de to gain independence from, 5
indio(a) Indian, P
inflación (*f.*) inflation, 4
influencia influence, 2
influir (y) to influence, 2
informática computer science, P
infusión (*f.*) tea, usually herbal, 3
ingeniería engineering, P
ingeniero(a) engineer, P
inglés (*m.*) English language, P
inglés, inglesa English, P

ingresar to enter, 1

inhabilitarme have me declared incompetent, 3

inicio startup, beginning, 1

injertado(a) grafted, 2

inmerso(a) immersed, 5

inmigración (*f.*) immigration, 2

inmigrar to immigrate, 2

inodoro toilet, 3

inseguro(a) de sí mismo(a) unsure of him- or herself, 5

insultar to insult, 1

integrar(se) to integrate oneself into, 2

inteligente intelligent, P

interaccción (*f.*) interaction, 1

intercambiar to exchange, 2

intercambio exchange, 2

interesante interesting, P

interesar(se) to interest; to take an interest in, 1

internauta (*m., f.*) web surfer, 1

intolerancia intolerance, 2

introvertido(a) introverted, P

inútil useless, 3

involucrarse (en) to get involved (in), 3

ir de juerga to go partying, 5

irresponsable irresponsible, P

italiano(a) Italian, P

J

japonés (*m.*) Japanese language, P

japonés, japonesa Japanese, P

joven young, P

juego multijugador multiplayer game, 1

jueves Thursday, P

jugar (ue) to play; **~ (al) béisbol** to play baseball, P; **~ (al) tenis** to play tennis, P

justicia justice, 4; **~ social** social justice, 4

L

ladino Spanish-Hebrew language, 2

lamentablemente regrettably, 4

lata tin or aluminum can, 3

latir to beat; to pulsate, 5

lector digital (de periódicos) (*m.*) e-reader (for newspapers), 1

legado legacy, 2

lengua materna mother tongue, 5

lenguas languages, P

levantar to lift; **~ el ánimo** to raise one's spirits, 2; **~ pesas** to lift weights, P

ley (*f.*) law, 4

libertad (*f.*) freedom, 4; **~ de prensa** freedom of the press, 4

libro-e e-book, 1

libro electrónico e-book, 1

líder (*m.* and *f.*) leader, P

lidiar to fight, 5

lindo(a) pretty, P

literatura literature, P

llamativo(a) striking, 5

llevar a cabo to carry out, 2

lograr to attain, achieve, 2

lucha fight, struggle, 2

luchar contra to fight against, P

lucir to look good, look special, 5

lunes Monday, P

M

madrastra stepmother, P

madre (*f.*) mother, P; **~ patria** (*f.*) mother country, 2

madrugada wee hours of the morning, 1

madrugar to get up early; to stay up late (into the wee hours), 5

madurar como persona to mature as a person, 5

maestro(a) teacher, P

maleducado(a) bad-mannered; discourteous; rude, 5

malentendido misunderstanding, 5

malgastar to waste; to squander, 3

malo(a) bad, P

mamá mom, mother, P

mañana morning, P

mandar to send; **~ mensajes de texto cortos** to send brief text messages, 1; **~ un e-mail a tu representante** to send an e-mail to your representative, 4

mantener (like tener) contacto to maintain contact, 2

mapa del sitio (*m.*) site map, 1

marcar la diferencia to make a difference, 4

martes Tuesday, P

materia prima raw material, 5

materno(a) maternal, P

mecánico(a) mechanic, P

me cuesta mucho it pains me, 3

media hermana half-sister, P

medicina medicine, P

médico(a) doctor, P

medio hermano half-brother, P

mejorar to improve, to better, 2

mejor dicho let me rephrase, 1

menos mal just as well, 4

mensajería instantánea (*m.*) instant messaging, 1

mente (*f.*) mind, 2; **~ abierta** open mind, 5

mentiroso(a) dishonest, liar, P

mentor(a) (*m., f.*) mentor, 5

menú desplegable (*m.*) drop-down menu, 1

mercadeo marketing, P

mercado market, P; **~ laboral** job market, 5

meta goal, 1, 2

meter la pata to stick your foot in your mouth, 5

meterse to get into, 4

mexicano(a) Mexican, P

mezcla mix; mixing, mixture; blend, 2

mezclar to mix, 2

miércoles Wednesday, P

ministro (*m., f.*) minister; Secretary, 4

mirar televisión watch television, P

modales buenos/malos (*m.*) good/bad manners, 5

modo "stand-by" stand-by mode, 3

molestar(se) to bother; to be offended, trouble oneself or be bothered, 1

montar to ride; **~ a caballo** to ride on horseback, P; **~ en bicicleta** to ride a bicycle, P

mudarse to move, 2

museo museum, P

música music, P

N

nacer to be born (to), 2

nacimiento birth, 2

nadar to swim, P

natación (*f.*) swimming, P

navegar (gu): ~ en rápidos to go whitewater rafting, P; **~ por Internet** to surf the Internet, P

negro(a) black, P

neozelandés, neozelandesa New Zealander, P

nervioso(a) nervous, P

nicaragüense Nicaraguan, P

nick nickname, 1

nieta granddaughter, P

nieto grandson, P

ni idea no idea whatsoever, 2

noche (*f.*) evening, night, P

no dar para to not be enough, 1

¡No estoy bromeando! I'm not kidding!, 2

nombre de usuario (*m.*) user name, 1

no pegar (did) not catch, 2

nostalgia nostalgia, 2

nostálgico(a) nostalgic, 2

novedoso(a) novel, original; innovative, 5

nuera daughter-in-law, P

numeroso(a) numerous, many, 5

nutrir to take nourishment, 3

O

ocio leisure time, 5

ocupado(a) busy, P

ofender to offend, 2

oficina office, P

oficina de correos post office, P

olla pot, cooker, 3

¡Olvídate! Forget about it!, 3

ONU (Organización de las Naciones Unidas) United Nations, 2

oportunidades de voluntariado (*f.*) volunteering opportunities, 4

organización (*f.*) organization, 4; **~ benéfica** charitable organization, 3; **~ comunitaria** community organization, 4; **~ no gubernamental** non-governmental organization (NGO), 4; **~ sin fines de lucro** non-profit organization, 4

organizar en línea to organize online, 4

orgullosamente proudly, 2

P

paciente patient, P

padrastro stepfather, P

padre (*m.*) father, P

padres (*m.*) parents, P

página: ~ de inicio startup page, 1; **~ principal** home page, 1

panameño(a) Panamanian, P

panel solar (*m.*) solar panel, 3

pantalla táctil touch screen, 1

papá (*m.*) dad, father, P

papelera trash can, 3

papelería stationery store, P

papel reciclado (*m.*) recycled paper, 3

para chuparse los dedos mouthwatering, 5

paraguayo(a) Paraguayan, P

para nada not at all, 1

para siempre always, 1

participar en programas de aprendizaje-servicio to participate in service-learning programs, 4

pasaporte vigente (*m.*) valid passport, 5

paterno(a) paternal, P

patinar to skate, P; **~ en línea** to inline skate (rollerblade), P; **~ sobre hielo** to ice skate, P

patria homeland, native country, 2

pedazo piece, 3

pelirrojo(a) redheaded, P

peluquero(a) barber/hairdresser, P

pequeño(a) small, P

percibir to perceive, 5

pérdida loss, 3

perezoso(a) lazy, P

perfil (*m.*) profile, 1

periodismo journalism, P

periodista (*m., f.*) journalist, P

perjudicar to damage, 1

pertenecer (zc) to belong to; to be a member of, 2

peruano(a) Peruvian, P

pescar to fish, P; **~ de pequeños** to find as a child, 3

pese a in spite of, P

pesticida (*m.*) pesticide, 3

pintar to paint, P

pintura painting, P

piscina swimming pool, P

pista de atletismo athletics track, P

pizzería pizzeria, P

plantar to plant, 3

plasmar to express, 2

plástico plastic, 3

plaza plaza, P

pleno(a) full; center of; middle, 5

plomería plumbing, 3

plomero(a) plumber, P

poblar to populate; to inhabit, 2

pobreza poverty, 4

pocho(a) Americanized Mexican American; bilingual but not fluent, 2

poco a poco little by little, 2

poder (*m.*) power, P

policía (*m., f.*) policeman/policewoman, P

política politics; policy, 4; **~ exterior** foreign policy, 4; **~ interna** domestic policy, 4

por casualidad by sheer chance or coincidence, 5

por for, during, in, through, along, on behalf of, by; **~ cierto** for sure, 3; **~ ejemplo** for example, 1; **~ eso** so, that's why, 1; **~ favor** please, 1; **~ fin** finally, 1; **~ lo general** generally, 1; **~ lo menos** at least, 1; **~ supuesto** of course, 1

por qué why, 1

por si in case, 1

por si las dudas just in case, 3

portavoz (*m., f.*) spokesperson, 4

portugués, portuguesa Portuguese, P

poseer to possess, 4

postularse to apply for something, 4

practicar deportes to play sports, P; **~ / hacer alpinismo** to (mountain) climb, hike, P; **~ / hacer surfing** to surf, P

preferencias preferences, 1

preocupado(a) worried, P

preservar to preserve, 3

presumido(a) conceited; full of oneself; arrogant, 5

previsto(a) foreseen; predicted, 5

prima female cousin, P

primario(a) primitive, 2

primo male cousin, P

principios principles, 2

privacidad (*f.*) privacy, 1

privilegio privilege, 4

proceso de la visa visa process, 5

procurar to try, 5

producto interno bruto (PIB) gross domestic product (GDP), 4

programador(a) programmer, P
prometedor(a) promising, 5
proteger to protect, 3
protegido(a) protected, 3
proveer to provide, 4
proyecto: de corto (largo) plazo short-term (long-term) project, 4; **~ de ley** bill, 4
prudente prudent, sensible, 5
psicología psychology, P
publicidad (*f.*) public relations, P
pueblo people; village, 2
puertorriqueño(a) Puerto Rican, P
pulir to polish, 5

Q

quedar(se) to be left; to stay, 1; **~ con los brazos cruzados** to twiddle your thumbs, 5
¡Qué lata! What a pain!, 1
qué rayos what the heck, P
¿Qué sé yo? What do I know?, 2
química chemistry, P

R

rábano radish, 3
raíz (*f.*) root, 2
rasgo characteristic, 2
raza race, 2
realizar to carry out, execute, 2
rebuscado(a) affected, unnatural, 1
recaudar fondos to collect funds, 4
recesión (*f.*) recession, 4
reciclable renewable, recyclable, 3
reciclar to recycle, 3
recipiente (*m.*) container, 3
recovecos nooks and crannies, 3
recurrir a to turn to, 2
recursos naturales natural resources, 3
red social (*f.*) social networking, 1
reducir (-zco) to reduce, 3
regalado given as a gift, 2
registrarse para votar to register to vote, 4
regocijo joy, 5
Regresar Back button, 1
relajar(se) to relax; to be relaxed, 1
remar to row, P

remitente (*m.* and *f.*) sender, 1
repartir panfletos / folletos to distribute, hand out pamphlets/ brochures, 4
replicar to reply, respond, 5
representante (*m., f.*) representative (U.S.), 4
residencia estudiantil dormitory, P
residuos orgánicos organic waste products, 3
resolver (ue) to resolve, 3
respaldo support; backing, 5
respetar to respect, 2
respeto respect, 2
Responder Reply, 1; **~ a todos** Reply to all, 1
responsable responsible, P
restarle seriedad al asunto to play down the seriousness of the situation, 4
restaurante (*m.*) restaurant, P
restringido(a) restricted, 1
reto challenge, 2
reutilizable reusable, 3
reutilizar to reuse, 3
revisar to read, examine; to review, 1
riesgo risk, 2, 4
rincones de la memoria (*m.*) the corners of memory, 5
ritmo de la vida rhythm of life, 5
robatiempo a waste of time, 1
robo de la identidad identity theft, 5
roncar to snore, 5
rótulo sign, 5
rubio(a) blond, P

S

sábado Saturday, P
saber trabajar sin supervisión directa self directed, 4
sabiduría wisdom, 5
sacar fotos to take photos, P
sala privada private chat room, 1
saltar to skip, 1
saltarse las normas to break the rules, 1
salud (*f.*) health, P
salvadoreño(a) Salvadoran, P
salvar to save, 3
salvavidas (*m.*) lifesaver, 1
sanciones económicas (*f.*) economic sanctions, 3
secar to dry, 3

secretario(a) secretary, P
sefardí (*m.*) Sephardic Jew, 2
seguro(a) sure, certain, P; **~ de sí mismo(a)** sure of him or herself, 5
Sé lo que digo. I know what I'm talking about, 2
selva tropical rain forest, 3
sembrado(a) planted, 2
semilla seed, 4
senador(a) (*m., f.*) senator, 4
serio(a) serious, P
ser tal para cual to be two of a kind, 1
servicio: ~ comunitario community service, 4; **~ juvenil** youth service, 4
servidor seguro (*m.*) secure server, 1
sida AIDS, 3
siempre y cuando when and if, 4
Siguiente Next, 1
simpático(a) nice, P
sincero(a) sincere, P
sin without; **~ falta** without fail, 1; **~ mucha vuelta** without beating around the bush, 4
sistema (*m.*): **~ de pago** (*m.*) payment method, 5; **~ GPS** GPS (Geographical Positioning System), 1
sitios de redes sociales (SRS) social networking sites, 1
sitio web seguro secure web site, 1
smartphone (*m.*) smart phone, 1
soberbio(a) proud, arrogant, haughty, 5
sobrepoblación (*f.*) overpopulation, 3
sobrevivir to survive, overcome, P
sobrino(a) nephew (niece), P
socio(a) (*m., f.*) member, partner, 4
soler (ue) to be in the habit of (usually), 2
solidaridad cívica (*f.*) civic solidarity, 4
sonoro(a) resonant, 2
sostenible sustainable, 3
subir a to load onto, 1; **~ audio y video** to upload audio and video, 1; **~ fotos** to upload photos, 1
súbitamente abruptly, 4

suceder   to happen, occur, 5
sudor (*m.*)   sweat, P
suegro(a)   father-in-law (mother-in-law), P
sueño   dream, 2
sufrir   to suffer, 2; **~ (las consecuencias)**   to suffer (the consequences), P
sumamente   extremely, 2
sumergirse   to immerse oneself, 5
superar   to overcome, 2
supermercado   supermarket, P
surgir   to arise; to develop, emerge, 3

T

tala   tree felling, 3
tallado de madera   wood carvings, 2
taparse los ojos   to cover one's eyes, 4
tarde (*f.*)   afternoon, P; **~ o temprano**   sooner or later, 1; (*adv.*) late, P
tasa   rate; **~ de desempleo**   unemployment rate, 4; **~ delictiva**   crime rate, 4
te apuesto   I bet you, 5
teléfono inteligente   smart phone, 1
televisor de alta definición (*m.*)   HDTV; high definition television, 1
¡Te lo juro!   I swear!, 3
temblar (ie)   to tremble, 4
temer   to fear, 1
temeroso(a)   fearful, timid, 5
temor (*m.*)   fear, 2, 5
temporada alta (baja)   high (low) season, 5
temprano   early, P
tener (el) espíritu de participación   to have a spirit of participation, 4
tener   to have, 4; **~ (la) iniciativa propia**   to have initiative, 4; **~ buena (mala) pinta**   to have a good (bad) appearance, 5; **~ entendido que...**   to have the impression that . . .; to have understood that . . ., 5; **~ suerte**   to be lucky, 1
tenis (*m.*)   tennis, P
terco(a)   stubborn, 5
terremoto   earthquake, P

terrenal   earthly, 2
terreno   land, (home) country, 5
terrorismo   terrorism, P
testigo   witness, 4
texteo   texting, 1
tía   aunt, P
tienda   store; **~ de música**   music store, P; **~ de ropa**   clothing store, P; **~ de videos**   video store, P
tierra   land, 2; **~ natal**   homeland, native land, 2
timbre (*m.*)   bell, 2
tímido(a)   shy, P
tío   uncle, P
tirar   to throw away, 3
titubear   hesitating, 4
tocar   to play; **~ el piano**   to play the piano, P; **~ el violín**   to play the violin, P; **~ la guitarra**   to play the guitar, P; **~ la trompeta**   to play the trumpet, P; **~ un instrumento musical**   to play a musical instrument, P
tolerancia   tolerance, 2
tomar: el sol   to sunbathe, P; **~ un refresco**   to have a soft drink, P
tonto(a)   silly, stupid, P
torres gemelas (*f.*)   twin towers, 5
tóxico(a)   toxic, 3
trabajador(a)   hard-working, P; worker, P
trabajar   to work, P, 4; **~ como un(a) asistente legislativo(a)**   to work as a legislative aide, 4; **~ como voluntario**   work as a volunteer, 4; **~ con grupos de la iglesia**   work with church groups, 4
tradición oral (*f.*)   oral tradition, 2
traducción (*f.*)   translation, 2
traducir (zc)   to translate, 2
trámite (*m.*)   procedure, 5; **trámites aduaneros**   customs procedures, 5
transacción (*f.*)   transaction, 1
tránsito   motor traffic, 3
trascender   to go beyond, transcend, 4
trasladarse   to relocate, transfer, 2
triste   sad, P
tromba   whirlwind, 4

tuitear   to tweet, 1
tuiteo   a tweet, 1
tutor(a) (*m., f.*)   tutor, 5

U

un montón   a ton; a lot; loads of, 5
un sinfín   an innumerable amount, 1
uruguayo(a)   Uruguayan, P
usar los medios sociales para organizar el voto   to use social networking to get out the vote, 4
utilizar   to utilize, 3

V

vacuna   vaccination, 5
vagar sin rumbo   to wander, roam aimlessly, 5
valer: la pena   to be worthwhile, 1; **~se por sí mismo(a)**   to be independent, self-sufficient, 4
valores (*m.*)   values, 2
vanidoso(a)   vain, 5
variopinta   motley, 5
vejeta   older woman, 1
velado(a)   veiled, hidden, 2
venezolano(a)   Venezuelan, P
ventaja   advantage, 3
vestuario   wardrobe, 2
veterinario(a)   veterinarian, P
vía de doble sentido   two-way street, 2
viaje educativo (*m.*)   educational travel/trip, 5
vida nocturna   night life, 5
vida silvestre   wildlife, 3
viejo(a)   old, P
viernes   Friday, P
vigilar   to watch, guard, 3
violencia   violence, P
visa estudiantil   student visa, 5
visionario(a) (*m., f.*)   visionary, 4
visitar a amigos   to visit friends, P
vivero   (plant) nursery, 3
vivienda   housing, 4
volibol (*m.*)   volleyball, P
voluntario(a) en línea (*m., f.*)   online volunteer, 4

Y

yerno   son-in-law, P

English–Spanish Glossary

A

abruptly súbitamente, 4
absent-minded despistado(a), 5
absolutely definitivamente, 3
accountant contador(a), P
accounting contabilidad (*f.*), P
achieve alcanzar, 2; lograr, 2
active activo(a), P
activist activista (*m., f.*), 4
actor actor (*m.*), P
actress actriz (*f.*), P
adapt adaptarse, 2
add agregar, 1
address book archivo de contactos, 1
in advance de antelación, 5
advantage ventaja, 3
adventurous aventurero(a), 5
adversary adversario(a) (*m., f.*), 4
affect afectar, 3
affectionate amoroso(a), 5
afternoon tarde (*f.*), P
agree estar de acuerdo (con), 1
alert aviso, 1
alien ajeno(a), 5
a lot un montón, 5
aluminum aluminio, 3; ~ **can** lata, 3
always para siempre, 1
amazing alucinante, 5
amuse oneself entretener(se), 1
ancestor antepasado, 2
ancestry ascendencia, 2
angry enojado(a), P
animal and plant wildlife fauna y flora, 3
animated animado(a), 2
annoy fastidiar(se), 1
anxious angustiado(a), 2; ansioso(a), 2
apartment apartamento, P
apologize disculparse, 5
apply for something postularse, 4
appreciate apreciar, 5
apprenticeship aprendizaje (*m.*), 5
aquatic ecosystem ecosistema acuático (*m.*), 3
Arabic language árabe (*m.*), P
architect arquitecto(a), P

architecture arquitectura, P
archive almacenar, 1
Argentinian argentino(a), P
arise surgir, 3
arrive acudir, 5
arrogant presumido(a), 5; soberbio(a), 5
art arte, P
artist artista (*m., f.*), P
ashamed avergonzado(a), 2
as it's portrayed como lo pintan, 3
assistant asistente (*m., f.*), P
athletics track pista de atletismo, P
at least por lo menos, 1
Attach (a file) Adjuntar (un archivo), 1
attain lograr, 2
attractive guapo(a), P
auditorium auditorio, P
aunt tía, P
Australian australiano(a), P
authorities autoridades (*f.*), 4
automatic teller machine (ATM) cajero automático, P
availability disponibilidad (*f.*), 4
avoid evitar, 3

B

Back button Atrás, 1; Regresar, 1
backing respaldo, 5
back up or duplicate a file duplicar archivos, 1
bad malo(a), P
bad-mannered maleducado(a), 5
bank banco, P
barber/hairdresser peluquero(a), P
baseball béisbol (*m.*), P
basketball básquetbol (*m.*), P
be a member of pertenecer (zc), 2
beat latir, 5
be aware of current events estar al día, 1
be born (to) nacer, 2
be bothered molestar(se), 1
be careless descuidarse, 5
become aware of dar(se) cuenta de, 1
be current estar al día, 1

be displaced desplazarse, 2
bedroom dormitorio, P
be enough dar para, 1
be frowned upon estar mal visto(a), 5
beginning inicio, 1
behave comportar, 3
be important to importar, 1
be in charge of encargarse de, 4
be in favor of estar a favor de, 1
be in style estar de moda, 1
be in the habit of acostumbrar(se) a, 1; ~ **(usually)** soler (ue), 2
be left quedar(se), 1
belief creencia, 2
belong to pertenecer (zc), 2
be lucky tener suerte, 1
be mistaken equivocarse, 2
benefit beneficiar, 3
be offended molestar(se), 1
be outstanding destacarse, 2
be raised criar(se), 2
be relaxed relajar(se), 1
be self-directed (tener) habilidad de tomar decisiones por sí mismo(a), 4; saber trabajar sin supervisión directa, 4
be sick of estar harto(a), 1
better mejorar, 2
be two of a kind ser tal para cual, 1
be unable to sleep desvelarse, 5
be up to date estar al tanto, 1
be very happy estar por las nubes, 1
be worthwhile valer la pena, 1
big grande, P
bill factura, 3
bill (legislative) proyecto de ley, 4
biodegradable biodegradable, 3
biodiversity biodiversidad (*f.*), 3
biology biología, P
birth nacimiento, 2
black negro(a), P
blame culpar, 4
blend mezcla, 2
blond rubio(a), P
body of voters electorado, 4
bold audaz, 5

Bolivian boliviano(a), P
bookmark favorito, 1
border frontera, 2
bored aburrido(a), P
boring aburrido(a), P
bother fastidiar(se), 1; molestar(se), 1
boxing boxeo, P
brave audaz, 5
broad amplio(a), 5
broaden ampliar, 5
brochures folletos, 4
brother hermano, P
brother-in-law cuñado, P
brown castaño(a), P
business administration administración de empresas (f.), P
businessman hombre de negocios, P
businesswoman mujer de negocios, P
busy ocupado(a), P

C

cafeteria cafetería, P
calculus cálculo, P
call convocar, 5
campaign campaña, P
Canadian canadiense, P
cancel cancelar, 1
capricious caprichoso(a), 5
capture captar, 5
carbon dioxide emissions emisiones de dióxido de carbono (f.), 3
carbon footprint huella de carbono, 3
cardboard cartón (m.), 3
carpenter carpintero(a), P
carry out desempeñar, 4; llevar a cabo, 2; realizar, 2
cautious cuidadoso(a), P
celebrate festejar, 2
center of pleno(a), 5
central heating calefacción central (f.), 3
certain seguro(a), P
chain e-mail e-mail en cadena (m.), 1
challenge desafíar, 2; reto, 2
change the subject cambiar de tema, 1
always changing his (her) mind caprichoso(a), 5

charitable organization organización benéfica (f.), 3
chat charla, 1
cheer up animar(se), 5
chemistry química, P
Chilean chileno(a), P
Chinese chino(a), P; ~ **language** chino, P
choose: ~ an option elegir una opción, 1; ~ **a slogan** escoger un lema, 4
cinema cine (m.), P
circulate a petition circular la petición, 4
civic duty deber cívico (m.), 4
civic solidarity solidaridad cívica (f.), 4
civil rights derechos civiles, 4
clarify aclarar, 5
clear up aclarar, 5
climate change cambio climático, 3
close-minded cerrado(a), 5
close session cerrar (ie) (la) sesión, 1
clothing store tienda de ropa, P
coexist convivir, 2
collaborate colaborar, 4
collect funds recaudar fondos, 4
Colombian colombiano(a), P
come acudir, 5; ~ **into your own** autorrealizarse, 4
comfort zone área de confort (m.), 5
comment comentar, 1
commit oneself comprometerse, 4
community: ~ organization organización comunitaria (f.), 4; ~ **service** servicio comunitario, 4
compassionate compasivo(a), 4
compensate compensar, 3
competent capacitado(a), 4; capaz, 4; competente, 4
compost compostaje (m.), 3
computer center centro de computación, P
computer science computación, P; informática, P
conceited presumido(a), 5
confused confundido(a), 2
congregate congregarse, 5
conscience conciencia, 3
conservation conservación (f.), 3

consume consumir, 3
consumerism consumismo, 4
consumption consumo, 3
container recipiente (m.), 3
contaminate contaminar, 3
contribute contribuir (y), 4
convene convocar, 5
cook cocinar, P; ~ (**chef**) cocinero(a), P
cooperate cooperar, 2, 4
coordinate coordinar, 4
coral reef arrecife de coral (m.), 3
Costa Rican costarricense, P
courageous audaz, 5
cousin prima (f.), P; primo (m.), P
crime crimen, P
crime rate tasa delictiva, 4
criterion criterio, 5
crude grosero(a), 5
Cuban cubano(a), P
cultured culto(a), 5
culture shock choque cultural (m.), 5
custom costumbre (f.), 2
customs procedures trámites aduaneros (m.), 5
cut and paste cortar y pegar, 1
cycling ciclismo, P

D

dad, father papá (m.), P
dance bailar, P; baile (m.), P
daring audaz, 5
daughter hija, P
daughter-in-law nuera, P
deadline fecha límite, 4
deceive engañar, 1
definitively definitivamente, 3
deforest deforestar, 3
deforestation deforestación (f.), 3
delegate delegado(a) (m., f.), 4
delete borrar, 1
demand exigir, 5
demanding exigente, 5
democracy democracia, 4
denounce denunciar, 4
dentist dentista (m., f.), P
depressed deprimido(a), 2
descendants descendencia, 2
descent ascendencia, 2
destroy destruir (y), 3
develop desarrollar, 2; surgir, 3

disability discapacidad (*f.*), 4
disadvantage desventaja, 3; inconveniente (*m.*), 5
disappear desaparecer (-zco), 3
disciplined disciplinado(a), 5
disconnect desconectar, 3
discourteous maleducado(a), 5
discovery hallazgo, 5
discrimination discriminación, P
dishonest mentiroso(a), P
dislike caer (*irreg.* yo *form*) mal, 1
displace desplazarse, 2
disposable desechable, 3
disseminate information diseminar información, 4
distressed angustiado(a), 2
distribute pamphlets/ brochures repartir panfletos/ folletos, 4
diversity diversidad (*f.*), 2
doctor médico(a), P
document documento, 1
domestic policy política interna, 4
Dominican dominicano(a), P
dormitory residencia estudiantil, P
download: ~ audio and video bajar audio y video, 1; **~ photos** bajar fotos, 1
drag arrastrar, 1
drawback inconveniente (*m.*), 5
dream sueño, 2
drinkable water agua potable, 3
drop-down menu menú desplegable, 1
duplicate a file duplicar archivos, 1

E

early temprano, P
earthquake terremoto, P
e-book libro-e, 1; libro electrónico, 1
eco-friendly label etiqueta ecológica, 3
economic crisis crisis económica/fiscal (*f.*), 4
economics economía, P
economic sanctions sanciones económicas (*f.*), 3
economy economía, P
ecosystem ecosistema (*m.*), 3
Ecuadoran ecuatoriano(a), P

educated culto(a), 5
education educación, P
educational travel/trip viaje educativo (*m.*), 5
effort esfuerzo, 2
egotistical egoísta, P
electorate electorado, 4
electric car auto eléctrico, 3
electric heat calefacción eléctrica, 3
emerge surgir, 3
emigrate (from) emigrar (de), 2
emigration emigración (*f.*), 2
emissions emisiones (*f.*), 3
empathetic empático(a), 4
employment empleo, 4
encourage animar, 3; animar(se), 5
endangered species especies amenazadas (*f.*), 3; especies en peligro de extinción (*f.*), 3
engineer ingeniero(a), P
engineering ingeniería, P
English inglés, inglesa, P; **~ language** inglés (*m.*), P
enjoy disfrutar, 3; **~ (doing)** disfrutar, 1; gozar, 1
enjoyable agradable, 5
entail conllevar, 5
entertain (oneself) entretener(se), 1
entertaining divertido(a), P
entrust encomendar (ie), 5
equality igualdad, P
Equatorial Guinean ecuatoguineano(a), P
erase borrar, 1
e-reader (for newspapers) lector digital (de periódicos) (*m.*), 1
establish yourself establecer(se) (zc), 2
ethnic group etnia, 2; grupo étnico, 2
ethnocentric etnocéntrico(a), 5
evening noche (*f.*), P
event acontecimiento, 5
examine revisar, 1
exchange intercambiar, 2; intercambio, 2
excited emocionado(a), 2
execute realizar, 2
exercise hacer (*irreg.*) ejercicio, P
exhausted agotado(a), 2
expand ampliar, 5

expansive amplio(a), 5
expectations expectativas, 4
experience experimentar, 5
exploit hazaña, 5
extroverted extrovertido(a), P

F

face the challenges enfrentarse a los retos, 2
face to face cara a cara, 2
fact hecho, 5
fail fracasar, 4
fair trade comercio justo, 4
fascinate fascinar, 1
fat gordo(a), P
father padre, P
father-in-law suegro, P
faucet grifo, 3
fear temor (*m.*), 5
fearful temeroso(a), 5
fed up with estar harto(a), 1
feel experimentar, 5
female mayor alcaldesa, 4
field hockey hockey sobre yierba (*m.*), P
fight lucha, 2
fight against luchar contra, P
finally por fin, 1
finance financiar, 4
finding hallazgo, 5
firefighter bombero(a), P
firsthand de primera mano, 5
first of all antes que nada, 1
fish pescar, P
fit caber, 5
flatter halagar, 1
football fútbol americano (*m.*), P
foreign ajeno(a), 5
foreign policy política exterior, 4
foreseen previsto(a), 5
forest ecosystem ecosistema forestal (*m.*), 3
for example por ejemplo, 1
for sure por cierto, 3
Forward button Adelante, 1
fossil fuels combustibles fósiles (*m.*), 3
freedom libertad (*f.*), 4; **~ of the press** libertad de prensa (*f.*), 4
French francés, francesa, P; **~ language** francés (*m.*), P
fresh water agua dulce, 3
Friday viernes, P

friendly amistoso(a), 5
full pleno(a), 5
full of oneself presumido(a), 5
fun divertido(a), P
funny cómico(a), P
furious furioso(a), P
fussy caprichoso(a), 5

G

gain independence from independizarse de, 5
gender equality equidad de género (f.), 4
generally por lo general, 1
generous generoso(a), P
geography geografía, P
German alemán, alemana, P; **~ language** alemán (m.), P
get accustomed to acostumbrar(se) a, 1
get hot calentarse (ie), 3
get involved (in) involucrarse (en), 3
get motivated animar(se), 5
get up early madrugar, 5
get upset fastidiar(se), 1
give free rein dar rienda suelta, 4
glacier glaciar (m.), 3
global village aldea global, 5
global warming calentamiento global, 3
goal meta, 2
go: ~ for a drive dar la vuelta, 5; **~ for a ride** dar la vuelta, 5; **~ for a walk** dar la vuelta, 5
golf golf (m.), P
good bueno(a), P
in good spirits animado(a), 2
good vibe buena onda, 2
go partying ir de juerga, 5
gossip chismear, 5
go to a place frequently acudir, 5
govern gobernar, 4
government official funcionario(a) del Estado / gobierno (m., f.), 4
governor gobernador(a) (m., f.), 4
go whitewater rafting navegar en rápidos, P
GPS (Geographical Positioning System) sistema GPS (m.), 1
granddaughter nieta, P

grandfather abuelo, P
grandmother abuela, P
grandson nieto, P
graphic design diseño gráfico, P
graphic designer diseñador(a) gráfico(a), P
grasp captar, 5
gratifying gratificante, 5
great grande, P
great or heroic deed hazaña, 5
greenhouse gas emissions emisiones de gases de efecto invernadero (f.), 3
gross domestic product (GDP) producto interno bruto (PIB), 4
grow crecer (zc), 4; **~ up** criar(se), 2
growth crecimiento, 5
Guatemalan guatemalteco(a), P
gymnasium gimnasio, P

H

habitat hábitat (m.), 3
half-brother medio hermano, P
half-sister media hermana, P
hand out pamphlets/brochures repartir panfletos/folletos, 4
handsome guapo(a), P
hang colgar (ue), 3
happy contento(a), P
hard-working trabajador(a), P
harm dañar, 3
harmful dañino(a), 3
haughty soberbio(a), 5
have tener, 4; **~ a good (bad) appearance** tener buena (mala) pinta, 5; **~ a soft drink** tomar un refresco, P; **~ a spirit of participation** tener (el) espíritu de participación, 4; **~ initiative** tener (la) iniciativa propia, 4; **~ the impression that . . .** tener entendido que..., 5; **~ understood that . . .** tener entendido que..., 5
HDTV (high definition television) televisor de alta definición (m.), 1
he (she) is in need of something hacerle falta (algo a alguien), 2
health salud (f.), P
heat up calentarse (ie), 3
helpful acomedido(a), 5
high (low) season temporada alta (baja), 5

hike hacer alpinismo, P
history historia, P
Holy moly! ¡Híjole!, 2
homeland patria, 2; tierra natal, 2
home page página principal, 1
Honduran hondureño(a), P
hope esperanza, 2
house casa, P
housing alojamiento, 5; vivienda, 4
human rights derechos humanos, 4
hurricane huracán (m.), P
hurt doler (ue), 1
husband esposo, P
hybrid car auto híbrido, 3

I

I bet you te apuesto, 5
ice hielo, 3; **~ hockey** hockey sobre hielo, P; **~ skate** patinar sobre hielo, P
ideals ideales (m.), 2
identity theft robo de la identidad, 5
I know what I'm talking about. Sé lo que digo., 2
illiteracy analfabetismo, 4
I'm fed up. Estoy harto(a)., 1
immersed inmerso(a), 5
immerse oneself sumergirse, 5
immigrate inmigrar, 2
immigration inmigración (f.), 2
I'm not kidding! ¡No estoy bromeando!, 2
impatient impaciente, P
impede impedir (i), 4
impose imponer (like poner), 3
impressive impresionante, 5
improve mejorar, 2
impulsive impulsivo(a), P
inbox bandeja de entrada, 1
in case por si, 1; **just in case** por si las dudas, 1
increase ampliar, 5
Independence Day celebrations fiestas patrias, 2
Indian indio(a), P
inequality desigualdad (f.), P
inflation inflación (f.), 4
influence influencia, 2; influir (y), 2
inhabit poblar, 2
inheritance herencia, 2
inicio startup, beginning, 1

initiate session iniciar (la) sesión, 1

inline skate (rollerblade) patinar en línea, P

in my opinion a mi parecer, 4

innovative novedoso(a), 5

innumerable amount (an) un sinfín, 1

inspire animar, 3

instant messaging mensajería instantánea (*m.*), 1

insult insultar, 1

integrate oneself into integrar(se), 2

intelligent inteligente, P

interaction interacción (*f.*), 1

interest interesar(se), 1

interesting interesante, P

internship aprendizaje (*m.*), 5

intolerance intolerancia, 2

introverted introvertido(a), P

invoice factura, 3

involve conllevar, 5

irresponsible irresponsable, P

I swear! ¡Te lo juro!, 3

Italian italiano(a), P

it pains me me cuesta mucho, 3

it's essential es imprescindible, 3

J

Japanese japonés, japonesa, P; **~ language** japonés (*m.*), P

job experience experiencia laboral, 5

job market mercado laboral, 5

joke broma, 2

joke around bromear, 2

journalism periodismo, P

journalist periodista (*m., f.*), P

joy regocijo, 5

junk mail correo basura, 1

just as well menos mal, 4

justice justicia, 4

just in case por si las dudas, 3

K

Korean coreano(a), P

L

label photos etiquetar fotos, 1

land tierra, 2

languages lenguas; idiomas, P

late tarde, P

law ley (*f.*), 4

lawyer abogado(a), P

lazy flojo(a), 3; perezoso(a), P

leader líder, P

leak gotear, 3

lean on apoyar, 2

leisure time ocio, 5

Let me rephrase. Mejor dicho, 1

liar mentiroso(a), P

lifesaver salvavidas (*m.*), 1

lift weights levantar pesas, P

light bulb bombilla, 3

like caer (*irreg. yo form*) bien, 1

like a lot encantar, 1

listen to music escuchar música, P

literature literatura, P

little by little poco a poco, 2

live chat charla en tiempo real, 1

lively animado(a), 2

loads of un montón, 5

log in iniciar (la) sesión, 1

log out cerrar (ie) (la) sesión, 1

long-term project proyecto de largo plazo, 4

look good lucir, 5

look special lucir, 5

loss pérdida, 3

loving amoroso(a), 5

low season temporada baja, 5

M

maintain contact mantener (*like* tener) contacto, 2

make a difference marcar la diferencia, 4

make a mistake equivocarse, 2

make up for compensar, 3

mall centro comercial, P

manage administrar, 4

manager gerente (*m., f.*), P

many numeroso(a), 5

market mercado, P

marketing mercadeo, P

master the language dominar la lengua, 2

matter, to importar, 1

mature as a person madurar como persona, 5

mayor (female mayor) alcalde/ alcaldesa (*m., f.*), 4

mechanic mecánico(a), P

media center centro de comunicaciones, P

medicine medicina, P

member of Congress congresista (*m., f.*), 4

mentor mentor(a) (*m., f.*), 5

Mexican mexicano(a), P

middle pleno(a), 5

mind-boggling alucinante, 5

minister ministro (*m., f.*), 4

mislead engañar, 1

miss echar de menos, 2; extrañar, 2; faltar, 1

mission statement declaración de misión (*f.*), 4

misunderstanding malentendido, 5

mix mezcla, 2; mezclar, 2

mixing, mixture mezcla, 2

mom, mother mamá, P

Monday lunes (*m.*), P

morning mañana, P

morning, wee hours of madrugada, 1

mother madre, P

mother country madre patria, 2

mother-in-law suegra, P

mother tongue lengua materna, 5

mountain climb practicar alpinismo, P

mouthwatering para chuparse los dedos, 5

move mudarse, 2

moved emocionado(a), 2

multiplayer game juego multijugador, 1

museum museo, P

music música, P; **~ library (on an MP3)** biblioteca musical, 1; **~ store** tienda de música, P

N

national debt deuda nacional, 4

native land/country patria, 2; tierra natal, 2

natural disaster desastre natural (*m.*), P

natural resources recursos naturales, 3

neighborhood barrio, P

neighborhood alliance alianza del barrio, 4

nephew sobrino, P

nervous nervioso(a), P

New Zealander neozelandés, neozelandesa, P

Next Siguiente, 1

Nicaraguan nicaragüense, P
nice agradable, 5; simpático(a), P
niece sobrina, P
night life vida nocturna, 5
no idea whatsoever ni idea, 2
non-governmental organization (NGO) organización no gubernamental (f.), 4
non-profit organization organización sin fines de lucro (f.), 4
nostalgia nostalgia, 2
nostalgic nostálgico(a), 2
not at all para nada, 1
not be enough no dar para, 1
notice aviso, 1
novel novedoso(a), 5
numerous numeroso(a), 5
nurse enfermero(a), P

O

obliging acomedido(a), 5
of course por supuesto, 1
offer brindar, 4
office oficina, P
often a menudo, 2
old viejo(a), P
online volunteer voluntario(a) en línea (m., f.), 4
open mind mente abierta (f.), 5
open-minded abierto(a), 5
opponent adversario(a) (m., f.), 4
oral tradition tradición oral (f.), 2
organic waste products residuos orgánicos, 3
organization organización (f.), 4
organize convocar, 5
organize online organizar en línea, 4
original novedoso(a), 5
outbox bandeja de salida, 1
out of the ordinary fuera de lo común, 5
overcome sobrevivir, P; superar, 2
overpopulation sobrepoblación (f.), 3
over the span of a lo largo de, 3
overwhelmed agobiado(a), 5
owner dueño(a), P
ozone layer capa de ozono, 3

P

packaging envase (m.), 3
paint pintar, P
painting pintura, P
pamphlets panfletos, 4
Panamanian panameño(a), P
Paraguayan paraguayo(a), P
parents padres (m.), P
participate in service-learning programs participar en programas de aprendizaje-servicio, 4
patient paciente, P
payment method sistema de pago (m.), 5
people pueblo, 2
perceive percibir, 5
perform desempeñar, 4
personal contacts contactos personales, 1
Peruvian peruano(a), P
pesticide pesticida (m.), 3
philosophy filosofía, P
physics física, P
pizzeria pizzería, P
plant plantar, 3
plastic plástico, 3
play: ~ (a role) desempeñar, 4; **~ a musical instrument** tocar un instrumento musical, P; **~ baseball** jugar (al) béisbol, P; **~ sports** practicar deportes, P; **~ tennis** jugar (al) tenis, P; **~ the guitar** tocar la guitarra, P; **~ the piano** tocar el piano, P; **~ the trumpet** tocar la trompeta, P; **~ the violin** tocar el violín, P
plaza plaza, P
pleasant agradable, 5
please por favor, 1
plumber plomero(a), P
plumbing plomería, 3
policeman/policewoman policía (m., f.), P
policy política, 4
political science ciencias políticas, P
politics política, 4
pollute contaminar, 3
populate poblar, 2
Portuguese portugués, portuguesa, P
possess poseer, 4
post office oficina de correos, P

poverty pobreza, 4
power strip base de enchufes (f.), 3
predicted previsto(a), 5
preferences preferencias, 1
preserve preservar, 3
preserve (traditions) conservar, 2
pretty lindo(a), P
Previous Anterior, 1
principles principios, 2
printer cartridge cartucho de la impresora, 3
privacy privacidad (f.), 1
private chat room sala privada, 1
privilege privilegio, 4
problem inconveniente (m.), 5
procedure trámite (m.), 5
professional environment entorno profesional, 5
profile perfil (m.), 1
programmer programador(a), P
promise to do something comprometerse, 4
promising prometedor(a), 5
promote impulsar, 4
protect proteger, 3
protected protegido(a), 3
proud, arrogant, haughty soberbio(a), 5
provide brindar, 4; proveer, 4
prudent prudente, 5
psychology psicología, P
public relations publicidad, P
Puerto Rican puertorriqueño(a), P
pulsate latir, 5
put down roots echar raíces, 2

Q

qualified cualificado(a), 4
quality of life calidad de vida (f.), 3

R

race raza, 2
rain forest bosque tropical (m.), 3; selva tropical, 3
raise funds recaudar fondos, 4
range of obstacles gama de barreras, 5
reach alcanzar, 2
read revisar, 1
realize dar(se) cuenta de, 1

Really! ¡De veras!, 1

real-time chat charla en tiempo real, 1

reason why el porqué (*m.*), 1

recession recesión (*f.*), 4

recipient destinatario(a) (*m., f.*), 1

recyclable reciclable, 3

recycled paper papel reciclado (*m.*), 3

recycle reciclar, 3

reduce reducir (-zco), 3

reef arrecife (*m.*), 3

regarding that matter al respecto, 4

register to vote registrarse para votar, 4

regrettably lamentablemente, 4

redheaded pelirrojo(a), P

relax relajar(se), 1

reliable digno(a) de confianza, 4

relocate trasladarse, 2

renewable reciclable, 3

rent videos aquilar videos, P

Reply Responder, 1; **~ to all** Responder a todos, 1

report dar cuenta de, 1

representative (U.S.) representante (*m., f.*), 4

resolve resolver (ue), 3

respect respetar, 2; respeto, 2

responsible responsable, P

restaurant restaurante, P

reusable reutilizable, 3

reuse reutilizar, 3

review revisar, 1

rewarding gratificante, 5

rhythm of life ritmo de la vida, 5

ride: ~ a bicycle montar en bicicleta, P; **~ on horseback** montar a caballo, P

right derecho, 4

roam aimlessly vagar sin rumbo, 5

root raíz (*f.*), 2

row remar, P

rude grosero(a), 5; maleducado(a), 5

run administrar, 4

S

sad triste, P

salesclerk dependiente (*m., f.*), P

saltwater agua salada (de mar), 3

Salvadoran salvadoreño(a), P

Saturday sábado, P

Save ahorrar, 3; salvar, 3

save changes guardar cambios, 1

scarce escaso(a), 3

scared asustado(a), 2

scatterbrained despistado(a), 5

scholarship beca, 5

search for contacts búsqueda de contactos

Secretary ministro (*m., f.*), 4; secretario(a), P

secure server servidor seguro (*m.*), 1

secure web site sitio web seguro, 1

self-fulfill autorrealizarse, 4

selfish egoísta, P

senator senador(a) (*m., f.*), 4

send an e-mail to your representative mandar un e-mail a tu representante, 4

send brief text messages enviar mensajes de texto cortos, 1

sender remitente (*m., f.*), 1

sensible prudente, 5

serio(a) serious, P

service: community ~ servicio comunitario, 4; **youth ~** servicio juvenil, 4

(by) sheer chance or coincidence por casualidad, 5

shopping cart carro de la compra, 1

short bajo(a), P

short-term (long-term) project proyecto de corto (largo) plazo, 4

shy tímido(a), P

sick enfermo(a), P

sign firmar, 3; rótulo, 5

sign a petition firmar la petición, 4

silly tonto(a), P

sincere sincero(a), P

sing cantar, P

sister hermana, P

sister-in-law cuñada, P

site map mapa del sitio (*m.*), 1

skate patinar, P

ski esquiar, P

skiing (downhill) esquí alpino, P

skip saltar, 1

small pequeño(a), P

smart phone *smartphone* (*m.*), 1; teléfono inteligente, 1

snobby cursi, 5

soccer fútbol, P; **~ field** cancha (campo) de fútbol, P

social environment entorno social, 5

social justice justicia social, 4

social networking red social (*f.*), 1; **~ sites** sitios de redes sociales (SRS) (*m.*), 1

solar panel panel solar (*m.*), 3

someone you don't know desconocido(a) (*m., f.*), 1

someone you know conocido(a) (*m., f.*), 1

son hijo, P

son-in-law yerno, P

sooner or later tarde o temprano, 1

so por eso, 1

spacious amplio(a), 5

spam correo basura, 1

Spaniard español, española, P

Spanish español (*m.*), P

spokesperson portavoz (*m., f.*), 4

spread the word correr la voz, 4

squander malgastar, 3

stadium estadio, P

stage of your life etapa de tu vida, 5

stand-by mode modo "stand-by", 3

stand out destacarse, 2

startup inicio, 1

startup page página de inicio, 1

stationery store papelería, P

statistics estadística, P

stay quedar(se), 1

stay awake desvelarse, 5

stay up late (into the wee hours) madrugar, 5

stepbrother hermanastro, P

stepfather padrastro, P

stepmother madrastra, P

stepsister hermanastra, P

stick your foot in your mouth meter la pata, 5

store almacén (*m.*), P; almacenar, 1

striking impresionante, 5; llamativo(a), 5

stroke of luck golpe de suerte (*m.*), 4

struggle lucha, 2

stubborn terco(a), 5

student center centro estudiantil, P

study: ~ at home estudiar en casa, P; ~ at the library estudiar en la biblioteca, P
stupid tonto(a), P
subject asunto, 1
success éxito, 2
suffer sufrir, 2; ~ the consequences sufrir las consecuencias, P
in summary en fin, 2
sunbathe tomar el sol, P
Sunday domingo, P
supermarket supermercado, P
support apoyar, 2; respaldo, 5
sure seguro(a), P
sure of him or herself seguro de sí mismo(a), 5
surf practicar/hacer surfing, P; ~ the Internet navegar por Internet, P
survive sobrevivir, P
sustainable sostenible, 3
swim nadar, P
swimming natación, P; ~ pool piscina, alberca, P

T

take: ~ advantage of aprovechar, 2; ~ an interest in interesar(se), 1; ~ a spin dar la vuelta, 5; ~ a stand in favor of declararse a favor de, 4; ~ in acoger, 5; ~ photos sacar fotos, P; ~ unfair advantage of aprovechar(se) de, 2
talk on the phone hablar por teléfono, P
tall alto(a), P
tasteless cursi, 5
taxes impuestos, 4
teacher maestro(a), P
tennis tenis (m.), P
terms of agreement condiciones de uso (f.), 1
terrorism terrorismo, P
texting texteo, 1
That's cool! ¡Es lo máximo!, 1
That's the best! ¡Es lo máximo!, 1
That's the last straw. Eso es el colmo., 1
that's why por eso, 1
thaw descongelar, 3

thin delgado(a), P
threat amenaza, 3
threaten amenazar, 3
thrilled emocionado(a), 2
throw away botar, 3; echar, 3; tirar, 3
Thursday jueves (m.), P
timid temeroso(a), 5
tin or aluminum can lata, 3
tired cansado(a), P
toilet inodoro, 3
tolerance tolerancia, 2
ton un montón, 5
toolbar barra de herramientas, 1
touched emocionado(a), 2
touch screen pantalla táctil, 1
toxic tóxico(a), 3
train entrenarse, P
training entrenamiento, 4
training period aprendizaje (m.), 5
transaction transacción (f.), 1
transfer trasladarse, 2
translate traducir (zc), 2
translation traducción (f.), 2
trash can basurero, 3; papelera, 3
tree felling tala, 3
trouble oneself molestar(se), 1
trust confiar, 4
trustworthy digno(a) de confianza, 4
Tuesday martes (m.), P
tutor tutor(a) (m., f.), 5
tweet tuitear (verb), 1; a tuiteo, 1
twiddle your thumbs quedarse con los brazos cruzados, 5

U

ugly feo(a), P
uncle tío, P
undergo experimentar, 5
undertake emprender, 4
unemployment desempleo, 4; ~ rate tasa de desempleo, 4
unfreeze descongelar, 3
unpleasant antipático(a), P
unplug desenchufar, 3
unsure of him or herself inseguro de sí mismo(a), 5
upload: ~ audio and video subir audio y video, 1; ~ photos subir fotos, 1
Uruguayan uruguayo(a), P
U.S. citizen estadounidense, P

user name nombre de usuario (m.), 1
utilize utilizar, 3

V

vaccination vacuna, 5
vain vanidoso(a), 5
valid passport pasaporte vigente (m.), 5
values valores (m.), 2
Venezuelan venezolano(a), P
veterinarian veterinario(a), P
video store tienda de videos, P
village pueblo, 2
violence violencia, P
visa process proceso de la visa, 5
visionary visionario(a) (m., f.), 4
visit friends visitar a amigos, P
volleyball volibol (m.), P
volunteering opportunities oportunidades de voluntariado (f.), 4
vulgar grosero(a), 5

W

waiter camarero, P
waitress camarera, P
walk caminar, P
wander vagar sin rumbo, 5
warn advertir (ie, i), 3
waste desperdiciar, 3; malgastar, 3; ~ of time robatiempo (m.), 1
water agua, 3
water skiing esquí acuático (m.), P
Wednesday miércoles (m.), P
wee hours of the morning madrugada, 1
welcome acoger, 5
What a pain! ¡Qué lata!, 1
What do I know? ¿Qué sé yo?, 2
when all is said and done al fin y al cabo, 4
when and if siempre y cuando, 4
why por qué, 1
wide amplio(a), 5
wife esposa, P
wildlife vida silvestre, 3
willpower fuerza de voluntad, 5
wisdom sabiduría, 5
within your reach a tu alcance, 3
without fail sin falta, 1

work trabajar, P, 4; **~ as a legislative aide** trabajar como un(a) asistente legislativo(a), 4; **~ as a volunteer** trabajar como voluntario, 4; **~ with church groups** trabajar con grupos de la iglesia, 4

worker trabajador(a), P
work force fuerza de trabajo/laboral, 4
worried angustiado(a), 2; preocupado(a), P
write an editorial escribir un editorial, 4

Y

young joven, P
youth: ~ activism activismo juvenil, 4; **~ hostel** albergue juvenil (*m.*), 5; **~ service** servicio juvenil, 4

Index